Über die Autorin

Patrizia Alexandra Pfister, geb. am 12.3.1962 in Hammelburg, arbeitete nach ihrem Betriebswirtschaftsstudium einige Jahre in der Industrie. Seit frühester Jugend beschäftigte sie sich mit den Rätseln der Menschheit. Als Autodidakt studiert sie die verschiedensten Wissenschaftsbereiche. Ihr Anliegen ist es, die Welt auf eine Art und Weise zu erklären, die Religion, Spiritualität und Wissenschaft zusammenführt. Zahlreiche Sachbücher kennzeichnen ihren Weg. Mittels einer spannenden Geschichte versucht sie das aufzuzeigen, was über Sachbücher nicht funktioniert. Mit ihren Büchern, ob nun Sachbücher oder Romane, verändert sie die Perspektive des Lesers. Der Blickwinkel wird erweitert. Ihr Leitsatz lautet: „Je mehr die Menschen wissen und verstehen, desto besser können sie die Welt gestalten."

www.irantia.com

Impressum

Herausgeber: Irantia Herzwelt-Verlag
Autorin: Patrizia A. Pfister
Umschlaggestaltung, Illustration: Susanne Zoll
Lektorat, Korrektorat: Susanne Zoll, Gabi H., Elina G., Sabine L., Anette P.

Erstausgabe 2014

ISBN Hardcover:	978-3-943348-12-5	Preis:	24,80 EUR
ISBN e-Book:	978-3-943348-13-2	Preis:	8,99 EUR

Printed in Germany

Irantia Herzwelt-Verlag, Lange Wiese 12, D-97797 Schwärzelbach

Tel.: +49 (0)9737-8289660
Mail: info@irantia-com
Web: www.irantia.com

Bibliografische Information der Deutschen Nationalbibliothek:
Die Deutsche Nationalbibliothek verzeichnet diese Publikation in der Deutschen Nationalbibliografie; detaillierte bibliografische Daten sind im Internet über http://dnb.d-nb.de abrufbar.

- *Patrizia A. Pfister*
- *Die Salomon Siegel Band II:*
- *Jeshu*

Patrizia A. Pfister

Die Salomon Siegel

Band II:

Jeshu

Die Salomon Siegel, Band II:

Jeshu

Prolog

Liebe Leserin, lieber Leser, im ersten Band erzählten wir die Geschichte von Maria-Magdalena. Ist sie eine „wahre“ Geschichte, wo es doch schon einige Versionen derselben Story gibt? Es ist eine andere Form dieser Geschichte, denn du erfährst mit ihr eine Einweihung und dies auf jeden Fall ist „wahr“. Dies gilt auch für den Band II, in dem wir aus der Jugend von Jesus erzählen. Wenn du diese Geschichte liest, begleitest du ihn auf seinem Weg, der ihn bis zur Auferstehung führte.

Was ist eine Einweihung? **Bei einer Einweihung wird „etwas“ aktiviert.** Dieses Etwas kann sich im physischen Körper, im Geist, in der Seele oder im „Lichtkörper“ befinden. Es kann etwas Altes sein, oder auch etwas Neues, doch in beiden Fällen wird es etwas Neues bewirken: Neue Ereignisse, neue Gefühle, neue Menschen können in dein Leben treten. Dieses „Etwas“ wird eine Veränderung in dir bewirken und diese Veränderung wird sich im Außen widerspiegeln. Der Grad der Veränderung hängt von deiner Offenheit Neuem gegenüber ab. Dein Bewusstsein wird erweitert werden, aber nur soweit, wie du es wirklich wünschst.

Die Geschichte von Jesus hat noch einen weiteren Effekt, unabhängig von ihrer Handlung, die dich hoffentlich auch noch gut unterhält: Sie bewirkt Heilung. Die Veränderung, von der ich spreche, hängt also mit Heilung zusammen. Oft ist es jedoch so, dass man, um heil zu werden, erst durch einen Heilungsprozess hindurchgehen muss, der auch schmerzhaft sein kann.

So heilt ein Sonnenbrand z. B. mit einem starken Juckreiz, oder kranke Organe manchmal erst durch einen chirurgischen Eingriff, der eben schmerzhaft sein kann, bis man durch den Heilungsprozess hindurch ist. Die Geschichte von Jesus ist die eines Heilers und Predigers. Er verkündete eine neue „Wahrheit“. Es war eine Wahrheit, die von der Liebe und dem Reich Gottes kündete und ihn selbst und viele, die an ihn glaubten, das Leben kostete.

Der Band I endete mit der Begegnung von Jesus und Maria-Magdalena in Rom. Der Band II endet an der gleichen Stelle. Im Band III wird dann von dem gemeinsamen Leben der beiden erzählt. Ich hoffe, diese Geschichte, die im Prinzip unser aller Geschichte ist, wird dir guttun. Es ist eine Version **der** Geschichte, wie sie noch nicht erzählt wurde, eine von vielen Versionen, weil es auch viele Realitäten gibt. Du musst sie nicht für wahr oder falsch halten, sondern kannst einfach ihre positiven Effekte genießen.

Viel Freude auf den Spuren von Jeshu,

einem ungewöhnlichen Jungen, Deutschland, 28.02.2016

Erläuterung der im Text verwendeten Symbole:

Die Flamme mit Kelch

steht für die laufende Handlung in der Gegenwart

Der Engel

repräsentiert die verstorbene Großmutter der Hauptrolle Miria, die ihre Enkelin großzog, nachdem die Eltern durch einen Autounfall gestorben sind.

Ankh mit Schlange

begleitet die Erlebnisse von Maria-Magdalena, eine Isispriesterin, die zu Christi Zeiten lebte.

Das aufgeschlagene Buch

zeigt die Geschichte des Pater Pio auf, der in der katholischen Kirche den Beruf eines Exorzisten ausübt.

Der römische Helm

Bei diesem Symbol wird die Geschichte aus der Sicht von Peter Menninger erzählt.

Die Pyramiden

erzählen die Geschichte von Osama Ramadan.

Die Merkabah

Dieses Symbol ist der dreidimensionale Davidstern, der ja für das Judentum und in diesem Fall für Jesus steht.

Die Lupe

Bei diesem Symbol geht Tom, der Partner von Peter Menninger bestimmten Spuren nach.

1.

Miria saß im vatikanischen Gästehaus der Heiligen Martha in Rom und fragte sich nicht zum ersten Mal: „Wie bin ich bloß hierhergekommen und was mache ich hier?“ Eine unglaubliche Ereigniskette hatte sie hergebracht und das alles hatte durch einen Traum angefangen. Konnten Träume eine derartige Wichtigkeit haben, dass sie in das Tagesleben eingriffen? Vielleicht nicht normalerweise, aber wenn es in dem Traum um das Leben von Maria-Magdalena und Jesus Christus ging, dann anscheinend schon. In ihrem Fall hatten ihre Träume „zufällig“ den gleichen Inhalt wie Dokumente, die in der Vatikanischen Bibliothek lagerten. Somit erhielten sie einen Realitätsgehalt, der darauf schließen ließ, dass der Rest ebenfalls „wahr“ sein könnte. Wenn das stimmte, gab es auf dieser Welt ein Buch, bzw. eine Schrift, in der Anweisungen standen, wie man das Böse auf dieser Welt bekämpfte. Es sah so aus, als ob genau dieses „Böse“, was auch immer man sich darunter vorstellen mag, hinter diesem Buch her war. Dieses „Böse“ würde es sicher nicht erlauben, dass man es endlich wirksam und endgültig bekämpft und damit von dieser Welt schaffen konnte. Obwohl es so aussah, als wären sie und ihre Begleiter in einen Glaubenskrieg zwischen Christen und Johannitern geraten, schien doch noch sehr viel mehr dahinterzustecken, obwohl das schon mehr als genug wäre. Da Miria irgendwie Zugang zu Informationen über den Inhalt und Verbleib dieser Schrift, „Die Salomon Siegel“ genannt, hatte, war man anscheinend auch hinter ihr her. Der Mord an ihren Eltern und nun auch an ihrer Großmutter zeigte dies. Aber auch das Niederbrennen ihres Antiquariats in Nüremberg und ihre Entführung mitten in Rom machte deutlich, dass es nun auch um sie persönlich ging.

Was ist die Natur des Bösen? Gibt es dahinter eine steuernde Intelligenz, die über Jahrhunderte „Teufel“ genannt wurde? Das kam ihr wie Aberglauben vor und ein Rückschritt ins Mittelalter, oder doch nicht? Sehr viel klügere Köpfe, als sie einer war, hatten sich darüber schon quer durch die Geschichte Gedanken gemacht. Doch war sie nun mit genau diesen Fragen und deren Antworten befasst. Dabei hatte sie noch vor wenigen Wochen ein eher beschauliches Leben als Antiquitätenhändlerin geführt, deren einzige Probleme sich um ihr Geschäft und ihre letzte zu Ende gegangene Beziehung drehten. Alltag eben, wie es bei den meisten Menschen normal ist. Doch das war unwiederbringlich verloren. Nicht nur, weil ihr Laden inzwischen abgebrannt war, sondern weil sie nicht mehr die gleiche Person war wie vor dem Beginn der Träume. Die Geschichte, die sie da aus ihrem Gedächtnis, oder woher auch immer, holte, veränderte sie und ihre Sicht auf die Realität um sie herum. Ihren neuen Freunden erging es nicht anders. Unter diesen befanden sich erstaunlicherweise ein Pater und ein Kardinal. Sogar dem alten und dem neuen Papst war sie begegnet, dabei hatte sie bis dahin nicht gerade ein typisch gläubiges Leben geführt und auch nicht eben viel von der Kirche gehalten. Die persönliche Begegnung mit den führenden Geistlichen einer Weltreligion hatte sie mehr bewegt, als sie sich zunächst eingestanden hatte. Der alte Papst hatte sie sehr beeindruckt und nicht nur sie fragte sich, warum er wohl abgedankt hatte. Fühlte er sich nicht mehr würdig für dieses hohe Amt, oder sah er sich außerstande, die Kirche in den kommenden Zeiten weiterzuführen? Hatte der „Himmel“ ihm eingegeben aufzugeben? Sollte sie je wieder die Gelegenheit haben, ihn zu treffen, würde sie vielleicht den Mut aufbringen ihn zu fragen. Aber würde sie auch eine ehrliche Antwort erhalten, oder eher die „offizielle Version“? Wie lautete die überhaupt? Miria hatte das damals nicht wirklich verfolgt und nie damit gerechnet, dass das für sie von Interesse sein könnte. Nun war sie auch noch dem neuen Papst begegnet, der eine besondere Aura zu haben schien, die jedoch durch das Fernsehen kaum spürbar war, in der persönlichen Begegnung jedoch sehr wohl. Wurden die Päpste tatsächlich „von oben“ geführt, wie man es von ihnen erwartete? Miria wusste es nicht, aber wenn sie je die Gelegenheit erhielt, direkt mit ihrer verstorbenen Großmutter zu sprechen, würde sie diese fragen, ob sie darüber etwas wusste. Und auch das war so ein Punkt, der ihr ziemliche Mühe machte. Immer deutlicher wurde nämlich, dass ihre Oma nun eine Art Führungsengel in diesem Leben war, doch wohin diese sie führte, wusste sie noch nicht. Auch nicht, ob sie sich das vielleicht nur einbildete und dabei war, den Verstand zu verlieren. Doch da hier auch andere Menschen beteiligt waren und sich das alles nicht einfach nur in ihrem Gehirn abspielte, konnte sie sich nicht in die Ausrede „Wahnsinn“ flüchten. Würde es ihr wirklich gelingen, die Salomon Siegel zu finden, oder wenigsten deren Inhalte? Und würden diese halten, was sie zu versprechen schienen?

Würde die Geschichte der Maria-Magdalena auch ein neues Licht auf Jesus Christus werfen? Wenn man an die Briefe dachte, die diese Frau an Maria, die Mutter von Jesus, geschrieben hatte, dann war das wohl so. Aber warum hatten diese Briefe, die schon seit fast zwei Jahrtausenden den obersten Kirchenmännern bekannt waren, nicht schon früher eine Veränderung herbeigeführt? In ihnen wurde Jesus eindeutig anders dargestellt, als in der offiziellen Kirchenlehre und genau da lag das Problem. Diese offizielle Lehre konnte nicht einfach so leicht umgeworfen werden, ohne die ganze Glaubensgemeinde in eine Krise zu stürzen. Das waren immerhin fast zwei Milliarden Menschen, wenn man all die Ableger des christlichen Glaubens mitrechnete – kein Kleinkram. Und nach dieser langen Zeit, in der sich bestimmte Meinungen und Vorstellungen zu einem Glauben entwickelt hatten, war es noch schwieriger, als es in den Anfängen gewesen wäre, Grundsatzlehren umzuwerfen. Wenn man an den Glaubenssäulen der Menschen rüttelte, konnte das extrem gefährlich werden, wie die Geschichte gezeigt hatte. Überhaupt resultierte Fanatismus immer aus einem Glauben heraus, wenn auch nicht unbedingt aus einer Religion. Religion, so hatte Miria nun gelernt, bedeutet Rückbindung, doch woran? An Gott natürlich. Aber warum war das nötig? Wie und warum wurden wir überhaupt von ihm getrennt? Nur dann wäre es ja notwendig, sich wieder rückzubinden? Auch das waren Fragen, die die Menschheit schon lange bewegten. In der gechannelten Literatur gab es darauf einige Antworten, aber mit denen konnte Miria nur wenig anfangen.

War „das Böse“ als eine Form von Intelligenz, nun eine Glaubensvorstellung, nur ein Konzept, oder gab es das wirklich? Pater Ralph hatte der Gruppe um Miria, die aus ihrem überraschend aufgetauchtem Großvater, dem Polizisten, der den Mord an ihrer Großmutter untersuchte und zwei Psychologen, die Geschwister waren, bestand, eine faszinierende Arbeit eines anderen Paters vorgelegt. Dieser Pater Pio hatte den Weg des Exorzisten gewählt und tiefe Einblicke in seine Arbeit in einer Dissertation zusammengefasst, die in den letzten Tagen der Lesestoff für Miria gewesen war. Allerdings hegte sie den Verdacht, dass er bisher mit Bedacht alles kirchenkonform gehalten hatte, auch wenn sie nicht begründen konnte, wodurch dieser Verdacht ausgelöst worden war. Vielleicht waren es einige seiner Formulierungen, die durchblicken ließen, dass er sich durchaus andere Herangehensweisen, als die bisher kirchenüblichen, vorstellen konnte. Miria wurde bewusst, dass dieser Mann sich auf einem schmalen Grat bewegte, von dem er durchaus schnell herunterfallen konnte.

Sie hatte Pater Ralph gefragt, ob es möglich wäre, mit dem Mann zu sprechen. Zu ihrer Überraschung erfuhr sie, dass er gerade zufällig in Rom war und dass Pater Ralph gerne ein Treffen beider arrangieren würde. Nun war sie etwas nervös, weil dieses unmittelbar bevorstand. Man hatte dem Pater das Material, das Miria in den letzten Wochen zusammengestellt hatte, übergeben, sodass er auf dem gleichen Stand war wie sie. So war der aufgeregte Gesichtsausdruck des Mannes im mittleren Alter vielleicht kein Wunder, mit dem er die Suite, die Miria und die sie begleitenden zwei Männer bewohnten, betrat. Doch was immer in den beiden Menschen gerade vorgegangen sein mochte, es trat völlig in den Hintergrund, als sie sich begegneten.

Pater Pio war zwar über Miria unterrichtet worden und auch, dass sie offenbar hinter der gleichen Sache wie er „her“ war, nämlich hinter den Salomon Siegeln. Doch niemand hatte ihn auf den Anblick dieser zauberhaften Frau vorbereitet und auch der Pater war mit seinem ebenfalls brünetten Haar und ebenmäßigen Gesichtszügen nicht gerade eine Beleidigung fürs Auge. So standen sie sich für einen zeitlosen Augenblick gegenüber und starrten sich nur gegenseitig ins Gesicht. Miria durchfuhr es dabei siedend heiß: Sie kannte diesen Mann, da war sie sich ganz sicher, obwohl sie ihm sicher in diesem Leben noch nicht begegnet war, auch da war sie sich sicher! Dieses markante Gesicht hätte sie nicht vergessen und diese Augen. Es war etwas in diesen grünen Augen, eine Traurigkeit und ein Hunger, als suche er nach etwas, das er seit langem verloren hatte...

Aeolos, das musste Aeolos sein. Hatte ihre Großmutter durch Pete nicht gesagt, dass viele Menschen, denen sie nun begegnen würde, eine Rolle in der Geschichte inne gehabt hätten, die sie da aufschrieb? Für sich hatte sie herausgefunden, wer sie vermutlich gewesen war und auch Pete musste sich der bitteren Erkenntnis stellen, dass er als Augustus Trinitus kein sehr rühmliches Leben geführt hatte, zumindest, was sie bisher davon wussten. Über die Rollen der anderen hatten sie noch keine Gelegenheit gehabt, nachzudenken und zu diskutieren. Doch hier stand eindeutig Aeolos und als hätte sein Auftauchen wieder etwas in Gang gesetzt, tauchten automatisch Bilder vor ihrem inneren Auge auf:

Als Maria-Magdalena Rom verließ, tat sie das heimlich und alleine. Sie bewegte sich auf der Via Appia in Richtung Küste und war sehr mit all den Eindrücken beschäftigt, die ihre neu erwachte und doch alte Fähigkeit ihr bescherte und mit den Erinnerungen an den Einen, der sich in Rom „Schreiber von Damaskus" nannte. Und so hatte sie für ihre Umgebung nur wenig Aufmerksamkeit übrig und wurde, kurz bevor sie die Küste erreichte, völlig davon überrascht, dass Aeolos hinter ihr auftauchte. Er winkte und rief, sie möge doch anhalten und auf ihn warten...

Mit Gewalt zwang sie sich in die Gegenwart zurück und es platzte aus ihr heraus: „Du musst Aeolos sein..."

Pater Pio schaute verdutzt und meinte, „Äh... nein, ich bin Pater Pio, wir haben einen Termin."

„Oh, Entschuldigung, natürlich sind Sie Pater Pio, ich wollte nicht vertraulich werden, wir kennen uns ja noch gar nicht, aber dennoch... Sie haben meine Geschichte gelesen, ja? In dieser kommt ein römischer Zenturio vor, der in den Diensten des Magnus Quintos stand. Und bei Ihrem Anblick hatte ich sofort das Gefühl, dass sie dieser gewesen wären. Ich sah Bilder, dass dieser Maria-Magdalena aus Rom gefolgt ist, aber nicht, um sie zurückzuholen, sondern um sich ihr anzuschließen und sie auf ihrem Weg zu beschützen... Das muss ich gleich, wenn wir fertig sind, aufschreiben... Aber nun zu dem eigentlichen Grund unseres Treffens: Ich habe Ihre Dissertation gelesen und den Verdacht, dass Sie dabei sind, eine grundlegend neue Vorgehensweise bei Besessenheit zu erarbeiten, obwohl Sie dabei Gefahr laufen, gegen einige Regeln der Kirche zu verstoßen. Habe ich mit dieser Einschätzung recht?“

Pater Pio, der sich inzwischen gesetzt hatte, so wie Miria auch, sah diese ihm unbekannte und dennoch so vertraute Frau an. Er überlegte, ob er ihr soweit vertrauen konnte, ihr seine Pläne mitzuteilen, entschloss sich jedoch zunächst zur Vorsicht, denn zu kurz war ihre Bekanntschaft: „Nun, der Kampf gegen das Böse währt schon lange und manche Methoden haben sich gut bewährt und andere müssen der neuen Zeit angepasst werden. Das ist meinen Vorgesetzten genauso bewusst wie mir. Kardinal Clemont unterstützt mich hier in meinem Bestreben, die Natur des Bösen besser zu verstehen, genauso wie der neue Heilige Vater. Ich habe also Unterstützung von höchster Stelle, aber es ist schon so, dass Neuerungen in diesem ‚Verein‘ nicht so schnell eingeführt werden. Momentan habe ich auch nur einige Vorschläge, aber das Gefühl, dass das noch lange nicht reichen wird. Daher suche ich nach den Salomon Siegeln, weil ich bei meinen Recherchen auf dieses eher mythische Dokument gestoßen bin und dann erzählt mir Kardinal Clemont von den neuesten Ereignissen. Da wir nun zusammengeführt wurden, scheinen mir dies die Zeichen der Zeit zu sein, dass sie vielleicht tatsächlich gefunden wurden und dann natürlich auch genutzt werden sollen.“

Miria nickte: „Das erscheint mir auch so. Die Frage ist nur, was werden wir tun, wenn wir sie tatsächlich gefunden haben?“

Pater Pio machte ein säuerliches Gesicht, hatte Miria doch genau den Knackpunkt angesprochen, der ihn selbst seit Wochen beschäftigte.

„Ehrlich gesagt weiß ich es noch nicht, Frau Toral. Obwohl ich ein Kirchenmann bin, heißt das nicht automatisch, dass ich, wenn ich die Siegel fände, sie auch der Kirche übergeben würde... Wir müssen wohl den Lauf der Ereignisse abwarten. Ich habe da einige Dokumente, um

die ich mich kümmern muss und die vielleicht eine Spur enthalten. Wenn ich mehr weiß, dann melde ich mich bei Ihnen. Ich hörte, dass Sie eine Reise antreten wollen und vielleicht kann ich mich da anschließen, wenn Sie es erlauben..?"
Miria schaute ihn überrascht an. Seine Worte zeigten von einem Vertrauen, für das es eigentlich noch keine Basis gab, es sei denn, sie kannte ihn tatsächlich ebenfalls aus einem früheren Leben... Sie antwortete wahrheitsgemäß:

„Da ist alles noch ungewiss... Eines meiner Ziele ist Ägypten, aber es sind inzwischen noch mehrere hinzugekommen und momentan weiß ich noch nicht, wohin ich zuerst soll. Doch wird es klarer werden, wenn ich mehr von der damaligen Geschichte weiß und da Sie nun aufgetaucht sind, fließen die Informationen auch wieder. Es ist, als hätten Sie einen Schlüssel mitgebracht, zu einer Tür, die aus mir unbekannten Gründen verschlossen war und sich nun geöffnet hat. Ich glaube, damit ist der Zweck unseres Treffens zunächst erfüllt." Miria stand auf, ohne dies wirklich zu wollen. Es war, als sei sie fremdgesteuert, denn sie wollte viel mehr über die Arbeit von Pater Pio wissen, weshalb sie ja dieses Treffen anberaumt hatte. Doch das war für den Moment völlig aus ihren Gedankengängen verschwunden.

Wieder schaute Pater Pio etwas verdutzt ob dieser schnellen Verabschiedung, denn sie hatten eigentlich eine ganze Stunde anberaumt. Gleichzeitig war er jedoch auch froh, denn durch ihre Bemerkung über Aeolos hatte sie eine heftige Gänsehaut bei ihm ausgelöst, die ihm verriet, dass sie recht haben könnte. Darum wollte er die ganze Geschichte nun noch einmal unter diesem Gesichtspunkt durchlesen, um festzustellen, ob das eines seiner Vorleben gewesen sein könnte. Würde das einiges von dem erklären, was in seinem jetzigen Leben geschah? Und so würde er die geschenkte Zeit nun dafür nutzen. Aber er war sicher, dass sie beide sich schnell wieder treffen würden. Er verabschiedete sich daher und machte sich gleich an die Arbeit...

Miria hatte ihre eigenen Gründe, den Pater schon wieder hinauszubitten. Er hatte nicht nur eine Flut von Bildern in ihr ausgelöst, sondern auch

Gefühle, die sie erst einmal sortieren wollte, denn diese brachten sie völlig durcheinander. Da war einmal dieses unbedingte Wiedererkennen, die Sicherheit, dass er Aeolos gewesen sein musste. Anscheinend hatte dieser Maria-Magdalena ja zumindest nach Judäa begleitet, aber dieses Wiedererkennen hatte nicht nur damit zu tun, sondern mit Miria persönlich. Sie war sich aber nicht sicher, ob ihre Reaktionen nun wegen Susan von damals waren, die ihn vielleicht auch kennengelernt hatte, oder aus einer ganz anderen Geschichte, also vielleicht aus einem anderen Leben resultierten. Es war alles sehr chaotisch, denn schockiert musste sie sich eingestehen, dass sie mit sexueller Erregung auf den Pater reagiert hatte, was nicht nur unangemessen, sondern völlig unangebracht war. Schließlich war er ein Pater, und dann war es auch noch unfair, weil ihr Herz sich eindeutig Pete zugewandt hatte, oder etwa nicht? Das alles war schon verworren genug. Sie hatte überhaupt keine Lust auf noch mehr Verwirrung, aber da wurde sie offensichtlich nicht gefragt. Diese kam einfach. Wenn sie doch nur mehr über Spiritualität wüsste! Ging es nur ihr so, dass ihr Menschen aus früheren Leben begegneten und (alte/neue?) Gefühle auslösten? Oder geschah das allen Menschen, ohne dass sie das wussten? Wo konnte sie über solche Dinge nachlesen? Gab es hier ernst zu nehmende Quellen? Was sie so an gechannelter Literatur gelesen hatte, kam ihr nicht gerade seriös vor, obwohl sie sich, wenn sie ehrlich war, darüber noch kein Urteil erlauben konnte, weil sie mit ihren Nachforschungen gerade erst begonnen hatte.

Sie hatte zwar eine unbegrenzte Aufenthaltserlaubnis im Vatikan und auch völlige Freiheit darüber, wie sie ihre Zeit hier verbrachte, aber es war ihr bewusst, dass ihr Wohltäter, Kardinal Clemont, Pater Ralph und vermutlich noch einige andere Eingeweihte, die sie noch nicht kannte, darauf warteten, dass von ihr mehr kam. Sie musste nur an das Gespräch mit den Päpsten denken, um den Druck zu spüren, der tatsächlich auf ihr lastete. Wie war sie also hierhergekommen? Durch einen Akt der Vorsehung? Es wirkte tatsächlich so, als würde hier ein Plan abgewickelt, doch war es ein Plan Gottes? Brauchte Gott Pläne? Brauchte er den Menschen? Und wenn ja, gab es dann so etwas wie den freien Willen, wenn hinter allem ein Plan steckte? Wieviel Freiheit hatte man bei seinen Entscheidungen? Auch darüber hatten sich schon klügere Köpfe als sie das Hirn zermartert. War je jemand zu eindeutigen und nicht bezweifelbaren Ergebnissen gelangt? Anscheinend nicht. Wenn sie sich den Ablauf der Ereignisse der letzten Wochen ansah, war die einzige Erklärung ein Plan, der jedoch zumindest einen gewissen Spielraum ließ, also doch freier Wille? Gab es Pläne, die Freiraum ließen? Wie konnten dann Ziele erreicht werden? Miria fing der Kopf an zu dröhnen. Der Druck um ihn herum wurde immer stärker. Der Drang, das aufzuschreiben, was durch Pater Pio ausgelöst worden war, war so stark, dass sie sehr wohl spürte, dass da Mächte im Hintergrund wirkten, die wollten, dass die Worte zu Papier gebracht würden. Also setzte sie sich an ihren Laptop und kehrte zu dem Moment zurück, in dem Maria-Magdalena Rom verlässt:

2.

„Maria-Magdalena reitet auf ihrem braven Toy auf der Via Appia in Richtung Brundisium. Auch mit einem Ross wird es eine Reise von 12 bis 14 Sonnenaufgängen werden, denn die schwarzen Steine, die die Straße bilden, sind ungleichmäßig geformt, sodass man auf jeden Schritt achten muss, egal ob zu Fuß oder beritten. Es ist eine laue Sommernacht, die Zikaden singen ein in der Dunkelheit überlautes Lied. Nebst dem Duft des Kots der Tiere kommt immer wieder der von Jasminblüten durch. Diese und der Oleander leuchten weiß in der Nacht. Maria-Magdalena hält an jedem Brunnen und füllt ihren Tonkrug wieder auf. Sie erfreut sich dieser Annehmlichkeit ihrer Reise, bei der sie so mit dem lebensnotwenigen Nass versorgt wird, das durch den Ton auch noch kühl gehalten wird. Selbst nachts sind auf dieser Straße beladene Karren und einzelne Menschen unterwegs, sodass sie nicht weiter auffällt und sich auch recht sicher fühlt. Rom ist das Zentrum eines Imperiums, das fast die ganze bekannte Welt umfasst und daher schon zu dieser Zeit auch nachts nicht richtig zur Ruhe kommt. Da sie keine entlaufene Sklavin ist, sondern eine freie Frau mit einwandfreien Papieren, braucht sie auch die regel-

mäßigen Kontrollen von Wachmannschaften nicht zu fürchten. Das Reisen innerhalb des römischen Reiches ist, zumindest in der Nähe Roms, so sicher, wie es nur sein kann. Sie kommt an dem runden Grabmal der Cecilia Metella vorbei und auch sonst säumen weitere Grabmäler, Gutshöfe und Thermen den Weg. In der Nacht ist ihr das Reiten wegen der nicht allzu glatten Steine zu gefährlich und so geht sie neben Toy her und seufzt immer wieder tief, weil ihr das Reisen so verhasst ist. Es ist mühselig, langweilig und zieht sich endlos hin. Obwohl sie als Sklavin immer wieder zwischen dem Haus ihres Herrn und dem Tabularium hin- und hergegangen ist, um Urkunden abzuholen, ist es doch etwas anderes, den ganzen Tag zu laufen, oder zu reiten und das wochenlang. Ihr Körper muss sich an diese dauernde Anstrengung erst wieder gewöhnen und doch treibt sie etwas unerbittlich an, das sie gar nicht benennen kann, und lässt sie nur kurze Pausen machen.
Perpus hat ihr noch in aller Eile einen Beutel mit Sesterzen in die Hand gedrückt, sodass sie wenigstens ihre Nahrung besorgen kann, ohne dafür arbeiten zu müssen, wie es so oft auf ihrer Reise mit Nala der Fall gewesen war. Das verkürzt zwar die Reisedauer, jedoch nicht die eigentliche Länge und wieder seufzt sie.

Erneut ist ein Abschnitt ihres Lebens zu Ende und ein neuer beginnt, und obwohl sie fühlen kann, dass dieser ihr viel Leid bringen wird, hat sie es eilig, ohne sich das richtig erklären zu können. Es ist, als sitze ihr etwas im Nacken, etwas, das sie einholen wird, wenn sie zu lange an einer Stelle bleibt. Das ist so seltsam und auch beunruhigend, weil sie dieses Gefühl in Rom selbst nie hatte. Dort war es ihr für eine Sklavin ganz gut gegangen. Sie hatte staunend die riesigen Mauern der Aquädukte betrachtet, wusste, dass diese öffentliche und private Bäder mit Wasser versorgten, bewunderte die gepflasterten Straßen, die für die Ewigkeit gebaut zu sein schienen, erfreute sich an den hohen Bauten, die Schatten spendeten, und die große Hitze im Sommer erträglich machten. Maria-Magdalena hatte oft mit den Schiffsführern von Kähnen aus aller Herren Länder gesprochen, die den Tevere heraufkamen, um Handelswaren von erlesenster Güte zu bringen. Diese sprachen oft kein

Latein und so konnte sie hier helfen und war nützlich, was sie doch befriedigte, auch wenn sie wusste, dass sie nur bis zu einem bestimmten Ereignis hier sein würde. Doch ahnte sie nur, dass es um eine Begegnung ging, mehr wusste sie jedoch nicht. Und dann war sie entführt worden, weil die Entführer annahmen, sie wäre Susan, die Tochter eines Barbarenfürsten. Diese hatten Susan mit nach Hause nehmen wollen, weil sie dort dringend gebraucht wurde, doch Maria-Magdalena hatte sich geweigert, weil sie ja gar nicht Susan war, sondern nur deren Stelle eingenommen hatte, so wie diese die ihre. Sie hatte ihre Entführer davon überzeugen können, dass sie die Wahrheit sagte und so hatten diese sie wieder freigelassen.
Schon am nächsten Tag wurde sie an den Haushalt von Perpus Trinitus verkauft, der sie umgehend freigelassen hatte, denn erstens hielt er keine Sklaven und zweitens war er der Großvater ihres Sohnes und versuchte das Unrecht, das sein Sohn durch die Vergewaltigung an ihr begangen hatte, wieder gut zu machen. Ausgerechnet in dessen Haus war sie dann dem Schreiber aus Damaskus begegnet, der ihr den Schlüssel zu den Salomon Siegeln übergeben und sie nach Judäa zurückgeschickt hatte. Nun war sie auf dem Weg dorthin und musste damit fertig werden, dass ihre Gabe, die Farben um alles herum sehen zu können, durch diese Begegnung wieder zurückgekehrt war und noch viel mächtiger und deutlicher als je zuvor. Maria-Magdalena beschließt vorwiegend nachts zu reisen und obwohl die Via Appia von Bäumen gesäumt ist, steht die Sonne am Mittag doch so hoch, dass diese keinen Schatten spenden und sie unerbittlich herunterbrennt.

Immer wieder blickt Maria-Magdalena nun zurück. In Rom war das Gefühl, verfolgt zu werden, nicht zugegen gewesen, doch das ist nun anders. Liegt es daran, dass sie nun sowohl die Salomon Siegel, als auch deren Schlüssel im Gepäck hat, und somit die Angst durchaus begründet sein kann? Oder ist die mögliche Gefahr, in der sie nun schwebt, nur Einbildung? Ihre Mutter war da sehr deutlich gewesen. Es gab Kräfte, die auf die Vernichtung der Salomon Siegel aus waren und alles unternehmen würden, um dieses Ziel zu erreichen.

Diese Gedankengänge lassen sie das Ross anhalten. Wenn ihr wirklich jemand auf den Fersen ist, dann sollte sie vielleicht nicht so offensichtliche Dinge tun, wie den Weg zur Hafenstadt Brundisium suchen, denn von dort starteten die Kähne in Richtung Kem[1]. Was soll sie tun? Momentan ist niemand in ihrer Nähe und so gibt sie Toy etwas Hafer zu fressen und überlegt, wie ihre nächsten Schritte aussehen könnten, wenn sie nicht so berechenbar sein sollten.

Sie weiß, dass sie rasch vorankommen und gleichzeitig den Schlüssel benutzen muss, um zu erfahren, was wirklich in den Siegeln steht und was sie davon würde anwenden können. Wie sollte sie vorgehen, wenn sie den Inhalt kannte? Nun, damit würde sie sich befassen, wenn es soweit war. Maria-Magdalena hat Mühe sich auf die Gegenwart zu konzentrieren. Die Begegnung mit ***dem Einen****, dessen Namen sie nicht einmal kennt, hat sie sehr viel Kraft gekostet, allerdings versteht sie nicht warum. Sie merkt nur, dass sie so müde ist, dass sie sich nun doch entschließt zu reiten und darauf vertrauen muss, dass Toy den Weg auch im Dunkeln gut genug sieht. Dann wird ihr bewusst, dass es nicht diese Begegnung ist, die sie so müde gemacht hat, sondern, dass die vielen Eindrücke, die sie nun empfängt, völlig ungewohnt für sie sind und damit Aufmerksamkeit sowie Verarbeitung und somit Kraft fordern.*

Als Kind konnte sie die Farben um alles und in allem sehen und auch wie diese Farben alles miteinander verbinden. Von den zarten Farbtönen der Luft, bis hin zu den kräftigen, fast grellen Tönen, die von den Menschen ausgehen und alle Tönungen dazwischen. Aufgefallen war ihr schon damals, dass die Farben der Luft alle und alles miteinander verbinden. Dies ist nun noch viel deutlicher wahrzunehmen, hat sie doch jetzt das Bewusstsein einer Erwachsenen. Als Heranwachsende war ihr das, was sie da wahrnahm, völlig selbstverständlich vorgekommen und sie wusste gar nicht, dass sie dadurch viel mehr von ihren Mitmenschen erkennen konnte als alle anderen. Erst über die Gespräche mit Nala hatte sie erfahren, dass niemand sonst auf diese Weise sehen konnte, außer vielleicht Shana... Sie hatte lange geglaubt, dass ihr diese Fähig-

[1] Kem ist der alte Name für Ägypten

keit verlorengegangen ist, weil sie vergewaltigt worden war, doch im Hause des Perpus hatte sie erkennen müssen, dass sie selbst die Schuld daran trug, denn sie hatte durch ihren Hader mit dem Schicksal ihr Herz verschlossen. Dies war die wertvolle Erkenntnis gewesen, die sie durch den Schreiber aus Damaskus gewonnen hatte und im Moment dieser Erkenntnis öffnete sich ihr Herz wieder und die Fähigkeit war nun wieder da, stärker als je zuvor.

Tela hatte versucht mit ihr an ihrem Hader zu arbeiten und hatte auch eine gewisse Öffnung wieder herstellen können. Doch die Weite, die sie durch ihre Zeit und Ausbildung in Avalon erreicht hatte, war erst durch ***den Einen*** *wieder hergestellt worden und vielleicht hatte er sie sogar noch mehr geöffnet. Nun sah sie nicht nur wieder die Farben um alles, sondern konnte auch in tiefere Schichten eindringen und sofort erkennen, welche Bedeutungen damit verbunden waren. Erst als ihr das bewusst wird, versteht sie, was sie bei einem Reisenden, der ihr entgegengekommen war, gesehen hatte: Die Luftfarben waren nie sehr tief in ihn eingeflossen und darum war er wohl so kurzatmig gewesen. Man müsste nur den Riegel, der die Luft behinderte, entfernen und er würde wieder gut atmen können. In diesem Moment wird Maria-Magdalena klar, dass sie, wenn sie alles versteht, was sie nun sehen kann, eine weitere Form der Heilkunst erhalten hat. Sie schüttelt sich, denn sie will gar nicht heilen, obwohl sie im Isis-Tempel die dort gelernte Kunst der Heilung mit der Uräusschlange ebenfalls beherrscht, genauso wie die Kräuterkunde aus Avalon. Für den Beruf des Heilers muss man die Menschen lieben und ihnen helfen wollen, und obwohl ihr Herz nun wieder etwas weiter geöffnet ist, ist sie nicht sicher, ob sie die Menschen wirklich lieben will. Viele sind so herzlos zueinander... Sie hat Freude an der Schmiedekunst. Sie hat Freude an der Übersetzungsarbeit und sie hatte auch Freude an der Arbeit im Hause des Magnus Quintus gehabt. Doch das war nun vorbei.*

Maria-Magdalena bekommt bei diesen Gedanken Schmerzen in der Brust. Es fühlt sich an, als ob sich dort etwas rasch zusammenzieht. Was könnte das sein? Ein eiliger Bote reitet an ihr vorbei. Seine grauen und schwarz-roten Farbausströmungen zeugen von Erschöpfung aber

auch von einem Wüten in seinem Inneren. Welche Botschaft er wohl nach Rom bringt? Es kann wohl keine Gute sein und Maria-Magdalena spürte das, noch ehe sie den Reiter sehen und hören konnte. Wie soll sie das Geschenk ***des Einen*** *bewahren, wenn sie die Mitmenschen nun so sehr beeinflussten, dass sie ständig Eindrücke empfängt, die sie erst einmal verarbeiten und begreifen muss? Und ... würde ihre Gabe wieder verschwinden, wenn ihr erneut ein Schicksalsschlag widerfuhr?*
Als der Reiter vorbei ist, bekommt sie wieder Schmerzen in der Brustgegend, doch etwas anders als zuvor: Das, was sich vorher zusammengezogen hat, dehnt sich nun wieder aus. In Avalon und auch im Isis-Tempel hatte man sie gelehrt, dass es Kraftzentren im Körper gibt, zu denen sozusagen ständig die Umgebung ein- und ausfließt und dass dies den Menschen beeinflusst. Wenn man an einem Ort ist, der schön und ruhig ist, dann macht sich das bemerkbar. Wenn man an einer Stelle ist, an der viele Menschen sind, oder an der irgendein Leid geschehen ist, so bekommt man davon auch etwas ab. Manche Menschen können das deutlicher fühlen als andere, aber es beeinflusst jeden, egal wieviel er oder sie davon bemerkt. Maria-Magdalena überlegt, dass sie für die Zukunft einen Schutz braucht, damit sie nicht jedes Mal so viel spürt, wenn jemand, dem es nicht gut geht, in ihre Nähe kommt. Vielleicht steht ja in den Salomon Siegeln, wie man sich schützen kann?

Zurück zu ihrem Problem: Sollte sie nach Ostia Antica, dem Hafen Roms an der Tiberismündung weitergehen oder einen anderen Weg wählen? Sie lächelte bei dem Gedanken an den Fluss. Sie hatte das Gewässer geliebt und den regen Verkehr darauf immer gerne beobachtet. In letzter Zeit begannen die Bewohner Roms ihn eher Tevere als Tiberis zu nennen. Das Sprachengemisch aus aller Herren Länder sickerte auch ins Lateinische. Bei ihren Übersetzungen musste sie oft zwischen der gesprochenen Umgangssprache und der Amtssprache unterscheiden und so hatte sie hier ein feines Gespür für Sprachwandlungen entwickelt. Wäre sie länger geblieben, hätte sie sicher miterlebt, wie im Laufe der Jahre noch mehr Veränderungen aufgetreten wären.

Die Dringlichkeit in ihr wird wieder spürbar und so entscheidet sie sich dafür weiter zu reiten, wie sie es ursprünglich gewollt hat und sich nicht von Ängsten leiten zu lassen. Plötzlich hört sie Rufe hinter sich. Jemand reitet in rasendem Galopp heran und winkt und ruft ihr zu. Beim Näherkommen erkennt sie zu ihrem Erstaunen Aeolos, aber nicht in der Legionärstracht, sondern in normaler römischer Kleidung.

Er hält sein Pferd vor ihr an, grinst etwas verlegen und hebt die Hand zum üblichen römischen Gruß: „Salve".
„Salve Aeolos, was führt dich des gleichen Weges wie mich?"
Aeolos zögert, wie soll er der Frau erklären, dass er sich als ihr Beschützer fühlt und bei ihr bleiben muss? Er beschließt, dass er mit der Wahrheit bei ihr am besten dran sein wird:
„Hm, ich kann es nicht erklären, aber ich habe das Gefühl, dass ich bei dir bleiben muss, und zwar bis zu einem ganz bestimmten Zeitpunkt, den ich auch nicht kenne, aber von mir im rechten Moment erkannt werden wird. Ein männlicher Begleiter wird dich mancher Unannehmlichkeiten entheben, glaubst du nicht?"

„Aber Aeolos, du hast doch ein eigenes Leben, mit eigenen Zielen, oder nicht?"
„Bis ich dich traf, war das auch so. Mein Ziel bestand darin, es möglichst weit in der Römischen Legion zu bringen, um dann vielleicht später im Senat eine Stimme zu haben. Ich entstamme einer angesehenen römischen Familie und das ist das, was diese von mir erwartet. Aber seit ich dich traf, ist mir klargeworden, dass ich nie darüber nachdachte, was ***ich*** *wirklich will. Ich war ganz zufrieden damit, die Erwartungen anderer zu erfüllen, als wären sie meine. Meine Zeit bei deinem Vater war ohnehin beendet und ich wäre nun wieder der allgemeinen Legion zugeteilt worden. Ich habe um einen Kurierposten gebeten und bin nun mit einer Nachricht an den Präfekten von Jeru Salem unterwegs, die ich auch abliefern werde und dann sehen wir weiter. Dabei kann ich dich begleiten, ohne dass dies meine momentane Aufgabe stört."*
Maria-Magdalena unterbricht ihn an dieser Stelle:

„Aeolos, ich bin nicht Susan. Ich habe ihre Stelle eingenommen, weil die Göttin mich hieß nach Rom zu gehen und ging daher an ihrer statt. Ich bin die Tochter von Aaron aus Galiläa und Liri aus ... Avalon."

Dies war nicht die richtige Zeit, um Aeolos davon in Kenntnis zu setzen, dass ihre Mutter aus dem alten Volk stammte, das vom Himmel gefallen war.

„Mein Name lautet nun Maria-Magdalena, damit ehre ich meinen bisherigen und auch den zukünftigen Weg, so verworren er momentan auch erscheinen mag. Ich habe nichts gegen deine Begleitung, jedoch in Judäa werden sich unsere Wege trennen müssen, da ich nach Galiläa muss und du nach Jeru Salem. Bis dahin bist du mir willkommen, aber du schuldest mir gar nichts mehr."

„Vielleicht nicht aus diesem Leben, aber ich habe das Gefühl, dass ich noch mehr für dich tun muss und ich danke dir, dass du mir die Gelegenheit dafür gibst. Ich weiß nicht, woher dieses Gefühl der Schuld kommt. Vielleicht gilt es ja auch nicht dir persönlich, aber an dir kann ich etwas wieder gut machen, das weiß ich ganz genau. Meine Träume haben mir da einiges gezeigt, auch wenn ich nicht genau weiß, inwieweit man diesen trauen kann. Bei Gelegenheit würde ich dir gerne davon erzählen..."

„Wir werden genug Zeit dafür haben, aber nicht jetzt. Ich muss mir vieles mit meiner inneren und äußeren Schau ansehen, daher ist es mir recht, wenn du dich um den Weg kümmerst. Magst du das tun?"

„Es wird mir eine Freude sein. Dann reite ich jetzt vor, ja?"

„Ja, bitte tue das..."

Gegen Mittag erreichen die beiden den Hafen. Perpus hatte ihr nicht sagen können, ob gerade ein Schiff vor Anker liegt, das die Richtung nehmen würde, in die sie wollte und so trennen die beiden sich und gehen von einem Kahn zum anderen, um Erkundigungen über deren Zielhäfen einzuholen. Sie finden ein Schiff, das tatsächlich bis nach Caesaria segeln wird und der Schiffsführer ist sogar bereit ihr Ross mitzunehmen. Allerdings würden sie in Melita haltmachen und dort Frachtgut tauschen. Der Schiffsführer hatte nichts dagegen, sich ein paar Sesterzen zusätzlich zu verdienen und stellte keine weiteren Frau-

gen. Er schärft ihnen ein, vor dem Dunkelwerden an Bord zu sein, weil sie mit der nächsten Flut auslaufen würden. Maria-Magdalena bezahlt im Voraus, bringt Toy bereits an Bord, der zusammen mit zwei anderen Rössern unter Deck untergebracht wird und dann versorgen sie und Aeolos sich noch mit Speisen für die Überfahrt, weil da jeder für sich selbst sorgen muss. Ihr Kahn ist eigentlich nur für Fracht gedacht, auch wenn die oft genug aus lebenden Wesen, nämlich Tieren besteht, aber normalerweise nicht aus Menschen....

3.

Ein Klopfen unterbrach Miria beim Tippen, und als sie öffnete, stand ein junger Mann in Anzug und Krawatte mit einem etwas verlegenen Grinsen vor der Tür:
„Entschuldigen Sie, mein Name ist Mario Gonzales und ich habe gehört, Sie wollten mich sprechen?“
„Gonzales? Das klingt nicht sehr italienisch...“
„Mein Vater ist Spanier, meine Mutter Römerin.“ Miria lachte und antwortete:
„Oh, eine heiße Mischung.“

Sein Grinsen wurde noch breiter.

„Da haben Sie wohl recht. Ich hab ´ne Menge Temperament, weshalb ich auch viel Sport mache... Ich bin der Polizist der Vatikanischen Polizei, der die Verfolgung ihrer Entführer aufnahm und an Ihnen dranbleiben konnte, wodurch man Sie finden konnte. Warum wollten Sie mit mir sprechen?“

„Kommen Sie doch bitte herein. Zum einen wollte ich Ihnen danken. Ohne Ihre Aufmerksamkeit und Gewandtheit, wer weiß, was dann aus mir geworden wäre?“

„Oh, das war mein Job, endlich hat sich der viele Sport auch einmal ausgezahlt.“

„Ich würde gerne von Ihnen genau hören, was aus Ihrer Sicht geschehen ist und auch die Route einmal abgehen, die Sie nehmen mussten, um... äh wie haben Sie das ausgedrückt... ach ja, um an mir dranbleiben zu können.“

„Gerne, aber warum? Ich hatte den Auftrag, Sie unauffällig zu überwachen, aber nur, als ... hm loses Kontakthalten. Und auch nur, um sicherzugehen, dass Ihnen nichts passiert. Hier gibt es viel „Gesocks“ und viel Polizei... Niemand rechnete jedoch damit, dass Sie beim Shoppen in Rom wirklich gefährdet wären, sonst wären mehr Leute abkommandiert worden. Es war eine Vorsichtsmaßnahme, denke ich, aber die war wohl gerechtfertigt, wie sich ja gezeigt hat. Es ging alles so schnell. Als Sie sich in dem Restaurant niederließen, dachte ich mir, dass Sie da länger bleiben würden, also ging ich an der linken Seite des Pantheon in Stellung, um Sie aus der Ferne im Auge zu behalten, und es mir dabei so bequem wie möglich zu machen. Ich ging davon aus, dass Sie erst einmal in Ruhe essen würden und das eine Weile dauern würde.
Ich sondierte die Umgebung und sah einen abgestellten Ambulanzwagen, indem ein Fahrer saß. Erst dachte ich, dass der wohl Pause macht, doch der rührte sich nicht, aber der Wagen wackelte, so als ob im hinteren Teil Leute hantierten. Die Türen waren jedoch geschlossen. Etwas in mir klingelte Alarm, auch wenn ich nicht sagen kann wieso, denn der Wagen war nicht wirklich auffällig, doch setzte er sich dann langsam in Bewegung. Ein Tumult ließ mich wieder zu Ihnen und Ihrem Begleiter sehen und da sah ich auch schon, wie Herr Menninger zu Boden sank und Sie in die Arme eines Mannes zusammensackten. Der Ambulanzwagen hielt, zwei Männer, die wie die Kellner des Restaurants uniformiert waren, trugen Sie in die von innen geöffneten Türen der Ambulanz, stiegen mit ein und warfen die Tür zu. Inzwischen lief ich schon auf Sie zu, warf einen Blick auf Herrn Menninger und musste in Sekunden entscheiden, was ich tun sollte. Ich entschied mich dafür, auf den Wagen, der erst noch langsam anrollte, zu springen. Ich weiß auch nicht genau, wie ich das geschafft habe, aber der Griff der hinteren Tür diente mir als Leitersprosse, und ehe ich mich versah, lag ich auf dem Dach des Wagens und versuchte mich festzuhalten. Inzwischen hatte er

Fahrt aufgenommen, konnte wegen der Touristen jedoch nicht gleich so rasen und musste vielen von ihnen ausweichen, die trotz der Sirene nicht gleich reagierten. Ich wage mir gar nicht auszumalen, was geschehen wäre, wenn das im Sommer passiert wäre, wo hier Hunderte von Menschen herumlaufen.
Aber auch so konnte der Wagen nicht gleich losrasen und das gab mir die Gelegenheit, Halt zu suchen. Dabei musste ich ja auch noch leise sein, damit die Insassen nicht bemerkten, dass sie einen blinden Passagier hatten. Ich hoffte, dass mein Aufspringen nicht als solches erkannt, sondern als „Holperer" in den Pflastersteinen angesehen worden war, sonst wäre es wohl um mich geschehen gewesen. Aber nichts deutete darauf hin, dass die Entführer gemerkt hatten, dass sie einen blinden Passagier hatten.
Ich lag also auf dem Dach ihres Entführungsfahrzeuges und so raste es dann zwei drei Straßenzüge entlang, nachdem es die Gassen verlassen hatte. Ihre Entführer stellten die Sirene wieder ab, bogen in eine Sackgasse ein, hielten, öffneten die hinteren Türen wieder und trugen Sie in einen Keller. Für einen kurzen Moment war keiner auf der Straße. Das nutzte ich, um rasch abzuspringen und hinter einer Mülltonne zu verschwinden. Der Fahrer setzte das Fahrzeug rückwärts aus der Gasse raus und hatte damit genug zu tun, sodass er mich nicht entdeckte. Mein Vorgesetzter meinte, ich hätte unverschämtes Glück gehabt. Vielleicht. Wäre ich in Hogwarts in der Harry Potter Wirklichkeit, würde ich für mein Haus vielleicht hundert Punkte holen...", Miria lächelte schwach. Man konnte ihm ansehen, dass er sich wohl manchmal in die Welt von Harry Potter sehnte, natürlich ohne Voldemort...
Er erzählte weiter: „In der Deckung rief ich dann meine Vorgesetzten an, die mir befahlen, zu bleiben, wo ich war, bis die Kavallerie anrücken würde. Ich saß wie auf „heißen" Kohlen, aber schloss mich dann den Truppen an, die den Keller stürmten, indem wir Sie dann unter Drogeneinfluss vorfanden. Aber die Kerle hatten entweder von Ihnen bekommen, was sie wollten, oder Lunte gerochen. Es war jedenfalls niemand mehr da, als wir Sie fanden. Die Kerle müssen einen anderen Ausgang genommen haben, denn an mir sind sie draußen nicht vorbeigekommen. Und das ist eigentlich schon alles, was ich zu berichten weiß. Ich habe

das alles schon ausgesagt. Es gibt einen Bericht von mir, den man Sie bestimmt einsehen lässt."

„Ja, ich lese das schon noch nach. Ich möchte dennoch, dass Sie mit mir den Weg abgehen, und zwar jetzt gleich. Ich gehe einer Ahnung nach, aber ich weiß noch nicht, wohin mich das führt. Das hört sich vielleicht verrückt an, aber ich lerne gerade diesen inneren Stimmen zu vertrauen und möchte dem daher nachgehen."

„Na schön. Wenn Sie wollen, können wir gleich los. Und was Ahnungen und innere Stimmen betrifft, müssen Sie sich nicht scheuen, mir davon zu erzählen, denn ich höre meist selbst darauf." Mario lächelte. Er hatte Mirias Unsicherheit in dieser Angelegenheit sehr wohl gesehen.

„Okay, aber ich möchte diesmal keine heimliche Bewachung dabei haben."
„Das ist nicht nötig, da ich sie ja begleite und wenn wir niemanden sagen, was wir vorhaben, kann uns auch keiner folgen, richtig?"
„Richtig."
Der junge Mann schien Spaß an den Heimlichkeiten zu finden und Miria fand nichts dabei. Sie hatte ja nicht vor, etwas Unrechtes zu tun. Sie wusste selbst nicht genau, was sie mit der Aktion wollte, aber die Beteiligung Kevins hatte sie mehr getroffen, als sie sich anmerken ließ. Hoffte sie auf irgendeinen Hinweis, der ihr das erklären konnte? Sie wusste es nicht, aber sie hatte das deutliche Gefühl, diese Tour machen zu müssen.

Helena auf der anderen Seite des Schleiers stimmte ihr aus vollem Herzen zu. Dann sprang sie, um jemanden anderen auf einer Shoppingtour zu begegnen und mit Impulsen in eine bestimmte Richtung zu lotsen. Danach kam sie gleich wieder zurück, um die weiteren Ereignisse zu beobachten.

Miria informierte niemanden, als sie den Vatikan verließ, denn das war etwas, was sie alleine tun wollte, ohne irgendetwas erklären zu müssen. Auf den Empfang danach freute sie sich jedoch nicht gerade, denn da würde sie einiges zu hören bekommen, das war ihr klar. Mario und sie nahmen zunächst einen Kaffee in dem Restaurant am Pantheon, da es zu der Jahreszeit ohnehin das einzig Offene dort war. Dann zeigte er ihr, von wo er das verdächtige Ambulanzfahrzeug hatte herannahen sehen und durch welche Straßen er auf dessen Dach gelegen hatte. Miria fand es immer wieder faszinierend, das spezielle Lokalkolorit von Rom zu betrachten. In einem Reiseführer stand über Rom: „In der Schaltzentrale Gottes“. In keiner Stadt konnte man mehr Ordensleute in ihrer jeweiligen Tracht sehen als hier. So mochte man wohl wirklich glauben, in einer Schaltzentrale zu sein, was ja auch stimmte, aber es war nicht die von Gott, sondern von den Vertretern einer Kirche, was keinesfalls das Gleiche war. Sogar in der U-Bahn drängten sich zwischen den anderen Fahrgästen die Glaubensleute, was Miria immer noch überraschte. Irgendwie hatte sie nicht erwartet, dort auch welche zu sehen. Sie hatten genauso geschäftig wie andere ihre Aktentaschen dabei, tippten auf ihrem Handy herum oder bedienten ihren Laptop, nur dass sie Nonnengewänder oder gar Mönchskutten trugen. Rom ist eine seltsame aber faszinierende Stadt, dachte Miria mehr als einmal.

Doch auf dem Weg, auf dem Miria nun war, floss das alles wie das Strömen eines Flusses einfach an ihr vorbei, ohne Spuren zu hinterlassen. Es beschäftigten sie momentan ganz andere Sachen.

Ca. 100 m vor der Sackgasse sah Miria nach hinten, um den Weg aus dieser Perspektive einzusehen, lief dabei jedoch weiter und bemerkte nicht, dass jemand die Straße überquert und ihre Richtung eingeschlagen hatte. Sie stieß daher mit einer Frau zusammen. Deren Einkaufstüten fielen zu Boden und der Inhalt ergoss sich auf die Straße. Miria entschuldigte sich mehrmals erschrocken und half beim Aufsammeln, doch erst als sie fertig war, sah sie sich ihr Auflaufopfer richtig an und traute ihren Augen kaum: Es war Petra aus dem Esoterikladen in Nüremberg, der auf so unerklärliche Weise in der Zeit verschwunden war.

Petra erkannte Miria zunächst nicht, erst als diese ihr aufgeregt erklärte, wer sie war, dämmerte es der ehemaligen Verkäuferin.
„Das ist ja merkwürdig, Sie hier zu treffen. In dem Jahr, seit der Laden zu gemacht hat, habe ich mich ab und zu gefragt, ob Sie wohl wieder einmal auftauchen würden und jetzt sind Sie hier in Rom. Was machen Sie hier, Urlaub? Ist das... Ihr Freund?“

„Puh, das ist gar nicht so leicht zu erklären, nein und nein, das ist Senior Gonzales von der Vatikanischen Polizei.“
„Gonzales?“
Mario verdrehte drollig die Augen, er war wohl die Reaktionen wegen seines spanischen Namens gewohnt und noch nicht alt genug, um davon genervt zu sein, sondern eher amüsiert.

„Vatikanische Polizei? Das klingt nach einer interessanten Geschichte... Wollen wir zusammen irgendwo etwas essen gehen? Shoppen in Rom macht hungrig. Dann können Sie mir Ihre Geschichte erzählen, wenn Sie wollen.“

Miria lachte, Petra wurde ihr immer sympathischer und die Drei gingen zu dem Restaurant am Pantheon zurück, als Mario bestätigte, dass es dort sehr leckere vegetarische Gerichte gab, denn Petra aß schon seit Jahren kein Fleisch mehr. Erst als sie dort Platz nahmen, ging Miria auf, dass diese Begegnung wohl keinesfalls ein Zufall war. Sie fragte sich, ob ihre Großmutter da wohl ihre Finger im Spiel gehabt hatte, denn genau an dem Tag, als ihr klar wurde, dass sie jemanden benötigte, der ihr die spirituellen Dinge erklärte, tauchte genau die Frau auf, der sie in diesen Dingen als Einzige bisher begegnet war und der sie auch vertraute. Das war eine Fügung, die nichts mehr mit Zufall zu tun hatte und das sagte sie Petra auch, nachdem sie bestellt hatten.
„Petra, entschuldigen Sie, ich kenne ihren Nachnamen gar nicht...“
„Petra genügt und wir sind etwa gleich alt, also reicht das „Du“ völlig.“
„Okay, über Fügungen möchte ich gleich etwas mehr hören, aber ich muss erst etwas für mich ungemein Wichtiges klären. Du hast gesagt, dass ich vor einem Jahr in deinem Laden war, aber das stimmt nicht... es war erst vor wenigen Wochen. Meine Großmutter ist am 26.02.2012

gestorben, und weil damit so viel Chaos verbunden ist, bin ich in deinem Laden gelandet..."

„Stopp, das kann nicht sein. Ich habe meine Stelle in dem Geschäft schon vor über einem Jahr gekündigt, als die neuen Besitzer mich nicht übernehmen wollten. Ich hatte ohnehin vor, mich unter anderem wieder als Yogalehrerin selbstständig zu machen, daher kam mir das gerade recht. So wurde ich quasi gezwungen, mich erneut auf eigene Füße zu stellen und das funktioniert auch recht gut. Energiearbeit ist anstrengend, weshalb ich mir eine Auszeit in Rom gönnen wollte, auch wenn es noch nicht sehr warm und gemütlich hier ist. Aber ich habe einen engen Bezug zu der Stadt, daher komme ich immer wieder hierher zurück, wenn ich für mich sein und einen klaren Kopf bekommen will.
Ich hatte meinen Mann verlassen, weil ich mich in einen anderen verliebte. Aber den habe ich nun vor Kurzem auch schon wieder verlassen und nun brauchte ich dringend Abstand, um mir darüber klar zu werden, wie es nun weitergeht und was das alles zu bedeuten hat. Eben die normalen menschlichen Angelegenheiten... Also wenn ich nicht völlig geistig verwirrt bin, hat das alles über ein Jahr in Anspruch genommen.
Wir können uns also nicht vor wenigen Wochen in Nüremberg in dem Laden kennengelernt haben."

„Petra, ich kann dir die Sterbeurkunde meiner Oma vorlegen... aber warte, da fällt mir etwas ein. Ich habe die Quittung über die Bücher noch in meinem Geldbeutel, weil ich gar nicht dazu gekommen bin, sie für meine Buchhaltung rauszunehmen..." Miria kramte in ihrer Geldbörse und tatsächlich, da kam die Quittung zum Vorschein und sie trug das Datum des 08.03.2012, also genauso, wie sie gesagt hatte.
Petra schaute sie entgeistert an. Was ging hier vor sich? Für sie war die Begegnung im Jahre 2011 gewesen und auch sie konnte das beweisen, und zwar mit den Anträgen für ihr Gewerbe, die sie aber natürlich nicht bei sich hatte. Die beiden Frauen schauten sich verwirrt und ratlos an. Zum Glück kam nun das Essen und enthob sie der weiteren Konversation. Es schmeckte so gut, wie Mario versprochen hatte. Diese erste Begegnung der Frauen umgab ein Rätsel, aber die Zweite schien nicht

weniger verblüffend, wenn man bedachte, wie groß Rom und wie unwahrscheinlich da eigentlich ein Zusammentreffen war...
Wie Miria schon halb erwartet hatte, läutete ihr Handy, kurz nachdem sie fertig und die Zurückgebliebenen im Vatikan entdeckt hatten, dass sie gar nicht auf ihrem Zimmer war. Pete fragte beunruhigt, ob es ihr gut ginge und als sie dies bejahte, verabredeten sie sich am Vierströmebrunnen auf der Piazza Navona. Sie verriet noch nichts von ihrer Begegnung mit Petra, da sie ihn damit überraschen wollte. Allerdings war die Überraschung für sie dann viel größer, als sie sich vorgestellt hatte...
Petra und sie bummelten gemütlich dorthin, während Mario sich im Hintergrund hielt. Was er den Frauen nicht erzählte, war das ungute Gefühl, beobachtet zu werden, und während er hinter ihnen herging und nur halb ihrem Gespräch lauschte, suchte er die Umgebung immer wieder ab, konnte jedoch nichts Verdächtiges feststellen.
Als sie am Vierströmebrunnen ankamen, wartete Pete dort schon auf sie. Er musste ein Taxi genommen haben, denn sein Weg vom Vatikan bis dorthin war viermal so lang, wie der von Miria und ihren Begleitern. Er wandte ihnen jedoch den Rücken zu. In dem Moment, als er sich umdrehte, ließ Petra ihre Tüten erneut fallen und rief halb erschrocken, halb erfreut:
„Pete, was tust du denn hier?"
„Petra, dasselbe könnte ich dich fragen."
Mirias Herz krampfte sich zusammen, so hatte sie sich das nicht vorgestellt. Die beiden kannten sich?
Pete stürmte aber nicht erfreut auf Petra zu, sondern blieb eher pikiert stehen.
Um die peinliche Situation irgendwie in den Griff zu bekommen, fragte Miria:
„Ihr beide kennt euch?"
Pete blickte bekümmert drein.
„Miria, darf ich vorstellen, Petra, meine Exfrau, und davor war sie meine Yogalehrerin."
„Ach herrje..." war alles, was Miria dazu sagen konnte. Sie hatte gerade angefangen, Petra zu mögen und Pete erst recht, aber nun... Wie würde sich das Ganze nun entwickeln? Und dann war da noch Pater Pio, der

ihr Herz ebenfalls berührt hatte, wenn auch irgendwie auf eine andere Art und Weise.
Nun hatte sie endgültig genug, zu viele Überraschungen waren auf Miria in zu kurzer Zeit eingestürmt. In den letzten Wochen hatte sie keinerlei Zeit zum Luft holen gehabt, daher passierte in ihrem Gehirn etwas...
„Okay Leute, ihr habt bestimmt viel zu besprechen. Ich gehe jetzt. Wir sehen uns später. Mario, Sie brauchen mich nicht zu begleiten."
Mario hatte kaum Zeit zu reagieren, so schnell hatte Miria sich umgedreht, war in ein Taxi gesprungen, zum Vatikan zurückgekehrt, hatte ihre Koffer gepackt und war eine Stunde später mit dem Zug unterwegs nach Deutschland zurück, ohne irgendwem darüber Bescheid zu sagen, wohin sie gehen würde. Sie hatte jedoch auf dem Prepaid Handy, das ihr Ingo gegeben hatte, eine Nachricht für Pete hinterlassen.

Ihr Ziel war klar: Sie wollte nach Hause. Sie wollte sich wieder sicher fühlen. Sie wollte ihr altes Leben wieder. Sie wollte ihre Großmutter wieder und die verworrenen Gefühle ordnen. Sie wollte kein weiteres Chaos mehr und schon gar keine Verantwortung für den Kampf gegen das Böse übernehmen. Das Meiste von diesen Wünschen würde sich wohl nicht realisieren lassen, aber dennoch waren sie da und tobten durch sie wie ein Sturm hindurch, der immer wieder neue Nahrung fand. Nun ja, zumindest nach Hause würde sie fahren können. Zunächst hatte sie überlegt, ob sie die Route nehmen sollte, die sie zu ihrem Auto führte, denn wenn sie den Rest der Strecke selber fahren würde, könnte sie einige Stunden früher zu Hause sein...

4.

Helena hatte sich mittlerweile an ihr neues Dasein als Schutzengel für ihre Enkelin gewöhnt und rief ihr mit aller Kraft, die ihr zur Verfügung stand, zu, dass sie nicht ihr Auto abholen dürfe, sondern die direkte Route nehmen solle, obwohl diese länger dauern würde. Als Miria dies dann tatsächlich tat, so als hätte sie sie gehört, konnte sie etwas entspannen und saß dann im Zug neben ihr, auch wenn diese das nicht bemerken konnte und auch sonst niemand. Es beschäftigten Helena mindestens so viele Fragen wie ihre Enkelin. Ein Engel war ihr erschienen und hatte sie in die Aufgaben eines Schutzengels eingewiesen und die Regeln, die sie einzuhalten hatte, aufgezeigt:

1. Helena sollte und durfte dafür sorgen, dass Miria immer dann Hinweise erhielt, wenn sie nicht von selbst auf die Ideen kam, die sie auf einen bestimmten Weg führen sollten. Miria hatte zwar einen freien Willen, aber dennoch gab es einen Plan für ihr Leben.

2. Helena durfte nur dann eingreifen, wenn etwas geschah, was nicht im Seelenplan von Miria enthalten war. Helena durfte diesen zwar nicht einsehen, würde aber immer rechtzeitig Informationen dazu bekommen. Dieser Plan sah sehr viele Varianten vor und dennoch führte er in eine bestimmte Richtung. So viel hatte man ihr erklärt.

3. Helena hatte zwar die Fähigkeit, Materie zu manipulieren, durfte sie aber nur in ganz bestimmten Fällen benutzen, nämlich nur dann, wenn Miria in einer Gefahr war, die nicht zu ihrem Lebensplan gehörte.

4. Wenn Miria erlernte, mit Helena direkt zu kommunizieren, durfte diese ihr dennoch immer nur das sagen, was sie in diesem Moment wissen musste und über die Zukunft so gut wie gar keine Auskunft geben.

5. Helena durfte nicht weiter als 72 Stunden in die Zukunft schauen und diese daraufhin absuchen, ob etwas geschehen würde, was nicht im Sinne des Planes war. Dafür musste sie Hunderte von Zeitlinien anschauen und so hatte sie gar nichts gegen die zeitliche Beschränkung, denn so hatte sie mehr als genug zu tun.

6. Helena war zwar nun auf einer höheren Ebene der Existenz, die ihr mehr Fähigkeiten und Übersicht verlieh, aber sie war immer noch eine erdgebundene Seele, weil sie erst würde weitergehen dürfen, wenn das, was sie hier noch hielt, erledigt war. Nicht einmal sie wusste, was

das genau war, denn es ging über die Aufklärung ihres Todes weit hinaus.

Eine der Fragen, die sich Helena stellte, war, wo der bisherige Schutzengel von Miria abgeblieben war, wenn sie nun dessen Aufgabe innehatte und wo war ihrer gewesen, als sie selbst ermordet worden war? Hatte das zu ihrem Lebensplan gehört? Während sie im Zug neben ihrer Enkelin saß, lief ihr Leben wie ein Film ab, aber mit zusätzlichen Rollen: Man zeigte ihr, wo und wie sie von Engeln geführt worden war und dass es hier ein ganzes Team gegeben hatte. Wo allerdings das restliche Team von Miria war, wusste Helena nicht. Soweit sie feststellen konnte, war nur sie in ihrer Nähe. Wie konnte sie die Verbindung zu Miria stärker werden lassen, sodass diese sie öfter und deutlicher hörte? Nicht alle Hinweise von ihr kamen bei ihrer Enkelin an, was nicht gut war. Helena hatte noch nicht herausgefunden, wodurch ihre Enkelin für ihre Führung mal offener war, und mal verschlossener...
Und so waren beide Frauen mit ihren Gedanken beschäftigt, obwohl eine davon eigentlich tot war...

*

Wie sollte es nun weitergehen, wenn sie zu Hause angekommen war? Das fragte sich Miria immer wieder. Ihr war klar, dass sie dort nicht lange alleine sein würde. Irgendwer würde sie dort schnell aufstöbern, daher sollte sie wohl dort nicht lange verweilen. Zu blöde, dass sie ihr Handy hergegeben hatte. Nun hatte sie keinen Zugriff auf ihre Nummern. Hätte sie das gehabt, hätte sie vieles schon von unterwegs aus regeln können. So musste sie auf das Telefon zu Hause warten, in dem all ihre Nummern ebenfalls gespeichert waren. Nur die von Pete, Anton und den Padres hatte sie noch nicht zu Hause eingespeichert, aber die von Stefanie Weiß schon. Sie wünschte sich, ihr Gedächtnis wäre besser geschult.
Die Menschen verließen sich viel zu sehr auf die Technik. Stand die dann mal nicht zur Verfügung, wurde alles viel komplizierter. Wie war man nur früher ohne all diese Geräte ausgekommen? Und was würde geschehen, wenn diese der Menschheit von einem Moment auf den

anderen nicht mehr zur Verfügung stünden? Miria wagte nicht einmal, sich das auszumalen.
Auf den letzten Etappen ihrer Reise musste sie mehrmals umsteigen und so hatte sie nicht viel Zeit, darüber nachzudenken. Für den letzten Rest musste sie sich ein Taxi nehmen, da es in ihrem Dorf keinen Bahnhof gab, an dem sie hätte aussteigen können. Es ging zwar eine Zuglinie in der Nähe vorbei, doch das war eine Strecke für den Güterverkehr und nutzte ihr daher ohne Haltestelle für Personenzüge nichts. Sie freute sich auf die Ruhe in dem winzigen Ort. Er hatte zwar ein riesiges Schloss und auch noch ein Jagdschloss, aber nur wenige Bewohner. Das Gelände mit dem Jagdschloss hatte mehrere Gebäude, einen Teich und mehrere hundert Jahre alte Bäume. Nur ein Dutzend weitere Häuser waren in der einen Straße gebaut worden und so gab es nur wenige und sehr nette Nachbarn. Ein Grund, warum sie das Haus nun kaufen wollte, war, dass diese Leute etwas Besonderes waren. Irgendwie hatte sich da eine Gemeinschaft gefunden, die einfach zusammenpasste. Vielleicht kannten sie sich aus einem früheren Leben? Solche Gedanken hätte sie früher nie gehabt. Man passte jedenfalls aufeinander auf und achtete auf die Häuser, wenn einer mal verreist war. Diese Leute hatten Miria in ihre Gemeinschaft aufgenommen, obwohl sie nur Mieterin war und sie alle hatten so etliche Grillpartys zusammen gefeiert. Man kannte und tolerierte die Schwächen des anderen und feierte ihn für seine Stärken. Jeder ließ den anderen so, wie er war, und genoss das Freundschaftsgefühl. Diese Leute waren wirklich außergewöhnlich und gaben ihr ein Gefühl von Zuhause.
Miria hatte immer bedauert, nicht mehr Zeit in diesem Zuhause verbringen zu können. Und nun war sie in eine Geschichte geraten, die sie noch mehr von dort vertrieb. Aber sie würde das Haus kaufen und konnte hoffentlich dann eines Tages in Ruhe dort leben. Das Taxi durchfuhr die Unterführung. Links, so wusste sie, war das Schloss, auch wenn man es im Dunkeln nicht sehen konnte. Sie kurvten um die Kirche, doch was dort zu sehen war, entsprach ganz und gar nicht ihren Erwartungen von einer stillen besinnlichen baumgesäumten Straße, die nach einer Linkskurve in „ihre“ Straße am Waldrand münden würde. Blaulichter blinkten nämlich durch die Bäume und zeugten von einem großen Auf-

ruhr. Als das Taxi um die Linkskurve fahren wollte, kam es nicht weit, denn etwa 50 Menschen, einige davon Polizisten, standen dort diskutierend herum. Sie wurden angehalten. Aber als der Taxifahrer sein Ziel nannte, wurden sie weiter gewunken. Die Menschen gingen hinter dem Taxi her, als sie erkannten, wer darin saß.
Mirias Herz sank in die Hose, als sie sah, dass die Rolltore des Anwesens, indem ihr Haus stand, weit offen waren. Zwei Polizeifahrzeuge mit Blaulicht standen in der Einfahrt. Mit klopfendem Herzen stieg sie aus. Ein Polizist ging auf sie zu:
„Frau Toral? Mein Name ist Paul Schmidt. Ich leite den Einsatz hier."
„Was denn für einen Einsatz? Was ist denn hier bloß los?"
„Frau Toral, man ist in ihr Haus eingebrochen und hat alles durchwühlt. Soweit wir feststellen konnten, ist nichts gestohlen, aber..."
Hier zögerte der Mann.

„Was ist denn nur?" Miria hatte nun schlicht und einfach Angst.
„Man hat viele der Räume ... besudelt mit ... Urin und ... Blut vorgefunden. Wir gingen zunächst davon aus, dass Ihnen vielleicht etwas passiert ist, doch ihre Nachbarn versicherten uns, dass Sie verreist wären und sie den Auftrag hatten, auf das Haus zu achten. Ihnen ist es zu verdanken, dass nicht noch mehr passiert ist. Wir haben Kanister mit Benzin gefunden. Wozu man allerdings ein Haus erst besudelt und danach anzündet, ist mir nicht klar. Das Feuer hätte ja alles wieder verbrannt. Woher das Blut stammt, wissen wir noch nicht. Der ganze Vorfall ist erst zwei Stunden her. Deshalb sind hier auch noch alle auf den Beinen.
Ein Mann namens Arnold Keller war mit seinem Hund noch draußen und auf dem Weg, den Berg nach oben zu gehen, wodurch er an Ihrem Haus vorbeikam. Er hörte Geräusche und sah Licht, wo doch niemand sein sollte. Er verständigte uns per Handy, doch in diesem Moment hat sein Hund wie wild losgebellt, was die Täter wohl verschreckte. Sie kletterten über die Mauer und rannten ihn über den Haufen... Er ließ seinen Hund los und dieser jagte die Leute in den Wald. Vielleicht ist er noch hinter Ihnen her, aber Herr Keller hörte einen Schuss. Wir suchen nun nach Spuren und dem Hund. Das Fahrzeug der Täter haben wir auch

noch nicht gefunden. Da hier nur wenige Menschen leben, haben sie sich wohl unauffällig zu Fuß genähert, um nicht aufzufallen."
Miria konnte kaum glauben, was sie da hörte und doch kam es nicht völlig unerwartet, dass man ihr Heim hier auch aufgesucht hatte. Das Ganze hatte nichts mit Johannitern zu tun. Hier waren ganz andere Dinge am Laufen. Das konnte sie deutlich spüren, ohne dass sie dafür irgendeinen Grund nennen konnte. Was wäre passiert, wenn sie sich dafür entschieden hätte, ihr Auto zu holen und damit heimzufahren? Wäre sie dann auf die Täter getroffen? Sie dankte automatisch ihrem Schutzengel, ohne in diesem Moment zu realisieren, dass der nun ihre Oma war, doch diese registrierte ihren Dank lächelnd und antwortete, wohl wissend, dass Miria sie nicht hören würde, mit „gern geschehen".

*

Stunden später ließ sich Miria in einem Hotel in Schlüchtern auf ihr Bett fallen und fand doch keine Ruhe. Man hatte den Hund angeschossen, aber noch lebend gefunden. Sie hatte Arnie noch in der Nacht getroffen, ihm gedankt und versprochen, dass sie für die Behandlungskosten des Hundes aufkommen würde, doch Arnie wollte davon nichts wissen. Alle Anwesenden hatten sie eingeladen, bei sich zu übernachten. In dem urin- und blutbesudelten Haus wollte Miria nicht bleiben, bevor es gereinigt war. Außerdem musste das Chaos wieder beseitigt werden, denn man hatte das Haus wirklich gründlich durchsucht und auch nicht davor zurückgeschreckt, Dielen herauszureißen. Immer wieder überlegte Miria, was man bei ihr suchte. Kopien ihres Manuskriptes hatte sie einige verteilt. Dafür müsste man sich also nicht so viel Mühe machen. Sie hatte ohnehin vor, es zu veröffentlichen. Glaubte man, wer immer das war, sie hätte das Original der Salomon Siegel gefunden? Sie hatten doch noch nicht einmal angefangen, dieses zu suchen. Aber das war die einzige Erklärung, die sie fand. Mitten in ihren Überlegungen übermannte sie der Schlaf und sie wachte erst am späten Nachmittag wieder auf. Sie hatte nicht im geringsten Lust darauf, aber sie musste in „ihr" Haus zurück, um zumindest das gröbste Chaos zu beseitigen. Als sie dort eintraf, wirkte es so fremd auf sie, dass der Gedanke, es zu kaufen, plötzlich in weite Ferne rückte. Aber ihr kam eine andere Idee und sie überlegte, wie sie sie umsetzen konnte. Es gab noch ein Haus, das ihr gefiel...

Der Polizist aus der Nacht, Schmidt, tauchte wieder auf und ließ sie die Zeugenaussagen einsehen und ihre eigene unterschreiben, in der ohnehin nicht viel stand, denn sie hatte keine Ahnung, wer das gewesen sein könnte. Wenn allerdings die „Salomon Siegel" wirklich eine Art „Rezept" enthielten, mit der man das Böse bekämpfen konnte, dann würden alle diejenigen daran interessiert sein, die Schriftrolle in die Finger zu bekommen, die in irgendjemandem das Böse sahen, den sie dann damit bekämpfen konnten. Und solche, die „böse" waren, hatten vielleicht erst recht ein Interesse daran, es zu erhalten und dann verschwinden zu lassen.
Aber hielt sich denn irgendwer für „böse"? Jeder handelte doch nach seinem Glauben und seinen Überzeugungen. Miria seufzte. In was war sie da nur hineingeraten? In die Jahrtausende währenden Kämpfe zwischen gut und böse? Gab es das eine oder andere überhaupt, also schwarz und weiß? Sie war nur eine einfache Frau und fühlte sich nicht im Geringsten kompetent dafür, hierbei irgendeine Rolle zu spielen. Wieso hatte das Schicksal da anscheinend eine andere Meinung?
Einige ihrer Sachen waren völlig unbrauchbar geworden und so ging sie immer wieder nach draußen, um die nächste Ladung in den Müllcontainer zu werfen. Von manchen Dingen war nicht so leicht Abschied zu nehmen und ihre Nerven lagen ohnehin blank, also liefen ihr die Tränen und sie machte keine Anstalten, das zu stoppen. Sie wusste aus Erfahrung, dass weinen die Seele schmieren hilft. So hatte es jedenfalls ihre Nanny immer wieder ausgedrückt. Bei einem dieser Gänge nach draußen wurde sie angesprochen:
„Hallo, Frau Toral...", sie wischte die Tränen weg und murmelte beim Anblick ihres Besuchers:
„Oh, na das musste ja so kommen."
Ihr Besucher war nicht Pete, auf den sie insgeheim gehofft hatte, sondern Pater Ralph.
„Ich würde Sie ja hereinbitten, aber der Zeitpunkt ist denkbar ungünstig..."

„Ich hörte davon, es tut mir leid..."
„Ach ja? Dann ist Ihr Geheimdienst aber wirklich gut, denn es ist erst Stunden her. Was wollen Sie?" Mirias Tonfall hatte nichts mit Höflichkeit zu tun. Sie war mit den Nerven am Ende und wollte einfach nur noch fort von all dem, doch wohin sollte sie gehen? Sie hatte Pater Ralph daher regelrecht angefaucht.
„Meine Arbeitgeber wollen nur wissen, ob und wann Sie zurückkommen werden."
„Richten Sie ihnen aus: Ich weiß es nicht und nun lassen Sie mich in Ruhe. Ich muss erst einige private Dinge klären, bevor ich weitere Pläne machen kann. Und ich will keine Überwachung mehr. Ich passe selbst auf mich auf. Ich werde schon wieder kommen, denke ich, aber über mir ist in den letzten Wochen und nun noch mehr mein ganzes bisheriges Leben zusammengebrochen. Können Sie auch nur im Ansatz nachempfinden, wie das ist? Ich fühle mich, als wäre ich mitten in einem Kriegsgebiet, ohne jede Ahnung, wo die Fronten sind, oder wer da überhaupt Krieg führt und dabei hat man so ganz nebenbei mein Zuhause auch noch zerstört, sodass ich nicht mehr weiß, wohin ich mich wenden soll."
„Ich verstehe. Nein, Sie haben recht, das kann ich nicht nachfühlen und damit auch nicht wirklich verstehen. Kann ich ihnen irgendwie helfen?"
„Helfen? Oh, ja Sie können hier saubermachen, und wenn Sie schon dabei sind, fahren Sie auch gleich nach Nüremberg in meine Stadtwohnung und machen Sie da das Gleiche, denn wie ich gerade erfahren habe, sieht es da genauso aus wie hier, nur mit dem Unterschied, dass man da nicht das ganze Haus abfackeln wollte, soviel ich weiß."

Die überraschte Miene zeigte, dass Pater Ralph davon noch nichts erfahren hatte. Schmidt hatte diese weitere unangenehme Nachricht überbracht. Er hatte Recherchen über sie angestellt und daher von den laufenden Ermittlungen wegen des Mordfalles an ihrer Großmutter erfahren. Im Zuge dessen war ein Polizeibericht aus Nüremberg auf seinem Schreibtisch, oder genauer gesagt in seinem E-Mail-Postkasten gelandet, der von dem dortigen Einbruch und der Verwüstung berichtete, die von einem Nachbarn entdeckt worden war, der von Miria den

Auftrag erhalten hatte, die Blumen zu gießen. Schmidt war mit den Worten gegangen:

„Ich weiß nicht, was hier vorgeht, aber Sie könnten Personenschutz gebrauchen... Denken Sie darüber nach."
„Ein Bodyguard..., der hätte mir gerade noch gefehlt, nein danke. Seien Sie nicht böse, wenn ich nicht „auf Wiedersehen" sage."
Schmidt grinste sie an und meinte, er sei ihr nicht böse. Nur wenig später war Pater Ralph aufgetaucht und dieser hatte auch noch einen Rat zum Abschied parat:
„Liebe Frau Toral, wenn Sie gar nicht mehr weiter wissen, dann verlassen sie sich auf die Familie. Die wird sie nicht im Stich lassen, so wie Sie sie nicht im Stich lassen würden." Mit diesen rätselhaften Worten verließ Pater Ralph das Grundstück, ohne Miria von dem Anschlag im Vatikan erzählt zu haben. Sie hatte weiß Gott genug um die Ohren und machen konnte sie in dieser Hinsicht momentan dort ohnehin nichts, obwohl Kardinal Clemont nach ihr verlangt hatte. Aber das musste warten.
Eine Gruppe der Anwohner stand diskutierend im Hof eines der Häuser und so konnte er nicht widerstehen und ging auf diese zu:
„Entschuldigen Sie, ich bin Pater Ralph, ein Freund von Frau Toral. Ich hörte, hier habe es einige Unannehmlichkeiten in der Nacht gegeben. Können Sie mir Näheres dazu erzählen?"
Arnold Keller gehörte zu der Gruppe und er erzählte zu gerne seine Erlebnisse der Nacht. Als der Pater jedoch mehr darüber hören wollte, was sie über Miria dachten, bekam er nur zu hören: „Sie ist eine nette Frau. Wir mögen sie alle." Damit löste sich der Kreis auf und der Pater stand binnen Minuten alleine auf der Straße. Er lächelte vor sich hin und nahm es den Leuten nicht übel. Ihre Loyalität war bewundernswert. Er hatte die lange Reise nicht nur wegen des Besuchs bei Miria gemacht.

5.

... und als dieser endlich fort war, kam schon der nächste Besucher. Diesmal jedoch freute sich Miria, denn es war Paul Ambos, der ihr den

Sekretär ihrer Großmutter liefern wollte. Er entschuldigte sich tausend Mal, dass er so spät dran war, aber er hatte in der Nacht vor der verabredeten Lieferung fürchterliche Bauchschmerzen gehabt und war mit dem Verdacht auf Blinddarmentzündung ins Krankenhaus eingeliefert worden, wo man ihn sofort in den OP gebracht hatte. Er war tatsächlich kurz vor einem Blinddarmdurchbruch gestanden und hatte Glück gehabt. Nun stand er mit dem Lieferwagen in der Einfahrt ihres Hauses, doch was sollte nun geschehen? In dem Chaos wollte sie das gute Stück nicht aufstellen, sondern erst nach der Reinigung, oder? Ihr kam eine Idee und sie sagte ihm, wohin er das Teil in einer Woche liefern könne und nun war es an ihr, sich zu entschuldigen, denn er würde noch einmal kommen müssen. Paul versicherte sich, ob er auch richtig gehört hatte, und beteuerte dann, dass es ihm nichts ausmache, und brach wieder auf. Draußen schüttelte er allerdings den Kopf und fragte sich langsam, ob diese Miria noch recht bei Verstand war, oder ob die Ereignisse der letzten Wochen sie mehr durcheinandergebracht hatten, als sie selbst bemerkte, doch dann zuckte er die Schultern. Ihn ging die Sache letztlich nichts an. Allerdings wollte er dieses leidige Möbelstück nun auch endlich loswerden.

Miria hatte nun genug von ungebetenen Besuchern, bestellte sich ein Taxi und kehrte wieder in ihr Hotel zurück, um endlich den versäumten Schlaf nachzuholen.

Am nächsten Morgen erwachte sie wie gerädert und machte sich gar keine Gedanken darüber, dass sie ja einen gewissen Traum andauernd hatte, der sie kaum Ruhe im Schlaf finden ließ. Hätte man sie gefragt, sie hätte nicht einmal sagen können, ob und was sie geträumt hatte. Ihre Gedanken waren bei ganz anderen Angelegenheiten und so erinnerte sie sich nicht einmal daran, dass schlafen ja eigentlich ein Problem darstellte...

Sie legte sich eine Liste der Dinge zurecht, die sie erledigen wollte:

1. Einen Reinigungsdienst beauftragen.

2. Alle sauberen Kleider von denen trennen, die gewaschen werden mussten. Nicht mal zum Waschen wollte sie nach Hause und würde daher ihre Kleidung in eine Reinigung bringen, wo sie sie nur Stunden später fix und fertig wieder abholen konnte.

3. Da man ihre Kleidung nicht ungeschoren gelassen hatte, musste sie wieder shoppen gehen, ohne wirklich Freude daran zu haben, weil der Anlass nicht erfreulich war.

4. Sich die Nummer von Petras Handy über ihre ehemaligen Arbeitgeber besorgen.

5. Mit dem Taxi zur Bank fahren, um eine größere Summe abzuheben. Sie wollte nun immer genügend Bargeld für den Notfall zur Verfügung haben.

6. Alle Angelegenheiten wegen des Todes ihrer Großmutter noch regeln. Das betraf vor allem ihre Finanzen. Es mussten z. B. alle Daueraufträge gestoppt und alle noch offenen Rechnungen beglichen werden usw. Das konnte sie erledigen, wenn sie sowieso in der Bank war, denn sie hatten beide ihre Konten bei dem gleichen Institut und daher würde es schnell gehen.

7. Ein neues Handy anschaffen und mit den Nummern laden, die sie daheim hatte.

8. Alles in die Wege leiten, um das Haus, in dem sie wohnte, zu kaufen, falls Frau Faber es schon freigeben würde, denn nun hatte sie das Geld dazu, doch halt... sie merkte, dass sie das Haus nun gar nicht mehr wollte, und strich diesen Punkt wieder von der Liste.

9. Einige Exemplare des bisherigen Manuskriptes bei Freunden und eines bei einem Notar lagern. Vielleicht würde das noch mal wichtig werden. (Sie musste sich angewöhnen, immer gleich von allem Neuen mehrere Kopien zu machen. Einen Stick konnte man viel besser deponieren und verstecken, als die ausgedruckten Seiten.)

10. Ein neues Auto kaufen, da das ihre noch in Italien stand und sie momentan gar nicht wusste, wie sie es zu sich holen sollte. Ein neues Fahrzeug war vielleicht sowieso eine gute Idee, wenn es wirklich

Kräfte gab, die sie verfolgten. Da war sie doch beweglicher und unabhängiger, als wenn sie auf öffentliche Verkehrsmittel angewiesen war.

11. Ein Treffen mit ihrer Jugendfreundin Ashley Barnes aus den USA, einer Journalistin einhalten, denn sie hatte vor lauter Hektik der letzten Wochen völlig vergessen, diese Verabredung, die schon vor Monaten erfolgt war, abzusagen und sie auch nur zufällig auf ihrem Terminkalender wieder gesehen. Vielleicht tat ihr eine Aussprache mit jemand Unbeteiligtem ja auch gut.

12. Besichtigung ihrer Nüremberger Wohnung.

Miria betrachtete ihre Liste und beschloss, sofort loszulegen, denn es gab viel zu tun. Sie wollte im Moment auch weder weitere Bilder aus der Vergangenheit empfangen noch über das, was sie von dieser alten Geschichte schon wusste, nachdenken. Statt über all die Ereignisse der Gegenwart zu sinnieren, stürzte sie sich in ihre Aktivitäten, um sich abzulenken.

Als sie allerdings in der Bank alle einzelnen Posten der Zahlungen ihrer Großmutter mit der Mitarbeiterin durchging, stießen sie auf etwas, womit sie nicht gerechnet hatte:

„Frau Tellinger, hier ist ein Posten, der mir schon zu Hause Rätsel aufgab: Was ist das für ein Institut in Werneck, dem meine Großmutter jeden Monat 1.500,-- Euro zukommen ließ und warum hat sie dafür nicht einfach einen Dauerauftrag angelegt? Es sieht so aus, als ob sie es immer bar eingezahlt hat, ist das richtig? Ich weiß nicht einmal, dass sie so viel Geld erübrigen konnte und schon gar nicht wofür.“

Die Mitarbeiterin der Bank war schon etwas älter und sah Miria nun nachdenklich an.

„Wissen Sie Frau Toral, ich lernte Ihre Großmutter kennen, als sie hier bei uns ihr Konto einrichtete und das ist nun über 30 Jahre her. Daher wollte ich die Abwicklung auch selbst mit Ihnen durchführen, obwohl das längst nicht mehr mein Aufgabengebiet ist. Sie war eine feine Lady und ich freute mich immer, wenn sie unsere Bank besuchte, denn sie hatte für jeden, den sie traf, immer ein paar freundliche Worte übrig und sah niemanden von uns als Bedienstete an, sondern als gleichgestellte Menschen.

Mir ist sie auch deshalb so gut in Erinnerung, weil sie darauf bestand, diese Summe immer persönlich vorbeizubringen. Wenn sie sie über den Tresen reichte, hatte sie dabei immer einen sehr traurigen Blick und manches Mal sah ich auch Tränen in ihren Augen glitzern, da bin ich mir sicher. Dieses Institut in Werneck ist eine Nervenheilanstalt, eine geschlossene Abteilung. Mehr weiß ich nicht darüber, aber wenn ich eine Vermutung äußern dürfte: Ich glaube, dass dort jemand aus Ihrer Familie lebt und dieses Geld die Kosten für die Unterbringung sind."
Miria sah sie erstaunt an.
„Aber ich habe keine Verwandten mehr... d.h., da ist nun jemand aufgetaucht und warum sollte es noch mehr davon geben, auch wenn ich keine Ahnung habe, wer das noch sein könnte. Wenn ich eine Verwandte von dieser Person wäre, müsste man mich doch zu ihr lassen, oder?"
„Da bin ich wirklich überfragt Frau Toral. Ich habe auch nur eine Vermutung angestellt, einfach aus der Beobachtung ihrer Frau Großmutter heraus. Machen wir weiter?"
Der Rest war schnell erledigt und Miria verließ die Bank mit einem Koffer voller Geldscheine, von denen sie gleich ein ansehnliches Sümmchen beim nächsten Autohändler ließ, der es gar nicht fassen konnte, dass jemand ein Auto bar bezahlte und gleich vom Hof weg kaufte, ohne Probefahrt oder näheres über das Fahrzeug wissen zu wollen.
Sie arbeitete weiter ihre Liste ab und hatte alles bis zum Zeitpunkt ihres Termins mit Ashley geschafft. Die beiden trafen sich in einem Café in Nüremberg. Ashley war blond, groß und hatte Beine, um die sie viele beneideten. Sie war stark geschminkt, was Miria immer ein wenig wunderte, denn ihre Freundin brauchte so etwas zur Unterstreichung ihrer Schönheit nicht. Miria selbst hasste das Schminken. Ihr kam das immer zu sehr wie eine Maske auftragen und sich verstecken vor.

Ashley freute sich wirklich, Miria zu sehen:

„Mia, schön dich zu sehen. Mia wie geht es dir? Bist du noch mit Kevin zusammen? Ich hoffe, du hast ihm den Laufpass gegeben. Irgendetwas

ist komisch an ihm und das habe ich dir schon öfter gesagt. Was machen die Geschäfte? Machen wir eine Shoppingtour? Ich habe lange nichts von dir gehört." Miria lachte. Sie mochte die erfrischende und fröhliche Art ihrer Freundin.
„Hey, das sind aber viele Fragen auf einmal. Nein, ich bin nicht mehr mit Kevin zusammen. Mit ihm hattest du völlig recht. Ich war gerade erst shoppen, weil ich fast nichts mehr anzuziehen hatte. Mein Geschäft ist abgebrannt und mir geht es nicht besonders gut."
„Ach herrje, was ist passiert?" Miria wollte Ashley nicht gefährden und erzählte daher nur vom Tod ihrer Großmutter und ihrer Erbschaft, und dass es zwar nicht schön war, dass der Laden nicht mehr existierte, aber andererseits nun ein neues Leben für sie beginne.
„Ich möchte ein Haus kaufen, aber ich möchte dabei nicht in Erscheinung treten. Die Gründe dafür werde ich dir später erzählen."
Ashleys Aufgeräumtheit war schlagartig verschwunden.
„Ich wittere eine Story. Was ist hier los?" Ashley schaute ihre Freundin ernst an. Sie war freiberuflich tätig und von der Art Journalist, wie es sie nur noch selten gab: Für eine Story recherchierte sie alle Details und erfand niemals etwas dazu. Hätte Watergate nach der Jahrtausendwende „gespielt", wäre sie einer der beiden Reporter gewesen, die sich nicht bestechen und auch nicht einschüchtern lassen.
Miria schaute Ashley ernst an und hoffte, dass es eine gute Idee gewesen war, sie mit einzubeziehen und erzählte nun doch noch den Rest.
„Ashley. Ich möchte nicht, dass du recherchierst. Ich brauche nur jemanden, der in meinem Auftrag ein Haus kauft, ohne dass andere das mitbekommen."
„Miria, was du mir da erzählt hast, klingt sehr ernst und ich weiß nicht recht, ob ich mich an deiner Stelle auf den Schutz des Vatikans verlassen würde. Ich halte zwar nichts von Geschichten wie ‚Illuminati' oder ‚Da Vinci Code', die die Kirche nicht gerade in einem tollen Licht erscheinen lassen, aber die haben ´ne Menge zu verlieren, findest du nicht?"
„Und sie haben auch viel zu gewinnen. Ich habe nicht die geringste Ahnung, wohin mich das alles führen wird, aber der Vatikan wird sicher wieder auf meinem Weg liegen. Wäre es nicht gut, wenn diese Kirche, die einen Großteil der Menschheit betrifft, in eine gute Zukunft gehen

könnte? Was würde passieren, wenn diese Organisation wirklich zusammenfällt? Sie haben viel mehr mit unserer Ordnung Welt weit zu tun, als uns bewusst ist. Es würde das Chaos herrschen, wenn es sie nicht mehr gäbe. Aber vielleicht gibt es ja einen Weg, ihr eine neue Zukunft zu verschaffen. Ich glaube, dass der neue Papst genau daran arbeitet und ich hoffe, dass man ihn seine Arbeit tun lässt und nicht aufhält. Und irgendwie habe ich eine Rolle bei all dem, wenn ich auch noch nicht weiß welche. Irgendwie muss es doch möglich sein, dass wir eine Gesellschaft schaffen können, in der jeder glauben und leben darf, was und wie er möchte, ohne den anderen dabei einzuschränken oder gar zu verfolgen."

„Sag das mal den Fanatikern im Nahen Osten und im Rest der Welt. Ich weiß mehr über deren Einstellung, als ich je wissen wollte." Ashleys Miene verdüsterte sich. Sie hatte Miria nie davon erzählt, dass sie oft freiwillig in Krisengebiete ging, um von dort möglichst die Wahrheit zu berichten. Nicht immer war das, was man in den Nachrichten sah, auch das, was wirklich passierte. Meist wurden wichtige Dinge weggelassen, was Ashley immer gewurmt hatte. Auch ihre Berichte wurden oft genug zensiert, aber irgendwann würde sie über etwas berichten, bei dem sie keine Zensur zulassen würde.

„Na gut, Liebes. Ich werde dir dein Haus besorgen und es dich wissen lassen, wenn es dir gehört. Gib mir deine neue Handynummer, und wenn ich dir schreibe, dass ich jetzt mit Kevin zusammen bin, dann weißt du, das ist der Code dafür, dass das Haus dir gehört. Dann kannst du dich, wenn es nötig ist, dort verstecken." Sie sagte Miria davon nichts, aber sie würde ein wenig die Fühler ausstrecken, um festzustellen, welche Gruppierung oder Organisationen da eventuell hinter ihrer Freundin her waren, falls überhaupt.

„Hier ist das Geld, das du brauchen wirst." Miria hatte die entsprechende Summe in eine neue Handtasche gepackt, da es doch etliche Scheine waren. Ein Umschlag erschien ihr zu doof. Ashley überraschte sie mit einem eigenen Angebot:

„Warst du schon in deiner Wohnung?" Als Miria den Kopf schüttelte, fuhr sie fort:

„Ich gehe hin und räume auf, einverstanden?" Miria war wirklich froh, denn sie hatte absolut keine Lust, noch ein weiteres Chaos in ihrem Leben zu sehen und war dankbar, eine so gute Freundin zu haben. Wenn man keine oder wenig Familie hatte, ließ man sich bei Freundschaften tiefer ein. Ashley hatte in den Staaten zwar noch ihre Familie, aber die war weit weg. Die beiden Frauen waren nicht nur einmal zusammen „um die Häuser gezogen". Aber immer, wenn eine einen Freund hatte, ließen die gemeinsamen Aktivitäten nach. Dennoch hielt die Freundschaft nun schon 15 Jahre und würde noch weiter halten, weil sie sich gegenseitig immer wieder halfen.
Miria sagte Ashley noch, wo der Haustürschlüssel draußen versteckt war und dann verabschiedeten sich die beiden Frauen und hatten beide das komische Gefühl, dass sie sich unter ungewöhnlichen Umständen wiedersehen würden. Aber keine sagte etwas darüber. Miria hoffte nur, dass sie das Richtige getan hatte. Das konnte jedoch nur die Zukunft zeigen.

6.

Die Handynummern ihrer neuen Freunde und ihres überraschend aufgetauchten Großvaters hatte Miria noch nicht wieder beschaffen können. Das Prepaid-Handy, das sie in Rom benutzt hatte, hatte sie im Vatikan gelassen. Durch ihren hastigen Aufbruch hatte sie einfach nicht daran gedacht, sie wenigstens abzuschreiben. Allerdings hatte sie in der Dienststelle von Pete eine Nachricht hinterlassen, dass ihre E-Mail-Adresse noch gültig war und er sie darunter kontakten könne.

Nun jedoch war sie unterwegs nach Werneck, wo sie hoffte, mehr über den Insassen der Anstalt zu erfahren. Da sie sich jedoch nicht angemeldet hatte, war sie sich nicht sicher, wie weit sie kommen würde. Doch sie wollte momentan nicht so viel über das Telefon oder via Internet machen und eher spontan und unerwartet agieren. Das machte es schwerer sie aufzuspüren.

*

Osama Ramadan saß frustriert in dem Callcenter, das sein neuer Arbeitgeber war, und fragte sich zum hundertsten Mal, wie die ägyptische Regierung es nur zulassen konnte, dass sich alles, ja wirklich alles, so sehr verschlechterte. Die Unruhen im Lande ließen den Touristenstrom fast ganz versiegen und das in einem Land, das zu 80 % vom Tourismus lebte. Ägypten hatte zwar eine Reihe eigener Rohstoffe, doch die waren vertraglich ans Ausland gebunden und so hatte sein Land nicht wirklich gelernt, von etwas anderem als dem Tourismus zu leben. Das betraf ihn auch ganz persönlich, denn er war Archäologe. Doch ohne Ausgrabungen musste er Touristen führen und ohne Touristen, die die antiken Stätten besuchten, gab es für Menschen wie ihn keinen Bedarf. Zwei Jahre hatte er mit seiner Familie von den Ersparnissen gelebt, doch die Lage hatte sich nicht gebessert. Trotz neuer Regierung blieb sein Land ein dauerhafter Unruheherd. Zu viel an Frustration hatte sich all die Jahre über in den verschiedensten Gruppierungen aufgestaut und alles war irgendwie an den Glauben und einigen Fanatikern gekoppelt. Konnte nicht jeder einfach glauben dürfen, was er will, ohne dass das irgendeinen Einfluss auf die Wirtschaft hatte? In den christlichen Ländern funktionierte das doch auch einigermaßen. Er hatte in Deutschland studiert und wusste, wie ein solches Leben aussehen konnte, ein Leben in Toleranz und im Miteinander und nicht im Gegeneinander. Sicher, Deutschland war auch durch eine harte Schule gegangen, um bis dorthin zu kommen und wie es aussah, ging nun sein Land da durch.

Einmal mehr musste er sich die bittere Wahrheit eingestehen, dass seine Landsleute hinter der Entwicklung der westlichen Nationen irgendwie zurückgeblieben waren, aber wie konnte das geschehen? Standen in Ägypten nicht die beeindruckendsten Bauten der ganzen Welt? Nun ja, vielleicht nicht alle, aber sicher die meisten davon. Hier hatte einst eine Kultur geblüht, hinter der die restliche Welt zurückstand und nun war es umgekehrt. Gut, es waren nicht das arabische Volk und auch keine Muslime gewesen, die die Pyramiden und all die Tempelanlagen schufen, von denen die modernen Ägypter nun viele Jahre lang profitiert hatten. Hatte nun das Schicksal zurückgeschlagen? Waren sie nicht achtsam

genug mit diesem Erbe umgegangen, sodass sie sich nun mit den Konsequenzen herumschlagen mussten?
Seine deutsche Freundin Petra, die er nun schon Jahre nicht mehr gesehen hatte, würde wohl sagen, dass das Karma Ägypten eingeholt hatte. Sie hatte immer wieder gesagt, dass die geschäftliche Gier, die sich durch die Händler an den Pyramiden und vielen der Bauten zeigte, irgendwann auf sie selbst zurückfallen würde und sie hatte recht behalten. Ihm war die Belästigung der Touristen schon immer ein Gräuel gewesen und er hatte sich immer geschämt, wenn er mit Gruppen unterwegs gewesen war. Zumal er all zu oft gebeten worden war, Händler wieder aus dem Bus zu werfen, weil sie gar zu aufdringlich und einfach nicht mehr loszuwerden waren.
Aber nun wünschte er sich wieder in diese Zeiten zurück, denn das war immer noch besser als das, was er nun machen musste. Es läutete, seine Pause war beendet und er musste wieder an den verhassten Telefondienst gehen, aber so konnte er wenigstens mehr schlecht als recht seine Familie ernähren. Wie lange er seine Kinder aber noch auf die teure Privatschule gehen lassen konnte, lag in den Sternen.
Als er sich am Abend wieder einmal durch den grauenhaften Verkehr Kairos kämpfte, der keine Regeln kannte, weil niemand die Menschen darin unterrichtete, ahnte er noch nicht, dass ihn zu Hause eine Überraschung erwartete. Seine Frau fing ihn an der Haustüre ab und unterrichtete ihn, dass zwei Herren ohne Voranmeldung aufgetaucht und einfach nicht fort gegangen waren. Sie hatten darauf bestanden, auf ihn zu warten. Er hatte zwar ein Handy, seine Frau aber nicht und so hatte sie keine Möglichkeit gehabt, ihn vorzuwarnen, zumal sie ihn in dem Callcenter nicht anrufen durfte.
Osama musterte seine ungebetenen Besucher und sah zwei Männer in schwarzen Anzügen, die in einer westlichen Stadt einfach untergehen würden, so unauffällig waren sie, doch desto auffälliger waren sie in Kairo, zumindest jetzt, wo so wenige Ausländer hier unterwegs waren. Was mochten die von ihm nur wollen?
Der größere der beiden stellte sich und seinen Kollegen vor:
„Mr. Ramadan, mein Name ist Neill Smith und das ist Paul Young."

Osama musterte die beiden erneut, und wenn diese Männer wirklich so hießen, dann wäre sein Name in Zukunft Obama und nicht mehr Osama.
„Wir möchten Sie und Ihre Fachkenntnisse für drei Monate engagieren. Mit Ihrem derzeitigen Arbeitgeber haben wir bereits gesprochen. Er beurlaubt Sie für diese Zeit und Sie können danach, wie gewohnt, wieder bei ihm anfangen."
Osama traute seinen Ohren nicht, daher antwortete er:
„Von welchen Fachkenntnissen sprechen Sie denn? Ich arbeite in einem Callcenter..."
„Ja, aber Sie sind Ägyptologe und wir brauchen Sie an einer Ausgrabungsstätte, in der Nähe vom ehemaligen Heliopolis."
„Ist denn da noch immer das Team unter Dietrich Raue tätig? Ich dachte, die Ausgrabungen wären wegen der politischen Lage momentan ausgesetzt."
Smith zögerte kurz und meinte dann:
„Sagen wir einmal, wir haben dem derzeitigen Regime Satellitenaufnahmen gezeigt, die so überzeugend waren, dass wir die Genehmigung erhalten haben."
„Und wer ist ‚wir'?", fragte er seine Besucher. Insgeheim tippte Osama auf den amerikanischen Geheimdienst, aber wenn das so war, dann würde man ihm das wohl kaum auf die Nase binden.
„Wir sind im Auftrag einer bekannten Firma hier, deren Name wir Ihnen erst nennen können, wenn Sie die Geheimhaltungsklausel unterschrieben haben. Wie Sie wissen, braucht Ägypten alle Hilfe, die es kriegen kann und im Austausch für die Grabungsgenehmigung gibt es von uns solche Hilfe. Wir werden Sie großzügig bezahlen und Sie werden zumindest eine Weile wieder in ihrem eigentlichen Beruf arbeiten können. Was halten Sie davon?"
Smith machte eine kurze Pause, um Osama die Gelegenheit zu geben, über seine Worte nachzudenken und fuhr dann fort:
„Wenn Sie ‚ja' sagen, sind Sie zu absoluter Geheimhaltung verpflichtet. Sie dürfen niemanden, auch nicht ihrer Familie von Ihrer Arbeit erzählen und Sie wären die drei Monate von ihnen getrennt und dies wäre ihr Honorar."

Smith zeigte ihm einen Scheck und die Summe war so hoch, dass Osama fast die Augen aus dem Kopf fielen. Er würde seine Familie für drei Jahre gut ernähren können und die Kinder würden auch weiterhin auf ihre Privatschule gehen dürfen und dann bliebe immer noch etwas für Extras übrig... Da gab es kein Zögern mehr. Was auch immer man da gefunden hatte oder finden wollte, er würde auf die Bedingungen eingehen. Er hatte gar keine Wahl, bei der Lage in seinem Land, musste er einschlagen und das tat er daher auch. Er fragte sich allerdings, warum er drei Monate von seiner Familie getrennt werden sollte, wenn die Ausgrabung doch in Heliopolis sein sollte, das durch die unkontrollierte Städtewucherung zu einem Teil von Kairo geworden war.

*

„Warum haben Sie keine Experten aus Ihrem Land dabei?“ Diese Frage hatte ihn gleich beschäftigt und als sie drei Tage später unterwegs zur Ausgrabungsstätte waren, getraute er sich nun endlich, sie zu stellen.“
Smith antwortete bereitwillig:
„Wir haben einige dabei, aber durch die Unruhen in Ihrem Land mussten wir unser Personal ziemlich beschränken, da wir möglichst unauffällig bleiben wollen. Aber die, die wir dabei haben, sind zu einigen Schlüssen gekommen, die wir nun von einer unabhängigen Expertenmeinung verifizieren wollen. Sie erschienen uns als die geeignete Wahl, da Sie durch Ihr Studium und den vielen Kontakt mit Ausländern einen offeneren Geist zu haben scheinen als die meisten Ihrer Kollegen.“
Osama stimmt ihm innerlich zu, aber er hatte noch mehr Fragen:

„Ich habe zwar Ägyptologie studiert, aber ich bin an keinem Institut beschäftigt. Sind Sie sicher, dass Sie den richtigen Mann engagiert haben?“
„Das sind wir. Unser Arbeitgeber hat Sie wegen Ihres unkonventionellen Denkens ausgesucht. Osama lachte bitter auf. Es war genau dieses unkonventionelle Denken, das dazu geführt hatte, dass er Touristen führen musste, obwohl er das wirklich gern gemacht hatte und nun in einem Callcenter gelandet war. Er hätte wissen müssen, dass logische Beweisführung, die zu nicht passenden Resultaten führte, unwillkommen war

und er hatte es gewusst, aber er hatte auch nicht aufhören können... Er zwang sich, Smith weiter zuzuhören:
„Um Sie nicht zu beeinflussen, werden Sie die Resultate unserer Experten nicht einsehen dürfen und sie auch nicht treffen. Die beiden sind ohnehin momentan an einer anderen Grabungsstelle unabkömmlich."
Osama sah ihn erstaunt an:

„Noch eine?" So langsam fing Osama an, sich unbehaglich zu fühlen. Wusste er überhaupt, auf was er sich da eingelassen hatte? Was immer es auch war, nun musste er da durch. Er betete stumm zu Allah, dieser möge ihn und seine Familie heil durch diese drei Monate bringen. Das hohe Honorar hatte ihn zwar schon stutzig gemacht, aber andererseits ... was hätte er machen sollen? Er hatte Verpflichtungen seiner Familie gegenüber. Seine Frau hatte bei der Verkündung, dass er drei Monate fort wäre, die Lippen zusammengekniffen und geschwiegen. Er war wieder einmal überaus dankbar für die Vorsehung, die sie ihm zugeführt hatte. Aber wenn er zurück war, würden sie wohl erst wieder zueinanderfinden müssen. Er seufzte. Sie und die Kinder würden ihm fehlen. Er liebte sie alle und tat es aus Liebe und Farah wusste das auch ganz genau.

Smith biss sich auf die Lippen, als hätte er schon zu viel gesagt und hüllte sich ab da in Schweigen. So versank Osama in seine Betrachtungen und Vermutungen über das, was ihn erwartete, aber nichts hatte ihn auf das vorbereitet, was er einige Wochen später sehen würde.

Pater Pio war nicht weniger durcheinander nach dem Gespräch mit Frau Toral als diese. Sie hatte ihn mit vielen Fragen zurückgelassen und so gut wie keinen Antworten. Ein Anruf aus Deutschland brachte ihn jedoch auf andere Gedanken und ließ ihn sofort die Koffer packen. Einmal mehr musste er sich bei seinem Vorgesetzten entschuldigen, aber als er ihm erzählte, worum es ging, erhielt er sofort wieder frei und war bis auf Weiteres beurlaubt, da er ja eigentlich ohnehin im Urlaub weilte, der durch das Konklave jedoch unterbrochen worden war. Die Unterlagen, die ihm durch Schwester Marie-Rosalie übergeben worden waren, nahm er jedoch mit. Er wollte sie nicht unbeaufsichtigt irgendwo, und sei es im Vatikan, herumliegen lassen. Da er mit der Bahn reiste, konnte er nun beginnen, sich mit ihnen zu beschäftigen.

7.

Auf der anderen Seite des Schleiers jubelte Helena und „sprang“ von Pater Pio zu Miria und von dort wieder zurück zu dem Padre. Nun würde das geschehen, was sie zu ihren Lebzeiten hatte verhindern müssen und das aus den verschiedensten Gründen. Aber es war notwendig geworden.

*

Miria war unterdessen in Werneck angekommen, suchte sich einen Parkplatz und machte sich dann auf ins Schloss des Ortes, denn dort war die Klinik, die sie suchte, untergebracht. Nach langem Durchfragen saß sie nun im Wartezimmer eines Dr. Fellow und hatte bereits alle aufliegenden Zeitschriften genervt durchgeschaut. Nun gut, sie hatte keinen Termin und der Kalender eines Arztes war immer voll. So übte sie sich weiterhin in Geduld und stellte sich schon innerlich darauf ein, am nächsten Tag wieder kommen zu müssen, als die Tür aufging und Pater Pio eintrat. Die beiden starrten einander an, aber keiner brachte einen Ton hervor. Schließlich bat der Padre Miria mit einem Wink vor die Tür zu treten, denn er hatte keine Lust, vor den Wartenden mit Miria zu sprechen. In einiger Entfernung platzte es aber aus ihm heraus:
„Was ist das denn für ein eigenartiger Zufall, der Sie hierhergeführt hat? Ich dachte, Sie wären noch in Rom und würden eine Expedition vorbereiten?“
Da der Padre bei dem „Sie“ blieb, tat es Miria ihm gleich:

„Das Gleiche könnte ich Sie fragen. Was führt Sie denn ausgerechnet hierher?“
„Ich habe zuerst gefragt...“ Der Padre war etwas verschnupft, denn er war es gewohnt, mit Respekt und manchmal gar mit Ehrfurcht behandelt

zu werden. Aber es fiel ihm sofort auf und er schalt sich ob seines Egos und beschloss, sofort die Zeremonie aus den Unterlagen durchzuführen, die sich mit dem Ego befasste. Ihm wurde in diesem Moment klar, dass ihm von nun an immer durch Ereignisse im Außen aufgezeigt würde, was der nächste Schritt wäre. Mühsam holte er sich in die Gegenwart zurück, denn wenn er schon eine Antwort von Miria forderte, sollte er ihr auch Aufmerksamkeit zollen.
„Meine Großmutter ist vor Kurzem gestorben und sie hat jeden Monat viel Geld hierher überwiesen und ich möchte wissen weshalb. Darum bin ich hier und Sie?"
„Ich habe einen Brief dieser Anstalt erhalten. In dem werde ich gebeten, sofort hierherzukommen, weil eine Verwandte darum gebeten hat. Es ist alles sehr nebulös gehalten. Aber ich hatte das dringende Bedürfnis, dem sofort nachzugehen und auch dem Trubel im Vatikan erst einmal zu entfliehen."
Weiter kamen die beiden nicht, denn eine Sprechstundenhilfe lugte zur Tür des Wartezimmers heraus und rief sie herein.
„Doktor Fellow wartet bereits und seine Zeit ist kostbar. Da der Fall, um den es geht, Sie beide betrifft, und Sie zufällig auch beide gleichzeitig hier sind, bittet er Sie nun beide herein." Erstaunt sahen sich der Pater und Miria an, zuckten beide die Schultern und folgten der Schwester.
Diese wies ihnen mit der Hand eine Türe zu, die vom Flur direkt ins Zimmer des Doktors führte, sodass sie das Wartezimmer nicht mehr betreten mussten.

Die beiden sahen sich einem hochgewachsenen, schwarzhaarigen Mann mit einer Brille gegenüber, dessen Augen etwas hervorquollen. Er sah sie nachdenklich an und ließ sich Zeit, doch schließlich raffte er sich mit sichtlicher Mühe auf, zu ihnen zu sprechen und wandte sich zunächst an Miria.

„Frau Toral, Sie behaupten, die Enkelin von Helena Trautwein zu sein. Ist ‚Toral' der Name Ihres Mannes?"
„Nein, es ist der Name, den meine Großmutter mir gab. Sie glaubte mich schützen zu müssen, weil sie der Meinung war, dass meine Eltern nicht durch einen einfachen Autounfall ums Leben kamen, sondern umge-

bracht wurden. Sie lebte unter dem Namen Gerda Reuß, anstatt Helena Trautwein, und zwar aus dem gleichen Grund. Ich habe eine Kopie meiner Geburtsurkunde hier, wenn Sie einen Beweis brauchen. Ich bin hier, weil hierher eine große Summe Geldes ging und das seit über drei Jahrzehnten und ich wissen möchte, weshalb."
Um Pater Pios Fassung war es geschehen. Er konnte nicht mehr warten und das zweite Mal innerhalb von wenigen Minuten konnte er nicht an sich halten und platzte heraus:

„Trautwein? Du heißt eigentlich Trautwein, Melissa Trautwein?"
„Ja, woher weißt du das?" Miria hatte sich erstaunt ihm zugewandt.
„Weil mein weltlicher Name Steffan Trautwein ist, benannt nach meinem Vater, der zusammen mit meiner Schwester Melissa und meiner Mutter bei einem Autounfall ums Leben kam..."
„Ich verstehe nicht..."
Hier griff der Doktor wieder das Wort:
„Heißt das etwa, dass Sie sich gegenseitig gar nicht kennen? Als nächste Verwandte meiner Patientin sind nämlich außer ihrer Großmutter noch Steffan und Melissa Trautwein in den Papieren genannt. Ich habe Frau Trautwein nie kennengelernt, denn in der Zeit, in der ich diese Patientin betreue, hat sie nie Besuch erhalten und ich habe mich immer gewundert warum. So langsam scheint Licht in die Angelegenheit zu kommen..."
„Finden Sie? Ich sehe noch kein Fünkchen dieses Lichtes. Auf mich ist in den letzten Wochen so viel eingestürmt, dass ich nicht mehr klar denken kann..."
„Nun, dann wollen wir vielleicht zumindest hier Klarheit schaffen."
„Sie, Padre, heißen eigentlich Steffan Trautwein, legten mit Ihrer Ordinierung diesen Namen jedoch ab und sind nun Pater Pio, richtig?"
„Ja, richtig."
„Und Sie heißen nun Miria Toral, aber Ihr Ursprungsname lautet Melissa Trautwein und Ihre Großmutter hieß Helena Trautwein, auch wenn sie unter dem Namen Gerda Reuß lebte, richtig?"
„Ja, richtig."
Und wieder sprudelte es aus Pater Pio heraus:

„Aber meine Großmutter hieß auch Helena Trautwein und mein Großvater Anton..."
Miria und der Padre starrten sich an, denn ihnen ging nun auf, dass Helena Trautwein ihre gemeinsame Großmutter war und das hieß...
„Sie beide sind also Geschwister, aber Sie scheinen sich nicht zu kennen, sind also wohl nicht gemeinsam groß geworden", stellte der Doktor fest.
Beide nickten wie betäubt, doch die Eröffnungen waren noch nicht beendet, denn Dr. Fellow hatte noch mehr für sie:
„Dann muss ich Ihnen nun eröffnen, dass Sie beide noch eine Schwester haben, die Clara heißt und seit über drei Jahrzehnten hier in der geschlossenen Anstalt lebt."
Pater Pio sprang nun auf, ihn hielt nichts mehr auf dem Stuhl.
„Das kann nicht sein, meine Schwester hatte psychische Probleme, das stimmt, aber sie starb schon vor vielen Jahren, deshalb bin ich ja in den Orden eingetreten und habe die Laufbahn eines Exorzisten eingeschlagen, weil ich nach Wegen suche, das Böse zu bekämpfen. Ich möchte verstehen, was meiner Schwester zugestoßen ist."
„Nun, Padre, ihre Schwester lebt noch. Ich weiß nicht, warum man Sie über deren Schicksal angelogen hat. Aber Tatsache ist, dass Ihre Familie aus drei Geschwistern besteht und erst durch den Tod Ihrer Großmutter, das nun an den Tag gekommen ist. Ich bin sicher, dafür müssen gute Gründe vorliegen, und wenn da Mord im Spiel ist..."
Dr. Fellow ließ den Satz unvollendet und gab den beiden Menschen vor sich Zeit, die Neuigkeiten zu verdauen. Er verließ kurz das Zimmer, um seiner Sprechstundenhilfe mitzuteilen, dass dieser Fall mehr Zeit brauchen würde, als er gedacht hatte und da er bald Mittagspause hätte, beschloss er, diese sausen zu lassen. Hier ging etwas vor, das auf seine künftige Arbeit Einfluss nehmen würde, das konnte er deutlich spüren, wenn er auch nicht verstand, wie. Einem Exorzisten begegnete man nicht jeden Tag und auch die Frau hatte etwas, das er nicht greifen konnte, aber überaus faszinierend war.
Als er in sein Sprechzimmer zurückkehrte, saßen die beiden noch genauso da, wie er sie verlassen hatte. Sie hatten wohl keinen Ton miteinander gesprochen, weil sie zu sehr mit sich selbst beschäftigt waren.

Das war auch kein Wunder und nun musste er sie mit ihrer „neuen“ Schwester vertraut machen und auch erklären, warum sie noch immer hier war, ohne dass sich an ihrem Zustand je etwas verändert hatte und das seit über 30 Jahren...
„Frau Toral, Pater... sind Sie in der Lage und willens, Ihrer Schwester zu begegnen?“

Pater Pio zögerte kurz und meinte dann:
„Ich möchte sie auf jeden Fall sehen, aber vorher möchte ich etwas über ihren Zustand wissen...“
Miria stimmte ihm zu:
„Auch ich möchte sie sehen und mehr wissen. Nach Nannys Tod war ich ganz allein und nun kann ich mich vor Verwandten, die mir jedoch völlig fremd sind, gar nicht retten.“
Dass sie Anton Trautwein schon kennengelernt hatte, erwähnte sie zu diesem Zeitpunkt nicht, da Pater Pio... sie verbesserte sich in Gedanken, Steffan, ihn nicht getroffen zu haben schien, als er im Vatikan gewesen war. Oder hatte er es einfach noch nicht erwähnt? Zeit für einen Austausch hatten sie ja noch gar keinen gehabt und der Padre hob sich die Information darüber, dass er gerade erst sozusagen nachträglich eine Tante in Schwester Marie-Rosalie wiedergefunden hatte, ebenfalls für später auf.
Dr. Fellow fuhr fort:
„Ihre Schwester hat alle sechs Stunden, man kann danach die Uhr stellen, eine Art Anfall. Aber es ist kein epileptischer Anfall, keinen, den man krankheitsbedingt ansehen könnte, jedenfalls nicht, was körperliche Krankheiten betrifft. In ihr tobt dann ein Kampf und nach dem, was sie dabei äußert, scheint etwas in ihr zu sein, was unbedingt raus will, was sie jedoch nicht rauslassen will oder kann.“
„Das klingt wie eine Besetzung...“, unterbrach der Pater den Arzt und dieser nickte.
„Das haben wir natürlich in Betracht gezogen und daher auch geistigen Beistand gesucht, doch der zuständige Exorzist hat seine Rituale vollzogen, ohne dass sich irgendetwas daran geändert hat. Unsere Klinik hat das im Laufe der Jahrzehnte mit den verschiedensten Personen in

dem entsprechenden Amt immer wieder versucht, doch immer mit dem gleichen Ergebnis. Wir stellten die Patientin zumindest für die Nacht ruhig, weil sie dabei wirklich tobt und sich selbst und andere verletzen kann, doch ist vor etwa 11 Jahren etwas Ungewöhnliches passiert. Eine andere Patientin wurde hier eingeliefert und die beiden begegneten sich, als Clara kurz vor einem ihrer Anfälle auf ihr Zimmer gebracht werden sollte. Die andere Patientin berührte Clara in der Brustmitte, bevor der Pfleger es verhindern konnte und das war wohl gut so, denn seitdem verlaufen die Anfälle wesentlich gemäßigter und als wir auf die Idee kamen, Sisa, so heißt die andere Patientin, zu Clara zu verlegen, blieben die Anfälle nachts ganz aus. Wir konnten also die Ruhigstellungsmedikamente absetzen, aber da die Anfälle tagsüber weitergehen, konnten wir Clara nicht in die Gesellschaft und zu ihrer Familie zurückbringen. Das geht auch deshalb nicht, weil die Anfälle sofort wieder heftiger werden und nachts wieder einsetzen, wenn wir die beiden Frauen trennen. Wenn wir also Clara entlassen wollten, müssten wir ihr Sisa mitgeben.
Sisa nun wiederum ist hier, weil sie kein Wort in einer bekannten Sprache sprechen kann, also weder Deutsch, Englisch noch Französisch. Wir haben es mit vielen, auch ungewöhnlichen und seltenen Sprachen versucht, doch keine hat sie verstanden, d.h. genau gesagt, scheint sie einige Worte des Lateinischen zu verstehen und auch von anderen europäischen Sprachen, aber keine richtig. Sie wäre sicher in der Lage, eine zu lernen, wenn sich jemand die Mühe machen würde, sie ihr beizubringen, aber da gibt es den Hinderungsgrund, warum sie eigentlich hier ist: Sie hat eine irrsinnige Angst vor jeder Form von Technik. Es ist, als ob alles, was wir so gewohnt sind, ihr völlig fremd ist und ihr daher eine Heidenangst einjagt. Wir haben versucht an diesen Ängsten zu arbeiten, aber dazu müssten wir die Sprachbarriere durchbrechen, was uns nicht gelungen ist und ehrlich gesagt, hat auch niemand von uns die zeitliche Kapazität, sich so intensiv mit Sisa zu beschäftigen, wie sie es bräuchte, also wird sie weggesperrt..."
Der bittere Tonfall, den der Arzt hier durchklingen ließ, zeigte, dass er selbst mit dieser Methode nicht einverstanden war, aber einfach keine Alternative dafür hatte.

„Wer ist diese Sisa, woher ist sie gekommen? Hat sie noch Verwandte?"
In Pater Pio entwickelte sich langsam ein Plan, eine Idee.
„Ehrlich gesagt, wir wissen es nicht genau. Sie wurde irgendwann völlig zerlumpt und ausgehungert aufgegriffen. Wir haben versucht ihren Weg nachzuvollziehen. Ihre Wanderung hat möglicherweise in Rom begonnen, da es dort einen Polizeibericht über sie gibt, der aussagt, dass man sie völlig hysterisch beim Pantheon aufgegriffen hat. Sie wurde festgehalten, ist aber irgendwie wieder entwischt und dann losgezogen und hat von dem gelebt, was sie in der Natur fand. Da sie keinen Unterschied zu Privateigentum und dem, was in der freien Natur wächst, zu kennen schien, landete sie auch in der Folge immer wieder mal auf einer Polizeiwache, aber die ließen sie wieder laufen, weil sie mit ihr nichts anfangen konnten. Erst als sie in Deutschland wegen Diebstahls gefasst wurde, landete sie dann schließlich hier. Der Zustand ihrer Füße, Schuhe hatte sie keine, und ihrer Kleidung ließen darauf schließen, dass sie monatelang unterwegs gewesen sein muss und dabei wohl auch die Alpen überquert hat. Ihre Kleidung wirkte wie aus einer anderen Zeit und hat nichts mit dem zu tun, was wir in Geschäften kaufen können. Wir haben die Sachen hier unter Verschluss. Meine Vorgänger und ich sind einhellig der Meinung, dass wir sie aufheben müssen, weil sie noch einmal wichtig werden könnten. Also beide Frauen geben Rätsel auf, aber scheinen sich gegenseitig zu helfen, denn in der Gegenwart von Clara ist Sisa nicht ganz so ängstlich, wenn irgendwelche elektrischen Geräte laufen. Können Sie sich vorstellen, wie es ist, schon vor einer automatischen Tür Todesängste auszustehen?"
Als die beiden vor ihm mit dem Kopf schüttelten, nickte er zustimmend:
„Ich kann es auch nicht, aber genau das ist bei Sisa der Fall."
„Warum nennen Sie sie Sisa? Ist das wirklich ihr Name?" Pater Pio war von der Geschichte des Arztes sichtlich fasziniert, betraf es doch sein Fachgebiet.
„Der Name ist das Einzige, was wir aus ihr herausbekommen haben. Sie ist überaus intelligent, daran gibt es keinen Zweifel. Sie ist nicht verrückt, nur völlig desorientiert und was dieses Trauma ausgelöst haben könnte, da tappen wir nach 11 Jahren immer noch völlig im Dunkeln. Beide Fälle sind einzigartig und ungewöhnlich. Sie passen in kein Schema, weshalb

wir auch keinen Therapieansatz gefunden haben, der wirklich Fortschritte zeigt. Wir schützen die beiden Frauen vor der Gesellschaft, aber auch die Gesellschaft vor ihnen. Mehr können wir derzeit nicht tun."
Miria und der Padre hatten nun wiederum einiges zu verdauen. Irgendwie schien ihre Familie voller Rätsel zu stecken und auch noch Rätsel anderer anzuziehen...

„Können wir Clara jetzt sehen?" Miria sprach Pater Pio aus dem Herzen, denn auch er wünschte sich, seine tot geglaubte ältere Schwester zu sehen und hatte aber noch sehr damit zu kämpfen, seine jüngere, ebenfalls tot geglaubte Schwester nun leibhaftig und sehr lebendig neben sich zu haben. Immer wieder streifte sie sein Blick und auch sie suchte den Blickkontakt. Doch den privaten Austausch mussten sie auf später verschieben.
Der Arzt führte sie durch mehrere Türen. Die letzten drei konnten nur mit einer Zugangskarte geöffnet werden. Schließlich öffnete er die Tür zu einem Gemeinschaftsraum, in dem mehrere Patienten und Patientinnen friedlich an Tischen verteilt saßen und verschiedene Brettspiele spielten oder Puzzle legten. Auf den ersten Blick hätte man nicht sagen können, warum diese Menschen isoliert waren. Dr. Fellow ging auf zwei Frauen in den Vierzigern zu. Jemand hatte wohl deren Haar gerade erst glatt gebürstet und sie auf den Besuch vorbereitet, weil es noch so glänzte. Beide Frauen wandten den Blick zu Dr. Fellow, ohne die beiden anderen Besucher zu beachten. Ohne Zweifel war er eine Bezugsperson für sie.

„Hallo Clara, hallo Sisa. Clara, hier sind zwei Menschen, die jetzt erst erfahren haben, dass du lebst und dass du zu ihrer Familie gehörst und sie würden dich gerne kennenlernen. Das ist dein Bruder Steffan und deine Schwester ... Melissa."
Dr. Fellow nannte die Namen, die Clara vielleicht noch etwas sagen würden, und hoffte auf eine Reaktion, doch was dann geschah, damit hatte niemand gerechnet, denn Clara rollte die Augen nach oben, sodass man nur noch das Weiße sah, und rutschte dann unkontrolliert von ihrem Stuhl. Sie war ohnmächtig geworden. Dr. Fellow fühlte rasch ihren Puls und kontrollierte die Augen. Die Iris war bei beiden wieder an Ort

und Stelle, aber Clara blieb bewusstlos. Ein Pfleger wurde gerufen, der sie hochhob und sie auf ihr Zimmer brachte.
Sisa folgte ihr, während ihr Tränen in einem unaufhörlichen Strom lautlos über die Wangen rollten. Unerwartet drehte sie sich um, lief noch einmal zurück, umarmte Miria und murmelte immer wieder „Susan, Susan“ und noch einige Worte, die diese jedoch nicht verstand. Pater Pio jedoch zuckte zusammen, was Miria allerdings entging. Dr. Fellow führte die beiden Besucher schließlich wieder in sein Sprechzimmer.

„Ihr Besuch hat bei beiden Frauen etwas ausgelöst, was ich doch sehr erstaunlich finde. Wir werden sie die nächsten Tage beobachten und sehen, was geschieht. Hier können Sie im Moment nichts ausrichten. Kommen Sie bitte morgen um 12.30 Uhr wieder. Dann kann ich Ihnen vielleicht mehr sagen. Bitte entschuldigen Sie mich nun, die Pflicht ruft.“
Damit waren die beiden entlassen und standen für einen Moment ziemlich verwirrt vor dem Zimmer des Doktors, aus dem sie so eilig hinauskomplimentiert worden waren. Doch dann berührte Pater Pio Miria am linken Ellbogen und führte sie in ein nahe gelegenes Café an der Hauptstraße, wo ein Latte Macchiato ihre Lebensgeister wieder weckte. Während beide ihren Café genossen, sah Miria ihren neu gewonnen Bruder über den Tassenrand hinweg sinnend an. Schließlich hielt sie es nicht mehr aus:
„Nun, dann bist du also mein Bruder, welche Überraschung. Ich spürte doch gleich eine Verbindung, wenn ich auch nicht an eine dieser Art dachte.“

Miria war auch ein bisschen enttäuscht, wie sie sich selbst eingestand. Schon in Rom hatte sie beim Anblick vieler Ordensbrüder es schade gefunden, dass diese sich für ein Leben ohne Frau und Kinder entschieden hatten und damit „vom Markt weg waren“. Die Liebe gehörte doch zum Leben. Warum durfte sie nicht auch in deren Leben eine Rolle spielen? War nicht „liebet einander“ die zentrale Kernaussage von Jesu Lehren gewesen? Das Zölibat war Miria schon immer sinnlos erschienen. Wie konnte ein Pfarrer ein Ehepaar beraten und unterstützen, wenn er gar nicht selbst erlebt hatte, wie das Zusammenleben als Paar war? Pater Pios Worte rissen sie aus ihren Gedankengängen...

„Das kann man wohl sagen. Weißt du, erst vor Kurzem lernte ich Schwester Marie-Rosalie, die Äbtissin eines Konvents kennen und kurz danach erfuhr ich in Rom durch einen Brief von ihr, dass sie meine Tante ist. Als ich sie dann per Telefon sprechen wollte, erfuhr ich, dass sie völlig unerwartet, kurz nach meinem Besuch, verstorben ist. Und nun tauchen gleich zwei Schwestern auf, von denen eine bei meinem Anblick ohnmächtig wird. Ich hoffe, dass ihr nicht gleich etwas Schlimmes passiert, oder etwa dir."
„Na, das hoffe ich auch, aber angesichts der jüngsten Ereignisse kann ich für nichts garantieren..." Miria seufzte. Eigentlich war sie aus Rom geflohen, um etwas Ruhe zu finden und ihre Gedanken und Gefühle zu sortieren, doch nun prasselten neue auf sie ein, die die vorherigen Ereignisse zunächst erst einmal verdrängten. Sie musste sich an den Gedanken, nun einen Bruder zu haben, erst einmal gewöhnen, aber es war ein angenehmes Gefühl damit verbunden, denn dieser Steffan/Pater Pio schien ein netter Mann zu sein, einer, auf den man sich verlassen konnte.

Die beiden sprachen stundenlang miteinander und tauschten dabei ihre Lebensläufe aus. Steffan war bei Pflegeeltern groß geworden, weil sein Großvater beruflich ständig unterwegs gewesen war und sich nur hin und wieder um ihn kümmern konnte. Als er sich einem Kloster angeschlossen hatte, war sein Großvater Anton alles andere als begeistert gewesen und seine Besuche waren immer seltener geworden. Miria verriet Pater Pio nun, dass er ihn im Vatikan knapp verpasst haben musste und dort unter dem Namen Ingo Weber logierte. Irgendwie war in allen diesen Geschichten der Gegenwart und auch in denen der Vergangenheit noch viel Verwirrung, was Namen betraf, sehr seltsam... Und noch etwas war komisch:
War sich Anton der Anwesenheit von Pater Pio im Vatikan bewusst gewesen und hatte den Kontakt vermieden? Oder war es ihm nicht gesagt worden? Wer die Übersicht hier hatte, war Kardinal Clemont. Er musste es zumindest gewusst haben. Aber der war durch das Konklave auch mehr als beschäftigt gewesen... So wie sie diesen einschätzte, hatte er

zu jeder Zeit genau gewusst, wer wo womit beschäftigt war. Naja, im Moment konnten sie hier keine Aufklärung finden. Das musste warten.

8.

Pete stand an der Fontane di Fiumi, dem Vierströmebrunnen, und schaute Petra nur verdattert an. Dass Miria sich verabschiedete, bekam er nur am Rande mit. Was machte seine geschiedene Frau hier in Rom und wie kam es, dass sie und Miria sich kannten? Genau diese Fragen stellte er auch Petra, als ihm endlich bewusst wurde, wie dämlich er wirken musste.
Petra erging es nicht viel besser. In ihr regte sich wieder Schuldbewusstsein, weil sie diesen tollen Mann verlassen hatte, für jemanden, von dem sie geglaubt hatte, er wäre noch toller. Wie sehr sie sich geirrt hatte, erfuhr sie nach dem ersten Schlag ins Gesicht, den Robert ihr verpasst hatte und das aus völlig heiterem Himmel. Sie hatte etwas gesagt, was, wusste sie nicht einmal mehr, und schon landete seine Hand in ihrem Gesicht. Sie würde nie seinen Gesichtsausdruck vergessen, als sie sofort danach ihren Koffer packte und ging und alles zurückließ, was sie von sich in seine Wohnung gebracht hatte. Damit hatte er wohl nicht gerechnet. So eine Stärke hatte Robert in ihr nicht vermutet. Er war es wohl gewohnt, dass sich die Frauen ihm unterwarfen, doch da kannte er Petra schlecht.

Danach konnte sie jedenfalls nicht wieder zu Peter zurückkehren. Sie hatte ihn zu sehr verletzt. Wie sehr, das konnte sie nun in seinem Gesicht ablesen. Die alte Vertrautheit würde sich nie mehr einstellen, das wurde ihr in diesem Moment klar. Sie konnte nur versuchen zumindest seine Freundschaft wiederzugewinnen.

*

Mario merkte sofort, dass er hier nun völlig überflüssig war, und kehrte in den Vatikan zurück, um seinem Vorgesetzten Bericht zu erstatten. Dieser stellte wieder einen heimlichen Beschatter ab, um Peter Menninger nicht unbewacht zu lassen. Mario hätte im Traum nicht erwartet, dass Miria in diesem Moment schon in einem Zug nach Deutschland sitzen könnte. Als sein Chef davon erfuhr, bekam er einen gehörigen Rüffel und wusste, warum er die nächsten Wochen nur Akten sortieren durfte. Die Heldentat mit dem Ambulanzwagen war schon wieder vergessen...

*

Petra und Pete waren unterdessen zu dem Schluss gekommen, dass es sich beim Café leichter reden ließ, und saßen sich nun in einem Bistro gegenüber und Petra beantwortete seine Fragen. Sie kannte Miria nur von der einen Begegnung im Geschäft. Petra hatte diese Stelle annehmen müssen, weil sie von einem Moment auf den anderen auf der Straße gestanden hatte. Ihre Yogakurse hatte sie aufgegeben, weil Robert ihr eine lukrative Stelle in seiner Firma angeboten hatte. Nach dem Schlag war sie dorthin allerdings ebenso wenig zurückgekehrt wie in sein Haus. Sie musste von irgendetwas leben und bis die Kurse wieder liefen (dazu musste sie zunächst ein Studio finden und Werbung machen), war ihr die gerade frei gewordene Stelle bei einer Bekannten gerade recht gekommen.
Von ihrem spirituellen Hintergrund her wusste sie jedoch genau, dass die Begegnung mit Miria nichts mit Zufall zu tun hatte, sondern einer Führung zu verdanken war, genau wie die erneute Begegnung mit Pete. Sie hatte keine Gelegenheit gehabt, den Schaden, den sie bei ihm angerichtet hatte, wieder gut zu machen und hoffte, nun die Chance dafür zu bekommen. Dafür war es allerdings wohl noch zu früh. Er berichtete zunächst, dass ihn die Mordermittlung von Mirias Großmutter nach Rom geführt hatte, und ließ die Sache mit dem Traum und seiner Niederschrift zunächst aus, weil er nicht wusste, ob und wenn ja inwieweit Miria Petra schon ins Bild gesetzt hatte. Es vergingen Minuten des Schweigens, doch schließlich hielt es Petra nicht mehr aus:

„Pete, es tut mir unendlich leid, was ich dir angetan habe. Ich weiß jetzt, dass deine Liebe zu mir stärker war als die meine zu dir, obwohl ich das nicht für möglich gehalten hätte, hielt ich dich doch für die Liebe meines Lebens, sonst hätte ich dich auch nicht geheiratet. Etwas, ich würde es Karma nennen, aber ich weiß, davon willst du nichts hören, hat mich

jedoch unwiderstehlich zu Robert hingezogen. Auch ich verstehe noch nicht ganz, wozu das Ganze gut gewesen sein soll, aber hinter allem steckt ja immer ein Sinn."
Pete hörte sich diesen esoterischen Unsinn an..., doch halt, er hatte inzwischen auch dazugelernt und unterdrückte diesen Gedanken sofort und schwenkte um.
„Was meinst du mit Karma? Soll das die Entschuldigung für unmögliches Benehmen sein?", fragte er Petra und war sich nicht sicher, ob er die Antwort wirklich hören wollte.

„Ich erwarte nicht, dass du mir glaubst, aber was ich bisher verstanden habe ist, dass ich Robert begegnen musste, um festzustellen, ob er die Macht, die er aus einem anderen Leben noch über mich hat, immer noch ausüben kann und bis zu einem gewissen Grad war das auch noch so. Doch als er handgreiflich wurde..."
Erschrocken sah Pete sie an:
„Hat er dir wehgetan?"
„Ja, aber die seelische Wunde war schlimmer als der blaue Fleck. Ich habe ihn sofort verlassen, nachdem er mich geschlagen hatte. Er war so perplex, dass er gar nicht versucht hat, mich einzuholen, doch der Telefonterror danach war wirklich schlimm. Ich habe mein Handy weggeworfen und bin somit untergetaucht, sodass er mich nicht mehr finden konnte. Wenn er es allerdings ernsthaft versucht hätte, hätte er mich sicher auftreiben können. Aber ich denke, er hat schon ein neues Opfer gefunden. Ich habe unsere Liebe dafür weggeworfen, das ist mir klar und ich bedaure es unendlich, wirklich. Kannst du mir verzeihen?" Pete sah sie nachdenklich an und antwortete:
„Nun, das weiß ich nicht genau. Ich habe lange gebraucht, um mich von all dem zu erholen, zumal ich auch noch angeschossen wurde und ich ganz allein damit fertig werden musste. Ich hätte dich an meiner Seite gebraucht."
„Du wurdest angeschossen?" Jetzt schaute Petra erschrocken drein. „Könnte es sein, dass ich deshalb fort sein musste, damit du diese Krise bewältigst und gestärkt daraus hervorgehen kannst?"

„Ach Petra, hör damit auf. Es reicht. Ich habe eine gewisse Toleranz solchen Gedankengängen gegenüber entwickelt, aber das kann ich nun wirklich nicht glauben, weil es sich auch überhaupt nicht so anfühlt. Lass uns über etwas anderes reden."
Pete war schon immer von den Ansichten über die Wirklichkeit von Petra genervt gewesen, aber andererseits hatte sie mit manchen Dingen tatsächlich recht behalten. Er hatte gelernt, sich meist nicht zu äußern, sondern sie einfach so zu lassen, wie sie war und ihr zuzugestehen zu glauben, was sie glauben möchte, ohne ihre Welt jedoch wirklich ernst zu nehmen. Doch die Ereignisse der letzten Zeit hatten seine Toleranzschwelle merklich verändert und so wechselte er das Thema:

„Miria sagte mir, dass sie dir nur wenige Tage nach dem Tod ihrer Großmutter begegnet ist, aber als sie wieder in das Geschäft wollte, wäre es schon ein Jahr geschlossen gewesen. Wie erklärst du dir das?"
„Ehrlich, ich habe keine Ahnung. Der Kassenzettel, den sie noch im Geldbeutel hatte, zeigt eindeutig das Jahr 2012 und nicht 2011. Dieser bestätigt also ihre Version und nicht meine, was völlig verrückt ist, denn ich kann nachweisen, dass ich viele Yogakurse in dieser Zeit gegeben habe und keinen anderen Job mehr hatte. Außerdem lässt sich die derzeitige Besitzerin des Ladens bestimmt ausmachen. Mit ihr muss ich auf jeden Fall noch reden. Ich habe zwar schon einiges Verrückte erlebt, seit ich auf dem spirituellen Weg bin, aber das ist doch echt schräg."
„Das lässt sich bestimmt einrichten. Was hältst du von Miria?"
„Ich habe ihre verstorbene Großmutter bei ihr gesehen, als sie Bücher in dem Laden kaufte. Sie begleitet sie als eine Art Schutzengel. Aber es geht wahrscheinlich noch um mehr, so durcheinander wie Miria bei unserer ersten Begegnung war. Und nun sagst du, dass du versuchst den Mord an ihrer Oma aufzuklären. Was das mit Rom zu tun hat, hast du allerdings noch nicht erklärt."

Pete beschloss bei der Wahrheit zu bleiben, wenn auch nicht bei der ganzen und erklärte den eventuellen Zusammenhang zu den Johannitern, verriet aber nicht, dass sein Kollege dem nachging und er selbst mit ganz anderen Sachen beschäftigt war. Petra kannte ihn gut, daher

würde sie wohl merken, dass er nicht alles verriet, aber sie würde es respektieren und verstehen, dass er dafür gute Gründe hatte.
Schließlich meinte Petra:
„Wenn also die Großmutter ermordet wurde, dann will sie sicher dabei helfen, ihren Tod aufzuklären und ist auch deshalb noch bei ihrer Enkelin. Obwohl sie nun einen feinstofflichen Körper hat, konnte ich sie ziemlich deutlich sehen, das heißt, dass dieser Körper noch vergleichsweise materiell ist, was doch sehr merkwürdig ist."

Petra erklärte nicht, was daran so merkwürdig war, wahrscheinlich, weil er vorher wegen dieses esoterischen Zeugs so gereizt reagiert hatte, und es war ihm auch recht, davon im Moment nichts mehr zu hören. Obwohl Peter die Jenseitigen durch die Aufstellungsarbeit auch hin und wieder mit in seine Ermittlungen einbezog und deshalb seinen Kollegen auch schon ziemlich suspekt war, war ihm das alles momentan einfach zu viel und konnte daher wieder einmal sehr gut verstehen, warum die meisten Kollegen ihn mieden. Lediglich Tom war da eine Ausnahme, für die Pete sehr dankbar war. Aber Tom war ebenfalls nicht mit normalen Maßstäben zu messen, war nicht mehr „normal", weil er sich durch seinen autistischen Sohn verändert hatte. Wer den Pfad des Normalen verlässt, läuft Gefahr, ausgegrenzt zu werden, weil man dann nicht mehr berechenbar ist und vor dem Unberechenbaren, dem Unbekannten, haben die Menschen Angst. Aus dieser Angst heraus agieren sie und versuchen durch Ausgrenzung das Unbekannte aus ihrem Leben zu verbannen. Das hatte Pete inzwischen verstanden.

Das erste Mal, seit er Petra kennengelernt hatte, verstand er, dass er das mit ihr auch gemacht hatte, zwar nur in Teilbereichen, aber dennoch und nun konnte er auch verstehen, warum sie gegangen war: Sie hatte geglaubt, dass dieser andere Mann sie ganz annehmen würde, ohne Teilbereiche auszusparen. Hätte in ihrer Beziehung alles gestimmt, hätte er sie in allem wirklich einfach so genommen, wie sie ist, hätte sie nicht das im Außen suchen müssen, was im Innen gefehlt hatte. Nun verstand er seinen Anteil an den Geschehnissen und auch, dass er mitverantwortlich war. Dies war ein ganz besonderer Augenblick der Heilung, al-

lerdings wurde ihm das erst im Nachhinein klar. Jedenfalls fühlte er sich dadurch nicht mehr als Opfer und meinte daher zu Petra:
„Du hast mich gefragt, ob ich dir verzeihen kann. Da ich jetzt verstehe, was passiert ist, kann ich es tatsächlich. Du brauchst dir also keine Sorgen zu machen. Zwischen uns ist jetzt alles in Ordnung und ausgeglichen. Aber bitte verstehe, dass ich auch keine Partnerschaft mit dir mehr in Erwägung ziehe, aber dich als Freundin und Expertin in esoterischen Dingen durchaus anerkennen kann."
Beide spürten, dass in diesem Moment etwas in eine Ordnung gerückt wurde, die für die Zukunft wichtig war und lächelten einander an. Das Klingeln von Petes Handy beendete jedoch diesen Moment abrupt.

„Ingo? Was gibt es?"
„Was? Ich komme zurück."
Petra sah ihn gespannt an und wartete.
Peter sah seine neue/alte Freundin an und meinte: „Miria ist fort, einfach abgereist. Keiner weiß wohin, aber ich vermute, dass sie nach Hause flüchtet, dorthin, wo sie sich sicher wähnt. Leider wird sie es dort nicht sein..."
„Sie hat viel mitgemacht, und wenn ich ihre Reaktion von vorhin richtig deute, mag sie dich, oder?"
Peter zuckte die Schultern. Sie beide hatten noch keine Zeit gehabt, über ihre Gefühle zu sprechen, daher wollte er den Dingen nicht vorgreifen und schon gar nicht bei Petra.

„Ich jedenfalls mag sie und das immer mehr, je besser ich sie kennenlerne. Ich muss mich um diese Angelegenheit kümmern. Sie ist der Schlüssel in einer Geschichte, deren Ausmaße immer mehr wachsen. Dieser Schlüssel darf uns nicht verlorengehen, einmal abgesehen davon, was sie für mich vielleicht bedeuten könnte. Ich muss zurück."
Petra nickte. Die beiden tauschten noch ihre aktuellen Telefonnummern aus und dann kehrte Petra in ihr Quartier zurück. Es war ein kleines Hotel, in der Nähe der Stazione Termini, des Hauptbahnhofes von Rom. Da ihr Budget klein war, musste sie kleine Unannehmlichkeiten wie eine Toilette, die auslief, Hellhörigkeit der Wände, Straßenlärm und nicht funktionierende Glühlampen in Kauf nehmen. Heftig war jedoch, dass

die Toilettentüre von innen fast nur mit Fußtritten aufzubringen war. Da sie alleine in dem Zimmer lebte, ließ sie sie offen, nachdem sie beim letzten Mal fast nicht mehr herausgekommen war. Sie fragte sich, ob das Eingesperrt-Sein in einem Klo eine symbolische Bedeutung hatte. Aber sie wagte sich nicht wirklich vorzustellen, welche das sein konnte...

Die nächsten vier Tage besuchte sie einige ihrer Lieblingsorte in Rom, doch ein Anruf von Pete holte sie aus der Touristentour heraus:
„Petra, kannst du bitte in den Vatikan kommen? Es hat einen Anschlag gegeben und vielleicht kannst du uns mit deiner besonderen Sicht helfen. Komm zum Eingang, in dessen Nähe das Gästehaus Casa Santa Marta ist, bitte. Ich habe dich angekündigt. Man wird dich zu uns führen. Du musst dich nur daran gewöhnen, dass du hier kaum alleine herumlaufen darfst..."

9.

Osama Ramadan war inzwischen bei seiner neuen Arbeitsstelle angekommen und wurde dem Leiter des Projektes Dr. Jasim Goldstein, einem Amerikaner, vorgestellt. Dieser kam lächelnd auf ihn zu und begrüßte ihn mit Handschlag. Ein guter Anfang fand Osama.
„Mr. Ramadan, es freut mich, dass Sie zu unserem Team gefunden haben. Ich möchte Ihnen erst einiges von mir erzählen, damit Sie wissen, mit wem Sie es zu tun haben, denn es ist wichtig für mich, dass meine Mitarbeiter meine Motivation, meine Intention und meine Vision verstehen.

Ich hatte das Glück, in eine Familie geboren zu werden, die es durch viel Fleiß zu viel Reichtum gebracht hat. Man erwartete natürlich von mir, dass ich in den Familienbetrieb einsteige und den Reichtum weiter vermehre und so habe ich mit einem Wirtschaftsstudium begonnen und trat dann tatsächlich eine Stelle an. Doch als ich gesehen habe, wie gut meine Brüder den ganzen Betrieb führen und dass dieser in guten Händen ist, wurde mir mehr und mehr bewusst, dass ich etwas ganz anderes machen möchte und es mir eigentlich auch erlauben kann, weil die Familie nicht auf mich angewiesen ist. Die sehen das natürlich anders, aber letztlich können sie nichts dagegen tun. Vielleicht hoffen sie insgeheim, dass mein Leben auch noch zur Bereicherung der Familie beitragen wird, was ich persönlich nicht glaube. Jedenfalls nahm ich ein weiteres Studium auf, nämlich Physik und hatte so viel Spaß am Lernen, dass ich nun in mehreren Fachgebieten promoviert habe.

Meines Erachtens geht diese Welt schweren Zeiten entgegen, unter anderem auch, weil die Fachgebiete zu spezifisch geworden sind und keiner mehr den Überblick haben kann. Auch ein Einstein täte sich heute schwer. Ich bin nicht klüger als andere Menschen, aber ich hatte sehr viel Zeit und habe daher viel gelernt. Daher hoffe ich, Zusammenhänge erkennen zu können, wo andere keine sehen. Schließlich habe ich mich der Archäologie zugewandt, weil ich der Meinung bin, dass in der Vergangenheit der Menschen ein Riesenberg an Rätseln noch der Entschlüsselung harrt, welcher für die Zukunft noch enorm wichtig werden kann.
Vielleicht werden Sie nun einwenden, die Vergangenheit sei doch schon hinreichend erforscht und habe nur hier und da noch Lücken, aber da müsste ich Ihnen gleich widersprechen.
Beginnen wir mit den Pyramiden. Diese Bauten sind ein Phänomen, das es rund um den Globus gibt, angefangen in Europa, in Afrika, in Mittelamerika, ja sogar in China, auf der Krim und in Bosnien Herzegowina. Es gibt also rund um die Erde einen ganzen Pyramidengürtel. Aber niemanden scheint das sehr zu wundern oder niemand scheint nach dem Sinn zu forschen. Das ist etwas, was ich nicht begreifen kann. Auch wenn die Formen der Pyramiden unterschiedlich sind, ist da doch ein eindeutiger Zusammenhang zu sehen. Die Kulturen, in denen sie erbaut wurden, sind zwar zeitlich und räumlich stark voneinander getrennt, aber der Sinn dieser Bauwerke scheint der Gleiche zu sein, auch wenn ich noch nicht sagen kann, welcher das sein könnte. Gräber sind das, wenn überhaupt, nur in zweiter Linie und wohl nur deshalb, weil der ursprüng-

liche Zweck dazu animierte, sich in ihnen begraben zu lassen oder jedenfalls in der Nähe...

Dann gibt es das Phänomen der Megalithbauten an sich, aber speziell dasjenige, bei dem die untersten Steine von Mauern riesige Blöcke sind, die wir mit unserer Technik kaum heben können, weil sie viele Tonnen schwer sind und ich kann das beurteilen, denn unsere Firma baut Schwerlastkräne. Diese Steine sind auch noch völlig unkonventionell und scheinbar ohne Sinn ineinander verzahnt, was sie zwar erdbebensicher macht, doch es sehr zweifelhaft ist, ob sie nur deshalb so gebaut wurden. Auf diesen sind dann oft ganz normale Steinmauern gesetzt, die keinerlei Rätsel aufgeben. Das Rätsel hier ist, dass die Technik und das Wissen derjenigen, die die megalithischen Mauern bauten, viel größer gewesen sein muss als das der späteren Bauherren. Es scheint so, dass es sogar größer war als unseres heute. Der Versuch, eine Pyramide nachzubauen, ist ja bekanntlich gescheitert.

Zwei der größten Rätsel unserer Vergangenheit habe ich nun genannt, aber von diesen gibt es noch mehr, denn viele Bauten, also Pyramiden und Tempelanlagen, scheinen auf sogenannten Energielinien und -punkten zu stehen, doch wozu? Welche Energie sollte das sein? Kann man die auch außerhalb von dubiosen Wünschelruten messen, also wissenschaftlich nachweisen? Ich könnte noch eine Stunde so weiter machen. Aber ich denke, Sie verstehen, worauf ich hinaus will..."
„Ja, Mr. Goldstein, ich denke schon." Osama Ramadan schaute sein Gegenüber, der mit den grau melierten Haaren und der Nickelbrille auch wie ein Gelehrter aussah, nachdenklich an und war froh, dass seine Englischkenntnisse für so eine Unterhaltung ausreichten. Er hatte zwar in Deutschland studiert, aber Englisch war für das Studium der Ägyptologie unumgänglich, da die meisten archäologischen Abhandlungen in dieser Sprache verfasst waren und so antwortete er in fließendem Englisch:

„Ich habe eine deutsche Bekannte, die mir auf einer von mir für sie organisierten Gruppenreise etwas zeigte, was mich völlig umhaute. Verstehen Sie: Ich führe solche Reisen schon seit über 20 Jahren durch und war in all den Tempeln und an den Pyramiden sehr oft. Weil ich je-

doch Platzangst habe, gehe ich selten ins Innere. Eine Landesfremde zeigte mir jedenfalls etwas, was ich vorher nicht gekannt hatte, weil es mich nicht gelehrt wurde. Im Tempel von Abydos existiert das sogenannte Osireion. Man hat dort Osiris 2000 Jahre lange verehrt, weil er von den Toten zurückkehrte. Ich war also schon oft da, aber erst eine Touristin zeigte mir einige Flachreliefs, welche die sogenannte Blume des Lebens abbilden. Man sieht diese Reliefs nicht so ohne Weiteres, da man die Holztreppe hinunter muss und auch dann muss man wissen, wohin man schauen soll. Als ich noch viel jünger war, hatte das Grundwasser den Boden des Osireions noch nicht erreicht und ich ging da unten spazieren, ohne je die Reliefs bemerkt zu haben. Jetzt ist das Wasser dort ca. 40 cm hoch und deshalb gesperrt. Eine Holztreppe endet knapp über der Wasseroberfläche. Ich hatte jedenfalls noch nie davon gehört und recherchierte dann im Internet. Ich war ehrlich geschockt, wie viel darüber schon geschrieben worden war.
Als ich dann Kollegen und ehemalige Lehrer fragte, was sie darüber wüssten, war die Antwort meist „gar nichts“ oder es wurde einfach nicht wichtig genommen. Aber ich kann ganz deutlich fühlen, dass es wichtig ist. Dieses Zeichen wurde, wohl auch unabhängig von der zeitlichen Einordnung einer Kultur, auf der ganzen Welt gefunden. Die in Abydos sollen jedenfalls 6000 Jahre alt sein, was die Ägyptologen allerdings bestreiten. Es beinhaltet den Goldenen Schnitt und vieles mehr. Auf diesem Muster soll die ganze Schöpfung aufgebaut sein. Dahinter verbirgt sich ein Wissen, wie wir es heute erst wieder gewonnen haben, denn die Kreise sind perfekt wie mit einem Zirkel gezogen und basieren auf einer Mathematik, die viele Kenntnisse voraussetzt.“

Dr. Goldstein hatte sich immer weiter vorgebeugt und meinte nun aufgeregt:
„Sehen Sie, ich wusste, dass Sie der richtige Mann sind. Wir kennen uns nun nur wenige Minuten und schon habe ich etwas von Ihnen gelernt. Ich werde mich damit befassen, versprochen. Das klingt überaus spannend und passt genau zu meiner Spurensuche.

Ich habe Sie ausgesucht, weil ich Ihre Arbeit gelesen habe. Sie vergleichen darin Bibeltexte und das alte Ägypten und bringen diese in eine erstaunliche und unerwartete Beziehung."
Als Goldstein sah, dass Osama etwas sagen wollte, hob er die Hand und meinte:
„Lassen Sie mich zunächst aussprechen. Ich weiß, dass Sie diese Arbeit Ihre Stelle gekostet hat, aber das war zu erwarten gewesen und dennoch haben Sie es durchgezogen. Sie sind ein Mann, der konsequent zu sich steht und diese Art von Einstellung brauchen wir hier. Warum, werden Sie bald sehen.
Was ich zunächst in den kommenden Wochen von Ihnen erwarte, ist Folgendes: Anhand der Bauten und Schichten, die wir hier vorfanden, möchte ich eine Einschätzung des Alters von allem, was wir hier bisher gefunden haben und dann werde ich Ihnen das Herzstück zeigen und das ist etwas, was vielleicht das größte Rätsel von allem ist..."

Osama musste zugeben, dass Dr. Goldstein ihn nun richtig neugierig gemacht hatte. Er ging mit Feuereifer und großer Freude an die Arbeit und legte nach neun Wochen Dr. Goldstein sein Ergebnis vor:
Die Ruinen reichten bis ins Alte Reich und sogar noch davor zurück. Er stützte sich auf Ergebnisse eigener Untersuchungen, aber natürlich auch auf die von den Teams, die zuvor hier Grabungen durchgeführt hatten. Anders war das in der kurzen Zeit gar nicht möglich. Er hatte das gesamte vorhandene Material (auch per Internet) gesichtet, was doch sehr umfangreich war. Osama liebte die ägyptische Kultur, auch wenn sie nichts mit den Ursprüngen seiner eigenen zu tun hatte. Er hatte nie Gelegenheit gehabt, so viel Zeit am Stück in dieser Jahrtausende währenden Geschichte zu verbringen und so hatte sich eine Wut in ihm entwickelt, eine Wut auf die Römer, die etliche der Obelisken abtransportiert hatten.

Heliopolis, die Sonnenstadt, so hatten die alten Ägypter geglaubt, sei die Geburtsstätte ihrer Götter und entsprechend heilig hatten sie diesen Ort gehalten. Den Römern war er allerdings nicht heilig gewesen. Einer der ältesten Obelisken stand nun auf dem Petersplatz in Rom. Er war von Augustus zu Zeiten Christi dort aufgestellt worden. Zu gerne würde Osa-

ma einmal eine Tour durch Rom machen, um all die ägyptischen Artefakte, die er nur von Bildern her kannte, zu sehen...
Hier konnte er nur noch die Stellen ausmachen, wo sie einst gestanden hatten. Wenn er sich das so vorstellte, so war die Idee von Raketen vor dem Start vielleicht gar nicht so abwegig, wie in der Paläo-Seti-Forschung geglaubt wurde. Er hielt nichts von der Vorstellung, dass Außerirdische in der Vergangenheit die Erde besucht haben sollten und in Bauten und Mythen und sonstigen Artefakten die Spuren davon noch zu sehen wären. Aber die Hoffnung, nicht allein im Universum zu sein, beflügelte wohl die Menschen, die sich damit befassten. Wäre es schön, Sternengeschwister zu haben? Als Moslem machte Osama sich über solche Dinge wenig Gedanken, aber die vielen Obelisken, die einst hier gestanden hatten, weckten doch seltsame Assoziationen in ihm.

War es den Römern nur um eine Machtdemonstration gegangen, als sie nach und nach so viele der Obelisken von hier wegtransportiert hatten? Oder gab es noch andere, nicht mehr bekannte Gründe? Der Aufwand musste für damalige Verhältnisse immens gewesen sein. Selbst heute wäre das kein leichtes Unterfangen, die vielen Tonnen Gewicht zu transportieren. Zwar standen in London und Paris ebenfalls einige der Riesenpfeiler, aber Rom schlug sie alle. Vielleicht hatten die Römer die Obelisken auch als „Antennen" zu den Göttern angesehen? Obwohl sie natürlich noch keine Antennen kennen konnten. Aber die Türme an Moscheen und Kirchen wiesen ja auch hoch in den Himmel...

Jedenfalls hatte er mit großer Freude den Atum-Tempel, den Re-Harachte-Tempel, sowie das ‚Haus des Benu' untersucht. In Heliopolis war der Schöpfergott ‚Hu' verehrt worden. Man hatte nachgewiesen, dass der alte Sonnentempel aus dem Alten Reich vor ca. 2.650 Jahren, also in der Amarna-Zeit, noch in Funktion war. Wann genau er erbaut worden war, hatte man jedoch nicht feststellen können. Ein Alter von 4.650 Jahren war schon enorm genug. Aber auch darunter fanden sich noch Bauten, wie man mit Stichprobenbohrungen festgestellt hatte. Alles in allem war Heliopolis so bedeutend, dass es schon vor 6.000 Jahren, zu Beginn der kulturellen Geschichte der Menschheit, ein zentraler Ort gewesen war. Was war also so besonders an dieser Stelle? Heute liegt es nordöstlich von Kairo. „El Kahira“, die Starke, die Eroberin, war diesem ehemaligen Zentrum also nahe. Warum feierte man ausgerechnet hier die Geburtsstätte der Götter? Was war hier geschehen, was zu diesem Glauben geführt hatte?

Bohrungen und darauf folgende Freilegungen der angebohrten Stellen außerhalb der Ruinen zeigten auf, dass unter all den Ruinen eine viele quadratkilometergroße Fläche mit riesigen Granitblöcken ausgelegt worden war, so als hätte man für irgendetwas eine plane Fläche gebraucht. Kamen hier wieder hypothetische Raketen ins Spiel? Wie Dr. Goldstein schon angedeutet hatte, war auch hier wieder die Technik, die dem zugrunde lag, entwickelter als alle anderen darauf folgenden Bauten. Für solch ein flächendeckendes Bauwerk, das keinem offensichtlichen Zweck in der betreffenden Kultur zugeordnet werden konnte, gab es ein weiteres Beispiel: Baalbek. Osama stellte also einige Parallelen her und entwickelte einige Theorien. Dr. Goldstein hatte ihm ausdrücklich nahegelegt, sein unkonventionelles Denken zu benutzen und so tat er das auch. Osama legte ihm also seinen Bericht vor.

Dr. Goldstein nickte befriedigt. Anscheinend waren andere Experten zu ähnlichen Ergebnissen gekommen. Und nun kam der lang ersehnte Augenblick, denn der Doc führte Osama zu dem Bereich der Ausgrabung, zu dem dieser bisher keinen Zutritt erhalten hatte und der auch noch von Militärs streng bewacht wurde. Sie mussten einige provisorische Treppen nach unten steigen und kamen damit der Vergangenheit somit immer näher. Einigen Mitarbeitern wurde befohlen, die Plane über einem riesigen Fundstück abzunehmen, aber was Osama da sah, das konnte er einfach nicht glauben. Etwas ragte aus dem Gestein *unter* den alten Gebäuderuinen und auch *unter* der Quaderfläche aus dem Stein hervor und war bisher nur zur Hälfte ausgegraben worden. Es musste also logischerweise vor mehr als 4.650 Jahren dorthin gelangt sein und das konnte einfach nicht sein, oder?

*

Pater Pio und seine Schwester suchten sich ein Hotel und saßen am nächsten Tag, wie bestellt, um 12.30 Uhr wieder im Sprechzimmer von Dr. Fellow.

„Tja, Herrschaften, Clara ist wieder wach. In den Jahren, in denen sie bei uns ist, war sie ungefähr einmal die Woche wirklich hier, in dieser Realität und weilte zwischen den Anfällen irgendwo anders. Aber sie ist nun wach und will Sie beide sehen. Sie hat angefangen, Sisa unsere Sprache beizubringen. Es ist wirklich ganz erstaunlich. Wenn ich das früher gewusst hätte, hätte ich mich über die Anweisungen ihrer Großmutter hinweggesetzt und Sie früher zu mir gebeten, aber alles unter dem Himmel hat seine Zeit, so hoffe ich jedenfalls. Nun ist zu klären, wie es weitergehen soll."

Pater Pio beantwortete die Frage, die er mit Miria schon besprochen hatte:

„Ich würde die beiden Frauen gerne nach Maria Bildhausen bringen. Dort werden Schwerbehinderte betreut. Ich habe da ein Zimmer und kehre immer dorthin zurück, wenn ich in Deutschland weile. Ich greife den Schwestern dort immer wieder einmal unter die Arme und sie haben mich schon lange bekniet, dass sie das gerne einmal gut machen wollen. So kann ich ihnen nun diesen Gefallen tun. Ich habe schon ein paar Anrufe getätigt und ein Freund von mir, ein Experte in alten Sprachen, wird dort bald eintreffen und wird herausfinden, welche Sprache Sisa spricht. Und dann werden wir ihre Geschichte erfahren, so hoffe ich jedenfalls. Dass Clara mit dem Unterricht für Sisa schon begonnen hat, wird die Sache erleichtern und beschleunigen. Ich glaube allerdings nicht, dass sie so einfach von den Anfällen geheilt ist, was meinen Sie, Doktor?"

„Nein, das glaube ich auch nicht. Sie wirken nur für eine Weile ausgesetzt, aber ich habe das Gefühl, dass eine endgültige Heilung bevorsteht, wenn ich mir auch nicht vorstellen kann, wie dies zu bewerkstelligen ist."

„Das weiß ich momentan auch noch nicht, aber mein Lebensziel war es, Menschen wie Clara helfen zu können und dann sagte man mir, sie sei tot. Allerdings verstehe ich noch nicht, warum man mich in diesem Glauben ließ. Hier muss ich mit meinem Großvater noch ein ernstes Wort sprechen. Aber ich habe den Verdacht, dass er gar nicht weiß, dass sie noch lebt. Hoffentlich können wir dieses Rätsel noch lösen, aber es gibt dringendere Angelegenheiten. Ich muss noch einen Ort aufsuchen, das Kloster Vézelay. Es ist eine Pilgerstätte für sich, obwohl es nicht direkt auf dem Weg nach Santiago de Compostela liegt. Ich hatte vor, dort mit meinen Recherchen weiterzumachen und dieses Gefühl hat sich über meine Träume von heute Nacht sehr verdringlicht. Ich weiß zwar nicht, ob und was ich dort vorfinden werde, aber danach werde ich die Frauen holen, sofern es deren Zustand dann tatsächlich zulässt."

„Dann warte ich auf Ihre Nachricht." Dr. Fellow schien sichtlich erleichtert, dass zumindest für zwei seiner Patienten das Leben vielleicht wieder in Bahnen gelenkt werden konnte, welche sie glücklicher machen würde als ein Aufenthalt hier, der doch in mancher Hinsicht wie ein Gefängnis war. Er reichte dem Pater und dann auch Miria die Hand zum Abschied. Diese hatte schweigend zugehört und beide waren nun wieder abrupt entlassen.

„Tja, Miria, kleine Schwester. Ich muss gleich los. Was wirst du nun machen?"
„Ich denke, ich suche mir einen Ort, an dem ich mal in Ruhe über alles, was mir in letzter Zeit widerfahren ist, nachdenken kann und ich muss dringend mit einer Freundin sprechen, die mir vielleicht das eine oder andere erklären kann. Außerdem wartet die Geschichte darauf, weiter niedergeschrieben zu werden. Langweilig wird es mir nicht werden..."
Bei der säuerlichen Miene, die Miria dabei aufsetzte, musste ihr Bruder laut lachen. Es war schön, wieder eine Schwester zu haben und vielleicht bald sogar zwei, wenn er Clara heilen konnte, denn das hatte er sich nun fest vorgenommen. Anhand dessen, was Dr. Fellow gesagt hatte, war eine Ahnung in ihm aufgestiegen, um was für eine Art Besetzung, wenn es denn eine war, es sich bei Clara handeln könnte und wenn er recht hatte, konnte ihr geholfen werden, und zwar dauerhaft. Ob er die letzte Gewissheit über seine Idee wohl in Vézelay erhalten würde? Miria hatte ihm noch drei Exemplare ihres Manuskriptes mit den Worten übergeben: *Hier, gib sie Menschen deines Vertrauens.* Steffan, alias

Pater Pio, war sich über das Vertrauen, das Miria ihm hier erwies, sehr bewusst, und es rührte ihn, aber es wühlte ihn auch auf. Eigentlich hatte er mit seinem Leben als Steffan abgeschlossen gehabt, doch nun hatte ihn die Vergangenheit eingeholt und ihm gleich zwei, eigentlich drei Schwestern beschert, denn er rechnete Sisa dazu, auch wenn sie nicht blutsverwandt mit ihm war.

*

In Maria-Bildhausen angekommen, meldete er sich bei der Schwester Oberin. Eine Äbtissin gab es derzeit dort nicht und gemeinsam suchten sie von den leer stehenden Räumen solche aus, die für die beiden Frauen geeignet wären. Sie sollten in seiner Nähe sein, aber auch nicht zu weit weg vom Betreuungspersonal. Die Oberin stellte ihm zwei ältere Schwestern vor, die die Betreuung von Clara und Sisa übernehmen würden und diese freuten sich sichtlich, einmal nicht für die Schwerstbehinderten sorgen zu müssen, auch wenn sie versuchten, es sich in der Anwesenheit der Oberschwester nicht anmerken zu lassen. Sie waren sichtlich enttäuscht, als der Pater ihnen noch keinen Termin für die Ankunft nennen konnte.
Die Oberschwester hatte noch eine Überraschung für ihn parat, denn sein Kollege und Freund aus Südafrika, Mokamba Mbele, der sich viel mit der ägyptischen Kultur auseinandergesetzt und alte Sprachen studiert hatte, war bereits eingetroffen. Die Termine, die in den nächsten Wochen noch auf seinem Programm gestanden hatten, waren wegen Erkrankung abgesagt worden und so war er zufällig sofort abkömmlich gewesen. Pater Pio dankte für diese Vorsehung, denn er wollte einiges mit seinem Freund besprechen. Sie hatten sich seit zwei Jahren nicht mehr gesehen, da sie ihre Berufung in unterschiedliche Länder geführt hatte. Die beiden begrüßten sich herzlich durch eine Umarmung:
„Mok, mein Freund, schön dich wiederzusehen."
„Es ist auch schön, dich wiederzusehen, Hunter. Dein Anruf war ja mehr als mysteriös und hat mich neugierig gemacht, und als ich so unerwartet frei wurde, machte ich mich gleich auf den Weg hierher." Mokamba nannte den Pater scherzhaft ‚Hunter', weil er immer hinter Dämonen, bzw. dem Wissen über das Böse, her war.

„Es ist ´ne Menge passiert.“
Pio erzählte von seinem Fund und dass er mit Mok gemeinsam die Übersetzungen anfertigen wollte, bevor er die von Schwester Marie-Rosalie las. Ein Vergleich beider würde sicher interessant werden. Außerdem wollte er Mokamba überreden, die Zeremonien, die da beschrieben wurden, gemeinsam mit ihm zu machen, um gegenseitig beobachten zu können, was sie bewirkten. Außerdem erzählte er von seinen wiedergefundenen Schwestern und dass die eine davon ebenfalls direkt in die Suche nach den Salomon Siegeln verwickelt war. Er vertraute Mok so sehr, dass er ihm das Manuskript von Miria zur Einsicht überlies, während er mit den Übersetzungen begann.

Miria und ihr Bruder umarmten sich zum Abschied. Eine noch ungewohnte Geste, doch für beide wohltuend. Wie wichtig doch Berührungen sind, dachte Miria, als sie nun in ihrem neuen Auto wieder unterwegs war. Sie hatte einen Ford Galaxy gekauft, da sie den Verdacht hatte, dass sie immer öfter mit vielen Leuten unterwegs sein würde. Miria fuhr und fuhr und dachte dabei über all das nach, was ihr widerfahren war und so langsam klärten sich sowohl ihr Geist als auch die Gefühle etwas, mit denen sie konfrontiert worden war. Sie war eindeutig eifersüchtig gewesen, als Petra sich als die Exfrau von Pete herausstellte, daher war für sie nun klar, dass sie für ihn schon sehr viel mehr empfand, als sie sich bisher eingestanden hatte. Eifersucht war jedoch kleinlich. Sie beschloss, sich dafür bei Petra, vielleicht bei beiden, zu entschuldigen, gleichgültig, was sich in Rom nun zwischen den beiden abgespielt hatte. Vielleicht waren die beiden ja nun wieder zusammen? Aber nein, nicht so wie Pete geschaut hatte, als er Petra erkannte. Und auch die Art, wie er in der letzten Zeit sie, Miria, angesehen hatte, ließ erkennen, dass er sich mehr von ihr wünschte.
Ob sie damit wohl recht hatte? Sie würde es bald erfahren, denn ohne dass sie das geplant hatte, befand sie sich nämlich schon wieder auf dem Weg nach Rom. Als ihr das so richtig bewusst wurde, beschloss sie jedoch, zunächst nicht wieder im Vatikan zu wohnen. Es war wohl Zeit für ein Telefonat mit Petra...

Die Nummer hatte sie sich ja besorgt und so wählte sie diese. Ein Hoch auf die Technik dachte sie noch, als sich das Bluetooth einschaltete und sie über die Freisprecheinrichtung Petras Stimme hörte:

„Menninger?"
„Hallo Petra, hier ist Miria..."
„Hey, schön von dir zu hören. Geht es dir gut? Du bist so plötzlich abgehauen. Alle machen sich große Sorgen um dich."
„Hm, ich bin es nicht gewohnt, dass andere sich um mich sorgen. Ich habe in letzter Zeit viel alleine gelebt. Ja, es geht mir gut. Ich hatte vieles zu erledigen, aber nun bin ich wieder auf dem Weg nach Rom, aber sage es bitte nicht den anderen. Ich will einige Zeit einfach nur mit mir selbst verbringen. Kannst du das verstehen?"
„Mehr als du denkst. Hast du denn schon eine Unterkunft? Es klingt nicht so, als würdest du wieder im Vatikan wohnen wollen."
„Nein, das möchte ich nicht. Hast du eine Idee?"
„Ich hätte noch ein Bett frei, aber dann wärst du nicht so alleine, wie du möchtest, aber das Zimmer neben mir ist noch frei. Wie wäre das? Dann kannst du immer alleine sein, wenn du es wünschst und wenn du jedoch Gesellschaft möchtest, wäre ich da..."
„Das klingt wie ein vernünftiger Vorschlag. Bitte sei so gut und buche es mir. Ich werde in ca. 10 Stunden da sein, und wenn ich ausgeschlafen habe, können wir uns unterhalten. Ich habe nämlich viele Fragen, auf die ich keine Antwort weiß."
„Nun, dann hoffe ich, dass ich einige davon beantworten kann. Das Multi-Hotel ist in der Straße ‚Principe Amadeo'. Wir sehen uns dann morgen früh. Frühstück gibt es von 7.00 Uhr bis 9.00 Uhr, aber wenn du lieber ausschlafen willst, dann klopfe einfach an die Tür mit der Nummer 447 und ich werde da sein."
„So werde ich es machen. Ich denke, bis 10.00 Uhr müsste ich fertig sein. Bis morgen."

Petra hatte aufgelegt und Miria gab die Adresse in ihr Navi ein. Die 10 Stunden Fahrt mit kurzen Pausen verliefen ereignislos und ließen Miria viel Zeit. Erneut liefen die Tränen über den Verlust der Großmutter, aber auch Tränen der Erschöpfung, weil sie bisher nicht wirklich Zeit gehabt

hatte, alle Gefühle hochkommen zu lassen, die sie bewegten, z.B. die Trauertränen um ihr Geschäft und um das alte Leben, das sie bis vor Kurzem geführt hatte. Stundenlang liefen die Tränen und der Autopilot in ihr fuhr das Fahrzeug. Schließlich versiegte der Tränenstrom und machte der Freude über den wiedergefundenen Großvater, den sie unbedingt noch näher kennenlernen wollte, Platz, aber auch über ihren Bruder Pio und die Schwester Clara, von denen sie gar nicht gewusst hatte, dass sie existierten.
Erst jetzt erinnerte sie sich an das Bild, das Ingo/Anton ihr gezeigt hatte, auf dem drei Kinder zu sehen gewesen waren. Nun wusste sie, wer die drei waren. Sie hatte vielleicht ihre Großmutter verloren, aber gleich drei Verwandte dazugewonnen. Und auch zu Sisa hatte sie ein schwesterliches Gefühl und hoffte, dass all das, was ihr hier widerfuhr, vielleicht zur Heilung der beiden beitragen könnte. Sie hatte ein langes Gespräch mit Pio gehabt und sie waren zu dem Schluss gekommen, dass ihr Vater sich von den Salomon Siegeln erhofft hatte, dass deren Inhalt Clara helfen könne und darum viel Zeit und Energie mit der Suche nach ihnen aufgebracht hatte. Wodurch er wohl auf diese Schrift aufmerksam geworden war? Hatte er sie gefunden oder war er ihr nahegekommen und hatte das ihren Eltern das Leben gekostet? Es war eine ins Bild passende Theorie, zumal ihre Nanny daran geglaubt hatte, aber Gewissheit darüber konnte ihnen wohl erst Anton geben.

Auf einmal hatte sie wieder eine Familie. Sie konnte sich glücklich schätzen, auch wenn die unaufgeklärten Morde einen Schatten auf das Wiedersehen warfen. Wann sie wohl alle zusammentreffen würden? Die lange Fahrt gab ihr die Möglichkeit, alles zu ordnen, auch ihr Gefühl zu Pete, das immer stärker wurde. Sie hoffte, ihn bald wiederzusehen, doch zunächst wollte sie die Sache mit Petra klären und dann würde sie weitersehen.
Zum Glück tauchten keine neuen Bilder und Eindrücke aus der fernen Vergangenheit in ihrem Geist auf. Sie erhielt wirklich einmal genügend Zeit, die Gegenwart zu verdauen. Warum es sie sofort wieder nach Rom zog, wo sie doch von dort quasi geflüchtet war, wusste sie nicht. Sie

hatte nur das vage Gefühl, dort sein zu müssen und langsam lernte sie, ihrer Intuition, woher auch immer diese kommen mochte, zu vertrauen.

10.

Pünktlich am nächsten Morgen klopfte Miria an Petras Türe und diese machte erfreut auf und nahm sie in den Arm, wie eine alte Bekannte. Miria war etwas erstaunt ob dieses Überschwanges, aber er tat ihr auch gut und so ließ sie es sich gefallen und erwiderte die Umarmung sogar herzlich.
„Wie gefällt dir das Zimmer?“ Petra eröffnete das Gespräch und war aber schon sehr neugierig auf Mirias ganze Geschichte, von der ihr Pete nur einen Teil erzählt hatte, wie ihr sehr wohl aufgefallen war.
Miria lachte. Sie verriet Petra nicht, dass sie sich ein Fünfsternehotel hätte leisten können und so meckerte sie spaßig:
„Hey, du hast mir nicht verraten, dass man fast einen Karatetritt braucht, um aus dem winzigen Bad, das dem Wort ‚Nasszelle‘ eine ganz neue Bedeutung gibt, wieder herauszukommen.“
„Oh, entschuldige, ich dachte, dass wäre nur in meinem Zimmer so und hatte mir schon überlegt, was mir das wohl sagen soll.“
Miria guckte Petra verständnislos an und Letztere erklärte dann:
„Weißt du, seitdem ich verstanden habe, dass alles, was mir im Leben zustößt, auch mit mir zu tun hat, habe ich viel mehr Toleranz den Widrigkeiten des Lebens gegenüber entwickelt und viel über mich selbst erkannt und gelernt. Aber wenn es etwas bedeutet, fast aus einer Toilette nicht mehr herauszukommen, muss es uns wohl beide betreffen.“
Diese Erklärung brachte für Miria zu diesem Zeitpunkt keine Klarheit und sie meinte daher:
„Oh je, ich fürchte schon, da kann ich dir nicht folgen. Das musst du mir später näher erklären, aber ich würde dir gerne erst einmal erzählen, was mir in den letzten Wochen alles passiert ist und warum ich so überstürzt abgehauen bin, nur um wenige Tage später schon wieder hier zu sein. Ich brauche unbedingt einen Austausch auf einer anderen Basis als der, den mir meine neuen Bekannten bieten, einschließlich Pete...“

„Okay, dann leg los, ich bin ganz Ohr."

Petra lauschte Mirias Erzählung und wurde dabei immer aufgeregter, und als Miria an der Stelle ankam, bei der gesagt wurde, dass alle Personen, die von nun an in ihrem Leben auftauchten, auch mit der Geschichte von damals zu tun hätten, konnte sie die Klappe nicht mehr halten und platzte heraus:
„Wo wäre ich denn in dieser Maria-Magdalena-Story?"

„Nun, ich scheine das Leben der Susan gelebt zu haben. Dabei hat sich ja herausgestellt, dass Maria für eine Weile deren Platz eingenommen hat und dass diese Susan anscheinend ziemlich feige war. Das macht mir ganz schön zu schaffen. Diesen feigen Zug scheine ich in 2.000 Jahren noch immer nicht ganz verloren zu haben und ich schäme mich dafür..."
„Also nun redest du wirklich Unsinn. Du bist eine tapfere Frau und ich bin sicher, dass sich das auch dir noch deutlich zeigen wird. Und auch Susan hätte vielleicht anders gehandelt, wenn sie nicht ganz klar gefühlt hätte, dass sie anstelle von Maria nach Avalon muss. Ich bin wirklich schon sehr gespannt, was sie dort tun wird und warum und wodurch Avalon gefährdet ist... Aber zurück zu meiner Frage...?"
„Nun, Pete sieht sich als den Sohn von Perpus, also als den Vergewaltiger von Maria-Magdalena, was ihm glaube ich auch sehr zu schaffen macht und du... zu welcher Person hättest du denn einen Bezug?"
„Also ich habe ja mit Pete gelebt und als Vergewaltiger kann ich ihn mir ehrlich gesagt nicht vorstellen, denn er ist sehr rücksichtsvoll und ein wundervoller Liebhaber..."
Bei diesen Worten schaute sie Miria offen an, aber die reagierte auf den Köder nicht, denn sie war offenbar mit ihren Gedanken ganz woanders und so fuhr sie fort:
„...aber es würde einige seiner ... nun nennen wir es Komplexe erklären. Spontan habe ich für mich eine Verbindung zu Shana, der Herrin vom See, gefühlt. Zumal ich in einer meiner Meditationen diesen Namen schon einmal gehört habe. Aber eigentlich wollte ich ja von dir hören, wo du mich sehen würdest..."

Miria lauschte in sich hinein, doch es kamen keine Bilder, Impulse oder Informationen irgendwelcher Art und sie sagte das Petra auch. Diese war etwas enttäuscht, doch ließ sie es sich nicht anmerken und so setzte Miria ihre Geschichte bis in die Gegenwart fort und kam schließlich zu dem Punkt, der ihr sehr wichtig war:
„Petra, ich weiß, wir kennen uns noch nicht sehr lange und Pete kenne ich auch noch nicht gut, aber als sich am Fontana dei Quattro Fiumi herausgestellt hat, dass ihr verheiratet wart, war das der Tropfen, der mein Fass an Gefühlen zum Überlaufen gebracht hat. Und so habe ich die Flucht ergriffen. Vielleicht ist das ja der Rest meiner damaligen Feigheit. Aber ich wusste einfach nicht, wie ich auf euch als Ex-Ehepaar reagieren soll, da ich noch nicht weiß, wohin Pete‘s und meine Gefühle steuern, auch wenn sich da etwas aufzubauen scheint. Wir haben uns noch nicht ausgesprochen, was das betrifft... Also bitte entschuldige, dass ich euch so habe stehen lassen.“
Petra lachte und meinte: „Also was mich betrifft, gibt es da nichts zu entschuldigen. Etwas in der Art dachte ich mir schon, und so wie er von dir spricht, sind die Gefühle nicht einseitig...“

„Meinst du?“ Mirias Ton war zweifelnd. Auf der einen Seite schienen die Zeichen darauf hinzudeuten, dass auch Pete etwas für sie empfand, aber andererseits wurden sie durch die Umstände immer wieder getrennt und hatten wenig Gelegenheit gehabt zu fühlen und darüber zu sprechen. Manchmal täuscht man sich ja auch...

Petra beschloss, das Thema zu wechseln, weil das eine Sache zwischen den beiden war und sie im Grunde nichts anging.
„Wenn ich dich richtig verstanden habe, möchtest du von mir ein wenig die spirituelle Seite der Welt erklärt bekommen, ist das richtig?“
Miria, die gerade noch ganz bei Pete gewesen war, war zunächst irritiert:
„Äh, ja. An dem Tag, an dem wir uns getroffen haben, hatte ich mir gewünscht, mehr darüber zu erfahren, weil ich dann vielleicht besser verstehe, was hier vorgeht. Dann bist du aus heiterem Himmel und wie bestellt aufgetaucht, jedoch hatte ich gar keine Gelegenheit meine Fragen zu stellen, weil ich ausgebüxt bin und nun, hier bin ich wieder. Ich

denke, ich habe so weit in mir Ordnung geschaffen, wie es mir möglich war und bin nun bereit für mehr, hoffe ich jedenfalls."

Petra blickte Miria nachdenklich an und ließ sich mit der Antwort Zeit, doch schließlich meinte sie:
„Weißt du, ich könnte dir jetzt jede Menge erklären und Stunden damit verbringen, aus meinen Erfahrungen zu berichten, aber viel wertvoller ist es, eigene Erfahrungen zu machen. Denn dann brauchst du mir nicht zu glauben, sondern du weißt eben aus eigener Erfahrung, wovon ich spreche. Zugegeben, das ist subjektiv, aber wir leben auch nicht in einer objektiven Welt. Das ist gar nicht möglich, obwohl die Schulwissenschaft darauf aufbaut. Aber jeder betrachtet die Welt aus seiner subjektiven Realitätsblase heraus, nämlich aus der Summe der eigenen Erfahrungen. Und die gründen nicht nur aus diesem einen Leben heraus, auch wenn das den Lehren der Kirche hier widerspricht. Die Reinkarnation wurde übrigens erst Jahrhunderte nach dem Leben von Jesus aus der Lehre herausgenommen. Glaubst du an frühere Leben?"
„Puh, meine Nanny hat von solchen Dingen gesprochen, aber ich selbst habe mir nie viele Gedanken darüber gemacht. Ich war zu sehr mit diesem Leben beschäftigt, aber meine neuesten Erlebnisse zwingen mich dazu, mich damit auseinanderzusetzen."
„Hey, du hast mir nur von den Inhalten deines Manuskriptes erzählt. Kann ich es denn auch lesen?"
„Natürlich, ich habe einige ausgedruckte Exemplare dabei. Ich hole dir eines später, ja?" Petra nickte erfreut und überlegte, wie sie nun weiter vorgehen sollte. Sie war da in eine Sache hineingeraten, die ziemlich heikel war und noch heikler werden konnte. Von der Art, wie sie Miria nun unterrichtete, konnte viel abhängen. Ihr lastete auf einmal eine riesige Verantwortung auf den Schultern, doch ließ sie es sich nicht anmerken und erwiderte forsch:

„Gut, ich freue mich darauf, es zu lesen und nun lass uns gehen."
„Gehen? Wohin denn, ich..."
„Ich kann dich momentan nur bitten, mir zu vertrauen. Ich sagte, du musst einiges einfach selbst erleben, um es zu glauben, nein, um zu wissen, denn dann brauchst du nicht zu glauben. Daher werden wir nun

einen Pilgerweg durch Rom machen. Mit dieser Stadt hat es etwas Besonderes auf sich. Ist dir klar, dass Rom, oder vielmehr die Römer, gleich viermal die Welt erobert haben? Das hat kein anderes Volk geschafft."

Miria schaute ziemlich komisch drein, eine Mischung zwischen Skepsis und Verwunderung und Petra musste wieder einmal lachen. Diese Frau gefiel ihr total gut und sie freute sich über das freundschaftliche Gefühl, das sich langsam aufzubauen begann.

„Schau, das erste Mal eroberte Rom mit kriegerischen Mitteln, nämlich mit völlig neuen Strategien, fast die ganze damals bekannte Welt. Rom blickt auf eine aufgezeichnete Geschichte von 2.750 Jahren zurück. Welche andere Stadt kann das von sich sagen? Zu Zeiten Christi trieben sich die Römer überall herum und hatten Herrschaftsansprüche in einer ganzen Reihe von Ländern, nicht nur in Israel, das damals natürlich noch gar nicht so hieß. Das Römische Imperium herrschte nicht nur fast über den ganzen Mittelmeerraum, sondern erstreckte sich noch viel weiter. Nun, das soll kein Geschichtsunterricht werden, aber einiges muss ich doch erwähnen.

Das zweite Mal eroberten die Römer die ganze Welt, nicht nur den Mittelmeerraum, mit dem Glauben, der durch das Leben eines speziellen Juden begonnen hat. Genau genommen war es Petrus, der hier sein Leben ließ und somit als erster Papst angesehen wird. Er begründete den katholischen Glauben und mit ihm all die anderen Jünger, die in die verschiedensten Länder zogen, um von dem zu berichten, was sie erlebt hatten. Aber nicht nur diese erzählten von den Wundertaten Christi, sondern auch viele andere, die dabeigewesen sind. Die vielen Erzählungen bildeten schließlich ein Netz mit dem Zentrum hier in Rom.

Die dritte Eroberung ist kulinarischer Art: In welchem Land kennt man keine Pizza, Pasta und andere typisch italienische Gerichte? Es gibt vermutlich einige Länder, in denen es keine Pizzarien gibt, aber die sind sicher die Ausnahme.

Die vierte Eroberung hat mit der Modebranche zu tun. Hier findest du unglaublich viele tolle Kleider, die die Schönheit von Frauen und natür-

lich auch von Männern unterstreicht und das mit dem Vatikan als Staat im Staat, der die Frau als den Urgrund der Sünde ansieht.
Im Grunde könnte man noch eine fünfte Eroberung hinzufügen, nämlich die der Mafia...
All das hat mit Rom und dem römischen Volk, bzw. den Italienern zu tun. Also was hat es mit Rom bzw. Italien nur auf sich? Der italienische Staat gilt als unregierbar, hat aber nach wie vor einen großen, vielleicht den größten Einfluss auf die Welt, mehr noch als die USA, die überall Weltpolizei spielen... Ist das nicht seltsam? Also lass uns Rom erforschen, so kann ich dir nämlich noch andere Dinge aufzeigen.
Kennst du den Film Illuminati?"
„Ja, ich habe ihn erst kürzlich gesehen."
„In ihm wird doch von einem Weg der Erleuchtung gesprochen. Ich weiß nicht, ob der Weg, den der Autor da aufzeigt, wirklich funktioniert, aber ich weiß, dass es hier Pilgerwege, also Erleuchtungswege, gibt, die funktionieren, weil ich diese immer dann mache, wenn ich hier bin. Was heißt Erleuchtung? Dabei geht es doch um Erkenntnisse, oder? Immer, wenn ich hier bin, mache ich also einen der fünf Wege, die ich kenne, um eine für mich jetzt wichtige Erkenntnis zu gewinnen und es hat bisher immer geklappt. Einen davon möchte ich nun mit dir machen. Zum einen glaube ich, dass du dabei auch mindestens eine wichtige Erkenntnis gewinnst, aber es wird auch einiges anderes passieren, da bin ich sicher."
„Warst du auch auf einem Erleuchtungsweg, als ich dich mit den vielen Einkaufstaschen anrempelte?"
Miria fragte das mit einem so ernsten Gesichtsausdruck, dass Petra zunächst nicht wusste, ob sie scherzte oder nicht, doch dann sah sie das Funkeln in deren Augen und antwortete genauso ernst: „Natürlich, wenn ich mich in einem neuen Kleid sehe, das mir gut steht, dann habe ich die Erkenntnis: Ich bin schön."

Beide brachen in herzhaftes Lachen aus, denn die meisten Frauen hatten Freude am Shoppen. Petra bat Miria, alles zusammenzupacken, was sie für einen Tagesausflug benötigen würde. Dazu ging diese auf ihr Zimmer und packte auch ihre Fotoausrüstung, die aus einer wirklich

guten Kamera, einem Weitwinkelobjektiv und aus einem Zoom bestand, ebenfalls ein. Eine Flasche hatte sie. Wasser musste man nicht unbedingt kaufen, weil es überall Brunnen mit Trinkwasser gibt. Essen würden sie irgendwo, wenn sie Hunger hatten. An Lokalitäten mangelt es in Rom nicht. Nach einer Viertelstunde waren beide Aufbruch bereit und gingen gemeinsam die Treppe des Multihotels hinunter. Miria war schon viel in der Welt herumgekommen. Das hatte der Beruf als Antiquitätenhändlerin mit sich gebracht, aber sie war noch nie in einem Multihotel gewesen. Hier teilten sich mehrere Hotels ein Gebäude. Es gab in verschiedenen Stockwerken die Rezeptionen und die Zimmer waren auch auf mehrere Stockwerke verteilt. Der Aufzug begann erst im ersten Stock und die Rezeption ihres Hotels befand sich im zweiten und so hatte Miria ihren Koffer mühsam hinaufhieven müssen.
In dem kleinen Innenhof miefte es unangenehm nach verschiedenen Dingen gleichzeitig: Toilette, Küchendüfte und einiges Undefinierbare und so gewöhnte sich Miria an, immer wenn sie hier durchgehen musste, die Luft anzuhalten.
Petra hatte ihr einen Stadtplan in die Hand gedrückt, der an der Rezeption auslag und ihr einige Ziele genannt, die sie nun selbstständig finden sollte, und zwar in einer bestimmten Reihenfolge. Petra hatte für sie zwei Wege geplant, einen am Vormittag und einen anderen nach der Pause am Nachmittag. Obwohl es erst März war und keine 35 Grad herrschten wie im August, hatte Petra dringend eine Pause angeraten, obwohl Miria sich durchaus zutraute, einen ganzen Tag lang zu laufen, da sie sich körperlich für recht fit hielt. Doch Petra hatte nur geheimnisvoll gelächelt und gemeint:
„Das ist genau das, was ich meine. Du kannst mir jetzt glauben, dass du mittags eine Pause brauchen wirst, oder es selbst erleben und für die Zukunft *wissen*, dass es so ist. Ein kleiner, aber feiner Unterschied, nicht wahr? Also los.“

Das erste Ziel war eine Kirche, die „Santa Maria Maggiore“ hieß. Miria studierte den Stadtplan und lief los, doch schon nach der ersten Abbiegung stutzte sie, denn der Bahnhof „Stazione Termini“ war zu sehen und nicht, wie sie erwartet hatte, diese Kirche, die sich eigentlich nicht

weit von ihrer Unterkunft befand. Sie schüttelte den Kopf, drehte sich um 180 Grad und da war sie zu sehen und die beiden liefen los. Petra hüllte sich zunächst in Schweigen und beobachtete Miria nur, ohne irgendetwas zu kommentieren. Vor der Kirche angekommen, bat sie Miria:
„In fast allen Kirchen hier in Rom, und davon gibt es wirklich viele, gibt es Bodenmosaike und Kirchenkuppeln. Wenn dich ein Mosaik anzieht, dann stelle dich auch darauf und/oder stelle dich unter die Kuppel, genau ins Zentrum. Meist haben sie auf der höchsten Stelle noch ein kleines Türmchen. Das sieht dann aus wie eine weibliche Brust mit Warze. Wo es geht, stell dich also genau darunter. Wenn wir wieder draußen sind, sprechen wir über deine Erfahrungen, ok?"

Miria schaute Petra schon sehr irritiert an, zuckte aber die Schultern und gehorchte. Sie hatte sich auf das Experiment eingelassen und fühlte sich irgendwie wie eine Forscherin in Neuland. Sie war neugierig und darum hatte sie sich auch darauf eingelassen. An ihren Traum, der sie bis nach Rom geführt hatte und all die anderen Dinge, die sie erlebt hatte, dachte sie nicht. Sie war ganz darauf konzentriert, das zu lernen, was Petra ihr beizubringen versuchte. Also stellte sie sich auf Stellen des Kirchenbodens, die ihr interessant erschienen, und auch unter Kuppeldächer. Sie konnte jedoch nichts Besonderes feststellen und das sagte sie Petra auch, als sie wieder draußen waren. Petra schien nicht enttäuscht, sondern schien das fast erwartet zu haben. Miria berührte sich an den Schläfen und Petra registrierte das lächelnd, sagte aber noch nichts dazu. Auf ihrem Weg bis zum Pantheon suchten sie mehrere Kirchen auf, hielten sich aber auch längere Zeit bei Obelisken oder Brunnen auf. Mehrmals verlief sich Miria, was sie völlig verwirrte, denn normalerweise hatte sie einen guten Orientierungssinn.
Petra erklärte ihr, ein Grund dafür sei, dass die Zeichnungen der Sehenswürdigkeiten auf dem Werbe-Stadtplan meist falsch herum eingezeichnet seien und deshalb Irrtümer normal wären, aber es gäbe auch noch einen anderen Grund, den sie ihr später erklären wollte. Nach der dritten Kirche auf ihrem Weg verlangte Miria eine Pause. Sie hatte ziemliche Kopfschmerzen und auch ihre Füße brannten. Sie konnte sich weder das eine noch das andere erklären, denn sie neigte weder zu

Migräne noch war sie schlecht zu Fuß. Sie saßen auf einer seitlichen Treppe des Monumento a Vittorio Emanuele II und Petra zeigte ihr, dass es im Plan falsch herum eingezeichnet war und das galt auch für das Pantheon und viele andere Besonderheiten Roms. Merkwürdigerweise galt das auch für andere Stadtpläne, wie Miria später feststellte. Wollte man die Sehenswürdigkeiten alle „von vorne" präsentieren, egal ob sie in dieser Stellung wirklich in der Stadt standen oder nicht, weil das schöner aussah? Es schien widersinnig. Auf der anderen Seite mussten die Macher der Pläne doch wissen, wie herum die Gebäude alle standen.
Petra zuckte die Schulter, als Miria diese Fragen stellte und meinte:
„Ich habe die Theorie, dass die Feldlinien des Erdmagnetfeldes hier irgendwie durcheinander sind, daher verläuft man sich hier auch öfter als anderswo. Das passiert auch solchen Menschen, die sich sonst gut orientieren können und auch Navis spinnen hier ziemlich. Bist du mit deinem Navi gut bis zum Hotel gekommen?"
Miria schaute Petra erstaunt an. Sie hatte das Spinnen ihres Navis auf die engen Straßenschluchten geschoben. Sie hatte sich in der Tat durchfragen müssen und das sagte sie Petra auch.
„Nun, vielleicht liegt es daran, dass der Satellitenempfang in Städten schlechter ist, aber hier in Rom häufen sich die Anomalien. Du hast Kopfschmerzen, weil du mit sehr starken Energien konfrontiert wurdest. Verstehst du, in Kirchen wird viel gebetet und somit ist dort viel Energie. Außerdem wurde Rom an einem besonderen Platz erbaut. Vielleicht gibt es nirgendwo sonst auf der ganzen Welt so viele Energiesammelpunkte wie hier. Und auf den meisten stehen Kirchen, auf anderen Obelisken oder Brunnen. Die mächtigste Kirchenorganisation der Welt ist nicht zufällig hier, verstehst du. Ob sie das weiß, weiß ich allerdings nicht.
Deine Füße brennen, weil du durch 2.750 Jahre aufgezeichnete Geschichte läufst, die ja nicht gestoppt wurde. Noch immer geschieht hier Geschichte. Man könnte sagen, du läufst durch karmischen Schlamm. Unter ‚Karma' verstehe ich die Konfrontation von Ursachen mit ihren Wirkungen. Hier wurden viele Ursachen gesetzt und wir leben in einer Zeit, in der uns unglaublich viele Wirkungen von gesetzten Ursachen auf einmal einholen. Das wirst du mir momentan glauben müssen, aber du wirst es erleben. Jedenfalls muss man sich an diesen ‚Schlamm' erst

gewöhnen. In ein paar Tagen wird es leichter werden. Du hast dich auf einen besonderen Pilgerpfad begeben, der für dich wohl in Jerusalem begonnen hat, aber nicht in diesem Leben, sondern viel früher.

Warum hat man sich über die Jahrhunderte um Jerusalem gestritten? Weil es dort ebenfalls Energieknotenpunkte gibt. Jerusalem bedeutet ins Deutsche übersetzt: ‚Tor des Friedens'. Paradox oder, dass man um dieses Tor kämpft? Dort ist jedenfalls etwas, sagen wir auf einer anderen Wirklichkeitsebene, was verschiedene Fraktionen im Laufe der Zeit haben wollten. Wenn ich mir deine Geschichte ansehe, scheint es sich dabei um Wissen zu handeln. Auch Jerusalem kann auf eine Jahrtausend währende Geschichte zurückblicken. Und dort ist der Knotenpunkt der drei Hauptreligionen dieser Welt. Also, so wie Rom eine spezielle Rolle auf unserer Welt spielt, tut es Jerusalem wohl erst recht.
Du scheinst jedenfalls irgendwie die spezielle Geschichte der Maria-Magdalena dort ... sagen wir ‚abgerufen' zu haben. Deine Kopfschmerzen kommen davon, dass dein Körper sich an viel Neues gewöhnen muss. Ich möchte wetten, dass du die in Jerusalem ebenfalls hattest."
Miria sah Petra wieder erstaunt an. Sie hatten gegessen und getrunken und die Kopfschmerzen waren abgeflaut. Aber Petra hatte recht: Auch in Jerusalem hatte sie sie gehabt und deshalb mehr Pausen machen müssen, als es ihr recht gewesen war. Petra fuhr fort:
„Und ich möchte auch wetten, dass deine Großmutter dich dort ebenfalls auf einem ganz bestimmten Pfad entlang geführt hat, auch wenn sie vielleicht nicht wusste, wozu dieser dienen sollte."

Miria bekam nun wirklich Bauchschmerzen. Hatte ihre Nanny gewusst, was anschließend passieren würde? Aber woher hätte sie das wissen sollen? Oder war sie ihrer inneren Führung gefolgt, so wie Petra das schon lange tat und Miria gerade lernte es zu tun? Sie wünschte, sie könnte Nanny befragen und vielleicht konnte sie das ja mit dieser Aufstellungs-Methode, die Pete angewandt hatte. Aber wenn sie das probierte, würde sie jemanden nehmen wollen, der absolut nichts von der Vorgeschichte wusste, um dann zu sehen, was dabei herauskam... Wenn dieser dann Dinge wusste, die er nicht wissen konnte, würde sie das überzeugen. Aber das musste warten.

Sie wandte sich wieder an Petra:
„Von welcher Energie sprichst du? Ich kenne nur die physikalische Definition, nach der Energie die Fähigkeit ist, Arbeit zu verrichten oder so ähnlich." Aber ich fühle mich nicht stärker, sondern schlapp, wenn ich aus den Kirchen herauskomme, also musst du etwas anderes meinen, oder?"
„Nun, ja und nein. Ich gebe zu, in der esoterischen Szene wird dieser Begriff ziemlich schlampig gehandhabt und nicht wirklich definiert. Physikalisch ist Energie also die Kraft, etwas zu bewegen? Arbeit ist ja Bewegung, ob es nun physische Arbeit ist oder geistige. Für mich geht es um die Energie der Erkenntnisse, also in gewisser Weise um die Kraft, die das in Bewegung setzt, das dann für Erleuchtung sorgt, oder zumindest für Beleuchtung von etwas, das vorher noch im Dunkeln lag. Ich habe immer wertvolle Erkenntnisse für mein Leben gewonnen, wenn ich so einen Pilgerweg gemacht habe. Pilgerwege gibt es ja viele, nicht nur die durch Rom, sondern auch der Jakobsweg oder der Marienweg. Ein Pilgerweg führt immer ins eigene Innere. Jedenfalls sollte es so sein. Und dabei geht es keineswegs nur um den Glauben an einen Gott. Es geht immer um dich persönlich. Aber lass uns unseren Weg fortsetzten und sehen, was noch so passiert."

In diesem Moment fiel Petra eine tote Taube vor die Füße. Sie kam von oben senkrecht und plumpste einfach herunter. Ihr Hals hatte keine Federn mehr und war blutig, die Flügel waren noch dran, doch der Rest des Vogels fehlte. Petra und Miria sahen sich erschrocken an. Wer oder was konnte denn mitten in einer Großstadt einen Vogel so zurichten? Für Petra wirkte das wie eine Warnung diesen Weg nicht weiterzugehen, doch sagte sie das Miria nicht. So leicht ließ sie sich nicht abschrecken. Beide hatten sofort nach oben geblickt, aber ein Raubvogel war da nicht zu sehen. Die Frauen gingen nachdenklich weiter. Auch für Miria wirkte der Vorfall wie eine Warnung, aber das kam ihr zu lächerlich vor, um es laut auszusprechen.

Immer wieder stellte sich Miria in den Kirchen auf Bodenmosaike und in die Mitte unter die Kuppeln und in der Kirche Santa Maria degli Angeli e dei Martiri wusste sie plötzlich, warum die Geschichte von Maria-Mag-

dalena von ihr erzählt werden musste: Sie hatte vor mehr als 2.000 Jahren ihr Ehrenwort gegeben, dass sie das tun würde. Bei dieser Erkenntnis schossen ihr die Tränen in die Augen und sie musste sich in eine der Gebetsbänke setzen, um sie ungestört und ungehindert laufenlassen zu können. Endlich, endlich würde sie ihr gegebenes Wort einlösen können. Sie wusste nicht, wie viele Leben sie seitdem gehabt hatte, aber viele davon waren die Vorbereitung darauf gewesen. Die Erleichterung, die sie nun darüber empfand, dass sie endlich von dieser Verpflichtung befreit werden würde, die sie so lange angetrieben hatte, war so immens groß, dass sie weinte und weinte und weinte. Automatisch kramte sie ihre Taschentücher heraus und putzte sich immer wieder die Nase, aber sie war in einem zeitlosen Augenblick gefangen, den sie nicht einmal Petra später wirklich würde erklären können.
Sie spürte nur unvermittelt eine fast tödliche Erschöpfung, die sich in noch mehr Tränen ausdrückte. Es war, als wäre ein Antrieb, der sie über eine halbe Ewigkeit vorangetrieben hatte, plötzlich ausgefallen, als gäbe es keinen Sprit im Tank des Fahrzeuges mehr, das sie für diesen Weg benutzt hatte. Nur mit größter Anstrengung konnte sie die Kirche noch verlassen, doch draußen taumelte sie in die Arme von Petra, die sich auf die Lippen biss und ein schlechtes Gewissen bekam. Vielleicht hätte sie Miria doch mehr darauf vorbereiten sollen, dass sehr starke Gefühle sie überrollen könnten, aber es half jetzt nichts. Sie war ihrer Intuition gefolgt und konnte nur hoffen, dass auch dieser Zusammenbruch auf etwas Gutes hinausliefe. Irgendwie musste Miria nun schnell geholfen werden. Sie führte ihre neue Freundin an die Kirchenseite, wo sie vor den Augen der Neugierigen geschützt waren und setzte sie auf den Boden. Sie platzierte ihre Hände so, dass das ganze Gewicht des Oberkörpers, der dabei nach hinten geneigt war, auf ihnen lag und gebot der Frau so zu bleiben, bis sich ein ähnliches Gefühl wie das Einschlafen von Gliedmaßen einstellt, aber ihre Haltung erst aufzugeben, wenn dieses Gefühl dann wieder nachlässt.
Miria gehorchte. Für Widerstand hatte sie auch gar keine Kraft übrig. Schon nach kurzer Zeit konnte sie ein kribbelndes Gefühl spüren, das ihre beiden Hände hinaufkroch und sich im Körper dann verlor. Im Gegensatz zu dem Einschlafgefühl, das oft schmerzliche Reaktionen

nach sich zog, war dieses Kribbeln angenehm und sie wusste genau, dass hier etwas für sie Gutes geschah. Nach acht Minuten jedoch wurde diese Haltung einfach zu unbequem und daher lockerte sie ihre Arme und Hände, stand auf und dehnte auch die Beine etwas.

„Wie fühlst du dich?“ Petras Stimme klang nicht mehr allzu besorgt, denn sie konnte an Mirias Gesichtsausdruck sehen, dass es dieser deutlich besser ging.
„Wow, was war das denn? Die Müdigkeit ist völlig weg und auch das Gefühlschaos hat sich sehr beruhigt.“
„Das ist eine Übung aus dem Yoga, das ich lehre und eigentlich jeder mit Burnout kennen sollte.“ Petra seufzte etwas. Es lag ihr schon lange daran, das „Himmlische Yoga“, das sie bei einer besonderen Lehrerin gelernt hatte, mehr unter die Menschen zu bringen, weil es so unglaubliche Ergebnisse in kürzester Zeit erzielte. Kein anderes Yoga war so hilfreich, auch für den Alltag, wie dieses.
„Die Erde, die uns so unendlich liebt, hat dich mit Energie versorgt, und zwar mit der Kraft, die du jetzt gerade in diesem Moment gebraucht hast. Wenn wir ihr nur alle diese Liebe so erwidern könnten, wie sie das verdient, und zwar indem wir aufhören, sie zu zerstören und sie wieder aufbauen, dann würden wir in einer anderen Welt leben. Sie ist unsere Mutter, die uns nährt und mit allem versorgt, was wir nur brauchen. Du wirst feststellen, dass du die nächsten Stunden kein Essen brauchen wirst und mit einer neuen Kraft aufgeladen bist, mit der du etliche Kilometer laufen könntest. Was wir auch noch tun werden. Meine Yogalehrerin, eine Yogini, wohnt übrigens hier in Rom. Normalerweise besuche ich sie, wenn ich hier bin. Bisher bin ich jedoch noch nicht dazu gekommen.“

Miria versuchte Petra noch zu schildern, was in ihr vorgegangen war, doch diese unterbrach sie und meinte:
„Weißt du, persönliche Erkenntnisse gehen meist sehr sehr tief und können oft erst im nachhinein wirklich ganz verstanden und gewürdigt werden, nämlich dann, wenn die dazu gehörenden Gefühle sozusagen „durchgelaufen“ sind und dich neu definiert zurückgelassen haben. Lass dir daher erst einmal Zeit, dies nun beim Laufen zur nächsten Station zu

verdauen und wir sprechen dann später darüber, falls du das dann überhaupt noch willst. Meist kann man einem anderen Menschen gar nicht wirklich vermitteln, was da alles in einem vorgeht."

Miria war wirklich dankbar, denn Petra hatte völlig recht, auch wenn diese passive Yogaübung sie beruhigt hatte, waren immer noch Gefühle in ihr am Fließen. Während sie weiterliefen, spürte sie die Dankbarkeit und Liebe, die Susan Maria-Magdalena gegenüber empfunden hatte. Das tiefe schwesterliche Verbundenheitsgefühl war für sie erstmals voll zu spüren und auch, wie wichtig es für ihre persönliche Entwicklung gewesen war, dieses Versprechen zu geben und nun auch tatsächlich einzulösen. Sie wünschte sich erstmals, diese Freundschaft und Liebe zu erneuern und dieser Frau wieder zu begegnen und fragte sich, ob sie auch in dieser so verrückten und herausfordernden Zeit lebte. Sie hatte im Internet über sie recherchiert und da gab es einige, die von sich behaupteten diese Frau gewesen zu sein, aber zu keiner hatte Miria einen Bezug gespürt. So fragte sie sich, ob Maria-Magdalena nicht inzwischen zu einem Archetypen geworden war, den jede Frau in sich trug, sodass sich jede mit ihr identifizieren konnte und einige dies mangels einer eigenen Identität auch taten.

Als Miria das laut äußerte, lachte Petra und meinte: „An der Frage sollen sich die Psychologen die Zähne ausbeißen. Ich persönlich glaube, dass es einen heilenden Effekt hat, sich mit ihr auseinanderzusetzen, egal in welcher Form, denn Maria-Magdalena steht für viele Themen, die viele Menschen, nicht nur Frauen, betreffen. Und so kann es nicht schaden. Aber schade wäre es, wenn sich die Menschen begrenzen. Es mag vielleicht Tausende Maria-Magdalenas geben, wenn man daran glaubt, dass es auch parallele Universen gibt, aber wir sind heute mehr als ein Leben, das wir vielleicht irgendwann in der Vergangenheit gelebt haben. Wir sind die Summe aller Leben, die wir hatten, egal wie oder wo das war und wir sind aber auch mehr als die Summe dieser Einzelteile. In der Eso-Szene sagt man, dass wir in einer Zeit leben, in der die Trennung aufgehoben wird. Gemeint ist die Trennung von Gott, aber genauer ist es eigentlich zu sagen, die Trennung von uns selbst, von allen Einzelteilen, die wir sind. Die Schamanen aller Zeiten arbeiten schon lange mit den abgespaltenen Teilen von den Menschen. Um ein Trauma zu bewältigen, bzw. irgendwie weitermachen zu können, wird bei einem traumatischen Geschehen ein Teil der Seele abgespalten und darin das Trauma und damit auch die damit verbundenen Themen ‚eingefroren'. Das ist ein Schutzmechanismus, um das Überleben zu sichern. Die Bearbeitung zur Auflösung des Traumas wird auf einen späteren Zeitpunkt verschoben, nämlich dann, wenn dafür Zeit und Raum ist. Kommen aber immer wieder neue Traumata hinzu, ist nie Zeit für die Bearbeitung der bereits vorhandenen, denn man braucht dafür wirklich viel Zeit, so sind wir in der Folge alle überfüllt mit nicht bearbeiteten Themen aus zahlreichen Leben. Die zeigen sich z.B. in Höhenangst und Phobien, aber auch in den Schwierigkeiten, den Alltag zu bewältigen oder eine vernünftige Beziehung zu führen. ‚Aufhebung der Trennung' bedeutet, dass die abgespaltenen Teile nun wieder reintegriert werden müssen. Dafür gibt es nur zwei Wege:

1. Erst kommt die Reintegration und dadurch kommt man an die Themen heran, die damit verbunden sind und die dadurch erst bearbeitbar werden.
2. Oder erst werden die Themen bearbeitet, und wenn dies vollbracht ist, ist die Reintegration möglich.

Wenn du mehr darüber wissen möchtest, sollten wir Mirameh, meine Yogalehrerin, vielleicht gemeinsam aufsuchen. Die kann dir darüber ganze Vorträge halten, was sie früher auch getan hat."

Miria sah Petra wieder einmal erstaunt an und fragte sich, ob die Ähnlichkeit der Namen Zufall war und als hätte Petra es gehört, meinte sie:
„Es gibt keinen Zufall. Wir sind an unserer nächsten Station und genau hier, an der Kirche ‚San Ignazio di Loyola', habe ich Mirameh das erste Mal ‚zufällig' getroffen. Für sie und wegen dieses Treffens hat dieser Ort auch für mich eine besondere Bedeutung. Lass uns hineingehen und sehen, was du so wahrnimmst. Diesmal möchte ich dich an jede Stelle begleiten, wenn du erlaubst."
Miria nickte. Petra erklärte ihr, dass das Deckenfresko die Apotheose des Heiligen Ignazius darstellte.

„Was ist denn eine Apotheose?" Miria hatte dieses Wort noch nie gehört.
„Die Erhebung eines Menschen zu einem Gott oder Halbgott bzw. die Verherrlichung eines Menschen. Der Gedanke, der dahinter steckt, ist, dass der Verherrlichte sich mehr um die Menschen kümmert, wenn diese ihn verehren."
„Hat man deshalb Jesus zum Sohn Gottes erklärt?"
„Könnte durchaus sein, aber dass an ihm mehr dran gewesen sein muss als an den anderen Predigern seiner Zeit, zeigt, dass durch sein Leben und sein Sterben eine Religion gegründet wurde, die heute die meisten Gläubigen hat. Stelle dich mal auf die Marmorplatte hier und sieh nach oben."

Der Maler hatte perspektivisch gemalt, sodass man von ihrem Standpunkt den Eindruck hatte, dass man nach oben in den Himmel gezogen würde und Miria meinte fast, diesen Zug zu spüren. Das sagte sie Petra auch.
„Nicht umsonst bin ich sehr gerne hier. Ich spüre diesen Zug auch und er ist keine Einbildung und wird nicht durch das Gemälde als Illusion verursacht. Ursprünglich wollte man hier eine Kuppel bauen, doch dazu kam es nicht. Die Kuppeln zeigen immer, und zwar wirklich ausnahmslos, einen Ort an, an dem sich etwas Besonderes befindet und das gilt auch für viele Mosaike auf dem Boden. Hier ist eine besonders starke Kraft am Wirken und durch unseren Pilgerweg wirst du nun langsam dafür sensibilisiert, diese Kräfte auch direkt zu spüren und nicht nur indirekt, durch das, was sie in dir auslösen, wie z.B. Kopfschmerzen. Dein Gefühlsausbruch vorhin war so ein Beispiel für die Auswirkungen dieser Kräfte. Und es wird noch mehr passieren. Ich lasse dich jetzt hier in Ruhe. Bleibe in diesem Sog, so lange es sich für dich gut anfühlt. Ist das nicht mehr der Fall, dann höre auch sofort darauf und gehe von der Platte herunter."

Miria fühlte sich ausgesprochen wohl und schaute immer wieder das Deckengemälde an, auf dem Säulen gemalt waren, die man fast für echt halten konnte. Das war wahre Kunst und sie fragte sich, ob es heute überhaupt noch Künstler dieses Schlages gab. Sie blieb sicher für 10 Minuten da stehen, doch dann wurde ihr leicht übel und das war wohl das Zeichen, dass sie genug hatte und so ging sie noch ein wenig in der Kirche umher und besuchte auch die Grabmäler. Sie traf sich wieder mit Petra und sie verließen zusammen die Kirche.

Nach einem Blick auf den Stadtplan machten sie sich schweigend auf den Weg zum Pantheon, der ältesten Kirche Roms. Es waren nur 250 m und Miria war wirklich froh, dass dieser Ort fast leer war. Sie konnte sich lebhaft ausmalen, welcher Betrieb hier im Sommer herrschte. Allerdings ärgerte sie sich tierisch, dass der Bereich unterhalb der Öffnung in der riesigen Kuppel abgesperrt war. Nachdem, was ihr Petra gerade beibrachte, wollte sie gerne mehr von dem fühlen, was da durch die Kirchen sichtbar gemacht wurde. Das Pantheon hat ja ein Loch im Dach, das nicht durch Glas abgedeckt ist. Dadurch regnet es natürlich hin und wieder hinein, aber es gibt unter der Öffnung einen Ablauf für das Wasser. Und um diesen war die Absperrung. Warum hatte man das abgesperrt? Wusste da jemand von dem, was Petra ihr aufzeigte, und wollte die Menschen davon abhalten? Oder gab es ganz praktische Gründe?
Das Pantheon war ursprünglich für die damaligen Götter der Römer 120 n.Chr. erbaut worden, aber später in die sich ausbreitende christliche Lehre mit eingebunden worden. Hier konnte Miria nichts Besonderes fühlen und nachdem sie sich alles angesehen hatte, verließ sie mit Petra diesen Ort wieder.

Petra wandte sich an Miria:
„Hier endet nun unser erster Pilgerweg. Wie geht es dir?“
„Ich bin körperlich ganz schön geschafft. Ich brauche eine Pause, genau wie du gesagt hast. Nehmen wir ein Taxi zurück.“
Und genau das taten sie. In ihrem Hotel angekommen, sanken beide auf die Betten, doch schlafen konnte Miria nicht. Sie war wieder in der Vergangenheit und wieder begann es mit Ereignissen vor und nach einer Geburt. Doch diesmal war es nicht das Kind Mirjam (die spätere Maria-Magdalena), um das es ging, und so raffte sich Miria auf, ihren Laptop herauszuholen und gleich mitzuschreiben, während Petra friedlich in ihrem Zimmer ihr Nickerchen machte.

11.

Gabriel von Salvington betrat das „Büro“ seines „Chefs“, wenn man den Raum und den, der darin war, so nennen konnte, denn die Räume aller Gebäude auf dieser Welt bestehen aus purem Licht, das, wenn nötig „verfestigt“ oder wenn erwünscht durchlässig wurde. Auch das Wesen, welches in diesem Lichtbüro zu sehen war, bestand aus Licht, wenn auch aus einer anderen „Sorte“ von Licht. Es war weniger fest, es konnte beliebige Formen annehmen. Es war - man könnte sagen- lebendiges Licht. Als Gabriel eintrat, floss von dem Wesen darin ein Licht-Tentakel zu ihm, um ihn zu berühren und damit zu begrüßen. Auch er selbst sandte eine Lichtspur der Begrüßung aus, sodass beide Enden für einen kurzen Moment verschmolzen und sich dann wieder zurückziehend trennten. Gabriel betrachtete Michael von Nebadonia wieder einmal voller Sorge. Auf der einen Seite waren die straffen Lichtfäden, die in einem 45-Gradwinkel von Michael weg in unergründliche Tiefen des Alls führten, was ihn für die zwölf einzigen Wesen des Universums, die dies sehen konnten, als Schöpfersohn auszeichneten. Zum anderen war da in der Mitte der Lichtgestalt eine ausgefranste Stelle - etwas, das ebenfalls nur die besagten Zwölf, zu denen er gehörte, sehen konnten. Dort flackerte das Licht auf unstete Weise, anstatt ruhig zu strahlen wie der Rest. Auch der dunklere Farbton, in den sonst fast blendend weißen Strahlen, zeigte ebenfalls an, dass mit Michael etwas nicht in Ordnung war. Zehn der anderen Elf, die dies hätten sehen können, waren weit fort und würden davon daher keine Kenntnis erhalten. Immanuel, der Bruder und Berater von Michael, wusste darüber Bescheid, bewahrte jedoch auf Bitten von Michael Stillschweigen. Warum hatte Michael, der Schöpfer und Verwalter von Nebadonia, ihn rufen lassen?

„Nun, mein Freund? Zufrieden? Nein, nicht wahr? Ich kann sehen, dass dich Sorge erfüllt.“
Gabriel schreckte auf. Er hatte seinen Vorgesetzten und Freund in unziemlicher Weise gemustert und die Worte, die er nun in seinem Geist „hörte“, konnte er im ersten Moment des Schreckens ob seiner Unverschämtheit gar nicht einordnen. Da keiner von beiden so etwas wie

einen Mund, Stimmbänder und Zunge aufwies, erfolgte die Kommunikation vollständig nonverbal.

Schließlich wurde Gabriel der Sinn der Worte bewusst und er fühlte sich noch schuldiger und ertappt. Michael kannte ihn viel zu gut und hatte ausgesprochen starke Fähigkeiten der verschiedensten Arten. Was sollte er antworten? In Gegenwart von Michael war Ehrlichkeit die einzige Möglichkeit.
„Du hast recht, dass ich voller Sorge bin, wenn ich dich betrachte. Du trauerst nun schon 1.000 Jahre und ich sehe keine Veränderung. Die Trauer in dir ist so groß, dass sie sich um keinen Deut verringert hat. So kann das nicht weitergehen."
Gabriel machte das Äquivalent eines Schulterzuckens, was bei diesem Lichtwesen eine bestimmte Pulsation der Lichtfrequenz bedeutete.
„Ich gebe dir recht, mein Freund. Ich habe eine Entscheidung getroffen und dich darum holen lassen. Die normalen Leben auf den verschiedenen Welten, die zu meiner Aufgabe der Verwaltung dieses Universums gehören, haben nicht dabei geholfen, das zu heilen, was mir widerfahren ist. Es ist einfach so ungeheuerlich, weil kein anderer Michaelsohn auf eine solche Erfahrung zurückblicken kann und schon gar nicht auf deren Verarbeitung. Es gibt nichts, was mir irgendwie helfen kann, damit fertig zu werden, dass ich meine Gefährtin, den Universums-Muttergeist von Nebadonia verloren habe und damit einen Teil von mir selbst. Auf keiner Welt unseres Universums gibt es einen Vergleich der Gefühle, die damit verbunden sind. Nirgendwo gibt es eine ähnliche Verbundenheit, wie zwischen ihr und mir geherrscht hat. Oh, Verluste erleiden die Lebewesen auf allen Welten, aber da ist die Verschmelzung zweier Lebewesen, sofern es so etwas auf den einzelnen Welten überhaupt gibt, nie so tief, wie sie zwischen Mara und mir gewesen ist. Als sie verschwand, wurde so viel von mir selbst weggerissen, dass ich einfach nicht weiß, wie ich zum einen die Wunde, die du so eingehend studiert hast, schließen soll, oder gar den fehlenden Teil ersetzen könnte. Ich habe alles getan, was mir eingefallen ist. Es bleibt nur noch eine Möglichkeit und die kommt verfrüht. Ich weiß nicht, ob ich dazu schon bereit bin, aber es ist das Einzige, was noch zu tun übrig bleibt."

Gabriel hatte mit wachsendem Unbehagen seinem Freund zugehört, aber er ahnte nicht einmal, worauf dieser hinaus wollte, daher kamen die nächsten Worte einem Schock gleich:
„Ich werde meine siebente Selbsthingabe ablegen und die Welt dafür habe ich auch schon ausgesucht."
„Was, aber das ist erst in frühesten 2.000 Jahren vorgesehen, so hast du es mir selbst erklärt..."
Gabriels Lichtkörper zuckte in fassungslosen Intervallen.
„Das ist wahr, Gabriel, aber ich sehe einfach keine andere Möglichkeit. Oder hast du eine andere Idee?"

Gabriel beruhigte sich etwas und begann die Vorzüge dieses Planes auszuloten. Michael ließ ihm ausreichend Zeit. Er selbst hatte lange gebraucht, um auf diese Idee zu stoßen, aber als sie endlich in seinem Geist aufgetaucht war, hatte er gewusst, woher sie stammte und sich unverzüglich an die Planung gemacht. Er hatte alle Welten, die dafür in Frage kamen, auf ihren derzeitigen Entwicklungsstand hin untersucht, denn eine Selbsthingabe eines Micheal diente immer dem Entwicklungsfortschritt eines Universums, aber auch der Weiterentwicklung der Führungsqualitäten eines Michaels. Daher musste die entsprechende Welt mit aller Sorgfalt ausgesucht und auf ihren Einfluss auf den Rest des Alls hin untersucht werden, und so war seine Wahl auf die einzige Welt gefallen, die allen nötigen Kriterien entsprach. Die Rebellionen, die auf Irantia stattgefunden hatten, waren so einzigartig, dass die Wahl gar nicht auf eine andere Welt fallen konnte. Michael wusste, dass die Supreme Gottheit hier irgendetwas Besonderes plante, wenn er auch nicht genau wusste was. Seine Schwächung war Teil dieses Planes, das war ihm klargeworden und er ging davon aus, was immer ihm auf Irantia auch tatsächlich widerfahren würde (Unwägbarkeiten gab es schließlich immer), es würde ihn wieder stärken, oder sogar stärker werden lassen als zuvor.

Er entließ Gabriel dann, damit dieser Zeit hatte, alle Für und Wider abzuwägen, um eventuelle Schwächen seines Planes aufzudecken und sich selbst vorzubereiten, einige gesonderte Aufgaben zu übernehmen, die Micheal ihm während dessen Abwesenheit gebot, auszuführen. Er würde dieses Universum verlassen müssen, um herauszufinden, warum ein anderer Michael in das Schicksal Nebadonias eingriff, das ihn schließlich gar nichts anging.

Das nächste Gespräch führte Michael mit Immanuel, seinem zweiten Berater und älteren Bruder, der gleichzeitig mit ihm geschaffen worden war, jedoch mit ganz eigenem Tätigkeitsbereich innerhalb der Verwaltung eines ganzen Universums. Doch immer, wenn Michael im Auftrag der höchsten Gottheit unterwegs war, übernahm Immanuel einige der Verwaltungsaufgaben von Michael. Was jedoch nie Teil dieser Aufgaben war, war die Formung und Gestaltung der Schöpfung. Dies war einzig den Schöpfersöhnen der Gattung der „Michaele" vorbehalten. Den Grund dafür kannte Immanuel nicht, doch interessierte ihn das auch nicht. Die Aufgaben, die er auszuführen hatte, waren anspruchsvoll genug, um ihn vollauf zu beschäftigen. Die siebente Selbsthingabe des Michael sollte unter der direkten Leitung des universellen Vaters stattfinden und Michael die vollständige Souveränität über Nebadonia geben, die dann aus der verstehenden Erfahrung seiner Geschöpfe heraus resultierte. Er konnte sein Universum jederzeit regieren, aber als der Supreme Repräsentant der Paradies-Trinität durfte er nur herrschen, wenn er zuvor durch die sieben Selbsthingaben an die Geschöpfe seines Universums gegangen war. Sein Rang innerhalb der Michaele wäre dann ein anderer, als wenn er die Erfahrungen in den Selbsthingaben nicht gesammelt hätte. Dieser andere Rang rührte aus dem Verständnis für seine Schöpfung, das er entwickelte, wenn er selbst Leben dort führte und unmittelbar erfuhr, wie es war, ein Geschöpf der jeweiligen Ordnung zu sein. Für die ersten sechs Selbsthingaben hatte er dafür eine bestimmte Inkarnationskette gewählt, die in der jeweiligen Selbsthingabe mündete, also einen Abschluss bildete. Das Gleiche galt für die Siebente.

Er war schon einige Male auf Irantia inkarniert gewesen und zum Abschluss dieser Lebenskette könnte er als ein voll entwickeltes Geschöpf dieser Ordnung einfach erscheinen und eine Aufgabe übernehmen. In Anbetracht der Rebellionen, die auf Irantia stattgefunden und zu einer großen Unordnung geführt hatten und seines angeschlagenen Zustandes wegen, beschloss er jedoch, einen ungewöhnlichen Weg zu gehen und auch bei diesem Leben als Mensch, als solcher von einer menschlichen Frau geboren zu werden. Man könnte auch sagen, dass er unauffällig seine Aufgabe, der Offenbarung der Supremen Gottheit und der Ordnung der Liebe wahrnehmen wollte, auch wenn gegen Ende hin eventuell die Unauffälligkeit fallen gelassen werden musste. Er würde völlig von der Führung durch den Vater abhängen, da er keine seiner besonderen Fähigkeiten als Schöpfersohn mitnahm und auch seine Verfügungsgewalten über ganze Heere an Wesenheiten abgab. Er würde nur auf das zurückgreifen können, was die menschliche Spezies an Potenzial in sich barg. Er würde vollständig erleben und erfahren, was „glaubendes Vertrauen" bedeutet. Immanuel machte sich Gedanken darüber, was er Michael für dieses spezielle Leben an Empfehlungen geben sollte, so wie er das schon bei den anderen sechs Selbsthingaben getan hatte. Ob Michael sich daran hielt, war allerdings ohnehin seine Sache.

Als Immanuel den Raum mit Michael betrat und diesen begrüßt hatte, sah er das Gleiche wie Gabriel, doch nahm er sich Zeit, genauer hinzusehen, daher konnte er noch etwas anderes sehen. Im Inneren des ausgefransten Gebietes, der Wunde in Michael, glomm etwas, ein neues Licht, etwas, das anfing in alle Richtungen Fasern auszusenden, die sich an den Rand des ausgefransten Gebietes „festkrallten". Die Entscheidung von Michael, eine Veränderung herbeizuführen, *hatte* schon etwas verändert. Immanuel war sich jedoch nicht klar darüber, ob Michael davon wusste, oder davon schon etwas bemerkte. Er stand seinem Bruder sehr nahe und es hatte ihn sehr mitgenommen, was diesem widerfahren war, vor allem, da er und Gabriel, ohne es zu wissen, von einem anderen Michael dazu benutzt worden waren, dieses Leid herbeizuführen. Ob er sich von diesem Makel je würde befreien können? Aber wie hätten sie beide ahnen sollen, was da auf sie zukam? Hatten sie irgendeine Meldung übersehen, die sie darauf vorbereitet hätte? Waren sie unaufmerksam gewesen? Diese Fragen quälten ihn schon länger und er wusste, dass es Gabriel ähnlich erging. Aber nie in irgendeinem Universum hatte es je solche Vorfälle gegeben, und wenn selbst

Michael darauf nicht vorbereitet gewesen war, wie hätten sie es sein können? Was konnte er Michael also raten, damit diese Selbsthingabe schließlich auch einen Heilungszweck erfüllen konnte?

Michael „sah" die Gedankengänge von Immanuel genau. Er hatte diesem aber nie verraten, dass er über diese Fähigkeit verfügte. Einiges sollte doch privat bleiben, fand er. Er ließ Immanuel einen Augenblick Zeit und fragte dann:
„Wie lautet dein Rat, mein Bruder?"
Immanuel sann einen Augenblick nach der passenden Formulierung:
„Du gehst auf eine Welt, die drei Rebellionen gesehen hat. Es müssen die Voraussetzungen dafür geschaffen werden, dass keine Vierte geschehen kann und die Auswirkungen der drei vorangegangen müssen meiner Meinung nach neutralisiert, bzw. vollständig beendet werden, da sie im gesamten Universum Auswirkungen hatten." Immanuel sah Michael forschend an und als dieser das Äquivalent eines Nickens zeigte, fuhr er fort:

„Ich bin sicher, du hast eigene Pläne für dein Vorgehen. Mir erscheint es ratsam für dich, als religiöser Lehrer und Heiler aufzutreten, als jemand, der Licht in das Dunkel der menschlichen Seelen einlässt. Sei eine Inspiration für die dort gegenwärtigen und nachfolgenden Generationen. Erwache langsam und schrittweise, um als Mensch mit der Tatsache fertig werden zu können, dass du doch mehr als ein Mensch bist. Da du den Vater in einer neuen Art offenbaren willst, ist es nicht ratsam, dich in wirtschaftliche, religiöse oder politische Machenschaften verwickeln zu lassen, obwohl dir hier zweifellos Macht zufallen könnte. Dein Erscheinen auf dieser Welt bedeutet schon einen Eingriff in deren Entwicklung, dieser sollte jedoch so sanft wie möglich erfolgen, daher wirst du dich wohl in dem kultischen Umfeld zunächst anpassen müssen, aber letztlich wirst du mit deinen Lehren und Botschaften für dich selbst stehen müssen. Es ist nicht angeraten, eine der bestehenden Gemeinschaften dadurch besonders auszuzeichnen, dass du dich einer von ihnen anschließt. Da es auch um deine Heilung geht, fände ich es gut, als Heiler aufzutreten und zu lernen, was es bedeutet, verwundet zu sein und was es bedeutet von der Verwundung wieder zu genesen, nämlich stärker als zuvor zu sein. Das waren meine Überlegungen, als du mich von deiner Entscheidung für die Selbsthingabe unterrichtet hast."

Das Farbenspiel in der Lichtgestalt von Michael zeigte, dass dieser lächelte. Somit wusste Immanuel, dass er in etwa einiges von dem getroffen hatte, was Michael sich selbst überlegt hatte. Beide berührten einander durch Lichtbande zum Abschied und Michael verschwand vor den Augen Immanuels.

12.

Jeshu nuckelt glücklich an seinem großen Zeh. Er hat es warm, Mutter hat ihn gestillt, gewickelt und gestreichelt und auch Aba ist da. Das Gefühl des Stolzes und der Fürsorge, das von diesem ausgeht, wenn er Jeshu im Arm hält, wärmt das Herz des kleinen Wesens in der Krippe. Die Liebe, die ihm seine Eltern entgegenbringen, ist so deutlich zu spüren, wie Berührungen und so ist er zufrieden mit sich und der Welt, in die er nur wenige Stunden zuvor gekommen ist. Die Zeit in Mutters Leib war nicht immer sehr ruhig gewesen. Marias Gefühle sind für ihn so greifbar wie seine eigenen und so weiß er, dass sie schwierige Zeiten hinter sich hat, Zeiten der Angst, der Ungewissheit und viele andere, die er nicht kennt, weil er noch keinen Vergleich hat. Doch Angst kennt er, denn er hat seine eigene in Erinnerung, als eine liebevolle Stimme in ihm nachhallte:

„Dieses Leben, das du nun antrittst, gibst du hin für alle Menschen und nicht nur einer bestimmten Gruppe. Es dient nicht deiner Weiterentwicklung, sondern der ihren, aber es dient auch der Heilung von vielem. Die Botschaft, die du ihnen bringst, ist die von der Kraft und Macht der Liebe."

Warum ihm diese Worte Angst gemacht und Ungewissheit ausgelöst hatten, weiß er allerdings nicht mehr und sie schwinden auch immer mehr. Da sind noch mehr Worte gewesen, Unterweisungen und Aussichten auf seinen Weg wohl, doch auch sie treten hinter den Schleier des Vergessens...

Er wird gewiegt, gewickelt, gestillt und... geliebt. Oh wie sehr er geliebt wird und wie sehr er diese beiden Menschen, die ihn umsorgen, ebenfalls liebt.

„Sieh nur, Maria, dieser Blick. Wie kann ein so kleines Kind nur so schauen? Ich habe dir die ganze Zeit geglaubt, wie du weißt, aber nun ist aus dem Glauben Gewissheit geworden." Josephs Stimme ist voller Rührung:
„Wir haben seinen Namen richtig gewählt ‚Yahweh ist die Erlösung' bedeutet er und wer in seine Augen blickt, wird erlöst." Maria reißt jedoch Joseph aus seinen Betrachtungen:

„Du bist mir in dieser schweren Zeit ein guter Gatte gewesen und nun müssen wir überlegen, wie es weitergeht. Jeder, der dieses Kind sieht, wird wissen, dass es etwas Besonderes ist. Wir können ihn nicht unter den anderen Kindern und in unserem Dorf aufwachsen lassen. Das Licht, das aus seinen Augen strahlt, kann nicht verborgen werden. Er muss daher an einen Ort, wo er keinen Verrat befürchten muss und wo er später dann auch eine gute Erziehung und Bildung erhalten kann. Ich weiß, du hältst von den Essenern nicht so viel, aber ich würde mit ihm in den ersten drei Jahren gerne dorthin gehen. Glaubst du Esther, deine älteste Tochter, würde an meiner statt dem Haushalt vorstehen wollen und können? Es kommt bald die Zeit, in der deine Söhne ihre Frauen zugeführt bekommen, um dann einen eigenen Hausstand zu gründen. Ich glaube, dann können Jeshu und ich zurückkehren. Doch kann es sein, dass er dann alleine wieder zu den Essenern zurückkehren wird."
Marias Herz ist schwer, ein Engel hat ihr einiges über den Weg ihres Sohnes bis zu seinem Ende gezeigt und sie musste Joseph nun Stück für Stück beibringen, wie dieser aussehen wird. Doch der hat sich schon seine eigenen Gedanken gemacht und Vorstellungen entwickelt. Wenn die Reise, die sie wegen dieser unsäglichen Volkszählung hatten machen müssen, beendet war, wollte er sich keinesfalls von seiner Gattin

und dem Kind trennen und er sagt das auch. Maria blickt deshalb bekümmert drein.
„Versteh doch, Maria. Er muss unter seinen Halbgeschwistern aufwachsen, um wie ein ganz normales Kind ganz Herkömmliches zu erleben. Es bringt weder ihm noch uns Gutes, wenn wir ihn von der Familie und Altersgleichen absondern. Er hat eine Sendung für unser Volk und dafür muss er unser Volk kennen und lieben lernen. Wenn wir ihn von den Menschen trennen, wird er zu weit weg von ihnen sein, um von ihnen verstanden zu werden und auch er wird sie nicht wirklich verstehen."
Maria schaut immer unglücklicher. Es ist das erste Mal seit der Zeit, als Joseph und sie einander vermählt worden sind, dass sie sich uneins sind. Sie ist seine zweite Gemahlin, da er seine erste verloren hat und gewisse Umstände ließen es ihrer Familie ratsam erscheinen, sie schnell in eine Ehe zu geben. Und beide hatten es begrüßt, zusammengeführt worden zu sein, auch wenn sie einander nicht selbst gewählt haben. Dies war im jüdischen Volk nicht Brauch und für sie beide auch ganz richtig erschienen. Es war auch Brauch, dass sich die Frau dem Manne unterordnete, doch Maria ist in einem freien Geist erzogen worden, der ihr nun Mühe macht. Sie kann Joseph unmöglich von den Unterweisungen ihrer Mutter erzählen. Würde das bekannt werden, würde diese gesteinigt werden. Außerdem kann sie Joseph noch nichts von ihrer Herkunft erzählen.
Obwohl Josephs Worte ganz vernünftig klingen, will sie für dieses besondere Kind auch die Umgebung schaffen, die ihm sein späteres Wirken erleichtern soll. Das will auch Joseph, doch erreichen will er dies mit anderen Mitteln als sie. Musste Jeshu nicht in den Lehren verschiedener Völker unterrichtet werden, um das jüdische Volk von der Knechtschaft zu befreien? Er musste so viel wie möglich über die herrschende Ordnung, unter der ihr ganzes Volk litt, wissen. Unwissenheit konnte zu Fehlern und zum Scheitern führen...
Plötzlich spürt sie Jeshus winzige Patschhand auf ihrem linken Oberarm und sie sieht ihrem Sohn in die Augen und dieser scheint ihr zu sagen:

„Mutter, ich habe nur eine Botschaft für die Menschen und das ist die der Liebe zueinander. Füge dich für den Moment.“ Unwillig zuckt sie die Schultern. Beide sind gegen sie, was soll sie da ausrichten?
„Ich füge mich, aber ich hege den Verdacht, dass der Gott Abrahams seinen eigenen Weg für ihn vorgesehen hat, der weder dir noch mir gefallen wird.“
Joseph ist zufrieden, hat er doch sein erstes Ziel erreicht und nun war das Zweite an der Reihe:
„Maria, ich weiß, Jeshu wurde erst vor zwei Tagen geboren, aber ich möchte euch beide so schnell wie möglich wieder nach Hause bringen, damit du dich dort in Ruhe erholen kannst. Dort hast du auch alle Hilfe, die du benötigst. Zum Glück setzte die Geburt erst ein, nachdem wir in den Listen eingetragen waren, und nun können wir nach Hause zurück. Kannst du vielleicht schon wieder reiten?“
Er sagt ihr nicht, dass man ihn gewarnt hat, dass Angriffe der Zeloten bevorstanden und es schon bald sehr ungemütlich werden konnte. Die Volkszählung, deren Sinn niemand erklärt hatte, hatte zum erneuten Auflodern des Hasses gegen die Römer und ihre Herrschaft in Judäa geführt. Die Zeiten waren mehr als unruhig und würden so schnell nicht besser werden, jedenfalls nicht, solange die Römer das Land beherrschten... Verstanden die beiden Seiten nicht, dass Hass und Gewalt immer nur mehr Hass und Gewalt brachte? Wie konnte er den kleinen Jungen so erziehen, dass dieser in der Lage wäre, das zu beenden?
In diesem Moment kommt Joseph ein fürchterlicher Verdacht. Die Römer kannten den Glauben der Juden daran, dass ein Messias kommen und sie befreien würde. Es gab viele Prophezeiungen darüber und es gab Zeichen. Wie gut waren die Zeichendeuter der Römer, die Auguren? War die Volkszählung vielleicht unter dem Vorwand durchgeführt worden, um festzustellen, welche Familien dafür in Frage kamen, den Messias hervorzubringen? Wussten auch sie, dass die Zeit für ihn wirklich gekommen war? Sahen sie in ihm eine Gefahr? Einen starken Mann, unter dem sich die verschiedenen jüdischen Gruppen vereinigten, würden sie sicher nicht zulassen, wenn sie die Oberhoheit behalten wollten. Wie bei den Römern üblich, hatten sie auch in Judäa, nach der Unterwerfung, die Kinder der herrschenden Familien mit als Sklaven

nach Rom genommen, um ein Druckmittel gegen Aufstände zu haben, aber unterdessen waren weitere geboren worden. Er und Maria gehörten jedoch keiner dieser bekannten Familien an, obwohl sie auf eine große Ahnenreihe zurückblicken konnten. Beide hatten Wurzeln in der Familie Davids, doch wurde solches Wissen nur innerhalb der Familien weitergegeben und drang nie nach außen. Seine Angaben über seine Abstammung waren bei der Befragung der Volkszähler daher auch sehr lückenhaft gewesen und die von Maria auch. Sie hatten nicht gelogen, das ließ ihre Ehre nicht zu, aber sie hatten eben nicht alles gesagt. Und Joseph war sicher, dass andere Familien das ebenso hielten. Aber die Römer waren nicht dumm, irgendwann würden sie das sicher bemerken. Er hatte auch den Verdacht, dass Maria ihm nicht alles über ihre Herkunft und die Umstände ihrer Schwangerschaft gesagt hatte, doch würde er warten, bis sie von selbst über diese Angelegenheit sprach.
Joseph hat jedenfalls den dringenden Wunsch, schnell in sein Heim zurückzukehren, obwohl ihm sehr wohl bewusst ist, wie trügerisch die Sicherheit dort ist. In einem Land, das von einer Fremdmacht beherrscht wird, ist niemand sicher. Aber wo konnte man schon in völliger Sicherheit leben?

Maria sind diese Dinge genauso bewusst wie ihrem Gatten und obwohl sie noch geschwächt ist, sagt sie daher:
„Jeshu hat mir seine Ankunft leicht gemacht. Ich werde mich schnell erholen, aber ich möchte auch nach Hause. Wir können sofort aufbrechen, wenn du willst. In der Nacht ist es kühler als am Tag und für mich weniger beschwerlich..."
Joseph sieht seine tapfere Gemahlin stolz an und dankt wieder einmal dem Schicksal, dass es ihm vergönnt ist, ihr Gatte zu sein. Sie packen ihre wenigen Habseligkeiten und brechen noch in der gleichen Stunde auf.

Sie reisen des Nachts und ruhen am Tag und als sie schließlich in Nazareth ankommen, werden sie von der großen lärmenden Familie willkommen geheißen. Da ist Esther, die einzige Tochter Josephs und seine vier Söhne aus der ersten Ehe, von denen zwei schon fast im heiratsfähigen Alter sind und sich daher schon heimlich unter den Frauen des

Ortes nach einer Braut umsehen, wie es ebenfalls schon immer Brauch gewesen ist. Keiner wollte eine hässliche Braut mit Bart und hofft natürlich, seine Eltern bei der Wahl beeinflussen zu können. In jedem Ort wird sorgsam darauf geachtet, dass Braut und Bräutigam nicht zu nah verwandt sind, aber dennoch die Blutlinien gewahrt werden. Wenn die Römer wüssten, dass sie nur den „Bewahrer“ eines Dorfes würden finden müssen, dann hätten sie sich die Volkszählung ersparen können. Aber niemand hat ihnen das mitgeteilt. Dass es in jedem Ort einen Bewahrer des Wissens gibt, wissen nur die Ältesten des Dorfes, und von denen weiß meist nur eine Handvoll, wer es ist. Oft sind es die Geschichtenerzähler, die ja schon von Berufs wegen Wissen sammeln, aber nicht immer. Je nachdem, um welche Form des Wissens es geht und um wieviel es sich handelt, können es auch mehrere sein. Hier geht es nicht um Wissen, welches in den heiligen Schriften, wie der Tora hinterlegt ist. Die Tora, hat eigene Schriftenausleger. Es geht um die Geschichten von Menschen in den Dorf- und Stadtgemeinschaften, ihre Erlebnisse, ihre Erfahrungen und eben auch ihre Abstammung, also ihr „woher“ und ihr „wohin“.
Das Erste, das Joseph in die Wege leiten will, als sie wieder daheim sind, ist die Beschneidung des Jungen und er sagt Maria, dass er den Rabbi gleich besuchen wolle. Er ist nicht darauf gefasst, was dann kommt, denn Maria fängt nämlich an zu weinen und appelliert an ihn:
„Joseph, ich weiß, es ist Brauch im Volk, aber muss das wirklich sein? Ich möchte nicht miterleben, wie er verletzt wird. Ich habe mir, bevor ich Mutter wurde, nie darüber Gedanken gemacht. Aber ist das denn wirklich gut für einen Jungen? Welcher Sinn ist dahinter, Jungen so zu verstümmeln?“
Joseph ist nun wirklich entsetzt. Nie hätte er in Betracht gezogen, dass Maria sich innerhalb kürzester Zeit seinen Beschlüssen ein zweites Mal widersetzen und einen Brauch in Zweifel ziehen würde, von dem er weiß, dass er einfach „richtig“ ist. Aber wie kann er ihr das nur vermitteln? Da kommt ihm eine Idee.
„Maria, unser Sohn hat eine besondere Aufgabe für unser Volk. Wie soll er diese Aufgabe erfüllen, wenn er nicht einer von uns ist?“
„Aber er ist doch einer von uns.“

„Nicht, wenn er nicht beschnitten ist."
„Aber es braucht doch niemand zu erfahren. Jeder wird davon ausgehen, dass wir das unterwegs haben machen lassen."
„Maria, die erste Frau, mit der er das Lager teilt, wird es erkennen und als gute Jüdin zur Anzeige bringen. Damit wäre alles verloren."
„Joseph, ich möchte doch nur nicht, dass er verletzt wird. Ich fürchte um die Folgen."
„Und ich fürchte um die Folgen, wenn wir es nicht tun und nun wirst du gehorchen. Ich will und werde darüber mit dir nicht streiten."

Joseph ist ein ehrbarer Mann, aber eben ein Mann seiner Zeit. Er geht daher zu Rabbi Mosha und der ist nicht erfreut über die Nichteinhaltung der üblichen Abfolge und sieht das nicht gerade als gutes Zeichen für das Neugeborene an. Er stimmt Joseph daher zu, die Zeremonie gleich am nächsten Tag durchzuführen. Und so geschieht es, dass die Familie sich zum angegebenen Zeitpunkt versammelt. Jeshu schläft zufrieden in den Armen seiner Mutter, doch in dem Moment des Schnittes erwacht er mit grässlichen Schmerzen zwischen den Beinen. Wo sind Aba und Ama? Was ist geschehen, warum tut es so furchtbar weh? Er weint und weint und hört nicht mehr auf. Das herzzerreißende Weinen bricht Maria fast das Herz, und als sie sieht, dass das Licht der Liebe in den Augen des Jungen verlischt, stirbt auch etwas in ihr. Jeshu hört nicht auf zu weinen und Maria weiß, das da etwas geschehen ist, dass das Vertrauen des Kindes zu seiner Familie zerstört hat und von nun an ein Abstand herrschen wird, der nicht mehr zu überbrücken ist.

Seit diesem Augenblick ist sie nicht mehr dieselbe Frau wie zuvor. Sie ist Joseph eine gute Frau und allen Kindern eine gute Mutter, aber das herzliche Lachen, das Joseph so liebte, sollte er nie wieder hören.

(Erst 33 Jahre später, in der Stunde seines Todes, versteht Jeshua - erst ab der Taufe von Johannes, lautete Jeshus Name Jeshua-, warum dies geschehen musste, denn er hängt unbekleidet am Kreuz und hätten die Bewohner Jerusalems einen unbeschnittenen Mann dort gesehen, wäre nicht das in Gang gekommen, was danach geschehen ist und ge-

schehen sollte. Seine letzten Worte waren daher an Joseph gerichtet, der zu diesem Zeitpunkt schon in den anderen Welten ruhte:
„Vater ich vergebe dir, ich wusste nicht, was ihr da tut. Bitte vergib auch mir, dass ich zornig auf dich war.")

Auch Joseph sieht den strahlenden Blick verlöschen und erschrickt und blickt Maria an und weiß, dass er sie beide verloren hat. Sein Glauben an die Richtigkeit seines Tuns haben sie ihm entrückt und auch Jeshu wird ihn nie mehr so liebevoll ansehen, wie er es in den ersten Tagen getan hat. Aber was hätte er tun können? Hatte es eine andere Möglichkeit gegeben? Hätte er die Beschneidung verhindern sollen und den Sohn Marias lehren sollen, sein Anderssein zu verstecken? Lügen werden früher oder später immer aufgedeckt. Der Messias muss doch unbedingt aus ihrem Volk kommen, oder man wird ihm nicht glauben und somit auch nicht folgen. Er wünschte, er hätte nie davon erfahren, dass der Messias unter seinem Dach wohnen würde. Auch in ihm bricht etwas auseinander, was zuvor ganz gewesen war. Nachdem die Gäste gegangen sind, bleiben drei Menschen zurück, die für immer verändert sind. Sie leben miteinander und mit der Zeit heilen die Wunden zumindest oberflächlich. Erst viel später sollten sie verstehen, dass alles so laufen musste, wie es geschehen ist. Jeshu fällt nun zunächst in den ersten Jahren doch nicht auf. Maria hört ihren Sohn nie wieder weinen und das Strahlen der Liebe sieht Maria in den Augen ihres Sohnes erst viele Jahre später wieder.

*

Ein Jahr später klopft eine Frau an die Tür des Heims der Familie. Maria öffnet und ist erstaunt über die Besucherin, denn es ist Melina, die Hohepriesterin des Isis-Tempels des Anfangs, bei der sie selbst ausgebildet wurde. Sie lässt sie eintreten und ist froh, dass ihr Gatte seiner Arbeit nachgeht und daher nicht anwesend ist. Sie bewirtet ihren Gast schweigend und nachdem Melina sich etwas gesammelt hat, eröffnet sie Maria den Grund ihres Kommens:
„Die Zeichen sagen, dass ein Wesen geboren wurde, das eine große Veränderung bringen wird. Unsere Welt, wie wir sie bisher kannten, wird untergehen, doch aus den Trümmern wird sich eine Neue erheben. Wir

leben in der Zwischenzeit und müssen unsere Rolle darin spielen, damit alt und neu eine gemeinsame Kraft entwickeln. Es hat sich ein Unfall bei einer Einweihung ereignet. Es handelt sich um ein nie da gewesenes Ereignis und dies ist eines der Zeichen für die kommenden Veränderungen. Es kann und darf nur noch eine einzige Einweihung auf die alte Art und Weise durchgeführt werden, weil das Wissen um die richtige Durchführung schon jetzt anscheinend zu große Lücken aufweist. Diesen Unfall habe ich zu verantworten und das wird mich für den Rest meines Lebens verfolgen, aber ich habe auch dafür Sorge zu tragen, dass genau die richtige Person die letzte Weihe erhält, die uns aus dem alten Volk überliefert wurde. Diese Einweihung kann nur zu einem einzigen Zeitpunkt ausgeführt werden, weil dann das Portal sich noch einmal kurz öffnen wird und sich dann für immer schließt. Die große Mutter hat mir aufgetragen, dir diese Botschaft auszurichten, weil du weißt, wer diese Weihe erhalten soll."

Bis hierhin ist Melina gekommen, als Jeshu sich aus einem anderen Raum meldet. Maria holte ihn zum Stillen, aber auch um ihn Melina zu zeigen. Diese blickte den Knaben lange an und dieser schaute zurück, aber nicht wie ein Kleinkind, sondern bewusst. Sie tauschen einen langen Blick und Melina nickt und spricht zu dem Kind:
„Ich verstehe, du bist der, der Dämonen bändigen kann und damit eine Kraft aus der Welt nimmt, der die Menschen nicht mehr ausgeliefert sein sollen. Die Welt soll einen Gang ohne Dämonen, oder doch zumindest mit wesentlich weniger dieser Wesen, gehen dürfen. Darüber bin ich wirklich sehr froh."

An Maria gewandt spricht sie weiter: „Du musst zum fünften Vollmond mit dem Kind anwesend sein. Dann werden wir die Einweihung vollziehen."

Melina erhebt sich, denn sie hat das Ziel ihrer Reise erreicht, umarmt Maria zum Abschied und geht mit müden Schritten wieder ihrer Wege. Maria bleibt schicksalsergeben zurück. Wie soll sie ihrem Gatten erklären, dass Jeshu nach Kem reisen musste? Sie wusste, sie konnte es nicht. Er würde es ihr nie erlauben, da sie nun auch ein gemeinsames Kind erwarteten. Darum traf sie eine folgenschwere Entscheidung. Sie wusste, Joseph würde am nächsten Tag nach Jeru Shalem gehen, um den nächsten Shabatt im Tempel zu begehen. Dies machte er immer wieder einmal und folgte dabei dem Ruf seines Herzens. Das würde ihr Zeit für einen Vorsprung geben. Sie sagte nur Esther Bescheid, wohin sie ging, denn diese würde den Haushalt führen müssen, wenn sie fort war. Joseph würde in acht Tagen zurück sein, von Esther dann hören, was geschehen war und für sich entscheiden können, ob er Maria ziehen ließ und auf ihre Rückkehr wartete oder er konnte dem Rabbi Bescheid geben, dass ihre Ehe null und nichtig war. Jüdische Männer hatten das Recht, ihre Frauen zu verstoßen. Frauen hatten dieses Recht allerdings nicht, trotzdem trafen sie manchmal eigene Entscheidungen.

An die dritte Möglichkeit, dass er ihr folgen könnte, dachte sie gar nicht erst. Sie wusste nur, dass Jeshu diese Einweihung unbedingt brauchte, weil sie entscheidend dazu beitragen würde, wie sein Tod und die Zeit danach verlaufen würde. Die, die in der Pyramide eingeweiht wurden, erhielten ein Lichtkleid, das ihnen außergewöhnliche Fähigkeiten verlieh, die auch Langlebigkeit miteinschloss und derjenige, der die letzte Einweihung erhalten würde, so besagte eine Prophezeiung, würde zwar nicht lange leben, aber als Einziger in diesem Lichtkleid erscheinen und damit einen Zeitenwandel einläuten. Die genauen Umstände waren aus der Prophezeiung nicht ersichtlich, jedenfalls nicht den einfachen Schülerinnen und Schülern des Tempels, aber jeder kannte sie. Und so passte für Maria nun alles zusammen und sie wusste, weder sie noch ihr Sohn konnten vor ihrem Schicksal davonlaufen. Sie hatte es versucht und sie war sich sicher, dass auch er es versuchen würde und dem Schicksal genausowenig die Stirn würde bieten können wie sie. Daher zögerte sie nicht und brach auf, kurz nachdem auch Joseph auf seine Reise gegangen war. Womit sie nicht gerechnet hatte, war, dass dieser ihr wutentbrannt folgen würde. Sie hatte von seinem Münzenvorrat nur so viel genommen, wie sie für die Hinreise brauchen würde. An eine Rückreise dachte sie nicht. Das überließ sie besagtem Schicksal.

Zwei Wochen war sie alleine unterwegs, kam jedoch nicht schnell voran, weil sie für sich und den Knaben immer wieder lange Pausen machen musste. Bei einer bekannten und vielbesuchten Raststätte, weil es dort für die Wüstenregion ziemlich viel Wasser gab, holte Joseph sie ein. Alle Worte, die er sich auf seinem Gewaltmarsch zurechtgelegt hatte, waren verschwunden, genau wie der Zorn, der ihn angetrieben hatte. Was für einen Grund hatte Maria, dass sie fortgelaufen war? Hatte er etwas falsch gemacht? Sie schlecht behandelt? Das waren genau die Fragen, die aus ihm herausplatzten, als er sie und Jeshu endlich wohlbehalten sah.
„Joseph, mein Gemahl. Du hast nichts falsch gemacht, doch ich erhielt eine Botschaft und ich muss dieser folgen. Du weißt, dieses Kind ist der Erbe eines großen Reiches, weil ich meine Abstammung auf die Pharaonen zurückführen kann. Ich trage den Ring Salomons bei mir und dieser wird eines Tages meinem Sohn gehören. Und er wird ihn durch sein Blut nutzen können, wenn er dies wünscht. Etwas, was mir nicht erlaubt war und ich habe es auch nie versucht. Diejenigen, die verhindern wollen, dass machtvolle Führer auf den Thron zurückkehren, werden erfahren, dass göttliche Macht auf diese Welt zurückgekehrt ist. Und darum musste ich fort. Wir müssen nach Kem, um dafür Sorge zu tragen, dass dieses Kind seine Einweihung in der Mer erhält. Es gibt nur noch einen einzigen Zeitpunkt, an dem es noch auf die alte Weise möglich ist und darum musste ich sofort los, nachdem ich die Botschaft erhalten hatte."
Maria verrät ihm nicht, dass sie diese Botschaft vor seiner Abreise erhalten hatte und lässt ihm in dem Glauben, dass sie keine Möglichkeit gehabt hatte, ihn zu benachrichtigen, ohne jedoch direkt zu lügen.

Maria schweigt nun und wartet auf Josephs Antwort. Dieser blickt die junge Frau und das Kind in ihren Armen lange an. Seit er ihr begegnet ist, weiß er, dass sein Leben eine Bestimmung hat. Er war zu diesem Zeitpunkt auf der Erde, um diese Frau und dieses Kind zu schützen. Unabhängig von seinen oder ihren eigenen Wünschen. Seine Söhne und Töchter aus erster Ehe waren in guter Obhut. Und so antwortet er ihr:

„Wenn du nicht warten konntest, dann muss ich das hinnehmen, aber du hättest Begleiter aus unserer Familie wählen können. Aber ich vermute, dass du Gründe dafür hattest, alleine zu reisen. Doch nun bist du nicht mehr alleine. Ich habe geschworen, dir zu helfen. Glaubst du ich würde eidbrüchig werden? Lass uns weiterziehen.“ Mehr ist nicht zu sagen und Maria nimmt seine Begleitung gerne an.
Die Reise ist lang und beschwerlich, doch sie ruhen immer dann aus, wenn sie Ruhe benötigen. Sie lassen sich nicht viel Zeit und verfolgen einen Weg, der sie zu Verwandten von Joseph bringen wird. Auf diese Weise bringen sie Neuigkeiten von Ort zu Ort, von Familie zu Familie.
Und die Nachrichten sind nicht gut. Die römischen Besatzer pflegen keine Gnade walten zu lassen, wenn in ihren Provinzen aufbegehrt wird. Doch das jüdische Volk ist keines, das sich Unterdrückung lange gefallen lassen wird. Und so brodelte es an vielen verschiedenen Orten immer wieder.
Es dauert Monate bis Maria und Joseph den Nil erblicken und die dortigen künstlichen Berge, die in der alten Sprache von Kem „Mer“ heißen. In der Sprache der Griechen werden sie Pyramiden genannt. Und Pyramide bedeutet: „Feuer in der Mitte“. Da Maria als Isis-Priesterin ausgebildet ist, wenden sie sich dem betreffenden Tempel zu. Doch zu Marias Entsetzen ist dieser dem Erdboden gleichgemacht worden. Nur noch einzelne Steintrümmer liegen herum, und die würden auch bald verschwinden, weil man die Steine zum Bau anderer Gebäude verwendete. Ratlos besieht sie sich die Trümmer, denn sie hatte sich an Melina wenden wollen, um zu beratschlagen, wie der nächste Schritt aussehen würde, denn Jeshu musste ins Innere der großen Mer gebracht werden, um im dortigen Feuer gebadet zu werden. Doch die geheimen Zugänge sind bewacht und dürfen nur von bestimmten Leuten geöffnet werden, zu denen Maria nicht zählt.
Eine innere Stimme heißt sie, zu rasten und zu warten. Da sie gelernt hat, mit den inneren Stimmen umzugehen und festzustellen, auf welche man hören sollte und auf welche nicht, bittet sie Joseph, im Schutz einer eingesunkenen Wand ihr Lager aufzuschlagen. Joseph seufzt, gibt aber nach, verlässt Frau und Kind jedoch, um sich umzusehen und festzustellen, ob die Dienste eines geschickten Zimmermannes irgend-

wo benötigt würden. Und so stillt Maria Jeshu, als Joseph gegangen ist und kommt innerlich zur Ruhe
Viele Stunden später, sie ist eingenickt, weckt sie das Strampeln des Säuglings, der nun schon beginnt zu laufen und sich bewegen will. Sie nimmt seine beiden Hände und führt ihn, damit er ein wenig üben kann. Eine Bewegung lässt sie aufschauen.
Es ist eine verschleierte Frau, die langsam in fragender Haltung näher tritt und den Beutel, den sie über die Schulter geschlungen hält, fester an sich zieht. Der Schatten, den die umgestürzte Mauer geboten hat, ist längst verschwunden. Und so brennt die Sonne unbarmherzig hernieder, während Maria der Frau entgegenblickt.
Langsam macht sich ein Lächeln auf ihrem Gesicht breit, denn sie erkennt eine alte Freundin wieder. Und diese nimmt den Schleier vom Gesicht und entblößt ebenfalls mit einem breiten Lächeln ihre Zähne. Maria begrüßt die Frau freudestrahlend.
„Milla, ich hätte wissen müssen, dass du spürst, wann ich komme. Deine Fähigkeiten waren schon immer bemerkenswert.“ Und die Frau entgegnet lachend:
„Oh, Maria, deine Fähigkeiten sind nicht geringer. Genau zur richtigen Zeit am richtigen Ort zu sein, konntest du schon immer. Und wie ich sehe, hast du dein Kind bekommen. Und du siehst gut aus. Geliebte Freundin, lass mich euch beide umarmen.“ Und die Frauen fallen einander um den Hals und weinen und lachen gleichzeitig, denn es ist lange her, dass sie sich gesehen haben.
Schließlich suchen sie nach etwas Schatten und Milla fragt Maria:
„Bist du gekommen, um deinem Sohn die Einweihung geben zu lassen?“

Maria nickt, aber sie ist auch beunruhigt:
„Was ist mit dem Tempel geschehen?“ Millas Mine verdüstert sich. „Es wurden Kräfte frei, deren wir nicht gleich Herr wurden und die haben gewütet. Wir beherrschen die alte Kunst nicht mehr ausreichend. Vielleicht wurden wir zu überheblich und müssen nun unseren Preis dafür bezahlen. Aber das betrifft dich nicht. Ich werde alles vorbereiten und Melina Bescheid sagen, dass du da bist. Ich wusste, dass noch eine

Einweihung bevorsteht, aber ich habe nicht damit gerechnet, dass es die deines Sohnes sein würde, obwohl ich es mir hätte denken können. Nach drei Sonnenumläufen, werden wir kommen und euch abholen. Bist du alleine hier?“ Maria schüttelt den Kopf:
„Nein, mein Gemahl ist auf Arbeitssuche. Er wird schon bald zurück sein.“ Milla antwortet:
„Kennt er unsere Bräuche? Wirst du ihn teilhaben lassen?“ Maria schaut Milla unschlüssig an.
„Er kennt unsere Bräuche nicht und ich weiß es noch nicht. Ich muss es mit ihm besprechen.“
„In Ordnung. Wir sehen uns nach drei Sonnenumläufen wieder. Und ich bringe alte Freundinnen mit.“
Maria umarmt Milla zum Abschied und hat Tränen in den Augen, denn sie hat ihre Freundin nicht lange bei sich gehabt und weiß doch dass ihre Wünsche nicht von Belang sind, da es höhere Interessen zu wahren gilt. Und so legt sie sich wieder nieder, um ein wenig mit Jeshu zu spielen.

Drei Tage später ist Maria wieder an Ort und Stelle. Joseph war inzwischen zu ihr gekommen. Er hatte eine Unterkunft für sie und ihren Sohn gefunden und auch Arbeit. Joseph war so sehr damit beschäftigt, den neuen Arbeitgeber zufriedenzustellen und Pläne zu schmieden, dass Maria es nicht wagte, ihm zu sagen, dass die Einweihung für Jeshu schon bald stattfinden würde. Joseph hatte an diesem Tag gesagt, dass es sehr spät werden würde und Maria hatte nur genickt. Wie würde er reagieren, wenn sie die Einweihung ohne ihn durchführen lassen würde? Wäre seine Geduld mit ihr und Jeshu dann doch erschöpft? Sie fürchtete sich vor der Antwort.

Aber sie steht nun mit Jeshu in den Armen wartend da und schaut der Zeremonie von ein Dutzend festlich gekleideten Frauen und Männern entgegen. Die Prozession wird von Trommeln begleitet und vom Gesang der Teilnehmer. Der Gesang wird immer lieblicher und feiner, je näher sie kommen und endet abrupt, als die Vordersten Maria und Jeshu erreicht haben. Die Doppelreihe teilt sich auf, nimmt die beiden in

ihre Mitte. Maria dreht sich um und nun sind sie und ihr Sohn das Zentrum der kleinen Prozession. Gemeinsam gehen sie zu einer Stelle, die später als der Osiris-Schacht bekannt werden würde.
Zwei Stunden dauert der Weg dorthin, während ununterbrochen getrommelt und gesungen wird. Maria kennt die Gesänge zu genüge, denn sie war einst ein Teil der Prozession für andere gewesen. Die getarnte Abdeckung vom Schacht wird hinweg genommen und alle steigen hinunter und werden an manchen Stellen an Seilen hinab gelassen. Währenddessen wird der Gesang und das Trommelspiel jedoch nicht unterbrochen.
Dreizehn Meter geht es in die Tiefe, dann einen waagerechten Schacht entlang und noch einmal dreizehn Meter tiefer. Dort berührt Milla einen verborgenen Punkt in der Wand und eine Mauer schiebt sich zur Seite. Die Prozession geht unterirdisch immer weiter. Bis sie am Fuß der großen Mer angekommen sind, geht es schräg abwärts, bis eine Abzweigung kommt. Nun geht es Leitern hinauf und sie haben einen sehr breiten Gang erreicht, der schräg hinauf in eine zentrale Kammer der Pyramide führt. Der Gesang und das Trommeln werden auch hier nicht unterbrochen und so sind alle Beteiligten in einer besonderen Stimmung, die sie befähigt, etwas zu sehen, was man im Alltag kaum wahrnehmen kann. In der Mitte der zentralen Kammer (man wird diese später Königs-Kammer nennen) mitten in der Luft „brennt“ ein Feuer. Es ist kein Feuer, das von Holz oder irdischen Materialien genährt wird, sondern von purer Kraft. Der Sarkophag in der Kammer ist mit Wasser gefüllt und mit diesem wird Jeshu gewaschen und gebadet. Und als wüsste er ganz genau, was mit ihm geschieht, hält er völlig still und den Blick auf diejenigen gerichtet, die sich um ihn kümmern. Die Waschung erfolgt nach einem genau festgelegten Zeremoniell. Und das dreimal. Danach wird sein ganzer Körper gesalbt, mit duftenden Ölen eingerieben und dann in ein wundervoll besticktes, noch nie benutztes Gewand gehüllt.
Die Gesänge haben sich nun geändert und werden immer drängender. Man kann spüren und hören, dass alles auf einen Höhepunkt zustrebt. Unter dem Feuer, das mehrere Meter hoch in der Luft schwebt, befindet

sich ein Holzgestell. In dieses können von vier Seiten Leitern eingeklinkt werden und genau das geschah während der Waschung von Jeshu.
Als der Säugling fertig ist, steigen aus allen vier Himmelsrichtungen vier Priesterinnen empor. Und Jeshu wird ihnen gereicht. Sie erreichen die erste Stufe und geben den Säugling im Uhrzeigersinn jeweils weiter. Sie steigen die nächste Stufe empor und reichen den Säugling wieder im Uhrzeigersinn herum, sodass eine Aufwärtsspirale entsteht.
Nachdem die zwölfte Spirale vollzogen ist, ziehen sich drei der Priesterinnen wieder nach unten zurück und nur derjenigen, die Jeshu in den Armen hält, ist es erlaubt, die kleine Plattform auf der dreizehnten Ebene zu erreichen. Dort legt sie den Säugling sorgsam ab, achtet peinlich darauf, dass er nicht herunterfällt. Und genau dort befindet sich das „Feuer in der Mitte“. Es ist das Feuer des Heiligen Geistes, würde man zweitausend Jahre später vielleicht dazu sagen. Die Priesterin achtet auch darauf, dass sie selber von diesem Feuer nicht berührt wird, denn sie weiß genau, dass sie nicht darauf vorbereitet ist, dieses Feuer auszuhalten. Sie hat sich so ihre eigenen Gedanken darüber gemacht, dass ein so kleines Kind diesem ausgesetzt wird. Es ist ungewöhnlich und soweit sie die Geschichte studiert hatte und zurück denken konnte, war dies auch noch nie geschehen. Doch alle wissen, dass es die letzte Einweihung in dieser Kammer ist, und dass deshalb keine Rücksicht auf das Alter genommen werden kann.
Mit diesem Kind musste es eine ganz besondere Bewandtnis haben, doch Neugier stand ihr nicht zu und die Vorgänge zu hinterfragen erst recht nicht. Und so achtet sie darauf, dass der Säugling die vorgeschriebene Zeitspanne im Feuer verbringt, während der Gesang und die Trommelrhythmen abrupt enden, um den Vorgang nun völlig ungestört ablaufen lassen zu können.
Maria steht an einem Ende des Holzgerüstes und wartet auf einen Wink der Priesterin weiter oben, denn nur sie würde den Säugling aus dem Feuer nehmen dürfen und können, sowie nur diese Priesterin die Erlaubnis gehabt hatte, ihn hineinzulegen. Alles folgte genau den Vorschriften, die sie vom Alten Volk übernommen hatten.
Und dann ist es soweit. Maria klettert auf den Wink der Priesterin nach oben und diese klettert nach unten. Erst als diese das Gerüst vollstän-

dig verlassen hat, nimmt Maria Jeshu aus der Flamme wieder heraus. Obwohl sie die Hintergründe dieser Zeremonie genau kennt, hatte sie doch Todesängste um ihr Kind ausgestanden, denn sie und andere, die große Hoffnungen in ihn setzen, hätten sich, was ihn betrifft, auch irren können.

Doch Jeshu hat alles unbeschadet überstanden und strahlt in einem lebendigen Licht das schon einmal kurz nach seiner Geburt zu sehen gewesen war, und nun wieder dazu führte, dass seine Augen ein überirdisches Licht ausstrahlen und eine Liebe, die einfach nicht von dieser Welt ist. *Die Flamme, das Feuer in der Mitte der Pyramide erlischt jedoch für immer. Nie wieder kann hier eine Einweihung nach der alten Art erfolgen.*

Maria ist erfreut und besorgt zugleich, denn wenn dieses Strahlen ihres Sohnes diesmal anhält, dann würde sie ihn kaum unauffällig großziehen und verbergen können. Doch sie schlägt sich für den Moment diese Gedanken aus dem Kopf und widmet sich wieder ganz der restlichen Zeremonie. Es bleibt ihr auch nur abzuwarten.

Auf dem Weg hierher hatte man eine Lichtquelle der Alten benutzt, doch nun leuchtet der Körper von Jeshu den Gang vollständig aus und weist allen den Weg, eine Symbolik, die Maria später erst richtig begreifen würde.

Schweigend gehen sie die unterirdischen Gänge zurück bis zum Einstieg. Dieser wird wieder gut verborgen und man bringt Maria auch wieder gut zurück. Sie betritt ihre Unterkunft, die sie sich mit Joseph teilt und wie sie gehofft hat, ist dieser immer noch nicht wieder heimgekehrt.

Das Strahlen ihres Sohnes hält immer noch weiter an.

Als sie jedoch am nächsten Morgen erwacht, liegt Joseph neben ihr und ihr Sohn ebenfalls, ohne dass jedoch irgendeine Spur von diesem Leuchten zu erkennen ist.

Dennoch blickt Joseph sie mit einem merkwürdigen Blick an, als er erwacht, doch er sagt nichts. Und die Zeitarbeit, für die er angestellt ist, führt dazu, dass sie noch eine Woche an Ort und Stelle bleiben und danach weiter Nil aufwärts ziehen. Maria weiß, dass Joseph wissen muss, dass die Einweihung erfolgt ist, doch er fragt nicht danach und sie sagt dazu auch nichts, denn sie muss erst mit all den Eindrücken fertig

werden, die sie selbst dabei hatte. Doch später erzählt sie ihm davon und er nickt nur, denn das Strahlen von Jeshu war noch nicht erloschen, als Joseph das gemeinsame Zimmer betreten hatte.
Monate später erreichen sie On (el-Maṭarīya), Jeshu kann inzwischen laufen und spielt mit einem Stock. Als er dreimal mit dem Stock auf den Boden klopft, beginnt an dieser Stelle eine Quelle zu sprudeln, die noch 2.000 Jahre später Wasser geben wird. Den Dreien geschieht noch viel auf dieser Reise, doch davon wird vielleicht später die Rede sein. Als Jeshu zwei Jahre zählt, sind Maria, er und Joseph zurück in Nazareth und nehmen ihr altes Leben wieder auf.

13.

Bis hierhin ist Miria gekommen, als sie Petra im Nachbarzimmer umhergehen hört und unterbricht ihre Aufzeichnung, um nach nebenan zu gehen. Petras Zimmer ist offen, diese räkelt sich auf dem Bett und fragt etwas zweifelnd: „Schon munter? Hast du denn ausgeruht? Ich wollte dich auf ein Soja-Eis am Vatikan einladen..."
„Nein, ich habe nicht ausgeruht, aber Soja-Eis... du nimmst mich auf den Arm, oder?"
Petra tat beleidigt: „Nein, tue ich nicht. Ich habe Lust auf ein Eis, vermeide jedoch tierisches Eiweiß, also ... Soja-Eis. Das gibt es schon in mehreren Gelaterias hier in Rom. Was Eis betrifft, sind sie in allen Zeiten die Vorreiter gewesen..."
Beide Frauen müssen lachen und Miria würde dieses Eis gerne probieren und sagt das auch.

„Gut, aber bis wir dorthin gelangen, müssen wir unseren zweiten Pilgerweg durch Rom antreten und der endet zunächst auf dem Petersplatz und dann, zur Belohnung, gibt es das beste Soja-Eis der Stadt, nur wenige Meter vom Eingang zu den vatikanischen Museen entfernt."
„Gut, dann lass uns den Sattel packen und auf Schusters Rappen losreiten. Muss ich wieder selbst den Weg finden?"

Petra lacht und meint: „Nein, musst du nicht, ich wollte dir nur demonstrieren, dass hier irgendetwas ist, das die Orientierung schwierig macht. Du weißt schon: Selbsterfahrung..."
„Puh, da bin ich froh. Ich laufe lieber neben dir her, ohne die Verantwortung des Weges tragen zu müssen."
„Gut, dann los. Ich habe dich tippen hören. Was hast du geschrieben, wenn ich fragen darf?"
Sie sind gerade wieder in der Lobby des Multihotels, halten die Luft wegen des Gestankes an und erst als sie wieder draußen sind und Miria wieder Luft bekommt, antwortet sie: „Ich scheine jetzt die Geschichte von Jesus selbst zu bekommen, denn ich habe einiges über die Umstände seiner Geburt, bzw. mehr über die Tage davor und danach, aufgeschrieben."
Petra macht große Augen.
„Oha, wie war der Besuch der Heiligen Dreikönige?"
Miria lacht und erwidert: „Wenn die da waren, dann wurde das weggelassen. Nein, es ging eher darum, was die Beschneidung des kleinen Jungen in der Familie angerichtet hat." Miria gibt Petra eine Kurzfassung von dem, was sie aufgeschrieben hat, ohne die Gespräche mit Gabriel und Immanuel zu erwähnen.
„Oje, ein heißes Eisen. Ich weiß, dass beschnittene Männer ‚länger können', aber dafür auch stärkere Reizung brauchen, weil das Vorderteil von ihrem besten Stück permanent gereizt wird. Außerdem ist die Hygiene leichter und das ist alles, was ich darüber weiß, d.h. außer, dass es bei den Juden und den Moslems Sitte ist, in Amerika inzwischen weit verbreitet und in Deutschland seit kurzem verboten, außer aus gesundheitlichen Gründen. Weißt du warum dieser Brauch eingeführt wurde?"
„Nein, keine Ahnung, vielleicht auch wegen der Hygiene in heißen Ländern?"
„Möglich, meist haben die Ursprünge von Sitten und Gebräuchen praktische Hintergründe. Oft weiß man den Ursprung nach einiger Zeit aber gar nicht mehr. Sitten, Gebräuche, Traditionen können wie ‚Heilige Kühe' werden, die man auf gar keinen Fall schlachten darf. Darf ich es lesen?"

„Ja, später, ich möchte erst einmal über das, was ich da erfahren habe, nachdenken und jetzt gehen wir erst einmal auf Tour. Ich habe den Eindruck, dass ich auf den Pilgerwegen durch Rom die Puzzleteile dieser Seite der Geschichte zwar bereits habe, aber hier die Codes für den Zugang dazu abhole und nun bin ich extrem neugierig darauf, was aus den Tiefen meines Geistes auftauchen wird. Wie sieht unser Weg diesmal aus?"
„Wir gehen die Via delle Quattro Fontane entlang. Wie der Name sagt, gibt es entlang dieser Straße vier Brunnen, die wir aber nicht alle sehen werden. Unser erster Stopp ist die Kirche San Carlo alle Quattro Fontane. Von außen sieht sie schlimm aus, weil die Fassade durch den Autoverkehr sehr geschwärzt und noch nicht restauriert ist. In Rom kommt man bei den vielen Kirchen mit der Restauration auch gar nicht nach. Es ist hier weniger eine Geldfrage als eine Frage der Ressourcen. Es ist ein Handwerk, auf das man sich verstehen muss. So viele Experten gibt es nicht, die das können. Jedenfalls hat auch diese Kirche eine Kuppel, unter deren Mittelpunkt du dich stellen kannst und auch sonst hat sie Interessantes und Schönes zu bieten."
Dort angekommen stellt sich Miria wieder unter die Kuppel und kann inzwischen einen Unterschied zwischen der Kraft dort und der Umgebung spüren, auch wenn sie den nicht hätte benennen können. Es war, als wirkte unterhalb der Kuppel eine Kraft von außen auf sie ein, die ihr Körper, vor allem zunächst über die Haut wahrnehmen konnte. Ging sie aus dieser „Kraftsäule" wieder hinaus, hörte dieses Empfinden auf. Als sie das tat, kam ihr eine Idee: Petra stand neben ihr und so fragte sie diese: „Was würde geschehen, wenn ich eine Atem- oder Yogaübung unter der Kuppel durchführen würde?"
Petra sah sie erstaunt an. Immer mehr hatte sie den Eindruck, dass Miria nicht das war, was sie zu sein schien. Wieder einmal kam ihr ein Satz in den Sinn, dessen Wahrheitsgehalt sie ständig erlebte: „Nichts, und damit auch niemand, ist das und so wie es scheint, und niemand ist das, was er zu sein glaubt."
Miria hatte Zugang zu einem Wissen, um das man sie beneiden könnte. Petra selbst hatte zwar die Gabe, manchmal Verstorbene sehen zu können, aber eine große Erkenntnisfähigkeit war ihr nicht zu eigen. Für

wenige wichtige Erkenntnisse musste sie immer große Mühen auf sich nehmen. Miria schienen sie jedoch nur so zuzufliegen. Sie hatte die Kraftsäule unter der Kuppel kaum verlassen und kam schon mit einer tollen Idee daher.

„Also, ehrlich gesagt, bin ich noch nicht auf diese Idee gekommen, aber ich weiß, wie Yoga wirkt und auch wie Atemtechniken wirken. Sie wirken immer verstärkend und beschleunigend. Wenn man so etwas also an besonderen Plätzen ausführt, wird es das, was man erfahren und erleben soll, beschleunigen... denke ich. Aber ich wäre ehrlich gesagt sehr vorsichtig damit, weil man nie weiß, was man da schneller heranzieht und ob man zu diesem Zeitpunkt auch schon mit dem umgehen kann, was darauf folgt. Weißt du, ‚Yoga' bedeutet ‚Verschmelzung', d.h. wenn man entsprechende Übungen macht, werden Dinge, die getrennt waren, wieder zusammengeführt. Man übt Yoga aus, wenn man Körperübungen mit einer Atemtechnik kombiniert. Hier gibt es viele verschiedene Arten, wie das Hatha-Yoga, die unterschiedliche Zielsetzungen haben. Verstehst du?"

Miria nickte. Das leuchtete ihr ein, aber gleichzeitig hatte sie es sehr eilig, die Puzzleteile ihrer Geschichte - oh, eigentlich waren es ja schon zwei, zusammen zu bekommen. Vielleicht hatte Petra recht und sie musste mit allem, was sie erfuhr, auch erst lernen umzugehen. Wenn sie darüber nachdachte, was allein die Maria-Magdalena-Seite ihrer Geschichte schon für einen Staub aufgewirbelt hatte, was würde erst geschehen, wenn sie nun auch noch aus der Sicht von Jesus erzählte? Und wer weiß, wie viele Geschichten sich hier noch verbargen. Da war z.B. noch Susan, die mit dem Sohn von Maria-Magdalena nach Avalon ging, um es zu retten. Sie war später zu der Gemeinschaft um Jesus gestoßen, so viel wusste sie bereits davon, aber noch nicht viel mehr. Avalon wiederum reichte sowohl in die Zukunft, wenn man an König Arthus und seiner außergewöhnlichen Rolle zwischen den Welten von zwei Religionen dachte und in die Vergangenheit, wenn man an Osiris und Isis dachte, die man nach dem Wenigen, das Miria bisher gesehen hatte, als Außerirdische ansehen musste. Wie viele Geschichten, die in der Summe eine einzige Geschichte war, konnten und würden hier erzählt werden?

Vielleicht sollte sie sich von dem Gedanken verabschieden, diese eine Geschichte, die *die* Story schlechthin war, schnell erzählen zu können. Sie war viel zu kompakt und umfassend, als dass das möglich sein würde. Sie würde sich zunächst auf zwei Personen konzentrieren, auf Maria-Magdalena und Jesus, und dann würde man weitersehen. Das war schon mehr als genug Material, wenn sie ihre bisherigen Aufzeichnungen betrachtete. Miria erzählte Petra von ihrem Entschluss und diese sah sich wieder einmal darin bestätigt, dass die Pilgerwege, und speziell die durch Rom, einen besonderen Einfluss auf die Menschen hatten. Sie führten zu Erkenntnissen und diese wiederum zu Entscheidungen - Entscheidungen, die den Weg bestimmten, der gegangen werden sollte.

Als die beiden wieder draußen waren, war ihre nächste Station nicht sehr weit weg. Es war der Palazzo Barberini, ein besonderes Museum. Doch dieses betraten sie gar nicht, denn Petra steuerte die riesige Zeder links im Garten des Museums an, und obwohl man den Rasen eigentlich nicht betreten durfte, wie Schilder zeigten, huschte sie kurz zu dem Baum, berührte ihn und kam dann wieder auf den Kiesweg zurück. Auf Mirias fragenden Blick fing sie von selbst an zu erklären: „Alte Bäume haben eine besondere Aura und diese kann über Kilometer reichen. Wenn man diese betritt, verschmilzt für die Dauer des Aufenthaltes die eigene Aura mit der des Baumes. Sehr alte Bäume haben in der Regel kein Karma, kein Drama und kein Trauma, sind also in sich so ‚heil‘, wie es ein Lebewesen in der Materie nur sein kann. Wenn man nun in dieser heilen Aura ist, dann heilt auch etwas im Menschen. Worum es sich handelt, wird bei jedem unterschiedlich sein. Je älter ein Baum ist, desto stärker ist diese Heilkraft, desto mehr wird er also bewirken. Ein Baum mit Wucherungen ist nicht mehr heil. Er hat von seiner Umgebung zu viel Ungutes aufgenommen. Aber er tut das freiwillig, denn auch Bäume haben ein Bewusstsein. Bäume ziehen, wenn man es zulässt, also gewissermaßen für den Menschen Störendes auf sich. Das tun übrigens auch viele Heiler und Heilige. Wenn sie allerdings die Störungen nicht wieder aus ihrem Wesen entfernen, indische Heilige verbrennen es beispielsweise, dann werden sie selbst krank. Das gilt für die Bäume genauso wie für menschliche Heiler. Hier müssen die Selbstheilkräfte stärker sein, als die Störungen, die man aufgenommen hat. Mit Störungen meine ich natürlich auch leichte Symptome bis schwere Krankheiten. Jeder Baum, den man bewusst aufsucht, hat einem etwas zu bieten. Je älter desto mehr und je mehr Bäume hintereinander, desto mehr geschieht auch. Man könnte also auch Pilgerwege nur mit Bäumen zusammenstellen. Aber derjenige, der dies tut, sollte genau wissen, was er tut, dies in Absprache mit dem Bewusstsein der Bäume tun und die Menschen, die er diese Wege gehen lässt, hinterher auch betreuen können. Es entwickelt sich derzeit tatsächlich eine Waldmedizin. In Asien kennen sie das schon lange. Es ist im Prinzip eine eigene Heilmethode, darum war ich so froh, diesen Baum hier gefunden zu haben. Er gehört zu unserem Pilgerweg durch Rom genauso dazu wie Kirchen, Obelisken und andere besondere Plätze."

Miria schwirrte der Kopf. Sie hatte gerade mehr gehört, als sie hören wollte. All diese neuen Konzepte, mit denen sie so unvermittelt konfrontiert wurde, bereiteten ihr Unbehagen. Aber sie hatte das Gefühl, sie müsse so viel wie möglich in kürzester Zeit lernen, auch wenn sie nicht genau sagen könnte weshalb.

Als Petra und sie den Palazzo wieder verließen, kam ihr die Idee, dass es deshalb sein könnte, dass sie so viele Vokabeln wie möglich einer völlig neuen Sprache lernen müsse, um alles korrekt übersetzen zu können, was sie an Informationen erhielt. In der Ferne war ein Obelisk zu sehen und so vergaß sie diesen Gedanken wieder. Sie diskutierte mit Petra darüber, wie viele von den ägyptischen Altertümern in alle Welt verstreut waren und mit welchem Recht die Museen dieser Welt die Sachen heute noch behielten. Auch hier in Rom war einiges davon gelandet. Zur Entwicklung der heutigen Zivilisation hatte auch Ägypten mit seiner reichen Vergangenheit viel beigetragen und - wenn man Petras Andeutungen glauben konnte - sogar mehr, als den meisten Menschen bewusst war.

Da war z.B. Echnaton, der als Erster den Ein-Gott-Glauben in seinem Volk hatte durchsetzen wollen, aber allerdings gescheitert war. Hatte er das noch vor den Juden und ihrem einen Gott getan? Petra wusste das nicht, aber solche Dinge waren im Internet leicht zu recherchieren. Hatten die Hebräer, die aus Ägypten flohen, diesen Ein-Gott-Glauben womöglich von dort mitgenommen? Wer war als Erster damit „dran“ gewesen?

Je näher der Obelisk kam, desto merkwürdiger fühlte sich Miria, ohne dies jedoch spezifizieren zu können. Als sie vor diesem standen, stellte sie fest, dass man an der Unterseite eine Veränderung vorgenommen hatte: Dort war ein römischer Soldat in seiner typischen Uniform zu sehen und den hatte es sicher noch nicht gegeben, als der Obelisk ursprünglich behauen worden war. Nachdem sie ein paar Minuten bei dem Obelisken verbracht und Miria ihre Fotos geschossen hatte, gingen die Beiden die Spanische Treppe hinunter in Richtung Piazza del Popolo. Ihr Ziel war natürlich die Kirche Santa Maria del Popolo, aber auch hier gab es auf der Piazza einen Obelisken und so blieben sie zunächst kurze Zeit dort und sahen den Kindern zu, die Spaß daran hatten, am Brunnen auf den Tieren aus Stein herumzuklettern.
Das Gefühl in Mirias Bauch verstärkte sich und nun konnte sie es auch identifizieren: Sie hatte Angst. Es hatte so subtil angefangen, dass sie es nicht gleich bemerkt hatte, aber es war schlicht und einfach Angst, doch warum und wovor? Petra suchte sich einen Internet Hotspot, um ein wenig die Geschichte der Kirche und des Platzes zu recherchieren, denn sie hatte auch noch keine Zeit gehabt, die Hintergründe von allen Stationen ihrer „Pilgerwege“ zu ergründen. Aber es faszinierte beide Frauen, dass der Platz an sich schon einen Exorzismus erlebt hatte, weil man früher glaubte, dass Kaiser Nero hier herumspukte. Miria musste dabei an ihren Bruder Pater Pio denken. Sie hatte sich noch nicht daran gewöhnt, ihn so zu sehen. Wusste er von der Geschichte des Platzes? Vermutlich. Petra fand auch noch heraus, dass es auf der Spanischen Treppe eine Inschrift auf Latein gab, die übersetzt hieß: „Dem Dazwischenkommen verschiedener Dinge“. Löste das alles die Angst in Miria aus?
Die Kirche an sich war wieder mit wundervollen Bildern ausgestattet und beruhigte Miria etwas. Die berühmte Chigi Kapelle darin war wirklich sehenswert und hatte natürlich wieder die unvermeidliche Kuppel. Und da

Miria nun wirklich begann, Spaß an all dem zu haben, stellte sie sich wieder darunter. Ihre Angst war vergessen.

Danach gingen sie zur „Santa Maria dei Miracoli“ und landeten schließlich am Petersplatz. Die Kraft, die die Yogaübung von Petra Miria eingebracht hatte, war verbraucht und beide Frauen waren ziemlich fertig. Daher registrierten sie den Petersplatz zwar, doch schoben sie seine Erforschung und die des Petersdomes auf einen anderen Tag, denn es wurde nun schon dunkel, immerhin war es erst März. Zum Glück war es bis zur Eisdiele nicht weit. Miria sah einen der vielen Trinkwasserspender Roms dort davor und nahm sich vor, nach dem Eis ihre Flasche wieder aufzufüllen, so wie sie es den ganzen Tag über schon hatten tun können. Diesen Luxus musste eine andere Stadt erst einmal bieten. Warum die Wasserverkäufer dennoch Geschäfte machten, verwunderte sie, zumal es noch nicht einmal Sommer und somit nicht heiß war. Das Wasser aus den Brunnen schmeckte überall gleich gut.

Auch Petra sah den Brunnen und da sie sich und ihre Eisschleckkünste kannte, freute sie sich, dass sie ihre sicher klebrigen Finger nach dem Genuss gleich wieder würde säubern können. Die beiden suchten sich ihre Sorten aus und Miria war wirklich erstaunt, denn man schmeckte keinerlei Unterschied zu den Eissorten mit Milch. Sie gingen um die Ecke, um sich auf den dortigen Steinbänken niederzulassen, die zum Glück von der Frühjahrssonne schon etwas aufgeheizt waren. Miria ließ es sich schmecken und brauchte länger als Petra. Diese machte sich auf, um sich um die Ecke die Hände zu waschen, kam jedoch mit einem verstörten Gesichtsausdruck zu Miria zurück und fragte diese: „Sag mal, hast du den Brunnen vor dem Geschäft auch gesehen?“
„Natürlich, ich will gleich meine Flasche wieder auffüllen, wieso?“
Petra sagte nichts und ließ sie gehen, doch Miria sah kurz danach genauso verwirrt aus wie Petra und fragte diese: „Wo ist der Brunnen? Ich weiß genau, dass da einer gewesen ist. Ich weiß, dass eine Frau ihr Kind daran gewaschen hat. Es hatte vom Eis einen klebrigen Mund und verschmierte Finger. Auch der Mann ist nicht mehr da.“
„Einen Mann habe ich nicht gesehen, aber die Frau, das Kind und den Brunnen habe ich auch wahrgenommen, aber wie ist das möglich?“

„Wie hat der Brunnen für dich ausgesehen?"
„Nun, er wirkte eher wie ein Hydrant als wie ein Brunnen und war schwarz glänzend."
„So habe ich es auch in Erinnerung. Fangen wir jetzt beide an zu spinnen? Lass uns noch mal hingehen. Vielleicht ist er jetzt ja wieder da."
Doch das Ergebnis ihrer Suche war das Gleiche: Es gab keinerlei Hinweis darauf, dass vor der Gelateria je ein Brunnen oder ein Hydrant gewesen war. Die beiden sahen sich an und wussten: Niemand würde ihnen das glauben. Sie hatten beide eine Erinnerung an etwas, das nun nicht mehr da war.
Miria reichte es jetzt. Es war einfach wieder einmal alles viel zu viel. Sie bat Petra, mit zum Petersplatz zurückzugehen, wo es einen Taxistand gab. Sie ließen sich zu ihrer Unterkunft zurückbringen und Miria war es völlig egal, dass es von dort einen Preisaufschlag gab. Sie hätten nur einige Meter weiter die Straße hinuntergehen müssen. Von dort wäre es etwas billiger geworden, doch an Geld dachte Miria nicht, selbst wenn sie nicht geerbt hätte, wäre ihr das Geld in diesem Moment völlig egal gewesen. War dieser Vorfall der Grund für ihre Angst gewesen? Aber wie hätte sie vor etwas Angst haben können, noch bevor es geschah? Dann hätte sie ja irgendwie einen Blick in die Zukunft machen können. Das Auftauchen und Verschwinden dieses Brunnens war jedenfalls einfach unerklärlich, es sei denn, sie wanderten irgendwie zwischen den Dimensionen, aber das war einfach völlig unmöglich, oder? Wenn das stimmte, dann waren sie jetzt in einer anderen, einer in der es den Brunnen an dieser Stelle nicht gab. Nein, das konnte nicht sein. Sie mussten irgendwie beide die gleiche Halluzination gehabt haben, aber auch das war unmöglich, oder? Was war hier bloß los?

Wieder in ihren jeweiligen Zimmern waren beide Frauen tief in ihren Gedanken versunken, machten sich für die Nacht zurecht und sanken auf ihre Betten. An Essen dachte keine mehr.

14.

Pete starrte an die Decke seines Zimmers im Vatikan und war total traurig. Miria war weg, ohne ihn noch einmal gesehen zu haben. Und er konnte es verstehen. Am Vierströme-Brunnen hatte er sich nicht gerade mit Ruhm bekleckert. Aber er wusste jetzt mit Sicherheit, dass er Miria liebte und sie nicht verlieren wollte. Hätte er nur eine Gelegenheit gehabt, es ihr zu sagen. Würde sie zurückkommen? Wäre sie weniger verwirrt gewesen, wenn er es ihr gesagt hätte? Wäre sie dann noch hier? Wo war sie? Er konnte sie nicht beschützen, wenn er nicht bei ihr war. Warum war er noch hier? Sollte er ihr einfach folgen oder ihren Wunsch nach Abstand respektieren? Ein Klopfen an der Tür riss ihn aus seinen Grübeleien. Es war Mario von der Vatikanischen Polizei. Pete und er hatten sich etwas angefreundet. Mario war bei ihm aufgekreuzt und hatte sich dafür entschuldigt, dass er nicht vorhergesehen hatte, dass Miria überstürzt abreisen könne und Pete hatte gemeint, er sei doch kein Wahrsager. Emotional aufgewühlte Menschen seien doch kaum berechenbar. So waren sie ins Gespräch gekommen und hatten Gefallen aneinander gefunden. Wenn Mario dienstfrei hatte, kam er daher hin und wieder bei Pete vorbei und so war es an diesem Abend auch.

„Hey Pete, hast du Lust, ein wenig frische Luft zu schnappen? Die Grotte in den Vatikanischen Gärten ist nachts besonders schön, weil das Rauschen des Wassers irgendwie viel lauter ist.“
„Klar, ich komme mit. Du bist ja ein Romantiker. Hast du eigentlich eine Freundin?“
Während die beiden, nicht nur altersmäßig so unterschiedlichen Männer den Weg zur Grotte einschlugen, erzählte Mario von seinem bisher nicht so erfolgreichen Liebesleben und Pete erzählte von Petra und ihm. Die beiden saßen am Rand des Beckens, in dem ein kleiner Wasserfall über einige Steine in die Tiefe fiel. Mario rauchte hin und wieder und verspürte jetzt auch Lust dazu, denn es war für ihn ein Zeichen der Entspannung und des Vertrauens, doch er wusste, dass Pete Zigarettenqualm nicht ausstehen konnte und so verzichtete er ihm zuliebe darauf. Ein gleichmäßiges Brummen in der Luft weckte seine Aufmerksamkeit. Rom

ist zu jeder Tages- und Nachtzeit laut, aber hier im Inneren des Vatikans war es doch abends normalerweise verhältnismäßig ruhig.
Mario unterbrach Pete, der gerade einen Abriss seiner Erfahrungen mit Miria gab und fragte ihn: „Hörst du das?"
„Was denn?"
„Motorengeräusch, aber in der Luft."
„Du hast recht, es scheint von oben zu kommen. Jetzt hat es aufgehört."
„Woran denkst du?"
„Wir haben hier zwar kein Radar, aber viele Kameras, die auch den Luftraum beobachten. Es gibt aber einige tote Winkel, die wegen baulicher Gegebenheiten nicht abgedeckt werden können..." Der Tonfall von Mario war etwas eigenartig.
Pete ließ sich daher nicht hinters Licht führen. „Heißt das, es gibt eine Route, die jemand nehmen könnte, ohne gesehen zu werden, wenn er sie kennt?"
Mario nickte säuerlich. Er hatte vergessen, dass sein neuer Freund ein fähiger Ermittler war. „Es ist eine Fluchtroute, ja."
„Hier geht es nicht nur um Flucht. So können Besucher unerkannt kommen und gehen, nicht wahr?"
Mario nickte wieder.
„Aber wenn jemand diese kennt und es auf jemanden im Vatikan abgesehen hat, könnte er..."
Wieder nickte Mario.
„Das Geräusch von eben hat mich an einen motorisierten Drachenflieger erinnert. Wenn er an einem bestimmten Punkt landet, kann er von dort ungesehen ziemlich weit eindringen." Pete war erschrocken aufgesprungen, packte Mario am Arm und forderte:
„Bring mich dorthin."
Mario wusste, er würde vielleicht gefeuert werden, wenn er Pete dorthin führte, aber andererseits, wenn es einen Eindringling gab, war jemand, vielleicht gar der Papst selbst, in höchster Gefahr und dann würde er das in Kauf nehmen, wenn sie nur rechtzeitig kämen...
Vorbei war die entspannte Atmosphäre. Beide Männer hatten ihre Waffen dabei (Kardinal Clemont hatte eine Ausnahmegenehmigung für das Tragen der Waffe für Pete erwirkt) und beeilten sich, mit gezogenen Pis-

tolen auf das Dach des entsprechenden Gebäudes zu kommen. Dort fanden sie tatsächlich einen abgestellten motorisierten Drachenflieger. Sie diskutierten rasch, ob sie Verstärkung anfordern sollten, aber wenn alle alarmiert würden, könnte der Attentäter möglicherweise aufgeschreckt werden und entkommen. Das durfte auf keinen Fall geschehen. Sie folgten daher der Route der toten Winkel und plötzlich kam Pete eine Idee und er hielt Mario flüsternd an: „Mario, ich glaube nicht, dass dies dem Papst gilt. Heute Abend ist ein besonderes Treffen ausgesuchter Leute. Wenn man die ausschaltet, wird es keine Suche nach den Salomon Siegeln geben, weil es diejenigen sind, die innerhalb der Kirche an dem Manuskript großes Interesse haben."
Mario schaute ihn mit verwirrten Augen an. „Die Suche wonach?"
„Ah, entschuldige, man hat dich nicht unterrichtet. Bitte vertraue mir. Wir müssen zu dem Raum, in dem dieses Treffen stattfindet. Ruf deinen Vorgesetzten an. Es ist vielleicht doch besser, Alarm zu schlagen."
Marios Gedanken rasten. Jede Sekunde war kostbar. Daher fragte er Pete: „Weißt du denn, wo dieses Treffen ist? Der Vatikan ist zwar nicht groß, aber nicht gerade übersichtlich."
Pete schüttelte den Kopf und antwortete: „Ich weiß es nur, weil Pater Ralph es mir vorhin hastig im Vorbeigehen mitteilte. Es sind Dinge im Gange, von denen wir noch nichts wissen. Müsstest du das nicht besser wissen? Wo finden solche besonderen Besprechungen denn normalerweise statt? Hast du da nicht manchmal Wache schieben müssen?"
„Hm...", Mario überlegte kurz, drehte sich dann nach rechts und deutete auf ein unscheinbares Gebäude. „Dort drüben. Siehst du die erleuchteten Fenster? Dort müssen sie sein, denn sonst wäre es dort um diese Zeit dunkel. Da siehst du den Schatten unterhalb? Das ist er." Aufgeregt berührte Mario Pete am Arm.
Die beiden sahen, wie eine dunkle Gestalt einen Gegenstand hochhob. Der Form nach war es ein Maschinengewehr und obwohl die Entfernung eigentlich für einen sicheren Schuss zu groß war, hoben beide blitzschnell die Arme und drückten gleichzeitig ab. Doch auch der Attentäter hatte schon durchgezogen, wurde jedoch etwas herumgerissen und so durchschlugen seine Geschosse die Scheibe und trafen einige der Anwesenden, aber nicht mehr gezielt, denn auch die beiden Freunde hat-

ten getroffen und die Gestalt fiel zu Boden. Noch im Fallen und schon schwer verletzt riss er sein Gewehr herum und feuerte in die Richtung der beiden Männer. Diese warfen sich zu Boden und feuerten zurück. Der Attentäter hatte keine Gelegenheit mehr, noch einmal zu schießen, denn die beiden hatten, trotz der Dunkelheit und der Entfernung, gut getroffen. Pete war wieder auf seinen verwundeten Arm gefallen und fragte sich langsam, ob diese Wunde je ausheilen konnte, wenn sie andauernd aufgerissen wurde. Er blutete wieder und es tat höllisch weh. Doch das hinderte ihn nicht daran, zu dem Attentäter zu laufen und sicherzustellen, dass dieser nichts mehr anrichten konnte. Er nahm dessen Waffe an sich, überzeugte sich, dass dieser tot war und lief dann weiter zu den erleuchteten Fenstern, wo Chaos herrschte...

*

Miria wachte mitten in der Nacht, wieder einmal schweißgebadet mit der Erinnerung an die Kreuzigung auf. Aber geschrien hatte sie wohl nicht, sonst wäre vermutlich Petra von nebenan aufgekreuzt. Kreuz... Sie spürte noch immer den Nachhall der Schmerzen in den Wunden Christi. Was hatte das nur zu bedeuten? Nun hatte sie auch Zugang zu seiner Geschichte und das schien den Aufruhr in ihr noch zu verstärken. Was würde passieren, wenn sie aufschrieb, was sie sah und fühlte und es der Kirche oder anderen nicht passte? Würde sie noch mehr Verfolgung erleben oder gar ihr Leben einbüßen wegen etwas, das vor über 2.000 Jahren geschehen war? Inzwischen kursierten in der esoterischen Welt zahlreiche Versionen und Ansichten über diese spezielle Geschichte. Das hatte sie recherchiert und ziemlich verwirrt. Das reichte von Jesus als Außerirdischen bis hin zum Überleben der Kreuzigung und alles dazwischen. Was sollte man da glauben? Wer sagte die Wahrheit? Gab es „die“ Wahrheit überhaupt? Dann fiel ihr wieder das Brunnenerlebnis ein und sie fragte sich, ob Physiker nachweisen konnten, dass es mehr als eine Version ihrer Welt gab. Konnte es wirklich parallele Universen geben, Welten in denen sie vielleicht auch gerade in Rom war und eine ähnliche Tour mit einer anderen Petra machte, sich diese Tour jedoch in kleinen oder gar großen Dingen unterschied? Konnte es da nicht auch zahlreiche Versionen der

Jesusgeschichte geben? Dann wären alle „wahr“, nämlich in der jeweiligen Dimension.
Miria bekam ob solcher Gedankengänge wieder Kopfschmerzen, aber auch eine Mega-Gänsehaut. Sie schüttelte sich. Sollten sich klügere Köpfe als sie damit auseinandersetzen. Sie würde jedenfalls erst einmal weitermachen, um selbst herauszufinden, welche Version die ihre war bzw. was die Botschaft darin sein könnte. Da sie zu all dem so getrieben wurde, musste es etwas geben, das die Menschen hier und jetzt wissen sollten. Aber bisher hatte sie noch keine Idee, was das sein könnte. Also holte sie sich den Laptop ins Bett, stopfte sich das zusätzliche Kissen in den Rücken und begann zu tippen:

„Die nächsten Jahre verlaufen für Jeshu, für ein Kind seiner Zeit, fast völlig normal. Er spielt mit seinen Geschwistern und Nachbarjungen und manchmal gibt es auch Streit. Wenn er geschlagen wird, schlägt er jedoch nie zurück, aber er weint auch nicht. Es ist, als würde er den Schmerz irgendwie aufsaugen. Jungen, die Freude daran haben, Kleinere zu ärgern, lassen ihn bald in Ruhe, weil er nicht so handelt, wie sie es von ihm erwarten. Wenn sie ihn wegen irgendetwas aufziehen oder handgreiflich werden, schaut er sie nur an. Er schaut ihnen in die Augen und es sind immer die Anderen, die die Augen dann abwenden. Er geht mit seinem Vater in die Synagoge. Dieser ist erfreut darüber, dass der Junge darauf besteht, so oft es nur geht mitzukommen. Er lauscht den Worten der Schrift und deren Auslegungen, stellt aber nie Fragen darüber. Er hört nur zu. Joseph wundert es nicht, denn er ist ja noch sehr jung. Auf dem Nachhauseweg von einem Besuch, sehen sie wie ein Nachbar wieder einmal seinen Sohn schlägt. Jeshu lässt die Hand seines Vaters los, geht zu dem Mann namens Ibrahim und stellt sich zwischen diesen und dem Kind, das ungefähr fünf Jahre alt ist, ein Jahr jünger als Jeshu.
Er schaut dem Mann in die Augen, der den Stock wieder erhoben hat, aber völlig verblüfft darüber ist, dass da nun ein kleiner Junge steht, bereit die Schläge für den Anderen einzustecken. Er lässt die Rute verblüfft sinken.

Jeshu fragt den Mann: „Wovor hast du Angst?“ Dieser wird wieder zornig und antwortet:
„Angst, warum sollte ich Angst haben? Der Junge ist ungeschickt und hat etwas zerbrochen.“
„Und warum ist das so schlimm, dass du ihn schlägst? Ich habe auch schon etwas zerbrochen. Dann schlage mich für ihn.“
„Aber du hast nichts von *meinen* Sachen zerbrochen. Das Ganze hat nichts mit dir zu tun, scher dich weg.“ Der Mann ist nun noch mehr wütend, diesmal auf Jeshu. Doch dieser erwidert ruhig: „Aber wir sind doch alle Menschen. Wir sind alle eins. Ich bin schon größer als Said. Mir wird es nicht so wehtun wie ihm, also schlage mich. Aber sag mir vorher noch: Wovor hast du Angst?“
Der Mann lässt den Stock sinken und antwortet unter dem Blick des Jungen und wie fast gegen seinen Willen: „Ich habe Angst, dass er so tölpelhaft wird, wie ich und es dann auch so schwer haben wird wie ich…“
„Also dann hast du Angst um ihn?“
„Ja, ja...“ Der Mann ist nun völlig zusammengesunken und weint. Der Stock ist vergessen zu Boden gefallen. Sein Sohn, der ebenfalls Tränen überströmt ist, läuft zu ihm und der Vater nimmt den Sohn in den Arm. Nie wieder wird er ihn schlagen.

Jeshu kehrt zu dem Mann zurück, der als sein Vater gilt, aber er hat ihn nie so genannt. Dieser nimmt ihn nachdenklich wieder an die Hand und sie kehren nach Hause zurück. Jeshu geht spielen, als sei nichts Besonderes geschehen, doch Joseph berichtet Maria davon. Noch am gleichen Abend besucht Ibrahim das Haus des Joseph. Er wird gastlich bewirtet und zunächst tauscht man Belanglosigkeiten aus, wie es üblich ist, doch dann kommt der Nachbar auf den Grund seines Besuches zu sprechen:
„Joseph, Maria, ihr seid ehrbare Leute und hier im Dorf hoch geachtet. Joseph hat dir sicher davon erzählt, was heute geschehen ist. Ich weiß nicht, was Jeshu heute getan hat, aber etwas in mir ist geschehen, vielleicht sogar geheilt worden? Ich weiß es nicht genau, doch ich habe etwas Wichtiges über mich gelernt und auch darüber warum ich meine

Familie so behandelt habe, wie ich es getan habe. Ich habe mich geändert und ‚schuld' daran ist euer Junge. Ist euch an ihm schon öfter etwas aufgefallen?"
Maria und Joseph wechseln rasch einen Blick und das entgeht dem Besucher nicht.
„Ich verstehe, ihr wisst es also. Euer Sohn ist etwas Besonderes und er braucht Unterweisung. Vielleicht wird aus ihm ein Rabbi, jedenfalls sollte er beim Bewahrer des Dorfes in die Lehre gehen und nicht nur das Handwerk seines Vaters lernen."
„Danke Ibrahim, ich hatte mir schon meine Gedanken gemacht, aber dein Kommen bestärkt das nun. Ich gebe dir völlig recht. Er durfte heute Abend das erste Mal den Segen zum Abendmahl sprechen. Er hat sich sehr darüber gefreut."

Ibrahim stellt sein Getränk wieder ab, erhebt sich und verabschiedet sich. Der Grund für sein Kommen ist nun offenbart und seine Aufgabe ist beendet.

Maria und Joseph überlegen nun hin und her, wohin sie Jeshu geben sollen. Maria ist nach wie vor für die Essener, aber Joseph, der die Essener als zu streng und eng in ihren Ansichten hält, möchte ihn zu Rabbi Mosha geben. Sie können sich nicht einigen und beschließen, sich zur Nachtruhe zu begeben um vielleicht in ihren Träumen Zeichen zu erhalten.

Jeshu richtet sich mitten in dieser Nacht von seinen Fellen auf, denn er hört eine Stimme seinen Namen rufen. Seine Geschwister, die mit ihm alle den gleichen Raum als Nachtlager teilen, schlafen tief und fest. Keiner bemerkt, dass der ganze Raum durchflutet ist von einem Licht, das nicht von Fackeln oder Kerzen herrührt. Jeshu kann nicht erkennen, von wo das Licht kommt. Es ist überall gleichzeitig und doch scheint es sich vor ihm ein wenig zu verdichten und aus dieser dichteren Stelle erschallt erneut eine Stimme:
„Erwache Sohn, hier spricht dein Himmlischer Vater, der dich gesandt hat, um den Menschen von seiner Liebe zu künden, erwache."
„Welcher Himmlische Vater? Wovon sprichst du? Wer bist du?"

„Ich bin, der ich bin. Ich bin, der ich war und ich bin der, der ich immer sein werde, der Gott deiner Vorväter und der Gott deiner Nachfahren."
„Du bist der Gott Abrahams, von dem mir meine Mutter erzählt hat?"
„Ja und nein. Die so genannten himmlischen Mächte sind immer so, wie es dem Verständnis der Menschen auf ihrer jeweiligen Entwicklungsstufe entspricht. So haben die Römer noch viele Götter, mit denen sie die einzelnen Erscheinungsformen gewisser Kräfte erklären. Dein Volk hat einen einzigen Gott, den sie als liebend aber auch streng bestrafend ansehen. Die Götter und Gott spiegeln immer das wider, was der Mensch imstande ist zu verstehen. Verstehst du das?"
„Nein, das verstehe ich nicht."
„Das wäre auch ein wenig viel verlangt, denn du bist noch ein Kind und dennoch wird es Zeit, dass ich mich dir offenbare. Du bist ein Kind deiner Zeit und deiner Kultur, aber du bist auch mein eingeborener Sohn. Ich habe dich gesandt, den Menschen eine Botschaft zu bringen. Deine Eltern wissen das, auch wenn sie es noch nicht ganz glauben können. Doch sie müssen es glauben und auch du musst davon wissen, damit du verstehst, warum dein Leben anders verläuft als das anderer.
Du hast eine Frage?"
„Sprichst du mit jedem Menschen?"
„Ja, das tue ich, aber nur wenige hören zu oder vielmehr hören sie nur das, was sie hören wollen."
„Heißt das, dass nur ich dich hören kann?"
„Nein, es gibt andere, die mich hören, aber unter denen bist du sehr anders, weil du bist, wer du bist. Wenn man dich fragt, wer du bist, so antworte mit diesen Worten: Ich bin, der ich bin."
„Wie soll ich dich ansprechen, wenn wir miteinander reden?"
„Nenne mich „Vater". Erzähle deinen Eltern morgen früh von mir und auch davon, dass du unterrichtet werden musst."
„Aber was ist das für eine Botschaft, die ich bringen soll? Ich bin doch nur ein kleiner Junge."
„Der kleine Junge wird wachsen. Er wird groß werden, sowohl körperlich als auch geistig, doch die Botschaft kann ich dir jetzt schon sagen, denn du verstehst sie schon, wie man an deinem Verhalten heute gesehen hat: **Ich liebe alle Menschen und darum bestrafe ich auch nie-**

manden. Wenn den Menschen Unglück widerfährt, dann nicht, weil ich es ihnen sende. Das ist der Kern von allem, was du lehren wirst und doch musst du noch viel lernen, um diese Botschaft in verschiedene Gewänder zu kleiden. Und nun schlafe, mein Sohn."

Jeshu hatte sich zum Sitzen aufgerichtet und nun sinkt er wieder auf seine Lagerstatt zurück. Das Licht im Raum erlischt und er schläft tief und traumlos, bis er am nächsten Morgen von seiner Mutter wachgerüttelt wird. Nach der Morgenwaschung bringt sie ihn in die Werkstatt von Joseph.
„Jeshu, deine Mutter und ich haben beschlossen, dass du unterrichtet werden sollst."
Mit ein wenig Trotz in der Stimme antwortet der Junge:
„Aber ich werde schon unterrichtet."
Joseph und Maria sehen ihn erstaunt an und Joseph fragt:
„Von wem denn?"
„Von meinem Himmlischen Vater. Er sagte in der Nacht zu mir, dass jetzt die Unterweisungen begännen, und dass er alle Menschen liebt. Er hat mich hierher geschickt, damit ich von dieser Liebe erzähle."
„Was meinst du mit ‚hierher'? Meinst du dieses Haus?", fragt Joseph ihn verwundert.
„Nein, nicht nur dieses Haus. Ich werde überall davon erzählen, wohin ich auch komme."
Bevor Joseph weiterfragen kann, platzt es aus Maria heraus: „Bist du der Messias?"
„Der Messias?" Jeshu schaut seine Mutter mit großen Augen an, antwortet aber nicht. Statt dessen fragt er seinen Vater:
„Von wem soll ich denn noch unterwiesen werden und worin?"
„Wir...", und Joseph betont das Wort leicht mit einem Blick zu Maria, „...glauben, dass es gut wäre, dich in mehreren Sprachen und deren Schrift zu unterrichten, nicht nur in der unseren. Du sollst eine möglichst weite Sicht über diese Welt haben. Wer viel kennt, weiß viel und wer viel weiß, kann weise handeln. Wir werden dich in den nächsten Jahren zu verschiedenen Unterweisern dieses Dorfes geben. Wir werden dabei sehen, ob es das Richtige für dich ist. Zunächst wirst du zum Geschichten-

erzähler des Dorfes in die Lehre gehen, dann zu Rabbi Mosha und dann sehen wir weiter."
Jeshu senkt den Blick und hört auf die Stimme in seinem Inneren:

„Du wirst im Innen unterwiesen werden, aber auch im Außen. Gehorche Joseph." Jeshu nickt, hebt den Blick und antwortet seiner Mutter: „Bevor ich deine Frage beantworten kann, muss ich sie erst verstehen. Um verstehen zu können, muss ich lernen und ich will lernen. Ich gehorche." Nur seine Mutter und Joseph wissen, wie ungewöhnlich die Worte des Jungen sind. Es sind die Worte eines Erwachsenen und nicht die eines Kindes. Doch die beiden wissen nicht, dass Jeshu sich sehr wohl schon seines Andersseins bewusst ist, wenn er auch zu diesem Zeitpunkt das Ausmaß davon noch nicht ermessen kann.

Die nächsten zwei Jahre vergehen, indem Jeshu den Geschichten lauscht, die ihm in verschiedenen Sprachen erzählt werden. Er lernt die jeweilige Schrift dazu und übt diese indem er die Geschichten aufschreibt. Immer wieder greift er in der Zeit, in der er später öffentlich als Prediger auftritt, auf diese Geschichten zurück, wenn er in Gleichnissen spricht. Er schafft damit Bilder, mit denen die Menschen seiner Zeit etwas anfangen können, weil sie ihre Erfahrungswelt ansprechen...

15.

Zwei Jahre nachdem Jeshu die Lehre bei dem Geschichtenerzähler begonnen hat, sitzt dieser eines Tages im Haus seiner Eltern, als Jeshu vom Spielen nach Hause kommt. Verwundert blickt er auf die drei Erwachsenen, doch er sagt nichts und wartet ab, was dies wohl bedeuten könnte. Der Geschichtenerzähler bittet ihn, näher zu kommen und fordert ihn freundlich auf: „Jeshu, bitte erzähle die Geschichte des Fischers."

Und Jeshu beginnt: "Vor langer Zeit, es muss inzwischen mehr als tausend Jahre her sein, gab es einen Fischer namens Essa auf dem See Genezareth. Er ging seinem schweren Tagewerk nach, doch in seinen Netzen fingen sich oft nur wenige Fische. Seine Frau beklagte sich, schimpfte ihn einen Taugenichts. Und so fuhr der Fischer tagein tagaus hinaus, in der Hoffnung mehr zu fangen, und um das Gemurre seiner Gemahlin zu beenden. Es begab sich, dass er an einem besonders schönen Morgen nur einen einzigen, dafür aber riesigen, großen Fisch in seinem Netz ins Boot hievte. In dem Moment, in dem er ihn von dem Netz befreien und töten wollte, fing der Fisch an zu sprechen. Der Fischer taumelte rückwärts, fiel auf seinen Allerwertesten und blieb dort vor Schreck sitzen, während der Fisch sprach: „Fischer, Fischer lass mich leben! Fischer, Fischer lass mich leben! Fischer, Fischer lass mich leben und ich bringe Segen! Fischer, Fischer lass mich leben und ich bringe Segen! Fischer, Fischer lass mich leben und ich bringe Segen!“ Weniger wegen der Worte an sich, sondern weil der Fisch sprechen konnte, schubste er ihn wieder über die Reling ins Wasser zurück. Von nun an waren die Netze des Fischers immer prall gefüllt, doch das Gemurre seiner Gemahlin hörte nicht auf, obwohl sie zu immer mehr Wohlstand kamen. Essa hatte mit niemandem über sein Erlebnis gesprochen, aber immer und immer wieder dachte er darüber nach und war eines Tages nicht mehr in der Lage, einen Fisch zu verzehren, auch anderes Fleisch konnte er nicht mehr essen. Immer musste er daran denken, dass dieser Fisch gesprochen hatte, dass er also dem Menschen ähnlicher war, als man glauben mochte. Er fuhr nicht mehr hinaus auf den See, weil er nicht mehr imstande war, auch nur ein Wesen zu töten. Nicht mal mehr eine Fliege vermochte er noch zu erschlagen. Ihm war klargeworden, dass alles lebte, in allem gibt es Gedanken und Gefühle.

Wieder murrte seine Gemahlin. Sie wollte, dass er auf den See hinaus fuhr und ihren Wohlstand weiter vermehrte. Er blickte sie an, stand auf, sah ihr in die Augen und sagte: „Nein!“

An diesem Tag verließ Essa die Frau. Er ließ seinen ganzen Wohlstand bei ihr, sie würde den Rest ihres Lebens ein Auskommen haben, aber eine Frau, die mit nichts zufrieden war, würde auch in der Zukunft nicht zufrieden sein.

Und Essa ging in die Wüste, um nachzudenken und als er nach vierzig Tagen aus der Wüste zurückkam, begab er sich auf den Dorfplatz und fing an zu sprechen. Und er erzählte davon, was ihm widerfahren war, dass in allem Leben steckte und dass die Menschen nicht fortfahren durften, einander oder auch Tiere zu töten. Er begründete die Gemeinschaft der Essener und obwohl schon mehr als tausend Jahre vergangen sind, gibt es diese Gemeinschaft noch immer. Sie leben nach strengen Regeln, achten sehr auf Reinlichkeit, essen nur Pflanzen. Sie sammeln Wissen und geben dieses Wissen an andere Menschen weiter."

Jeshu wusste, dass die Geschichte an dieser Stelle endete, so hatte man sie ihm beigebracht, doch er konnte nicht aufhören zu sprechen und so fuhr er fort:

"Das Volk, bei dem das Wort ‚Essener' auch die Bedeutung von Essen beinhaltet, wird eines Tages zwei große Kriege führen, die die ganze Welt erschüttern werden. Doch fünfzig Jahre nach Ende des zweiten Krieges wird das gleiche Volk, nicht nur was das Essen betrifft, neue Wege gehen und anderen diese Wege zeigen. Es wird ihnen bewusst werden, dass Essen nicht nur der Lebenserhaltung dient, sondern dass sich alles im Körper aus dem zusammensetzt, was man isst - dass das Leid, das viele Tiere erfahren, dann auch in ihrem Körper sein wird. Sie werden über vieles nachdenken und ihre Gewohnheiten ändern. Es wird ihnen bewusst werden, dass sie vieles von ihrem Essen vergiftet haben und dass diese Gifte dazu führen, dass sie krank werden. Und daher werden sie beginnen, das Gift aus dem Boden zu holen. Aber auch immer mehr Menschen werden aufhören, Tiere zu essen sowie sich vieler anderer Gifte in ihrer Umgebung bewusst werden und nicht mehr zulassen, dass diese Gifte in den Körper gelangen. Dieser Gedanke wird sich ausbreiten über die ganze Welt. Und so wird dieses Volk für die Entwicklung der ganzen Welt etwas Wichtiges beitragen, etwas Grundlegendes. So sei es."

Hier endete Jeshu und blickte in die Gesichter seiner Zuhörer. Seine Mutter und sein Vater blickten voller Stolz, doch der Geschichtenerzähler kniff die Lippen zusammen und schickte ihn in den Raum, den er früher mit seinen Geschwistern geteilt hatte. Dort angekommen fragt Jeshu den Himmlischen Vater, warum sein Meister böse auf ihn sei. Und

der Himmlische Vater antwortet in seinem Kopf, sowie er es seit nun mehr als zwei Jahren tut, wenn Jeshu eine Frage hat.
"Dieser Mann begreift nicht, woher du ein Wissen hast, dass dir niemand beigebracht hat. Er hat Angst vor dir und ist auch neidisch auf diese deine Gabe. Darum wirst du von Morgen an in eine andere Lehre gehen. Stelle dich darauf ein."

Maria und Joseph sitzen abwartend mit dem Bewahrer des Dorfes, sein Name ist Efraim, zusammen, als dieser ihnen eröffnet:
"Das Geschichtenerzählen erfordert viel Geschick, eine gute Merkfähigkeit und auch die Fähigkeit, die Zuhörer nicht zu langweilen, sondern sie in den Bann der Geschichte zu ziehen. Dazu gehören der richtige Tonfall, die richtigen Gesten und auch der passende Gesichtsausdruck. Euer Sohn hat alle diese Fähigkeiten. Er hat jede Geschichte gelernt, die ich ihm beigebracht habe. Er kennt die Regeln. Er weiß, welche Sorten von Geschichten es gibt, nämlich zum Beispiel solche, die einfach erzählen, was irgendwo passiert ist und solche, die Aussagen machen, die moralische Botschaften enthalten. Jeshu hat alles gelernt, was ich ihm beibringen kann, doch er tut etwas, das ein Geschichtenerzähler auf keinen Fall tun darf: Ein Geschichtenerzähler muss die Geschichte Wort für Wort genauso erzählen, wie es Tradition ist, wie sie überliefert ist, damit das Wissen darin erhalten bleibt und nicht verfälscht wird. Er darf nichts dazu erfinden oder eigene Meinungen in sie hineingeben. Doch euer Sohn tut das. Von einem Volk, das irgendwann später in der Zeit etwas tun wird, ist in der Geschichte des Fischers nicht die Rede. Sie endet mit der Gründung der Gemeinschaft der Essener. Alles, was danach kam, kam von Jeshu. Mir ist allerdings vollständig unverständlich, woher er so verrückte Dinge nimmt."
Die Stimme von Efraim wird nun laut und zornig.
„Jeshu wird auf keinen Fall mein Nachfolger werden, obwohl ich es eine Zeitlang in Erwägung gezogen habe, weil er so begabt ist in dem, was er da tut. Aber ich kann nicht hinnehmen, dass er die Geschichten verändert. Die Lehrzeit eures Kindes bei mir ist zu Ende." Und damit erhebt sich der Mann und geht nach draußen, wartet die Reaktion der Eltern nicht ab. Er hat nie wieder mit Jeshu gesprochen.

Maria und Joseph schauen sich betreten an. Sie hatten mit einer Lehrzeit von drei Jahren gerechnet und nun war sie nach zwei Jahren schon zu Ende. Joseph hat seine Lippen fest aufeinander gedrückt, doch dann presst er heraus:
"Morgen bringe ich Jeshu zu Rabbi Mosha." Er lässt Maria keine Gelegenheit für eine Erwiderung und geht nach draußen. Und so muss jeder von ihnen mit seinen Gefühlen selbst fertig werden.
Jeshu sitzt traurig auf seinem mit einer Strohmatratze bedecktem Bett. Die weichen Felle haben seine Brüder mitgenommen, als sie ausgezogen sind. Doch er hält es nicht aus und geht, ohne dazu aufgefordert worden zu sein, zu Maria und Joseph zurück, obwohl er weiß, dass Joseph es nicht schätzt, bei einem Gespräch mit Maria unterbrochen zu werden. Die heftigen Stimmen lassen ihn einen Moment zurückschrecken, doch dann geht er weiter und wartet im Türstock, bis ihn seine Mutter bemerkt. Diese ist noch völlig verwirrt und herrscht Jeshu daher an:
„Jeshu, was tust du hier? Niemand hat dich gerufen."

Wortlos dreht der Junge sich um und geht ebenfalls nach draußen, wohl wissend, dass er abermals ungehorsam ist. Er sucht seinen Lieblingsplatz bei den drei Türmen oben auf einem Hügel der Umgebung auf. Er kehrt nicht vor Sonnenuntergang nach Hause zurück und spricht in der Zwischenzeit mit Gott:
„Himmlischer Vater, warum musste ich alle diese Geschichten lernen?"
„Geschichten zeigen, wie die Dinge hier ablaufen. Du kommst immer wieder auf diese Welt. Jede Zeit ist anders. Du solltest lernen, wie die Zeiten früher waren, damit du erkennen kannst, wie sie jetzt sind und wie sie sein werden... wenn du nichts veränderst. Du bist freiwillig hierhergekommen, um etwas zu verändern. Doch bevor ich dir erklären kann, worin die Veränderung bestehen soll, musst du ein klares Bild vom Jetzt haben und wohin dieses Jetzt führen wird, wenn nicht bald etwas geschieht. Diese Unterrichtung wird noch viele Jahre dauern. Dein Geist wird ständig weiter werden, deine Ansichten sich ausdehnen und deine Einsichten tiefer werden. Du musst die Ansichten, Vorstellungen und Überzeugungen anderer kennenlernen, um schließlich

Eigenes zu entwickeln. Du wirst den Menschen etwas bringen, was sie noch nicht kennen. Dazu musst du jedoch wissen, was sie kennen. Verstehst du das, mein Sohn?“
„Ich weiß nicht genau, aber ich werde über deine Worte nachdenken.“
„Tue das, denn Erkenntnisse, die du auf Grund eigener Überlegungen selbst gewinnst, sind die Wertvollsten.“
„Warum mag mich Meister Efraim nicht mehr, Vater?“
„Er mag dich, aber du hast ihn bereits überflügelt und das kann er nicht ertragen. Außerdem hat er recht mit den Regeln seines Standes, denn diese hast du übertreten. Aber mache dir nichts daraus. Eine ganz wichtige Regel, die dein Leben betrifft ist: Du kannst es nicht allen recht machen. Du wirst immer wieder Leute verärgern, weil du Dinge sagst, mit denen sie nicht zurechtkommen, entweder weil sie sie nicht verstehen, oder weil sie nur zu gut verstehen, aber nicht annehmen wollen. Du wirst lernen, nur so viel zu sagen, wie nötig ist. Dazu gehört Erfahrung und eine Erfahrung hast du heute gemacht. Ehre Efraim für das, was er dir beigebracht hat und was er ist, aber lass ihn in seinem So-Sein. Du kannst nur denen helfen, die bereit sind, etwas zu verändern. Und nun lauf nach Hause, damit sich deine Eltern keine unnötigen Sorgen machen. Sie haben schon Sorgen genug.“

Als Jeshu nach Hause kommt, wartet Joseph bereits auf ihn. Über dessen unerlaubtes Fernbleiben verliert Joseph kein Wort, obwohl er beunruhigt war. Er führt Jeshu in dessen Raum, gibt ihm zu verstehen, dass er sich setzen soll und sieht ihn lange an. Jeshu hält den Blick schließlich nicht mehr aus und so platzt es aus ihm heraus: „Aba, habe ich etwas falsch gemacht?“
Joseph sieht den Jungen wieder lange an und überlegt sich seine Antwort sehr gründlich: „Nein, mein Junge, du nicht. Vielleicht war meine Entscheidung, dich zu Meister Efraim zu geben, falsch. Deine Mutter glaubt das jedenfalls. Es könnte sein, dass sie recht hat, aber du hast in den zwei Jahren so viel gelernt. Wie Meister Efraim mir sagte, weißt du bereits alles, was er weiß und darüber hinaus. Du hältst dich nicht an seine Regeln... Dies alles fühlt sich für ihn wohl wie eine Bedrohung an. Ich weiß, dass du das nicht bist. Ich konnte aber in seinen Augen sehen,

dass er Angst hat. Du bist ihm unheimlich, obwohl das anfangs nicht so war. Er war immer voll des Lobes ob deiner Auffassungsgabe und deinem guten Erinnerungsvermögen. Du kannst jedenfalls nicht zu ihm zurück und nun stehen wir wieder vor der Entscheidung: Wie geht es weiter? Wie du gehört hast, sind deine Mutter und ich darüber uneins. Ich möchte, dass du in die Synagogenschule gehst, wie es Brauch ist und deine Mutter glaubt, dass es gut wäre, wenn du zu den Essenern gehst, aber es könnte auch eine gute Idee sein, wenn du bei mir in die Lehre gehen würdest."

Jeshus Augen leuchten auf: Mehr Zeit mit Joseph zu verbringen, würde ihm gut gefallen. Er kennt diesen Mann kaum, da es in dieser Zeit nicht üblich ist, dass Väter sich an der Erziehung beteiligen.

Joseph sieht die Freude im Gesicht des Jungen und muss zugeben, dass die Aussicht, dieses Kind, das so ungewöhnlich ist, näher kennenzulernen, ihm auch Freude bereiten würde und so kommt er zu einer Entscheidung:

„Da du schon lesen und schreiben kannst, brauchst du nicht den ganzen Tag bei Rabbi Mosha zu lernen. Vor dem Mittagsmahl wirst du zur Synagoge gehen und danach bringe ich dir die Grundlagen des Zimmerhandwerkes bei. Ich habe das bisher nicht getan, weil..." Hier zögert Joseph. Inwieweit kann er dem Kind die Wahrheit sagen?

Doch der Junge vollendet seinen Satz von sich aus:

„... ich wahrscheinlich nie dieses Handwerk als Beruf ausüben werde. Ich weiß, aber dennoch will ich es sehr gerne lernen." Das Leuchten in Jeshus Gesicht berührt Joseph mehr, als er sich anmerken lässt. Erst später sollte ihm aufgehen, was der Junge da genau gesagt hat und er fragt sich, wieviel von seiner Bestimmung er in diesem zarten Alter schon weiß. Er hofft, dass es noch nicht zu viel ist, denn an zu viel Wissen kann man auch zerbrechen. Das Wesen, mit dem der Junge sich in seinem Kopf unterhält, scheint jedoch genau zu wissen, was es tut und nur die Menge an Wissen zu geben, die ein Kind auch vertragen kann. Joseph ist sich bewusst, dass er niemandem sagen kann, was mit dem Jungen los ist, denn Menschen mit verwirrtem Gemüt werden vom Rest abgesondert und so manch einer könnte Jeshu so sehen. Dabei hat dieser eine geistige Klarheit, die den meisten Erwachsenen abgeht.

Von nun an lehrt er diesem manchmal so fremdartigen Jungen alles, was er weiß. Er zeigt ihm, dass die Menschen dem Holz sehr ähnlich sind. Je nachdem, wo es gewachsen ist, wie die Umgebung ausgesehen hat und wie gut das Holz mit dem Lebensnotwendigen versorgt worden ist, so ist auch die Qualität. Gibt man ihnen das, was sie während des Wachstums nicht erhalten haben, dann gedeihen sie viel besser. Joseph lehrt den Jungen außerdem, welche „Sorten" man für die verschiedenen Zwecke verwendet und dass dies auf Menschen ebenfalls zutrifft. Je nachdem, wie deren Fähigkeiten sind, sollten sie eingesetzt werden. Leider gab es genügend Väter, die der Meinung sind, ihre Söhne müssten auf jeden Fall deren Handwerk lernen, selbst wenn sie nicht dafür geeignet sind und besondere Fertigkeiten von Mädchen werden nur gefördert, wenn sie den engen Rahmen betreffen, der für sie in ihrer Kultur gesteckt ist. Über Maria hatte Joseph gelernt, dass das nicht recht war, doch konnte er seine Töchter schlecht ermuntern, über diesen Rahmen hinauszuwachsen, wenn doch nie die Möglichkeit bestand, dass sie Männer fänden, die diese innere Freiheit zu schätzen wüssten.
Er und Maria sind in diesem Punkt immer wieder uneins. Er will seinen Töchtern (die ältere aus erster Ehe und die kleine Martha mit Maria) Leid ersparen und Maria vertritt die Ansicht, dass diese zumindest die Möglichkeit haben sollten, selbst darüber zu entscheiden, ob sie den kulturell gegebenen Rahmen annehmen, oder verlassen wollen. Dazu gibt es die Möglichkeit der Isis-Tempel. Allerdings wissen die wenigsten Mädchen davon, weshalb sich hier auch viel mehr Tragödien ereigneten, als nötig wären. In einer Gesellschaft, die patriarchisch strukturiert ist, wollen die Patriarchen natürlich nicht, dass ihre Frauen davon erfahren, dass sie mehr als eine Wahl haben. Maria hadert immer wieder damit, dass ihr die Möglichkeit gegeben worden war, weil ihre Mutter Ana sie in einen Tempel gegeben hatte. Diese hatte geschworen, sollte ihr Leib mit einer Frucht gesegnet werden und es eine Tochter werden, dass diese den Tempeldienst verrichten würde. In noch sehr jungen Jahren war Maria daher von ihrer Mutter dorthin gebracht worden und es war ihr immer richtig erschienen. Jetzt, da sie die Zwänge in dem Dorf ihres Mannes erleben musste, wusste sie die Freiheit, die sie einst besessen hatte, mehr denn je zu schätzen und gleichzeitig vermisste sie diese, da ihr die

geistige Freiheit in der kulturellen Enge nun eher hinderlich ist. Nur langsam hatte sie Josephs Ansichten in dieser Richtung ändern können, war er doch ein Sohn seiner Zeit.
Jeshu ist noch nicht so sehr davon geprägt und hört sich die Lehren seiner Mutter aus dem Isis-Tempel gerne an. Allerdings weiß er, dass, wenn Joseph davon erführe, dieser nicht erbaut davon wäre, daher halten Maria und er diesen Teil seiner Erziehung geheim. Für Jeshu ist es keine Frage, dass Frauen und Männer beseelte Leiber haben und keiner geringwertiger ist als der andere. Erst als er von nun an in die Synagogenschule geht, lernt er, dass alle Kinder hier anders unterrichtet werden und daher auch anders denken. Das fängt schon damit an, dass Mädchen die Schriften nicht studieren dürfen. Diese Unterschiedlichkeit in dem, was er von seiner Mutter lernt und nun von Rabbi Mosha, bereitet ihm immer mehr Schwierigkeiten. Als er noch bei Meister Efraim lernte, war ihm nicht aufgefallen, wie sehr einige Geschichten davon handeln, was Frauen widerfährt, die sich den Männern widersetzten... Immer wieder hatte er seiner Mutter die Frage gestellt, warum Frauen weniger wert sein sollten als Männer und sie antwortete immer wieder:
„Wir sind nicht weniger wert, ganz im Gegenteil, wir haben Fähigkeiten, die die Männer fürchten und darum versuchen sie uns klein zu halten und das wird leider noch lange so bleiben..."

Eines Tages kommt Jeshu mit einem blauen Auge nach Hause. Maria sieht ihn fragend an, doch Jeshu sagt nichts dazu. Als er sich am Nachmittag tief über seine Holzarbeiten beugt, Joseph war zum Mahl nicht zugegen gewesen, fühlt er den Finger seines Vaters, der sich unter sein Kinn schiebt und seinen Kopf hebt. Joseph sieht ihn prüfend an und fragt dann:
„Wie sieht der Andere aus?" Jeshu lächelt und meint: „Er ist schlimmer dran als ich." Joseph sieht ihn an und erwidert:
„Und das freut dich?"
„Heißt es in den Schriften nicht, Aug um Aug, Zahn um Zahn'?"
„Der Herr gab uns über Mose jedoch Gebote und eines davon heißt, ‚Du sollst nicht töten'. Das schließt auch ein, dass man andere nicht verletzten darf. Was ist geschehen?"

„Ich fragte Rabbi Mosha, ob nicht auch Sina, ein Mädchen, von dem ich weiß, dass es sehr gescheit ist, die Synagogenschule besuchen dürfe. Er erklärte mir lang und breit, dass Mädchen dumm seien, aber ich weiß, dass das nicht stimmt und sagte das auch. Als der Rabbi weg war, hat Marlik, der Sohn des anderen Zimmermannes, seine Freunde gerufen, weil sie mir die Meinung des Rabbi, die auch ihre Meinung ist, einprügeln wollten. Die haben mich festgehalten und er hat mir einiges verpasst, aber ich habe mich losgerissen und ihm in die Seite gestoßen. Ich war so wütend, wie ich es noch nie gewesen bin. Ich bin viel stärker, als ich aussehe. Er hat sich dabei etwas gebrochen, glaube ich, denn so hat es sich angehört. In den Schriften steht nirgendwo, dass Frauen dümmer als Männer seien und kein Recht haben zu lernen. Das sind Auslegungen der Schriftgelehrten. Und dann kommt Marlik und schlägt mich, also hält er sich nur an die Gebote, die ihm passen und an andere nicht. Dann kam Rabbi Mosha zurück und als er hörte, warum die Anderen mich geschlagen hatten, ließ er diese laufen und bestrafte mich."
Nun schießen Tränen in die Augen des Jungen und er fragt Joseph:
„Was habe ich falsch gemacht?"
„Du bist für jemand anderen und deine Überzeugungen eingetreten. Das war nicht falsch, aber wenn du jemanden verletzt hast, bist du dann irgendwie anders oder besser als der, der den Streit angefangen hat? Was sagt dein unsichtbarer Lehrer dazu?"
„Mit ihm habe ich noch nicht gesprochen. Dafür war noch keine Zeit."
„Hm, keine Zeit, oder fürchtest du dich vor der Antwort? Ich würde die auch gerne hören. Kannst du ihm die gleiche Frage stellen wie gerade mir, jetzt gleich?"
Jeshu war erstaunt. Bisher hatte er angenommen, dass Joseph nicht daran glaubte, dass Jeshu Lehren empfing, die von einer unsichtbaren Stimme kamen.
Er schließt die Augen und fragt:
„Vater im Himmel, was sollte ich heute lernen? Warum ist das geschehen?" Dieser antwortet sofort, wie er es immer tut:
„Alle Menschen gehören einem Geist an. Sie haben viele Körper, aber diese drücken alle den einen Geist aus. Wenn du also jemanden schlägst, dann schlägst du einen Teil von dir selbst und wenn du ge-

schlagen wirst, dann schlägt dieser sich selbst. Er weiß es vielleicht nicht, aber dieser Schlag, den er ausgeteilt hat, der erreicht ihn eines Tages in irgendeiner Form wieder, da er ja sich selbst geschlagen hat. Wenn du also die Menschen liebst, so wie ich es tue, dann halte auch die andere Wange hin, damit milderst du den Schlag ab, den der Schläger eines Tages erhalten wird. Du stellst dich also zwischen diese Schläge. Das ist wahre Liebe!"
Jeshu wiederholt die Antwort des Herrn und Joseph, der das erste Mal miterlebt, wie Jeshu von einem anderen Vater als ihm selbst unterrichtet wird, kniet in den Staub nieder, beugt den Kopf und bleibt lange in dieser Stellung. Er hatte nie die Hand gegen eines seiner Kinder erhoben - auch nie gegen Jeshu, doch von da an unterbindet er jeden Streit, dem er begegnet und wird als Schlichter hoch angesehen, obwohl er dabei mehr als einmal auch Schläge einstecken muss. Und auch Jeshu schlägt niemanden mehr.

Jeshu lässt Joseph in der Werkstatt und geht in seine Kammer um nachzudenken. Da einige seiner Geschwister nun ausgezogen sind und ein eigenes Leben führen, sind nur noch er und seine jüngere Schwester Martha im Hause. Martha hat nun die Mädchenkammer für sich und Jeshu die Jungenkammer. Zwei seiner jüngeren Schwestern waren an einem Fieber gestorben, als er selbst noch sehr klein gewesen war. Als er alleine ist, fragt er den Himmlischen Vater:
„Vater, wenn ich dich richtig verstanden habe, dann wird Marlik eines Tages auch geschlagen werden, stimmt das?"
„Diese Welt wurde so geschaffen, dass die Menschen darauf einen freien Willen haben. Ihnen bieten sich **jeden Tag** viele Möglichkeiten, für die sie sich entscheiden können. Wenn Marlik auf diesem Weg bleibt und immer wieder Schläge austeilt, wird er spätestens in einem anderen Leben, als Mädchen, in diese Kultur geboren und zwar in einem Haus, in dem Mädchen ständig geschlagen werden. Dann wird er alle Schläge zurückerhalten. Einzelne Schläge können jedoch schon in diesem Leben zu ihm zurückkommen, also ist meine Antwort auf deine Frage „ja". Alles, was aus dem Gleichgewicht kommt, muss irgendwann wieder ausgeglichen werden. Das ist gemeint bei dem ‚Gesetz': ‚Aug um Aug,

Zahn um Zahn‘. Doch nirgendwo steht geschrieben, dass die *Menschen* das Recht haben, für diesen Ausgleich zu sorgen, indem sie andere bestrafen. Das haben sie für sich so ausgelegt. Überhaupt hast du nun schon viel darüber gelernt, dass die Menschen, gerne alles so für sich zurechtlegen, wie es ihnen passt, nicht wahr? Das gilt ganz besonders für die so genannten Schriftgelehrten. Du wirst in deinem Leben immer wieder beobachten, dass die Menschen das Eine sagen, aber das Gegenteil tun.“

Das Ergebnis der Rauferei ist für Jeshu erstaunlicherweise erfreulich. Marlik, der ihn mit seinen Freunden von Anfang an geärgert hatte, lässt ihn von nun an in Ruhe. Jeshu hat ihm wohl Respekt eingeflößt. Der Herr hatte ihm immer wieder erklärt, dass Marlik neidisch darauf ist, wieviel Jeshu weiß und in jungen Jahren schon kann, vor allem, weil Marlik sich selbst schon mit dem Lesen schwer tut und erst recht mit all dem, was da in den Schriften steht. Jeshu hatte zwei Jahre Geduld mit ihm gehabt, doch dann war das Fass übergelaufen...
Marlik ist nicht mehr lange in der Synagogenschule, weil sein Vater ihn im Fuhrgeschäft braucht und geht nach Jerusalem, von wo aus er neue Handelswege erkundet. Dort trifft er eines Tages auf Jeshua und erhält Gelegenheit, eine neue Entscheidung zu treffen...

Binnen eines Jahres kennt Jeshu alle Schriften, die gewöhnlich in der Synagoge vorgelesen und ausgelegt werden und nach einem weiteren auch alle anderen, die zu dieser Zeit gängig sind. Besonders angetan haben es ihm die Schriften Henochs und dessen Berichten über den Besuch von Engeln und deren so sehr menschliches Verhalten. Alles, was er lernt, wird von der Stimme des Herrn kommentiert und von einer völlig anderen Warte aus erklärt. Er begreift, dass in allen „heiligen“ Texten seiner Zeit Lücken bestehen, die dazu führen, dass der eigentliche Sinn nicht mehr vollständig erfassbar ist oder gar völlig entstellt wird. Damit werden sie nicht mehr verstanden. Die Schriftgelehrten tun ihr Möglichstes und man kann den meisten keinen Vorwurf machen, denn zu oft wird Wissen als Gefahr angesehen und deshalb immer wieder viele Sammelzentren zerstört und wenn überhaupt nur Bruchstücke gerettet. Und diese Bruchstücke, da sie nur noch Teile des Ganzen

sind, geben dann zu viel Raum für Auslegungen. Wenn diese Stücke dann auch noch zu Zeiten geschrieben wurden, die völlig anders sind als die, in denen sie noch Verwendung finden, kann ihr Sinn ohnehin kaum noch richtig erkannt werden. Sollte man denn dann überhaupt Schriften hinterlassen, wenn sie ohnehin mit der Zeit verzerrt werden?
Jeshu fragt den Herrn danach und dessen Antwort versteht Jeshu erst Jahre später:
„Deine Lehren stehen bereits im Buch Adam und müssen daher von dir nicht festgehalten werden. Dafür wirst du ohnehin keine Zeit haben. Und es wird jemand kommen, der mit dir an diesem Buch des Wissens arbeitet."
„Herr, was ist das Buch Adam und wo kann ich es finden?"
„Das Buch Adam ist etwas, das schon immer da war, weil ich es mit allem gleichzeitig erschaffen habe. Es ist das Buch des Wissens und jeder trägt es in sich, doch nicht jeder kann darin lesen. Du hast es also auch in dir und Zugang dazu und dennoch wirst du auf die Suche nach diesem Buch gehen, weil du den Schlüssel dafür brauchst, um besondere Kapitel in dir zu öffnen. Ich könnte dir diesen Schlüssel einfach geben, aber du wirst auf dieser Suche alles lernen, was du für dein öffentliches Wirken brauchen wirst und du bist bereits auf diesem Weg. "
„Herr und Vater, du hast gesagt, es muss eine Veränderung eintreten und dass du mich immer dorthin schickst, wo der richtige Platz dafür ist. Aber ist dieses kleine Dorf hier der richtige Platz dafür?"
„Nein, das ist es nicht und zur gegebenen Zeit wirst du diesen Ort verlassen. Es dauert nicht mehr lange."
„Vater, als ich noch klein war, sagtest du etwas. Habe ich das richtig verstanden, dass du dich uns immer so zeigst, dass wir dich verstehen können?"
„Nein, die Menschen erschaffen mich so, dass sie mich verstehen können. Das ist ein Unterschied, nicht wahr?"
„Habe ich dich also erschaffen? Bist du ein Traum von mir?"
Die Stimme lacht gütig.
„Ja und nein. Du hast nicht mich erschaffen, der ich die Stimme von allem bin, was es gibt, aber dein Geist stellt mich so dar, wie du es mo-

mentan verstehen kannst. Du siehst mich als Licht, weil es deine Art und Weise ist, mit der du mich dir selbst zeigen kannst."
„Ich hätte dich mir selbst also auch als Ziege zeigen können. Da ich eine Ziege aber nicht ernst nehmen würde, habe ich das Licht gewählt?"
„Ja, genau so ist es. Du bist sehr klug. Du hättest auch einen brennenden Dornbusch wählen können, so wie einst Mose."
„Ich selbst bestimme also, wie Gott mir erscheint?"
„So ist es."
„Du hast auch gesagt, dass du mich mit einer Aufgabe auf diese Welt geschickt hast. Hat jeder Mensch eine Aufgabe?"
„Wenn er das für sein Leben wählt, dann hat er eine Aufgabe. Aufgaben wählt man immer selbst. Aber du bist hier eine Ausnahme, und das warst du immer und wirst es auch immer sein, wenn du auf einer Welt weilst. Du bist nicht zum ersten Mal hier und es wird auch nicht das letzte Mal sein. Aber diesmal bist du hier, um dich zu zeigen. Du sollst dich zeigen als mein eingeborener Sohn, aber gleichzeitig bist in meinem Dienst hier. An dem Tag, als ich mich dir offenbarte, hast du die erste moralische Entscheidung in deinem Leben getroffen. Darum zeigte sich der Teil des Vaters in dir, der immer bei dir sein und dich nie verlassen wird. Was auch in diesem deinen Leben als Gesandter Gottes geschehen wird, ich bin immer bei dir. Es wird Zeiten geben, in denen du mich nicht hören kannst, dennoch werde ich bei dir sein, weil ich ein Teil von dir bin und du ein Teil von mir. Wir können nicht getrennt werden, auch wenn es sich so anfühlen mag. Ich bin in jedem Menschen und jeder Mensch ist ich. Du bist als mein „Du" hierhergekommen, um dies zu zeigen. Es gibt vieles, das du die Menschen lehren kannst und vieles, was ich dich noch lehren muss, bevor du als Lehrer auftreten kannst.
Und darum will ich dir nun ein Bild einprägen, über das du Zeit deines Lebens immer und immer wieder nachdenken wirst und mit zunehmendem Alter wirst du aus diesem einen Bild immer neue Erkenntnisse gewinnen."
Und so zeigte ihm der Herr das Folgende:

Ein Mensch geht auf einem Weg. Er ist so durchsichtig und mehrfarbig wie das schönste Glas, das Jeshu bei den Römern gesehen hat. Während dieser Mensch geht, fließt bei jedem Schritt, den er tut, das zu den Füßen in ihn hinein, was auf dem Weg an farbigen Dingen da liegt und worauf er tritt. Manche der Gegenstände sind allerdings nicht schön anzusehen... In diesem gläsernen Menschen sind an dessen Vorderseite, auf der Rückseite und oben am Kopf Öffnungen, zu denen das schneller hereinfließt, was in der Luft herumschwebt. Dieser gläserne Mensch begegnet einem anderen und etwas fällt aus seinem Kopf und schwebt in der Luft herum. Als die beiden sich begegnen, wird dieses Etwas wie von Zauberhand zu dem anderen gezogen und „fließt" zu der Öffnung in der Stirn in den ersten Menschen. Daraufhin verändern sich die Farben des ganzen Menschen, aber sie erhellen sich nicht, sondern verdüstern sich. Als das Bild verblasst, fragt Jeshu:

"Vater im Himmel, das, was du mir gezeigt hast, kannst du es mir auch erklären?" Und die Stimme, die ihn jeden Tag begleitet und unterrichtet, antwortet ihm nun das Folgende:

"Ich gebe dir ein Gleichnis: Die Menschen leben eigentlich auf dem Grunde eines Sees. Sie atmen das Wasser des Sees ein, dieses Wasser ist überall um sie herum. Ursprünglich war dieses Wasser rein und klar. Jeder Gedanke, den die Menschen haben, fließt jedoch in diesen See, ist Teil der Flüssigkeit, in der sie leben. Jedes Gefühl, das sie haben, findet ebenfalls Eingang in dieses Wasser, auch alles, was jeder sagt und tut. Und wenn nun ein Mensch in diesem See herum läuft, so fließen all die Dinge, die in diesem Wasser enthalten sind, in ihn hinein und durch ihn hindurch und aus ihm auch wieder heraus. Er atmet dieses Wasser auch ein und wieder aus. Solange der Mensch selbst rein und klar ist, gehen diese Dinge einfach durch ihn hindurch, es bleibt nichts hängen und er bleibt so, wie er ist. Wenn er aber Erfahrungen gemacht hat, die dazu geführt haben, dass das, was in ihm ist, sich an irgendeiner Stelle zusammenballt, dass also die Flüssigkeit im Menschen an manchen Stellen fester ist als die Flüssigkeit außen um ihn herum, dann bleibt an dieser Stelle, die fester und dichter ist, das, was durch ihn hindurch strömt, hängen.

Und so können schlimme Gedanken, schlimme Gefühle zu einem Menschen kommen und ihn dazu bringen, ebenfalls schlimme Gedanken und schlimme Gefühle zu haben, die er vorher gar nicht oder nur wenig hatte. Und diese Gedanken und Gefühle führen dann, wenn genug davon zusammen gekommen sind, in ihm dazu, dass er schlimme Dinge sagen oder tun kann. Er ist dann wie ein Kessel, auf den man einen Deckel gesetzt hat, unter dem Kessel wurde Feuer gemacht, im Kessel ist Wasser und der Dampf, der aufsteigt, muss irgendwo raus. Diese Verdichtungen im menschlichen Körper gibt es auch direkt auf seiner Haut und um ihn herum. Viele solcher Stellen können dann zu einer dichten Schicht werden und diese Schicht ist dann so, wie das Pech, mit dem man Boote abdichtet und kann immer dicker und dichter werden und den ganzen Körper einschließen und nicht mehr viel hinein oder hinaus lassen. Je öfter eine Seele auf Erden weilt, desto mehr Erfahrungen macht sie, auch solche, die unangenehm sind und das schlägt sich in dieser Schicht nieder. Und da diese klebrig ist, bleibt auch immer mehr von dem, was ähnlich ist, kleben. Diese klebrige Schicht ist Angst. Daher solltest du, so wie du es schon einmal getan hast, immer dann, wenn es passt, einen Menschen fragen, wovor er Angst hat. Wenn er sich dieser Angst bewusst wird, kann sie sich entweder sofort oder mit noch etwas Hilfe auflösen. Je mehr davon aufgelöst wird, desto klarer wird die Flüssigkeit im Menschen und um sie herum wieder werden. Außerdem wirst du lernen, diese dichten Stellen in Menschen direkt aufzulösen. Das ist deine besondere Form von Heilung und du tust es bereits, ohne davon zu wissen, oder es zu bemerken, weil die Flüssigkeit des Sees durch dich hindurchgeht..."

*

Jeshu fällt Rabbi Mosha immer wieder wegen seiner klugen aber auch oft unbequemen Fragen auf. Nicht immer kann der Rabbi Jeshus Fragen befriedigend beantworten und reizt ihn damit unbewusst immer wieder, bis auch hier dieser Krug solange zum Brunnen geht, bis er bricht. Jeshu ist nun 11 Jahre alt, als er Rabbi Mosha anspricht:
„Rabbi, im Buch Numeri steht (7, 89):

‚Wenn Mose das Offenbarungszelt betrat, um mit dem Herrn zu reden, hörte er die Stimme zu ihm reden. Sie sprach zu ihm von der Deckplatte her, die auf der Lade der Bundesurkunde lag, aus dem Raum zwischen den Kerubim.'"
Mosha nickt ungeduldig, denn er weiß: Jetzt kommt wieder einer der Fragen, auf die er keine richtige Antwort wissen wird.
„Warum brauchte der Herr die Bundeslade, um mit Mose zu sprechen?"
Der Rabbi antwortete: „Weil es dem Herrn so gefiel."
„Aber Rabbi, Mose hörte den Herrn auch ohne die Lade, zum Beispiel als er mit dem brennenden Dornbusch, dem lebendigen Licht, sprach. Und bei anderen Gelegenheiten hat er wohl in Gedanken zu ihm gesprochen."
Jetzt schon ziemlich erzürnt, fragt ihn der Rabbi: „Wie kommst du darauf?"

„ER gibt Mose bei verschiedenen Gelegenheiten Anweisungen, ohne dass dieser erst das Offenbarungszelt aufsucht."
„Schluss jetzt mit den Fragen, auch andere müssen in ihrer Kenntnis der Schriften befragt werden..."
Damit wendet der Rabbi seine Aufmerksamkeit einem anderen Jungen zu. Obwohl Marlik nicht mehr da ist, ist das Verhältnis zu den anderen Jungen gespannt. Ein Junge, der nur ein Jahr jünger ist als Jeshu, beobachtet diesen ständig, ohne jedoch offenzulegen, was in ihm vorgeht.

Vor Monaten bat der Himmlische Vater Jeshu, sich auf andere Weise mit Holz zu beschäftigen, als ihm das Joseph beibringt. Er lernt, auf Anweisung einer nur für ihn hörbaren Stimme Figuren zu schnitzen und bemüht sich, Tiere so wirklichkeitsgetreu wie möglich, zu erschaffen. Er möchte es am nächsten Tag Joseph zu seinem „Tag der Ehre" schenken, doch als er in der Pause in der Synagoge die Figur aus seiner Ledertasche nehmen will, um sie zu betrachten, ist sie nicht mehr da. Die Tasche, die er immer bei sich hat und erst vor Kurzem von Joseph geschenkt bekommen hatte, lässt er nur selten irgendwo stehen. Er hatte sie als Lohn für eine besonders schwierige Tischlerarbeit von Joseph erhalten, weil dieser dafür einen wirklich guten Preis erzielen konnte. Jeshu durchsucht hastig und verzweifelt die ganze Tasche, doch das

Kamel ist nicht unter den anderen Figuren, die ebenfalls darinnen sind. Da die Tasche verschlossen gewesen war, konnte es auch nicht herausgefallen sein. Was sollte er nun tun? Der Tag der Ehre ist für seine Mutter besonders wichtig, wenn er auch nicht genau versteht warum. Deshalb hatte er sie am Morgen danach gefragt und sie hat ihm erklärt: „Mein Sohn, du weißt, dass ich im Isis-Tempel ausgebildet wurde. Du weißt nun, dass es keine Synagoge gewesen sein kann, weil dort Frauen nicht lernen dürfen. Ich war in Kem, in einem Isis-Tempel, und dort gibt es wichtige Rituale und Traditionen. Der Tag der Ehre ist etwas, das wir im Zusammenleben entwickelt haben. Wenn sich jemand in unserem Leben ungewöhnlich ehrenhaft verhalten hat, dann wird der Tag dieses Ereignisses jedes Jahr wieder gefeiert, um uns daran zu erinnern, was Ehre ist und dass im Prinzip jeder Tag so ein Ehrentag sein sollte. Joseph hat sich mir gegenüber besonders ehrenvoll verhalten, als ich dich unter meinem Herzen trug. Er ist nicht dein Vater, aber ich habe den Verdacht, dass du das schon weißt. Diesen Tag möchte ich morgen feiern, obwohl es meinem Gemahl nicht so recht ist, wenn ich ihn an meine Isis-Ausbildung erinnere."
Jeshu versteht zu dieser Zeit noch nicht so recht, worin die ehrenhafte Handlung von Joseph genau bestand. Dies sollte ihm erst Jahre später klar werden, doch er hatte so viel begriffen, dass sein Leben viel unruhiger verlaufen wäre, wenn Joseph Maria nicht als Frau angenommen hätte. Daher wollte er ihm seine schönste Figur schenken und nun war sie weg. Joseph wusste noch nicht, dass Jeshu sich mit dem Schnitzen beschäftigte. Jeshu hatte heimlich geübt, weil er Joseph überraschen wollte und nun war das Kamel fort.
Da konnte er sich eigentlich nur an Rabbi Mosha wenden. Er würde wissen, was zu tun ist und so suchte Jeshu diesen. Doch an den üblichen Orten in der Synagoge war er nicht und daher weitete er die Suche auf versteckte Plätze aus, da vielleicht auch ein Rabbi sich einmal zurückziehen wollte... Und tatsächlich, Jeshu ging um die Ecke eines wenig benutzten Ganges und sah dort Rabbi Mosha, wie dieser eine Frau küsste, die nicht die Seine war, aber Jeshu bemerkte das in seiner Aufregung gar nicht. Die Frau jedenfalls lief mit einem erschreckten Ausruf weg, als Jeshu seine Geschichte hervorsprudelte. Als Mosha

merkte, dass Jeshu nur mit sich selbst beschäftigt war, beruhigte er sich wieder, denn ihm war der Schrecken in alle Glieder gefahren. Was sollte er jetzt tun? Der Junge hatte ihn erwischt, aber es war diesem vielleicht nicht bewusst. Wenn er ihm half, den Dieb zu erwischen, dann würde Jeshu in seiner Schuld stehen. Aber das war nur ein Junge. Es war wohl besser, ihn unter Druck zu setzen, ihm Angst einzujagen... Von nun erhält Jeshu jeden Tag von Rabbi Mosha am Morgen eine Maulschelle. Jeshu hört auf, Fragen zu stellen, weil er denkt, es ist deswegen. Er steckt die Schläge ein, ohne sich zu wehren, oder irgendwem davon zu erzählen. Mosha sorgt natürlich dafür, dass niemand davon Zeugnis ablegen und man seine Misshandlung Jeshu auch nicht ansehen kann. Die Frau, die der Rabbi geküsst hat, wird immer dicker und Maria erklärt Jeshu, dass sie „in anderen Umständen ist“ und bald ein Kind gebären wird. Als dieses jedoch zur Welt kommt, hat es ein Körpermerkmal, welches ihr Gatte nicht aufweist, jedoch von dem bekannt ist, dass es der Rabbi hat. Jeshu versteht zu dieser Zeit nicht, warum der Rabbi in Schimpf und Schande weggejagt wird, genauso wie die Frau und Maria erklärt ihm, dass der Rabbi Pech gehabt hätte. Wäre es nicht offensichtlich, dass er der Vater war, hätte man nur die Frau bestraft und er wäre davon gekommen. Daraufhin sagt Jeshu zu seiner Mutter:
„Das war kein Pech. Hier ist Ausgleich für ein Unrecht geschehen. So hat es mir der Vater erklärt.“

Der neue Rabbi kommt aus einem anderen Dorf und behandelt alle Kinder gleich, doch Jeshu hat gelernt, keine Fragen mehr zu stellen und darum fällt er unter den anderen Kindern nicht mehr auf. Das geschnitzte Kamel hat Jeshu nie wieder gesehen. In der Nacht, nachdem es verschwunden war, holt er sich einen Kerzenstummel und schnitzt viele Stunden lang ein Neues, obwohl ihm die Augen immer mehr tränen und schmerzen. Voller Stolz übergibt Jeshu das Geschenk an Joseph, doch dieser freut sich kein bisschen, was Jeshu nicht versteht. Achtlos legt dieser das Geschenk weg und überlegt, wie er dem Jungen nur beibringen kann, nützliche Dinge zu tun. Von irgendetwas würde er ja doch als Erwachsener leben müssen, auch wenn er vielleicht nicht als Zimmermann arbeiten könne. Das Kamel hatte keinen Nutzen. Wer würde so etwas schon haben wollen? Tief enttäuscht weint Jeshu die ganze Nacht, bis er auf die Idee kommt, den Herrn zu fragen, warum Joseph das Geschenk seines Sohnes nicht würdigen konnte und dieser antwortete:

„Joseph macht sich große Sorgen um dich. Er handelt nicht aus Lieblosigkeit, im Gegenteil. Er wünscht sich, dass du Fertigkeiten hast, die dich später ernähren können. Er will nicht wirklich wahrhaben, dass du ein völlig anderes Leben führen wirst als er, obwohl er davon unterrichtet wurde, noch bevor du geboren warst. Der Sinn für Schönheit ist etwas, das Joseph fremd ist, doch wirst du später Menschen treffen, die diese Schönheit in deinen Schnitzereien erkennen können. Übe daher weiter, aber zeige deine Arbeiten einfach niemandem mehr. Doch wenn du ein paar fertig hast, dann bringe sie zu einem Händler und du wirst sehen, dass es dafür Abnehmer gibt. Und das tut Jeshu auch und staunt, dass er dabei sogar römische oder einheimische Münzen erhält, mit denen man die Welt kaufen kann.

So macht Jeshu typisch menschliche Erfahrungen, die unangenehm sind, aber er hat auch schöne Erlebnisse. Sina, das Mädchen, das unbedingt die Schriftrollen studieren möchte, bittet und bettelt so lange, bis er sich bereit erklärt in der wenigen Zeit, die er für sich hat, sie zu unterrichten. Die Dankbarkeit des Mädchens ist so groß, dass es ihm immer wieder dabei hilft, die geschnitzten Figuren zu den Händlern, die durch den Ort ziehen, zu bringen. Dem liebreizenden Mädchen können nur wenige etwas abschlagen. Als Abbu Melek diese Figuren in Jeru Shalem verkauft und gute Preise bei reichen Römerinnen erzielt, hält er immer schon ungeduldig nach dem Mädchen Ausschau und staunt über die Schönheit und Grazie, die in den Figuren zum Ausdruck kommt.
Nicht immer sind es Tiere, die Jeshu schnitzt, auch abstrakte Formen, die er in Steinen oder Pflanzen sieht, werden von ihm aus dem Holz geholt. Als Sina von Abbu Melek eine Flöte geschenkt bekommt und von ihm unterrichtet wird, wie man damit Musik macht, sucht Jeshu nach allen Instrumenten, die man aus Holz machen kann, sieht sich ihre Formen an und ist sofort in der Lage, diese nachzubauen. Er weiß nicht, dass dies ungewöhnlich ist, weil er keine Vergleichsmöglichkeit hat. Um

die Instrumente perfekt herzustellen, muss man sie auch spielen können. Sina bringt ihm das Flötenspiel bei. Bei den anderen Instrumenten muss er den Musikern des Ortes zusehen. Manchmal reist auch einer durch den Ort und so lernt Jeshu viel mehr, als Joseph bewusst wird, denn diese Holzarbeiten macht Jeshu nicht in der Werkstatt seines Vaters, sondern in einem Raum der drei Türme, die nicht mehr benutzt werden. Hier hat er sich eine eigene kleine Werkstatt eingerichtet, die er aber immer nur nach dem Tagewerk aufsuchen kann. So kommt es, dass Jeshu nicht mehr viel wie ein Kind spielt und sich immer mehr von den anderen innerlich und äußerlich zurückzieht. Während er diesen Freuden nachgeht, unterhält er sich weiter mit dem Herrn. Er ahnt nicht, dass er sich unter anderem durch die Musik mit Kraft auflädt, die er als Erwachsener dann dringend brauchen wird.

Eines Tages, Jeshu ist gerade darin vertieft, ein Saiteninstrument herzustellen, fällt ihm eine Taube vor die Füße und bleibt tot und mit zerschmettertem Körper vor ihm liegen. Jeshu ist erschrocken, denn er kann sich nicht erklären, was mit dem Vogel geschehen ist. Er stupst den Körper an, doch in ihm ist kein Leben mehr. Da erinnert er sich an seine Unterweisungen und stellt sich vor, wie das klarste und reinste „Wasser" der Umgebung durch den Körper des Vogels fließt und alles, was in diesem nicht in Ordnung ist, wieder in Ordnung bringt und plötzlich zucken die Schwingen der Taube und diese hebt den Kopf. Sie richtet sich auf, schüttelt die Flügel und hüpft mit einem Satz in die Luft und fliegt davon. Von da an hat Jeshu ein besonderes Verhältnis zu Tauben und Vögeln allgemein.
Was er nicht bemerkt hat, ist, dass Sina das Ganze beobachtet hat. Diese läuft nach Hause und berichtet aufgeregt ihrer Mutter davon, doch diese glaubt ihr kein Wort. Erst Jahre später, als ein gewisser Wanderprediger von sich reden macht, wird diese Geschichte die Runde machen. Sina jedoch hat Angst vor dem Jungen bekommen, der über Leben und Tod zu herrschen scheint und zieht sich von ihm zurück. Jeshu weiß nicht warum und vermisst seine Freundin. Alle Versuche, das alte Vertrauensverhältnis wieder herzustellen, scheitern. Der Himmlische Vater erklärt ihm, dass er alle Bande nach Nazareth langsam lösen

muss, da er bald von hier fortgehen werde und so lässt Jeshu Sina traurig in Ruhe. Doch die Trauer währt nicht lange, zu sehr liebt er das Leben und je älter er wird, desto mehr Verständnis bekommt er über die lichten und die Schattenseiten der Menschen. Je mehr er davon sieht, wie gütig und liebevoll Menschen, ja selbstlos sie sein können, desto stärker wächst seine Liebe zu ihnen, obwohl er innerlich von da an, eine Distanz hat, die nur wenige später überbrücken können.

16.

Als die Zeit für Jeshus Bar Mitzwa gekommen war, äußerte er den Wunsch, diese Feier in Jeru Shalem zu begehen. Er war nun 13 Jahre alt und wollte beginnen, etwas von der Welt zu sehen. Dort angekommen begab sich die Familie, seine Schwester Martha war auf deren Drängen hin mitgenommen worden, zu Verwandten, um dort zu wohnen. Während die Eltern mit diesen plauderten, schlich sich Jeshu fort, denn er wollte *den* Tempel alleine betreten und sich umsehen. Für seine Bar Mitzwa war er gut vorbereitet und hatte sich gut überlegt, welche Stelle der Tora er vorlesen und auslegen wolle. Da er sich viel mit Musik und Instrumenten beschäftigt hatte, wollte er aus der Mischne Tora „Die Offenbarung des Moses-Liedes" lesen. In diesem Abschnitt der Tora geht es darum, dass die Israeliten nach Erreichen des Heiligen Landes fremden Göttern huldigten und Gott sich deshalb von ihnen abwandte. Er lehrte Moses ein Lied, das sie an ihre Pflichten erinnern sollte.
Je mehr Jeshu jedoch dieses Lied studiert hatte, desto unruhiger war er geworden, denn der Gott, der da besungen wurde, hatte nichts mit der gütigen und liebevollen Stimme gemein, die er jeden Tag hörte. Nur Teile davon schienen zu dieser Stimme zu passen und so tat er etwas, was sich bei einer Bar Mitzwa und auch sonst nicht für einen Jungen und auch nicht für einen Mann seines Volkes geziemte: Er stellte das Lied so zusammen, dass es einen anderen Sinn ergab, weil er Teile wegließ. Jeshu wusste, dies würde den Zorn Josephs erregen und möglicherweise auch den der anwesenden Rabbis. Daher wollte er Joseph vor diesem Zorn bewahren.

Als er beim Tempel ankommt, ist er über das Treiben dort sehr erstaunt. Geldwechsler sind überall in den Vorhallen, Tiere werden für Opfer angeboten und auch Waren anderer Arten. Es ist laut und hektisch. Am Shabbat soll man zur Ruhe kommen, über Gott nachdenken, in der Tora lesen, sich auf sich besinnen und den ersten Schöpfungstag ehren. Jeshu hatte unter einem Tempel immer verstanden, dass dort jeden Tag Shabbat war. Dies schien jedoch nicht zu stimmen und er fragt sich, ob zumindest am Shabbat hier Ruhe herrscht. Der Tempel soll die Wohnstätte Gottes sein. Wenn die Menschen das wirklich glaubten, wie kam es dann, dass sie Gott mit diesem Trubel belästigten? Dieser herrschte auf den vier Seiten rund um den eigentlichen Tempelraum und in diesem befand sich das Allerheiligste, in dem in früheren Zeiten die Bundeslade aufbewahrt worden sein sollte. Heute ist der Raum leer und wird nicht mehr genutzt, aber rundherum wird an mehreren Stellen jeden Tag zu festgesetzten Stunden aus der Tora gelesen.
Jeshu sucht sich die südliche Seite aus und wartet eine Pause ab, bei der die meisten Anwesenden gehen und neue Leute eintreten. Er fragt einen Rabbi, ob er zu Ehren seiner Bar Mitzwa aus der Tora lesen dürfe. Als man ihn fragt, warum er denn alleine sei, antwortet er einfach nur, dass er dies so wolle. Man gewährt ihm seine Bitte jedoch erst Stunden später, weil noch andere vor ihm an der Reihe sind. Er wartet geduldig und lauscht allen Vorträgen und bemerkt gar nicht, wie der Tag sich dem Abend zuneigt und er wird sich nicht bewusst, dass Maria und Joseph ihn schon lange vermissen und auf der Suche nach ihm den Tempel betreten. Da der Tempel groß ist, muss Joseph ihn mehrmals umrunden, ehe er Jeshu findet. Maria darf nicht dorthin, wo für die Männer reserviert ist und wartet daher ungeduldig draußen und so kommt es, dass Joseph doch Zeuge des Vortrages von Jeshu wird.
Als dieser schließlich an der Reihe ist, liest er:

„Hört zu, ihr Himmel, ich will reden, die Erde lausche meinen Worten. Meine Lehre wird strömen wie Regen. Meine Botschaft wird fallen wie Tau, wie Regentropfen auf das Gras und wie Tauperlen auf die Pflanzen. Ich will den Namen des Herrn verkünden. Preist die Größe unseres Gottes.

Er heißt: Der Fels. Vollkommen ist, was er tut, denn alle seine Wege sind recht. Denk an die Tage der Vergangenheit, lerne aus den Jahren der Geschichte. Frage deinen Vater, er wird es dir erzählen. Frag die Alten, sie werden es dir erzählen. Der Herr allein hat Jakob geleitet, kein fremder Gott stand ihm zur Seite. Er führte ihn auf die Berge des Landes. Er nährte ihn mit den Früchten des Feldes. Er stillte ihn mit Wein aus den Felsen mit Öl aus Felsspalten. Und Jakob aß und wurde satt. An den Fels, der dich gezeugt hat, dachtest du nicht mehr. Du vergaßest den Gott, der dich geboren hat. Doch diesem Volk fehlt es an Rat, ihm mangelt es an Verstand. Wären sie so klug, so begriffen sie alles und verstünden, was in Zukunft mit ihnen geschieht."

Joseph bekommt eine Gänsehaut nach der anderen, da ihn schaudert. Warum hat dieses Kind diese Stellen ausgesucht? Jeshu hatte dies nicht mit ihm besprochen. Es schien, als wolle er die Schriftgelehrten auf seine Lehren vorbereiten und gleichzeitig eine Warnung aussprechen, dass, wenn sie sie nicht annähmen, Fürchterliches geschähe. Wie es üblich ist, wird Jeshu dann befragt, wie er diese Stelle der Tora denn verstünde und antwortet:

„Wir haben in der Tora viele Geschichten. Mir scheint im Lied des Mose werden wir gemahnt, aus den Fehlern der Geschichte zu lernen, weil sonst Unheil auf uns zukommt. Vor den Toren dieses Tempels herrscht Sodom und Gomorrah. Diese werden im Moses-Lied ebenfalls erwähnt. Sie stehen für Orte, die vom Erdboden getilgt wurden, weil die Menschen dort die Gesetze nicht befolgten. Befolgen wir denn alle die Gebote, die Moses uns gegeben hat? Es sind nur zehn und dennoch halten sich die wenigsten daran. ‚Du sollst nicht stehlen', lautet eines, aber wenn ein Händler mehr Geld verlangt, als seine Ware wert ist, ist das nicht stehlen? Wenn ein Geldwechsler eine zu hohe Gebühr verlangt, dann ist das ebenfalls stehlen. Dies geschieht nur wenige Schritte von hier."

Die versammelten Rabbis sind still geworden, ob des Vorwurfs eines Dreizehnjährigen, der völlig gerechtfertigt ist, denn sie sind es, die an dem Handel draußen mitverdienen. Schließlich fragt einer der Rabbis in die betretene Stille:

„Wer bist du?" Und wie der Vater ihm aufgetragen hat, antwortet er auf diese Frage: „Ich bin, der ich bin." (Jahwe bedeutet: Ich bin, der ich bin und immer sein werde). Erregtes Murmeln kommt auf. Joseph springt auf, packt den Jungen und zerrt ihn regelrecht aus dem Tempel, um ihn (und sich) vor den Weiterungen zu schützen.
Ein Rabbi starrt ihnen hinterher und prägt sich jeden Zug und jede Bewegung beider ein, denn er weiß, er muss sie eines Tages wiedererkennen."

Joseph ist zornig, obwohl er sich seinen Zorn gar nicht richtig erklären kann und schüttelt den Jungen, nachdem sie sicher 200 Meter zurückgelegt haben und in der Menge verschwunden sind. Er hat die wartende Maria völlig vergessen, doch die hatte das Ganze beobachtet, ist ihnen gefolgt und schließt nun zu ihnen auf.
Joseph schnaubt Jeshu an: „Was soll das, den Zorn der Rabbis zu wecken? Willst du sie jetzt schon gegen dich aufbringen? Dann wirst du das hehre Ziel, Judäa von den Römern zu befreien, nicht erreichen."
Aufgebracht reißt sich Jeshu von Josephs Hand los und weiß, dass etwas zerbrochen ist, dass schon irgendwann vorher einen Riss erhalten hatte und erwidert:
„Dies ist nicht mein Ziel. Ich bin ein Botschafter der Liebe und des Friedens und als solcher werde ich keine Gewalt anwenden und das müsste ich, wenn ich die Römer aus diesem Land werfen wollte. Hier werden sich unsere Wege nun trennen. Ich muss auf meinen eigenen Weg, auf dem ich nur der Führung des Himmlischen Vaters vertraue. Unsere gemeinsame Zeit ist zu Ende. Ich werde nur meine eigenen Ziele verfolgen, nicht die von anderen, auch nicht die euren, lasst euch beide das gesagt sein. "
Joseph ist geschockt. Das hatte er nicht erreichen wollen. Warum muss Jeshu mit ihm brechen? Hatte er etwas falsch gemacht? Wie konnte man den künftigen Messias „richtig" anleiten? Was war „richtig"? Joseph lässt traurig die Schultern hängen. Erst viel später sollte er verstehen.

Aus Marias Augen laufen unterdessen unablässig die Tränen, denn sie weiß, dass sie Jeshu erst viele Jahre später wiedersehen wird. Die Engel und Boten des Herrn hatten ihr vorausgesagt, dass er schon früh seinen eigenen Weg gehen müsse. Daher hatte sie ihm ja schon früh eine gewisse Bildung geben wollen, doch ihr Gatte hatte das nicht zugelassen und nun war es so gekommen, wie angekündigt. Jeshu umarmt Maria und Joseph nicht zum Abschied, denn er geht im Zorn. Wie sehr sein Abschied die beiden schmerzt, versteht er erst viel später. Da er Joseph nicht wiedersieht, bereut er dann bitter, sich so verhalten zu haben. Er schaut nicht zurück, als er sich abwendet und den Weisungen des Vaters folgt und sich nach Kem wendet, denn dort muss er sich einer Einweihung in den Pyramiden unterziehen. Was er zu diesem Zeitpunkt nicht erinnert ist, dass er schon einmal dort gewesen ist.

*

Er nimmt den gleichen Weg am Meer entlang, wie einst seine Mutter mit ihm zunächst alleine und dann in Begleitung von Joseph. Aus dem wenigen Holz, das er unterwegs findet, fertigt er kleine Figuren und hin und wieder eine Flöte. Er lebt vom Verkauf dieser Dinge. Außerdem begleitet er als Misteinsammler hin und wieder eine Karawane. Getrockneter Kameldung wird als Feuermaterial in dieser Zeit sehr geschätzt. Da er gut mit Tieren umgehen kann und in diesen jungen Jahren auch schon mehrere Sprachen beherrscht, werden von ihm auch Übersetzungsdienste geleistet, daher wird seine Begleitung geschätzt und so hat er keine Probleme, bis zu den Pyramiden zu gelangen. Schließlich steht er vor den drei mächtigen künstlichen Bergen und beschließt, jeden einzelnen bis zur Spitze zu ersteigen. Er beginnt mit dem kleinsten „Berg" und als er schließlich oben angelangt ist, stellt er fest, dass der Benbenet, der Schlussstein, fehlt. Das ermöglicht ihm jedoch, dessen Platz einzunehmen. Dies wiederholt Jeshu mit den beiden anderen Pyramiden. Die großartige Aussicht nach der Anstrengung der Kletterei belohnt ihn für die Mühe. Erst mit der Zeit findet er heraus, dass er mit dieser Tat auf den höchsten Gebäuden der Welt gestanden hat und dass diese Gebäude als Weltwunder bezeichnet werden.
Für jede der Pyramiden hat er sich einen ganzen Tag Zeit genommen, um alles aufzunehmen, was ihm möglich ist und den Unterweisungen des Vaters zu lauschen. Auf der kleinen Pyramide wird ihm erklärt:

„Mein Sohn, du erinnerst dich, dass ich dir von dem Grunde des Sees erzählt habe, auf dem die Menschen leben?“
Als Jeshu bejaht, fährt der Vater fort:
„Diese Gebäude gehören einer Geschichtsepoche an, von deren Wissensresten, alle derzeit lebenden Menschen noch immer zehren und noch lange zehren werden. Es war eine Epoche in der so genannte Götter unter den Menschen weilten. Doch diese waren keine Götter, jedoch Wesen mit hohem Wissen, was sie in den Augen einfacher Leute wie Götter erschienen ließ. Sie wussten, wie man die Steine so anhäuft, dass dabei diese Formen und ihre Wirkungen herauskamen. Es wird lange dauern, bis man so etwas wieder können wird. Sie hatten geistige Gaben, die niemand mehr aufweist. Und nur Einzelne werden im Laufe der Zeit diesen ein wenig näher kommen.
Wisse, dass die Geschichte des Menschen schon lange währt und viele Wellen durchlaufen hat. Momentan ist diese Welt am Boden einer solchen Welle und das trotz der hellenistischen Kultur. Dies betrifft das vorhandene und genutzte Wissen genauso wie das Verhalten. Du wirst dafür sorgen, dass der Verbleib auf diesem Boden nur von kurzer Dauer ist und es schneller wieder aufwärts geht, auch wenn es zwischendurch anders aussehen wird. Auch die Entwicklung einer einzelnen Seele hat solche Auf und Abs und indem du auf die Pyramiden hinauf und wieder hinab kletterst, vollziehst du deine eigene Entwicklung im Schnellverfahren nach und damit meine ich nicht, deine erst kurze Zeit hier auf dieser Welt, sondern deinen Werdegang in meinem Reich, das nicht von dieser Welt ist, diese jedoch einschließt. Die Pyramiden stehen an einem besonderen Platz und entfalten eine besondere Wirkung. Indem du dich hier befindest, atmest du die Kraft dieses Platzes ein und setzt dich und der Wirkung der Pyramide aus. Bleibe nun den ganzen Tag hier und atme, während ich dir weiter von der Vergangenheit der Menschen und der deinen erzähle.
Während du nun hier oben bist, bist du nicht mehr auf dem Grund des erwähnten Sees, sondern viel weiter oben und daher gibt es hier auch anderes aufzunehmen.
Klettere jedoch rechtzeitig wieder hinunter, also bevor es dunkel wird.“

Jeshu hatte sein Nachtlager am Fuße der Sphinx aufgeschlagen, welche zu dieser Zeit komplett aus dem Sand ragte. Dorthin begab er sich, wickelte sich in seinen Mantel, bettete den Kopf auf seiner Wasserflasche und schlief traumlos. Hier kamen nur wenige Menschen her und so hatte Jeshu sich mit genügend Wasser und Nahrung eingedeckt, um einige Tage bleiben zu können.

Am nächsten Morgen erklimmt Jeshu die mittlere der Pyramiden. Als er oben angekommen ist, geht die Unterrichtung weiter:
„Auch hier ist es gut, wenn du lange und tief atmest und hin und wieder dies auf die Weise tust, die ich dir beigebracht habe. Du lädst dich dadurch mit einer besonderen Kraft auf, die du später in deinem Leben noch brauchen wirst. Du benötigst verschiedene Arten von Kraft und hier erhältst du gleich drei davon. Du kannst dich auch immer wieder an diese drei Tage hier erinnern und dadurch diese Kraft erneuern. Dazu musst du nicht jedes Mal hierherkommen, aber zumindest einmal hier gewesen sein, wobei dies schon dein zweiter Aufenthalt hier ist, denn deine Mutter war schon einmal mit dir hier, aber im Inneren der großen Pyramide. Auf diesem Gebäude bist du nun schon wesentlich höher als auf dem Ersten und somit auch auf einer anderen Ebene des See-Gewässers. Man könnte sagen, dass die Flüssigkeit dieses Sees hier oben um einiges weniger dick ist und damit viel leichter durch dich hindurchströmen kann. Bleibe bis kurz vor Sonnenuntergang und kehre dann zu deinem Lager zurück. Du brauchst keine Angst zu haben, dass dir etwas gestohlen wird, denn du stehst unter meinem Schutz. Es werden dir nur die Dinge widerfahren, die nötig sind, um das zu lernen, was du wissen musst.“ Auch diesmal kletterte Jeshu rechtzeitig nach unten, aß etwas von dem mitgebrachten Fladenbrot und schlief dann schnell ein.

Am nächsten Morgen nimmt er seine wenigen Habseligkeiten mit auf die große Pyramide. Er will möglichst viel Zeit auf dieser verbringen. Er nestelt an dem Band, das er um den Hals trägt und nimmt den Ring, der sich daran befindet ab. Diesen hat ihm seine Mutter bei dem so unverhofften Abschied noch eiligst mit den Worten mit gegeben: „Trage dies erst, wenn du bereit bist, dein Erbe anzutreten. Ich habe dir erklärt, was es damit auf sich hat und nun musst du deinen Weg in der Welt finden.“

Jeshu streift den Ring über den Finger und spürt, wie augenblicklich seine gesamte Hautoberfläche so zu zittern beginnt, wie das Fell einer Trommel, die angeschlagen wird. Und in diesem Zustand lauscht er auch diesmal der Stimme in seinem Kopf:

„Es gibt gute Gründe, warum du selbst die Zeit und den Ort ausgesucht hast, um unter die Menschen als einer der ihren zu gehen.

1. In deinem Volk ist es üblich, schon den Kindern eine Bildung mitzugeben, also Wissen. Du hast noch keinen Vergleich, aber bei deinen Reisen wirst du feststellen, dass die meisten Kinder nur das lernen, was ihre Eltern ihnen beibringen können, aber nichts davon kennenlernen, was andere wissen. Das ist nicht schlecht, aber es könnte besser sein, denn dadurch sind sie in ihrer Weltsicht sehr auf diesen unmittelbaren Erfahrungsbereich beschränkt. Dies kommt den Herrschenden sehr gelegen, denn Wissende können sich besser wehren und darum wird daran nicht viel geändert, zumindest noch nicht. Du hast dich nun mit deinen nur 13 Jahren diesem Kreis bereits entzogen und das ist richtig und gut so, denn dadurch wirst du gezwungen, für dich selbst schon die volle Verantwortung zu übernehmen und nimmst viel mehr auf, als deine Eltern dich lehren konnten, aber du wirst auch feststellen, wie wertvoll das ist, was sie dich lehrten und wie besonders beide sind.

2. Deine Lehre wird vom Ort deines Wirkens zum Zentrum der derzeitigen Macht getragen und von beiden in alle Welt getragen. Vorher wirst du jedoch erst einmal lernen, woran alle anderen glauben, wonach sie streben und was sie sich wünschen und benötigen. Allerdings ist das, was sie sich wünschen, meist nicht das, was sie benötigen, aber um dies einzusehen, bedarf es Weisheit.

3. Dein Volk erwartet einen Erretter und als diesen werden sie dich mit der Zeit ansehen. Das kannst du für dich nutzen, aber du wirst für diesen Nutzen auch einen hohen Preis zahlen müssen. Du bist letztlich nicht das, was sie erwarten und sich wünschen, aber das, was sie brauchen.

4. Du bist ein Werkzeug, das erst noch geschmiedet werden muss und das werden die Erfahrungen tun, die du machen wirst und dazu ist diese Zeit die richtige. Die Orte werden wechseln, aber um deine Lehre zu verbreiten, wirst du dich wieder in die Heimat begeben. Doch zuvor hast du lange Jahre der Wanderungen vor dir, die von längeren Aufenthalten unterbrochen sein werden.

5. Judäa ist der Grund und Boden auf dem deine Saat aufgehen wird, weil der Boden bereitet wurde. Nirgendwo würde das so gute Ergebnisse bringen wie von hier aus. Wenn du wieder bei mir bist, wirst du genau beobachten können, was ich heute damit gemeint habe."

So geht es eine ganze Weile weiter, denn der Vater spricht über die Vergangenheit, die Gegenwart und auch die Zukunft, wie sie aussehen würde, wenn es nicht einen grundlegenden Wandel gäbe, schließlich fragte der Herr Jeshu:
„Und nun sage mir, mein Sohn: Bist du bereit, ein Leben zu führen, das dazu dienen wird, der Gegenwart eine andere Richtung zu geben, sodass die Zukunft anders aussehen kann? Es wird ein spannendes Leben sein, aber auch Leid beinhalten, da mache ich dir nichts vor."

Jeshu befindet sich in einem eigentümlichen Zustand. Die Unterrichtungen, die Weite, die er ringsherum erblickt, aber vielleicht auch die Kraft der Pyramiden, von der der Vater erzählt hat, berauschen ihn. Er ist einfach rundum glücklich, obwohl er nicht einmal weiß, woher er das Essen für die Zeit erhalten soll, wenn er von hier wieder aufbricht. Der Vater hatte ihm jedoch schon mit der Reise bis hierher bewiesen, dass er für sich selbst würde sorgen können und das genügte Jeshu. Die Ahnung einer Weite, die noch viel größer ist als die, die er gerade sieht, erfasst ihn, als die Sterne aufgehen und über ihm ihre Bahn ziehen. Er ist mitnichten müde und lauscht den Worten des Vaters, der vom Reich Gottes erzählt, das weit jenseits der sichtbaren Sterne reicht und viele Welten und nicht nur diese umfasst.

„Vater, ich fühle mich, als stünde ich auf dem Dach der Welt und die ganze Welt läge mir zu Füßen."

„Das stimmt in gewisser Weise auch, aber dennoch bist du den Gesetzmäßigkeiten, die hier herrschen, genauso unterworfen wie alle anderen auch. Deshalb bist du als Mensch hierhergekommen und nicht einfach erschienen. Dein Reich ist nicht von dieser Welt, doch es schließt diese mit ein. Du bist ein Schöpfersohn, der immer wieder in seine Schöpfung eintaucht, um Geschöpfes-Erfahrungen zu machen, aber auch um seine Geschöpfe das zu lehren, was sie zu einem bestimmten Zeitpunkt wissen müssen. Du willst und sollst als einer der ihren leben und ihre Erfahrungen teilen. So wirst du sie besser verstehen und aus diesem Verständnis heraus wirst du zu ihnen sprechen und auch handeln. Du hast keine göttlichen Fähigkeiten mitgebracht, obwohl du sie jederzeit herbeirufen könntest, wenn du das wolltest. Doch dann wäre deine Zeit hier sofort vorbei. Du beschränkst dich absichtlich und wirst nur die Kräfte erlernen und benutzen, die sie selbst auch nutzen können. Den Unterschied wird deine Botschaft ausmachen und etwas, was erst nach deinem Tode geschieht, doch darüber sprechen wir ein andermal.
Um ein Mensch werden zu können, hast du Teile von dir draußen gelassen. Diese Teile werden nun nach und nach zu dir zurückkommen. Als du dich mit sechs Jahren schützend vor das Kind gestellt hast, um die für es gedachten Schläge abzufangen, kam in der folgenden Nacht ein Teil zurück und ich konnte mich dir offenbaren. In den letzten drei Tagen kam ein weiterer und zur gegebenen Zeit werden andere Teile deines Selbstes zurückkommen, um mit den vorhandenen zu verschmelzen. Auch das ist etwas, was die Menschen für sich selbst tun können, es ist nicht dir allein zugedacht. Der Vorgang an sich ist für jeden gleich, doch welche Teile da hereinkommen, haben mit dem jeweiligen So-Sein zu tun, also mit der ureigensten Wesenheit. Die damit einhergehenden Veränderungen brauchen Zeit, um sich entfalten zu können und Reisen ist für dich die richtige Weise, dies zuzulassen. Es gibt einen Bereich auf dieser Welt, der tatsächlich das ‚Dach der Welt' genannt wird und ich wünsche, dass dieses das Ziel deiner Wander-

schaft wird. Doch zunächst begebe dich nach Qumran zu den Essenern. Die Essener unterrichten die, die lernen wollen und sie heilen Kranke. Von ihnen wirst du also viel lernen können. Allerdings wirst du selbst feststellen, dass du nicht lange bei ihnen bleiben willst. Doch musst du immer deine eigenen Entscheidungen treffen. Du bist dein eigener Herr, obwohl ich dich unterweise."

Jeshu versteht in diesem Alter nicht viel von dem, was der Vater da sagt, doch er merkt sich jedes Wort und stellt mit zunehmender Erfahrung nach und nach die richtigen Fragen, um zu verstehen. Hier erweisen sich auch die Essener als die passenden Partner, denn sie können auf Schriften und damit auf Weisheit zugreifen, die anderen nicht zugänglich sind. Als Jeshu die Pyramiden verlässt, ist er ein anderer Mensch. Es liegt nicht nur daran, dass er nun das Bewusstsein eines Erwachsenen besitzt. Mit ihm war viel mehr geschehen. Er hatte eine Lebensvision gezeigt bekommen, der er nun sein ganzes Leben widmen würde."

17.

Bis hierhin war Miria gekommen, als es an der Tür klopfte und Petra aufgeregt in der Türe stand:

„Miria, im Vatikan hat es ein Attentat gegeben. Peter hat mich gerade angerufen und gebeten zu kommen. Ich verstehe allerdings nicht warum. Ich habe ein wenig Angst, würdest du mitkommen, bitte?"
Miria war noch ganz benommen von dem, was sie gerade aufgezeichnet hatte und sie hatte Mühe, in eine Realität zurückzukehren, in der es Attentate gab. Dennoch antwortete sie:
„Natürlich, gib mir eine Viertelstunde. Hat er denn nicht gesagt, was er von dir will?"
„Nein. Er weiß noch immer nicht, dass du hier bist, oder?"
„Nein, ich habe ihm eine E-Mailadresse hinterlassen..."

Miria schloss die Tür und checkte zunächst ihren E-Mailpostkasten und tatsächlich: Da war eine kurze Nachricht von Peter, in der er sie bittet, schnellst möglichst zurückzukommen, weil Kardinal Clemont bei einem Attentat schwer verletzt wurde.
Miria bestellte ein Taxi und ist fertig, als dieses eintrifft. Die beiden Frauen ließen sich zum Eingang des Vatikans fahren, den Miria immer benutzen durfte. Sie werden dort von einem Gardisten der Schweizer Garde in Empfang genommen und zu einem Hospital gefahren.
Miria wunderte sich, warum Peter wollte, dass Petra kam. Hatte sie die Zeichen doch falsch verstanden? War Peter selbst wieder verletzt worden und wollte seine Ex bei sich haben? Er wusste ja gar nicht, dass sie wieder in Rom war. In der Mail war nichts weiter gestanden. In der Eingangshalle wurden sie von Mirias Großvater empfangen:
„Miria, wie konntest du so schnell hierherkommen? Peter hat die E-Mail noch nicht einmal vor einer Stunde losgeschickt."

Miria umarmte ihren neu gefundenen Großvater und der ließ es sich gefallen. Beiden merkte man an, dass sie diesen Umgang miteinander noch nicht gewohnt waren und so ließ sie ihn schnell wieder los und antwortete:
„Ich war schon in Rom, daher ging es so schnell. Wo ist Pete?"
Miria versuchte unverfänglich zu klingen, doch Anton Trautwein, alias Ingo Weber, konnte sie nichts vormachen, er behielt jedoch seine Gedanken für sich.
„Seine Wunden sind schon wieder aufgerissen, einmal zu viel. (Er war ja nicht nur an der Brust verletzt worden, sondern auch am Arm, da die Kugel diesen zuerst gestreift hatte) Er wird gerade operiert. Es ist nicht weiter schlimm. Aber er sollte endlich Mal zur Ruhe kommen, um das ausheilen zu können. Aber das scheint ihm nicht vergönnt zu sein."
„Großvater, das ist Petra, die ehemalige Frau von Peter und ... eine Freundin."
Anton musterte die Frau eindringlich und reichte ihr dann die Hand:
„Freut mich, Sie kennenzulernen. Peter hat schon Einiges von Ihnen erzählt und das ist auch der Grund, warum er Sie bat, hierherzukommen. Kardinal Clemont wurde noch in der Nacht operiert. Er hat zwei Kugeln

abbekommen, aber er ist soweit ok, soweit man das momentan sagen kann. Nach einem Gespräch mit Peter, der das Zimmer nebenan hat, hat er um Ihren Besuch gebeten. Worum es geht, hat er jedoch nicht verraten und es geht mich auch nichts an. Wollen Sie Peter auch sehen?"

Mit einem Blick auf Miria meinte Petra: „Sicher, aber das hat Zeit. Bitte führen Sie mich zu dem Kardinal. Allerdings kann ich mir wirklich nicht vorstellen, was ein Mann seines Ranges von mir will. Yoga will er sicher nicht lernen."

Miria lächelte schwach. Der Humor ihrer neuen Freundin gefiel ihr. Da Pete noch operiert wurde, konnte sie ihn jetzt ohnehin nicht sehen. Sie begleitete daher Petra. Nachdem sie einige Stockwerke nach oben gefahren waren, deutete Anton schließlich auf eine Türe, die Peters Krankenzimmer war, klopfte an die daneben und trat mit Petra auf ein „Herein" ein.

In diesem Moment brachte man Pete zurück, der nur örtlich betäubt war, doch Miria in diesem Moment nicht bemerkte. Die Schwestern verließen das Zimmer und schlossen die Türe, doch Miria zögerte, anzuklopfen. Was würde sie dort erwarten? Sie hob einige Male die Hand und ließ sie wieder sinken. War das der feige Zug in ihr, der aus der Zeit als Susan vielleicht noch in ihr steckte? Als sie dann endlich klopfen wollte, ging die Tür auch schon auf und Pete stand da, etwas verdattert, denn mit ihr hatte er noch nicht gerechnet, doch als es endlich „Klick" machte, hatte er nur noch einen Wunsch und führte ihn auch sofort aus: Er nahm Mirias Kopf in die Hände und küsste sie leidenschaftlich. In Miria fielen alle Schranken, die sie aufgebaut hatte und sie erwiderte den Kuss mit der gleichen Leidenschaft. Peter zog sie mit in sein Zimmer ohne sich von ihr zu lösen und schloss die Türe. Schließlich mussten sie doch einmal Luft holen und sahen sich schließlich in die Augen.

*

Petra hatte genauso Herzklopfen wie Miria, wenn auch aus anderen Gründen, als sie vor der Tür stand. Wann wurde man schon einmal in das Krankenzimmer eines Kardinals gerufen, ohne zu wissen, warum?

Sie kam sich ein bisschen vor wie bei einer Beichte. In dem Zimmer wurde sie jedoch freundlich empfangen:
„Frau Menninger, danke, dass Sie gekommen sind. Herr Weber, bitte sorgen Sie dafür, dass die junge Dame und ich ungestört sind, ja?“
Ingo nickte und verließ den Raum, um sich vor der Tür zu postieren. Petra kicherte und meinte:
„Naja, so jung bin ich auch nicht mehr, äh... verzeihen Sie, ich weiß nicht, wie ich Sie anreden soll. Ich habe keine Ahnung vom Protokoll.“
„Herr Clemont ist völlig in Ordnung, wenn wir unter uns sind und in der Öffentlichkeit ‚Eure Eminenz‘. Ihr Exmann erzählte mir davon, dass Sie in der Lage sind, Verstorbene zu sehen, ist das richtig? Erzählen Sie mir etwas von sich, bitte.“
Diese Frage verblüffte Petra so sehr, dass sie nicht wusste, was sie darauf antworten sollte. Dieser Mann war immerhin einer der höchsten Kirchenvertreter gleich nach dem Papst und so viel sie wusste, taten diese das Erscheinen von Verstorbenen als Aberglauben ab. Was sollte sie also nur sagen? Der Kardinal blickte sehr gütig drein und wirkte gar nicht, als hätte er Vorurteile. Sie entschied sich dafür, bei der Wahrheit zu bleiben und antwortete zögernd:
„Ich stamme von einer Zigeunerfamilie ab und jeder Familienzweig hat so seine eigenen Gaben. Das ist einer der Gründe, warum wir hauptsächlich unter uns blieben. Jedenfalls war das die letzten paar hundert, vielleicht auch tausend Jahre so. Doch nach dem zweiten Weltkrieg hat sich vieles verändert. Familien wurden auseinandergerissen, viele getötet, andere in alle Welt verstreut. Die ursprünglichen Clans gibt es so gut wie nicht mehr. Manche versuchen sich in die herrschende Gesellschaft einzugliedern. Einigen gelingt es, anderen nicht. Ich hatte das Glück, dass meine Großmutter und meine Mutter mich zusammen großzogen. Was mit den dazugehörigen Männern passiert ist, habe ich nie erfahren. Als beide gestorben waren, habe ich mein Leben alleine bestreiten müssen. Jedenfalls hat dies dafür gesorgt, dass das, was ich als kleines Kind schon sehen konnte, mir nicht aberzogen wurde. Im Gegenteil, meine Mutter und meine Großmutter förderten meine Gabe. Sie trainierten mich sogar, für den Fall, dass ich einmal meinen Lebensunterhalt damit bestreiten müsste, was ich jedoch nie getan habe. Es

machte mir zu viel Angst, die materiellen Menschen zu sehen und dazwischen unglaublich viele sehr transparenter wirkende Wesen. Es waren Wesen aller Arten, lichtvolle, dunkle und viele andere dazwischen. Mit der Zeit wurden diese jedoch weniger. Meine Mutter erklärte mir, dass mein Geist einen Filter vorlegte, weil zu viele Eindrücke mich sonst wahnsinnig machen würden. Ich weiß nicht, welcher Teil von mir bestimmt, was ich sehe und was nicht, aber es blieben letztlich nur die Verstorbenen übrig, die noch etwas zu erledigen haben. Man nennt das erdgebundene Seelen."

„Ist das so ähnlich wie in der amerikanischen Serie Ghost-Whisperer?"

Petra lachte, sie konnte sich wirklich nicht vorstellen, dass ein Kardinal so etwas anschaute, aber sie antwortete ernsthaft: „Ja und nein, ich kann sie sehen, aber ich kann sie nicht hören. Ich helfe also *nicht* dabei, dass sie ins Licht gehen können oder so etwas in der Art. Ich halte diese Serie für ziemlich kitschig und versimplifiziert, aber auch mutig. Ich nehme sie manchmal einfach nur wahr, aber ich unternehme, wie gesagt, normalerweise nichts, wenn ich sie wahrnehme."

„Ich verstehe. Wenn Sie hören könnten, was diese ... diese Geister sagen, würden Sie denn dann etwas unternehmen?"

„Als Kind habe ich immer versucht mit dem Einen oder Anderen zu reden, aber die wollten es nicht. Vielleicht habe ich die Versuche deshalb aufgegeben und nun kann ich es nicht mehr. Darf ich fragen, warum Sie das interessiert? Ich war der Meinung, äh, alle Angehörigen ihrer Glaubensrichtung glauben nicht an Geister."

„Das stimmt so nicht, denn schließlich ist Exorzismus eines der Bereiche, um die wir uns kümmern und daher ist das Okkulte sehr wohl interessant für uns. Allerdings ist die Art Weiterleben nach dem Tod wiederum ein schwieriges Thema, da haben Sie durchaus recht. Ich habe ein persönliches Interesse, daher habe ich Sie auch hergebeten. Wenn jemand in meiner Nähe wäre, jemand, der verstorben ist, könnten Sie das dann sehen?"

„Das weiß ich nicht. Meist kommen die Wahrnehmungen ungewollt und auch unkontrolliert."

„Aber Sie wurden doch darin geschult, haben Sie gesagt?"

„Nun, ich wurde darin geschult zu verstehen, was ich da sehe, es zu interpretieren, wenn Sie so wollen. Sehen Sie, jeder Mensch hat, wenn jemand in seiner Familie oder dem Freundeskreis verstorben ist, eine Art Energieecho von demjenigen bei sich. Darauf beruht auch die inzwischen so erfolgreiche Methode der systemischen Aufstellungen. Man überträgt dieses Echo auf einen Menschen und kann damit kommunizieren. Dadurch können vorhandene Probleme aufgedeckt und gelöst werden. Das ist jedoch nicht das, was ich sehe, denn dann würde ich wirklich verrückt werden. Diese Echos haben kein eigenes Bewusstsein, denn es sind ja ‚nur' Echos. Das, was ich sehe jedoch hat ein Bewusstsein über die eigene Identität. Den Unterschied zwischen beidem zu erkennen, hat man mich gelehrt. Ein Echo ist einfach nur da, hat aber noch die Eigenschaften des Verstorbenen und kann daher auf die Lebenden Einfluss nehmen, aber es „lebt" nicht. Es agiert nicht von sich aus. Es nimmt Einfluss auf Grund der Resonanz, die die noch Lebenden mit dem Verstorbenen haben. Es hat aber keinen eigenen Willen. Die Wesen, die ich sehe jedoch schon. Manchmal „klinken" sie sich in solch ein Echo ein und können dadurch zur Heimsuchung werden... Dann wird es richtig kompliziert. Verstehe ich Sie richtig, Sie wollen, dass ich nachsehe, ob da jemand in Ihrer Nähe ist?"

„Ja, bitte. Können Sie das jetzt gleich machen, bevor ich es mir wieder anders überlege?"

Petra nickte zögernd. Sie ließ ihren Blick unscharf werden, atmete nach der Technik, die ihre Ahninnen ihr beigebracht hatten und sah sich dann im gesamten Zimmer um.

„Wollen Sie wirklich hören, was ich gesehen habe? Ich hoffe, ich werde dann nicht exkommuniziert..."

Sie meinte das nur halb im Scherz und der Kardinal erkannte das sehr wohl. Dieser lachte wieder gütig und war überhaupt so, wie man sich einen „echten" Kirchenmann vorstellte.

„Nein, werden Sie nicht. Was Sie hier sehen und sagen, bleibt unter uns und hier im Raum, einverstanden?" Petras Blick huschte zu der Kamera in der Ecke und der Kardinal versicherte ihr daraufhin, dass diese auf seine Bitte hin für dieses Gespräch abgeschaltet worden war. Das war wohl auch in seinem Interesse.

Er bat sie also auch um Verschwiegenheit und angesichts des heiklen Themas konnte Petra das gut nachvollziehen. Was sollte sie denn bloß Miria und Peter sagen, die würden sicher fragen...?
Als hätte er ihre Gedanken gelesen, meinte der Kardinal:
„Sagen Sie Ihren Freunden, wir hätten uns über esoterische Themen unterhalten, was ja nicht falsch ist. Sie brauchen nicht zu lügen und es kann sein, dass ich Sie irgendwann bitte, den Inhalt unserer Unterhaltung preiszugeben... Also, was haben Sie gesehen?"
Petra überlegte hin und her, doch sie wollte auch hier bei der Wahrheit bleiben, auch wenn sie diese nicht verstand.
„Ich habe zwei Menschen gesehen. Sie halten sich bei der Hand, also nehme ich an, es ist ein Paar, vielleicht ein Ehepaar, aber sie sind über und über mit Blut überströmt, so als wäre ihnen etwas Schlimmes zugestoßen. Sie stehen da und sehen Sie an. Im Moment stehen Sie am Fußende Ihres Bettes."
„Hören Sie irgendetwas?"
„Nein, ich sagte doch, dass ich nichts hören kann, was von drüben kommt." Petra sagte das in einem gereizten Tonfall, doch sie bemerkte das gar nicht und der Kardinal sah keinen Anlass, ihr das bewusst zu machen und meinte:
„Danke für Ihre Hilfe. Als ich mit den Schusswunden gestern Abend blutend auf dem Boden lag, habe ich etwas gesehen: Es beugte sich jemand über mich und sagte etwas zu mir..." Der Kardinal seufzte. Seine Augen wurden traurig und blickten in weite Ferne. Er verriet Petra nicht, was die Person gesagt hatte und Petra wagte nicht zu fragen. Schließlich verabschiedete er sie und sie verließ das Zimmer. Draußen fragte sie sich, ob sie nun Peter besuchen sollte oder nicht. Da Ingo draußen stand, fragte sie, ob Miria noch bei Pete sei und als Ingo das bestätigte, bat sie diesen, Miria auszurichten, dass sie draußen auf sie warten würde. Sie hatte das deutliche Gefühl, dass sie stören würde, wenn sie jetzt in Petes Krankenzimmer hineinplatzte. Sie überprüfte kurz, ob sie eifersüchtig war, doch erstaunlicherweise war das nicht der Fall. Sie hatte im Gegenteil das Gefühl von „Richtigkeit", dass die beiden zusammenkamen, auch wenn sie das an nichts festmachen konnte. Sie mochte Miria sehr und Pete auch, aber nicht mehr als ihren Ehemann oder Part-

ner, sondern als guten Freund. Außerdem hatte sie das seltsame Gefühl, dass auch ihre Zeit als einsame Zigeunerin vorbei war. Es war, als wäre sie „zu Hause“ angekommen, einem Zuhause, das aus einer seltsamen Mischung aus Menschen bestand, die dennoch irgendwie zusammengehörten und das schon seit langer Zeit. Es fehlten jedoch noch einige aus dieser Gruppe, doch Petra war sich sicher, dass diese auch bald auftauchen würden.

*

Unterdessen schwelgte Miria in Petes Armen in Glückseligkeit. Sie brauchten keine Worte...

18.

Osama Ramadan war wieder einmal zu einem Gespräch mit dem Doc eingeladen, so nannte er Dr. Jasim Goldstein insgeheim, genau wie die anderen Mitarbeiter, die aus einigen Gräbern und den Experten bestand, die Osama noch nicht zu Gesicht bekommen hatte. Er wurde überschwänglich begrüßt:
„Hallo Mr. Ramadan. Haben Sie Lust auf einen Ausflug? Wir fahren nach Abydos. Da ich keine Aufmerksamkeit erregen will, werden sich nur wir beide und eine unauffällige Eskorte mit dem Auto dorthin begeben. Ich möchte die Reliefs, von denen Sie mir erzählt haben, ansehen, aber auch noch etwas anderes. Packen Sie also bitte Ihre Sachen. Wir starten in zwei Stunden.“
Osama war zu verdutzt, um irgendetwas zu sagen. Die Zeit, für die man ihn angeheuert hatte, war fast um und er hatte alles aufgeschrieben, was ihm zu dem Fundstück und seiner Umgebung aufgefallen und eingefallen war. Er war davon ausgegangen, dass man ihn bald entließ und hatte sich schon auf seine Familie gefreut. Er telefonierte jeden Tag mit seiner Frau. Auch wenn er nichts von seiner Arbeit erzählen durfte, war ihm der Kontakt zu ihr und seinen Kindern wichtig. Er hatte ihr angedeutet, dass er wohl bald nach Hause käme und nun musste er ihr sagen, dass das womöglich doch nicht der Fall war. Sie würde ärgerlich

sein und wenn sie erfuhr, dass er die ganze Zeit nur einige Kilometer von ihr entfernt gewesen war, dann würde er vielleicht einige Zeit auf der Couch schlafen müssen...

Osama seufzte. Verheiratet zu sein, hatte seine Vorteile. Es zog aber auch Verpflichtungen und Nachteile mit sich. Er traute sich nicht, Dr. Goldstein zu fragen, wie lange ihr „Ausflug“ dauern würde, daher sagte er bei seinem nächsten Anruf nichts davon, dass er noch weiter weg sein würde. Er hatte seine Familie seit fast drei Monaten nicht sehen dürfen, obwohl Heliopolis eben gar nicht weit von Kairo entfernt war und sogar ein neuer Stadtteil so hieß. Und nun musste er bis zum Oberlauf des Nils...

Sie waren tagelang mit zwei alten Jeeps unterwegs, die keine Aufmerksamkeit erregten und da keiner der Mitreisenden irgendwie ausländisch aussah, waren sie tatsächlich unauffällig. Osama konnte sich noch daran erinnern, wie schwierig es vor Jahrzehnten gewesen war, alle Straßensperren zu passieren, wie aufgelockert dies dann in den Jahren vor der Revolution gehandhabt wurde. Es war so schön gewesen, nicht überall Militärs zu sehen und dauernd seine Papiere vorzeigen zu müssen. Doch nun war Ägypten wieder in diesen Zustand zurückgefallen und er war froh, dass ihre Gruppe anscheinend alle Genehmigungen hatte, denn sie mussten diese zwar immer zeigen, wurden aber nie näher kontrolliert. Sein Land hatte riesige Schritte rückwärts gemacht und immer wenn er daran dachte, wurde er traurig und wütend zugleich. Die islamischen Fundamentalisten sorgten dafür, dass die Freiheit, die man sich mühsam erkämpft hatte, nun wieder in Frage gestellt, bzw. kaum noch zu sehen war. Wie konnte man seinem Land nur hier heraus helfen? Wie konnte man Fanatismus bekämpfen? Wieder einmal war er ratlos und auch hoffnungslos.
„Sie sind so still, Osama. Geht es Ihnen nicht gut?“ Dr. Goldstein war ehrlich besorgt. Zwischen den beiden so unterschiedlichen Männern bahnte sich eine Freundschaft an, von der Osama jedoch nicht wusste, ob er ihr trauen konnte. Sein Gefühl mochte Jasim, doch seine Vernunft sagte ihm, dass er zwar wie ein Einheimischer aussah, aber keiner war. Noch überwog sein Misstrauen, auch wenn er inzwischen wusste, wa-

rum man ausgerechnet diesen Mann zu den Ausgrabungen hinzugezogen hatte. Seine unorthodoxe Denkweise würde den offiziellen Archäologen gar nicht gefallen, soviel erkannte Osama. Was sie da in Heliopolis ausgegraben hatten, würde alles über den Haufen werfen, was man je über Ägypten, ja die Geschichte der ganzen Welt, gedacht und geschrieben hatte. Osama konnte sich einfach nicht vorstellen, dass die Ägyptologen das zulassen würden, da sie ja die meisten Forschungen auf dem Gizeh Plateau ebenfalls untersagt und auch seine Arbeit verworfen hatten. Andererseits sollten Wissenschaftler nicht neues Wissen schaffen bzw. sammeln? Genau das war ja seine Motivation gewesen, aber Theorien, die dem Obermufti, der über das Gizeh Plateau herrschte, nicht passten, wurden regelrecht gekillt und die Verfechter mundtot gemacht. Der Mann gebärdete sich wie ein Pharao und der Vergleich ließ Osama wieder lächeln.

„Osama?“ Über seine Betrachtungen hatte Osama die Frage Jasims wieder völlig vergessen, bis dieser sich in Erinnerung rief und so antwortet er:

„Ich denke über die Zukunft und die Vergangenheit meines Landes nach. Eigentlich ist es reich: Reich an Vergangenheit, reich an Bodenschätzen, reich an Menschen, die arbeiten wollen. Es könnte sich gut mit allem versorgen, wären da nicht die Knebelverträge, durch die unsere Bodenschätze an die westlichen Nationen gehen. Und wäre nicht der religiöse Übereifer, der den Tourismus fast völlig zerstört hat, könnte es uns richtig gut gehen. Aber die vergangenen Regierungen haben den Karren so weit in den Dreck gefahren, dass niemand mehr weiß, wie man ihn hinausziehen kann und das gilt nicht nur für mein Land. Es gilt für viele afrikanische Länder.“

„Ich sehe, Sie haben sich viele Gedanken gemacht und das ehrt Sie. Vielleicht kann ja unser Fund dazu führen, dass die Kämpfe aufhören und die Welt das Augenmerk aus anderen Gründen hierher richtet.“

„Das wäre zu schön, aber ich befürchte, dass es Gruppierungen gibt, die ihr mühsam erworbenes Weltbild nicht zerstört haben wollen. Dann könnte es noch schlimmere Kämpfe geben als bisher.“

„Ich verstehe. Sie könnten recht haben. Im Moment weiß ich auch noch nicht, wie wir das Ganze handhaben sollen. Die ganze Welt müsste davon erfahren, aber ich befürchte, hier steckt ein so großes Geheimnis dahinter, dass wir eine weltweite Panik auslösen könnten, wenn die Öffentlichkeit davon wüsste. Ich habe jedenfalls mit meinen Brüdern gesprochen. Sie stellen uns weitere Mittel zur Verfügung, sodass wir weitermachen können. Sie möchten dieses Rätsel ebenfalls aufgeklärt haben. Wir sind gleich da. Aber ich würde gerne einmal mit Ihnen über Ihre Doktorarbeit und die Thesen darin sprechen, die so viel Staub aufgewirbelt haben. Wir hatten bisher noch keine Gelegenheit dazu, denn es war diese Arbeit, die mich sehr beeindruckt hat und die mir sagte, dass Sie der richtige Mann für uns hier wären."

„Was genau wollen Sie wissen? Ich habe da so einiges Kontroverses geäußert."
Jasim lachte und meinte:
„Das stimmt wohl. Sie stellen z.B. fest, dass, obwohl die Bibel sonst so reich an Details ist, in ihr nicht einmal der Name eines einzigen Pharaos genannt wird und so sich nicht wirklich feststellen lässt, gegen welchen Pharao Moses kämpfte und dass die Hebräer wohl insgesamt nicht gut auf die Ägypter zu sprechen waren und deshalb die Namen absichtlich weggelassen wurden. Als Jude faszinierte mich Ihre Schlussfolgerung, dass Tutmosis III mit dem biblischen David, dem sagenhaften König der Juden, gleichzusetzen wäre und Amenhotep III mit seinem Sohn Salomon. Außerdem ist in Ihren Augen Echnaton, oder in Ihrer Schreibweise Akhenaten, also Echnaton, gleichzusetzen mit Moses. Diese Überlegungen sind schlicht ungeheuerlich. Können Sie mir darlegen, wie Sie darauf gekommen sind?"
Osama antwortete:
„Es gab einige Gelehrte, die wohl die gleichen Antworten fanden wie ich, doch die erschreckten sie wohl so sehr, dass sie sie nicht direkt veröffentlichten. Als Moslem ging ich ohne die Maximen des westlichen religiösen Denkens da heran und daher kam ich auch zu überraschenden Schlüssen. Umgekehrt würden wohl Nichtmoslems auch durch das Studium des Korans vielleicht auf Dinge stoßen, die ein Moslem einfach ablehnen muss, wenn er nicht sein ganzes Glaubensgebilde einstürzen sehen will. Der Grat, auf dem ich mich hier bewegte, war nur schmal und

ich bin abgestürzt, wie man sieht. Ich nahm das Risiko auf mich und habe meinen Preis bezahlt.

Jedenfalls ist die Bibel aus meiner Sicht eine Mischung von historischen Ereignissen, zweckgebundenen Geschichten und netten Fabeln, die unter dem Einfluss von damaligen religiösen Streitigkeiten zusammengestellt wurde. Wie soll man nun historische Fakten von Fantasie abgrenzen? Das geht nur, wenn man die Überlieferungen anderer Völker hinzuzieht und die verschiedenen Seiten vergleicht und versucht sie in Einklang zu bringen. Dazu habe ich die Ägyptologie hergenommen, weil das mein Fachgebiet ist. Problematisch ist dabei noch, dass die Bibel nicht einen einzigen Autor hat und über Jahrhunderte gewachsen ist. Vieles beruht auf dem Glauben, der damals herrschte und den heute kaum noch jemand ernst nehmen kann, wenn man die inzwischen gewonnenen Erkenntnisse z.B. über die Entstehung der Welt und ihr Alter hernimmt. Da möchte ich niemanden auf den Schlips treten, denn ich weiß, dass es in der christlichen Welt genauso Fundamentalisten gibt wie in meiner Religion. Jedenfalls wurden einige Ereignisse, die da erzählt werden, auch noch durcheinandergebracht, was kein Wunder ist, denn die Erzähler waren nicht dabei und schrieben auf, was bis dahin mündlich überliefert worden war. Außerdem wurden interessante Sachen auch geklaut - oder sagen wir vornehmer - aus dem Fundus anderer Völker entliehen. Heute weiß man ja z.B., dass die Noah-Geschichte haargenau der von Utnapischtim und dessen sumerischen Fluterlebnissen entspricht.

Wie hätten sie auch reale chronologische Abläufe liefern können? Das ist schlichtweg unmöglich, weil wir es hier mit Jahrtausenden an Geschichte zu tun haben, die auch noch der Interpretation von denen, die sie erzählten und/oder derer, die sie aufschrieben, unterlagen. Neutrale Geschichtsschreibung gibt es bis heute nicht, obwohl einige Historiker selbst wohl anderer Meinung sind. Die ersten Jahrtausende der Geschichte wurden mündlich überliefert und waren allem ausgesetzt, was das bedeutet.

Nehmen wir nur als Beispiel die ersten fünf Bücher Mose. Sie werden ihm zugeschrieben. Darin wird aber über seinen Tod berichtet, doch darüber kann er wohl kaum selbst geschrieben haben. Solche Beispiele gibt es Hunderte. Aber ich komme ins Dozieren.

Wie Sie ja wissen, kennt man im Hebräischen, wie in allen semitischen Sprachen, genauso wie auch bei den Hieroglyphen, keine geschriebenen kurzen Vokale. Bei der Bibel und bei den Hieroglyphen passierte dasselbe: Einzelne Personen oder auch Gruppen legten irgendwann fest, welche Vokale man zwischen die Konsonanten setzt, also wie man welche Worte heute ausspricht. Wenn wir jemanden kennenlernen würden, der aus der Zeit von Jesus stammt und dieser würde solche alten Texte heute hören, er würde wahrscheinlich nicht viel verstehen und uns vielleicht sogar auslachen. Die Bibel existierte in Hebräisch, aber lange Zeit galt die griechische Übersetzung als maßgeblich. Eine Übersetzung ist aber immer eine Interpretation des Übersetzers, weshalb es ja auch heutzutage so viele Versionen gibt. Da gibt es also unglaublich viele Fehlerquellen, bzw. Quellen, Dinge falsch zu verstehen.
Außerdem werden einige Begriffe in einer Art und Weise verwendet, wie sie heute nicht mehr üblich und zum Teil kaum noch nachvollzogen werden können. Wenn im alten Ägypten eine Ehefrau eine höhere Stellung haben wollte, musste sie von ihrem Mann als Schwester adoptiert werden. So werden manche Passagen verständlich, die sonst für Verwirrung sorgen.
Überall da, wo in der Bibel in den modernen Übersetzungen ‚Gott' oder ‚der Herr' steht, wurde nicht immer der gleiche Ausdruck gebraucht, unter anderem solche, die sich eindeutig auf einen hoch gestellten Menschen beziehen und nicht auf eine Gottheit.
Nehmen wir Abraham und Sarah, die zunächst Abram und Sarai hießen. Sie gingen nach Ägypten. Meist wird angenommen, dass es wegen einer Hungersnot war, doch dafür hätten sie nicht bis zur Residenz des Pharao reisen müssen. Hier muss eine Absicht verfolgt worden sein. Liest man die Bibel, so wollte der Pharao die schöne Sarai zur Frau und nahm sie auch. Er wusste aber nicht, dass sie Abrams Frau war, weil er sie als Schwester bezeichnete. Als der Pharao das herausfand, schickte er sie wieder fort. Die beiden kehrten nach Kanaan zurück und dort wird Abram vom Herrn der neue Name verliehen und angekündigt, dass er

zum Vater künftiger Könige werden würde. Woher kommt jedoch dieser Anspruch, denn es gab bis dato keine hebräischen Könige? Das ergibt nur Sinn, wenn Sarai, die nun Sarah hieß, vom Pharao schwanger war, also den königlichen Samen empfangen hatte, zumal zuvor davon berichtet wurde, dass sie in der Ehe mit Abraham unfruchtbar war. Sie bekommt Isaak, der seinem Vater gar nicht ähnlich sieht, wie man im Talmud nachlesen kann, der deshalb sogar Spott aushalten muss. Und es ist genau dieser Isaak, der dann auf dem Altar geopfert werden soll. War er die Frucht eines anderen Mannes, so wären die Motive des Abraham keineswegs sehr edel, aber dafür viel verständlicher gewesen. Aber weshalb war es überhaupt so gekommen? Hat da irgendjemand einen Plan ausgeführt, um eine neue königliche Linie zu erhalten? Jedenfalls wird Abraham Land versprochen, das vom Nil bis zum Euphrat reicht. Das geht wohl nur, wenn in seiner Familie jemand ist, der einen solchen Herrschaftsanspruch stellen kann. Jedenfalls ist es doch merkwürdig, dass Isaak nicht nach Ägypten reisen durfte. Wäre da die Ähnlichkeit mit dem Pharao aufgefallen? Hätte er Ansprüche anmelden können? Jedenfalls zeugte Isaak Jakob und dieser Joseph. Der wird von seinen Brüdern in die Sklaverei nach Ägypten verkauft und landet durch irgendwelche Umstände ausgerechnet am Hof des Pharao und wird dort Wesir und seine Tochter Tiye heiratet auch noch in dessen Familie ein, in dem sie Amenhotep III ehelicht.

Die Königsfamilien aller Zeiten haben immer dafür gesorgt, dass sie hauptsächlich untereinander heirateten. Hat man Joseph, als Nachfahren eines Pharao, aus der Ehe mit Sarah erkannt, ihn deshalb aufgenommen und die Tochter eines Pharao heiraten lassen? Vielleicht konnte er seine Herkunft irgendwie beweisen? Von Salomon sagt man, er hätte einen sagenhaften Ring besessen, der sogar Dämonen bannen konnte. Ich hatte schon einmal die Idee, ob dieser Ring vielleicht Informationen enthalten haben und mit dem ‚Buch Adam' identisch sein könnte und dass Joseph daher sein Wissen hatte. Außerdem soll Salomon nämlich der Verfasser der hebräischen Bücher der Weisheit und der Poesie sein. Schon John Bright schrieb dazu: ‚Diese Bücher der Sprichwörter ... wurden auf der Grundlage der ägyptischen Prinzipien von Amenemope (Amenhotep III) verfasst ... was allgemein bekannt ist.' Also auch er zieht Parallelen zwischen beiden.

Salomon hat also wohl eher auf den Wissensschatz der Pharaonen zurückgegriffen, was jedenfalls wieder auf seine eigentliche Abstammung deutet. Denn Wissen wurde schon immer gehütete, weil es Macht bedeutet, was meine verrückte Idee mit dem Ring vielleicht wieder zunichte macht. Wir wissen jedenfalls heute, dass Kristalle viele Informationen speichern können, und ich dachte, dass dies der Ring von Salomon vielleicht auch konnte. Allerdings kann ich mir auch nicht erklären, woher dieser gekommen sein sollte. In der Bibel steht, er hätte ihn von einem Engel erhalten. Vielleicht gab es jedoch zumindest einen Siegelring, der erst durch Salomon Berühmtheit erhielt, aber schon von Joseph getragen wurde. Von ihm wird in der Bibel ja berichtet, dass er die Träume des Pharaos zufriedenstellend deuten konnte und wie weise und wissend er war. Salomon wird ja auch eine große Weisheit bescheinigt. Woher bezog er die? Jedenfalls weiß man, dass Salomon ‚Sicherheit', ‚Frieden' heißt und kein Name, sondern eine Art Titel war, den man ihm gab, weil er keine Kriege führte. Diese Beinamen brauchten die Leute auch, denn die Sitte mit Vor- und Nachnamen ist eine moderne Errungenschaft.

Jedenfalls weise ich in meiner Arbeit nach, dass Tutmosis III, den man eigentlich Twthmosis schreibt, der Pharao war, dem Abraham und Sarah begegneten. Wir haben also eine doppelte Vermischung von hebräischem Blut mit dem ägyptischen Königshaus, einmal über Sarah, dann über Tiye (die Tochter des hebräisch-ägyptischen Joseph), da die Reihenfolge Sarah, Isaak, Jakob, Joseph, Tiye, Akhenaton (Echnaton), der der Vater von Twtankhamun (Tutanchamun) ist, lautet.
Ihre Frage lautete nun, wie ich auf Amenthotep III als Salomon und Tutmosis III als David gekommen bin. Nun, die Kriegserlebnisse von David entsprechen ganz genau denen von Tutmosis (Twthomosis) III und Salomons Lebensgeschichte, zu der eben auch gehörte, dass er keine Kriege führte und sehr weise war, entspricht der von Amenthotep III. Wenn man nun das ‚Twt' in die entsprechenden hebräischen Buchstaben übernimmt, dann wird daraus Dwd, was Dawood ausgesprochen

wird und das ist die hebräische Form von David. Die Schlachten des Twthomosis III werden bekanntlich auf den Wänden des Karnak-Tempels geschildert und sie stimmen bis auf ein paar Kleinigkeiten mit den Taten Davids aus der Bibel genau überein. Die Zeit, die für Davids Regentschaft angesetzt wird, ist eine, in der es gar keine hebräischen Oberhäupter gab, da es 12 Stämme waren, die sich selbst regierten und ein gemeinsames spirituelles Zentrum nutzten. Sie hatten vor David keinen gemeinsamen König. Israel wurde zu dieser Zeit jedoch nicht durch Krieg mit Ägypten erobert, wie ich belegen kann.

Woher kam also der ägyptische Herrschaftsanspruch über dieses Land? Der königliche Samen kam mit Sarah nach Kanaan und Isaak durfte nicht nach Ägypten, musste sich also vor Ort etablieren und heiratete eine Einheimische. Er sollte wohl die dortige Thronfolge nicht durcheinander bringen. Damit ist noch nicht genug. Twthomosis III schlief mit Sarah und zeugte wohl Isaak, auch wenn wir darauf nur indirekt schließen können.
Von David wird berichtet, dass er Bathseba, die Frau von Uria, dem Hethiter zu sich rief und mit ihr schlief, woraufhin diese schwanger wurde. Wenn man sich die Zusammensetzung des Namens Uria anschaut, so bedeutet dieser ‚Das Licht Jehovas'. Dann kann er aber kaum ein Hethiter gewesen sein. Außerdem ist „Ur" der Geburtsort von Abraham, also war Uria vielleicht ein Beiname von ihm. Das Verwirrende an den ägyptischen Königslisten ist ja auch, dass sie oft mehrere Namen hatten, genau wie ihre Städte. Bathseba, bzw. Bathsheba wiederum bedeutet ‚Tochter von Sheba' und Sarah stammte aus Sheba. Somit können Uria und Bathseba durchaus Abraham und Sarah gewesen sein. Außerdem gibt es etliche Anzeichen dafür, dass David und Abraham Zeitgenossen waren, was uns in die Zeit um 1400 v.Chr. bringt.
Es gibt vieles Ägyptisches, was über David und Salomon erzählt wird und das ergibt nur Sinn, wenn sie Ägypter oder wenigstens hebräisch/ägyptischer Abstammung waren. David wird zum König gesalbt – eine ägyptische und nicht hebräische Sitte. Die Ägypter trugen ‚Throne' für ihren Gott durch die Gegend. Dies spiegelt sich in der Bundeslade. Es gibt ein Bild, das mehr sagt, als 1.000 Worte, denn es ist ägyptisch,

aber man sieht die Cherubim, die sich auf dem Deckel der Lade befunden haben sollen.

Die Ägypter hatten als Erste das Steuersystem, das dazu diente, das Herrscherhaus mit allem zu versorgen, was dieses brauchte. Auch in Zusammenhang mit David und Salomon wird in der Bibel davon erzählt. Sicher, es kann einfach kopiert sein, aber wenn man alle Puzzleteile zusammensetzt, sieht es nicht so aus.

So wie es zwischen David und Twthmosis III viele Übereinstimmungen gibt, ist es auch mit Salomon und Amenthotep III. Die Hebräer hätten aber dennoch wohl kaum einen ägyptischen Herrscher geduldet, wenn er nicht hebräisches Blut gehabt hätte. Bei den Hebräern und den Ägyptern sah man den Herrscher als Sohn einer Gottheit an. Das war aber ursprünglich eine rein ägyptische Idee. Wenn sich also jemand ‚Sohn Gottes' nannte, dann musste er aus der Pharaonenfamilie stammen. Was mich natürlich zu Jesus bringt. Das Wort MeSHeH ist hebräisch und bedeutet ‚der Gesalbte', leitet sich jedoch vom ägyptischen Wort Meseh ab. Die Salbung war nicht nur bei einer Krönung, sondern auch bei der Einbalsamierung von Toten üblich und trug mit dazu bei, dass der Körper erhalten wurde und hat mit dem Glauben an Unsterblichkeit zu tun. Die Salbung von Jesus ist ein Zeichen für dessen Königswürde und der Titel ‚Sohn Gottes' ebenfalls. Damit will ich nicht sagen, dass Gott nicht wirklich durch ihn gewirkt hat. Ich persönlich glaube, dass seine Genetik ihn befähigte zu tun, was er tun konnte. Was da in den Genen gesteckt haben könnte, weiß ich jedoch nicht.
Zurück zu Salomon: Sein Thron wird so beschrieben, wie wir heute den Thron von Tutanchamun aus dessen Grab kennen. Salomon heiratete viele ausländische Frauen, was für Amenthotep III ebenfalls gilt. Amenthotep III heiratete als Erstes seine jüngere Schwester, um Anspruch auf den Thron zu haben. Salomon ‚verschwägerte' sich mit dem Pharao, was stimmt, denn wenn man seine eigene Schwester heiratet, wird der eigene Vater zum Schwiegervater. Die erste Frau von Amenthotep III und die von Salomon waren jeweils vom eigenen Volk, aber die späteren alle Ausländerinnen. Bei beiden gab es Unruhen und ihre Reiche waren nach ihren Regierungszeiten kleiner. Und so könnte ich mit den

Ähnlichkeiten noch stundenlang weitermachen, denn ich habe weiter nachgeforscht und noch mehr Übereinstimmungen gefunden. Beide waren nämlich große Baumeister. Ich würde zu gerne in Theben weitere Ausgrabungen durchführen, denn dort hat man ja Überreste eines Tempels gefunden, die den Beschreibungen von Salomons Tempel entsprechen. Sicher lässt sich noch mehr dort finden, das zu Salomon passt.

Wenn Twthmosis III und David und Amenhotep III und Salomon jeweils ein und dieselbe Person sind, stellt dies schon das Geschichtsbild auf den Kopf, denn das wirft einiges über den Haufen, was wir vom Ein-Gott-Glauben wissen. Von Salomon wird gesagt, dass er auch an die Götter seiner vielen Frauen glaubte, aber David ganz „dem Herrn" zugeneigt war. Echnaton, oder vielmehr Akhenaton, lebte aber nach ihnen, aber vielleicht hatte er seine Idee ja schon von David. Laut Bibel lebten David und Salomon in den Jahren nach dem Exodus. Stimmt aber meine These, dann müssen sie davor gelebt haben. Akhenaton verehrte ‚Aten' oder auch ‚Aton', einer der Neteru, der ägyptischen Götter, ganz besonders, was dazu führte, dass er als einer der ersten Monotheisten angesehen wird. Er regierte 18 Jahre lang und ließ den Gottesnamen ‚Amon' aus den Tempelinschriften entfernen. Nach seiner Zeit wurde Amon sofort wieder verehrt und Akhenaton als Verbrecher, Rebell und auch ‚Mos' genannt, was ‚der rechtmäßige Erbe' bedeutet. Sein Versuch, das Volk von einem Tag auf den anderen zwangsweise von der Vielgötterei zum Monotheismus zu bringen, misslang und war auch töricht, denn dabei würde sich in jedem Volk Widerstand regen. Schon Freud dachte, Moses sei Ägypter gewesen und ein Anhänger von Akhenaton, doch ich glaube, dass die beiden identisch sind, was der Name ‚Mos' schon andeutet, denn Moses ist kein hebräischer Name, sondern rein ägyptisch, wie wir an Twthmosis ja auch sehen und Freud ebenfalls herausfand. Freud sah dann auch beide als eine Person an, weil er die offenkundigen Übereinstimmungen herausarbeitete. Das hat ja schon zu vielen Diskussionen geführt, doch im Zusammenhang mit meiner Arbeit bekommen die Erkenntnisse von Freud eine neue Bedeutung.

Der erste Sohn von Tiye verschwand, denn er hatte gemischtes Blut und wäre als Anwärter auf den Thron der erste ägyptisch-hebräische Herrscher gewesen. Die gleiche Gefahr lauerte auf Akhenaton, der zu diesem Zeitpunkt noch Amenthotep IV hieß. Daher wurde er nach der Geburt auf dem Wasserweg zu israelischen Verwandten geschickt, erhielt also eine Art hebräische Ersatzmutter. Im Talmud steht geschrieben, und da muss ich ihnen ja nichts erzählen, dass ausschließlich Moses sterben sollte und nicht alle hebräischen Kinder und angesichts seiner Geschichte ist dies nicht verwunderlich.

Joseph holte ja seine gesamte Familie von ca. 70 Personen an den Hof des Pharaos, sodass dort nun eine hebräische Volksgruppe lebte. Diese war es, die später den Exodus vornahm. Die ägyptischen Überlieferungen sind in vielen Dingen extrem genau, aber nirgendwo wird der Auszug von 600.000 Personen bestätigt, wie in der Bibel behauptet wird. Man hat auch keinerlei archäologische Funde ihrer 40-jährigen Wanderung gefunden. Es können einfach nicht so viele Leute gewesen sein. (Außerdem haben sie wohl den ägyptischen Gottesthron, der als die Bundeslade bekannt wurde, gestohlen und wurden eher deshalb verfolgt und nicht aus anderen Gründen.) Jedenfalls gab es eine hebräische Gemeinschaft, Moses war also sowohl Thronfolger auf dem ägyptischen Thron als auch Hebräer und nicht ausschließlich Hebräer, wie es in der Bibel steht. Der Streit, bei dem Salomon als Schlichter aufgetreten sein soll, wäre für einen Herrscher viel zu banal, um ihm vorgetragen zu werden, ginge es jedoch um eine Sache aus dem eigenen Hause, wäre das etwas anderes. In der Bibel wird ja von der ägyptischen Prinzessin, die Moses adoptiert, erzählt und von der eigentlich Mutter, der Hebräerin. Eine unverheiratete Prinzessin hätte nie ein Kind adoptieren können. Hier gibt es also Widersprüche zuhauf.
Und wieder könnte ich noch Stunden so weiter machen. Von den Ähnlichkeiten der beiden Gottheiten in Art und Namen, wie das ägyptische ‚Aden', bzw. ‚Aton' bis zum hebräischen Adonai angefangen, bis hin zu den Priestern. Die beiden obersten Priester unter Akhenaton waren Meryre und Panehesy und von Moses Merari und Pinehas. Im Grab von Akhenaton gab es keine Leiche. Da er als Moses mit seinen Anhängern floh, ist das völlig logisch. Auch das Grab seiner Frau Nefertiti ist leer.

Beider Sohn war Tutanchamun, oder besser Twtankhamen und der hat mir letztlich das Genick gebrochen."

Goldstein lachte mitfühlend, denn er kannte Osamas Geschichte und meinte:
„Ich kenne das sehr gut. Wenn man eine zündende Idee hat, die eine tolle Theorie ergibt, kann man sich leicht hineinsteigern."
Osama seufzte.

„Das stimmt wohl, aber da es im Talmud heißt, ein Priester namens Pinehas habe Jesus umgebracht, lag der Gedanke nahe, dass es nur der gleiche Priester sein kann, der in Zusammenhang mit Moses erwähnt wird, zumal erwähnt wird, dass Jesus Moses begegnete, und da Twtankhamen der Sohn von Moses, alias Akhenaton war, zog ich den Schluss, dass dieser Jesus gewesen sein müsse. Und es deuteten ja noch mehr Indizien darauf, die man, wie man mir unter die Nase rieb, jedoch auch anders deuten kann. Eines der Indizien ist der gewaltsame Tod von Twtankhamen und dass man Jesus in den Evangelien zigmal als König bezeichnete. Was ich außer Acht ließ war, dass man von Twtankhamen kein Predigerleben kennt und er dann ja 1.350 Jahre früher, also vor 3.350, gelebt haben müsse, die christliche Religion jedoch nachweislich vor ca. 2.000 Jahren ihren Anfang nahm und danach weite Verbreitung fand. Dennoch muss Jesus irgendwie in Zusammenhang mit den Pharaonen stehen, denn die damaligen Menschen erkannten in ihm einen künftigen Herrscher, wenn ich auch nicht weiß, woran man das hätte erkennen können, es sei denn er hatte eindeutige körperliche Merkmale, die ihn sofort als Nachfahre von Moses kennzeichneten. Davon wird jedoch nichts berichtet. Die damaligen Juden hätten jedoch nie einen Ägypter als Herrscher anerkannt, wenn er nicht der Linie Davids entsprungen wäre, die, wie ich meiner Meinung nach bewiesen habe, mit Twtmosis III identisch ist.

An diesen Dingen bissen sich meine Kritiker fest und, wie ich heute gestehen muss, zu recht. Vielleicht war da auch mein Ego im Spiel, das etwas präsentieren wollte, was mir in der Fachwelt einen Namen einbringen würde. Das ist ja auch passiert, allerdings nicht so, wie ich wollte. Daher habe ich Ihre Männer ja auch gefragt, ob sie wirklich nach mir gesucht haben."

Osama sah Goldstein fragend an und dieser lachte wieder:
„Ich habe Ihre Arbeit ja studiert und Sie genau deshalb ausgesucht, weil Sie den Mut zu unkonventionellem Denken haben und vielleicht ist es Ihnen ein kleiner Trost, dass diese ihre Abhandlung tatsächlich von vielen gelesen und noch immer heiß diskutiert wird."
Erstaunt hob Osama eine Augenbraue. Er war davon ausgegangen, dass seine Dissertation, die keine wurde, irgendwo in den Archiven verschwunden wäre. Nachdem man ihm die Professur entzogen hatte, war er zu beschäftigt gewesen, für sich und seine Familie das Überleben zu sichern, als sich darum zu kümmern, was sich in der Ägyptologie so tat.[2]

Osama lächelte und merkte, dass er begann, seinen Frieden mit all dem zu machen. Vielleicht hatte er ja durch sein Scheitern mehr erreicht, als wenn seine Ideen anerkannt worden wären. Er verstand durch seine Erklärungen für Jasim nun die Ängste und Motive seiner Kollegen und seine eigenen nun viel besser. Die Ungeheuerlichkeit seiner Behauptungen war ihm nur zum Teil bewusst gewesen, sonst wäre er vielleicht vorsichtiger zu Werke gegangen.
Goldstein lächelte ebenfalls. Er konnte sehen, dass in Osama eine Veränderung vor sich ging und freute sich darüber.

Er ließ ihn eine Weile mit seinen Betrachtungen allein, doch schließlich wandte er sich wieder an seinen Kollegen: „So wie die letzten Tage werden wir nicht in Hotels gehen, sondern unser Camp außerhalb der Sichtweite der Tempelanlage von Abydos aufschlagen. Das überlassen wir unseren Begleitern. Ich möchte mit Ihnen gleich in den Tempel. Sind Sie dazu bereit?"

---

[2] Die Ausführungen, die ich Osama in den Mund lege, kann man in „Der Betrug mit der Geschichte von Moustafa Gadella", erschienen im Ancient Mail Verlag, nachlesen.

Natürlich nickte Osama freudig, besuchte er die alten Stätten doch immer wieder gerne.

Ihre Begleittruppe bestand aus sechs Mann, zwei in ihrem Jeep und vier in dem hinteren, alles Moslems. Unterwegs hatten sie alle die vorgeschriebenen Gebete immer eingehalten. Osama war sehr erstaunt gewesen, als Jasim seinen eigenen Gebetsteppich ausrollte und das gesamte Ritual mit allen vorgeschriebenen Bewegungen korrekt mitmachte. Bei einem Gespräch unter vier Augen fragte er Dr. Goldstein, wie das komme, wo er doch Jude sei.
Goldstein schaute Osama lange an und meinte dann:
„Von Geburt her bin ich Jude, aufgewachsen in Jerusalem, doch meine Spielkameraden waren Moslems und so lernte ich von klein auf, nach beiden Methoden zu beten, weil meine Freunde ihr Spiel für das Gebet unterbrachen und so machte ich mit. Als Kind war das mehr ein Spiel für mich. Erst als Heranwachsender begriff ich, warum meine Stadt immer wieder unter Beschuss stand. Meine Eltern hatten davon genug, wanderten aus und verwirklichten den amerikanischen Traum. Ich habe nie verstanden, warum nicht jeder das glauben darf, was er möchte und so beten, wie es ihm richtig erscheint. Wir beten alle zu dem gleichen Gott, gleichgültig, wie er heißt, oder nicht?“ Goldsteins Tonfall war etwas gereizt und so antwortete Osama beschwichtigend:
„Ich sehe das doch genauso und wenn ich in meinem früheren Beruf unterwegs war, war es einfach nicht möglich, die Gebetszeiten einzuhalten und so habe ich das damals etwas laxer gehandhabt. Die Stärke meines Glaubens hängt nicht von der Häufigkeit meiner Gebete ab und auch nicht davon, wie viele Ungläubige ich töte... Aber wir müssen uns an die derzeit geltenden Regeln halten, das ist sicherer...“
Goldstein seufzte:
„Ich weiß. Ich habe eine Vision für die Zukunft. In der gehen die Moslems mit in die christliche Kirche und erfreuen sich an den Gebeten, die Christen rollen ihre Gebetsteppiche aus, wenn sie hier sind und beten mit und beide besuchen uns Juden in der Synagoge, wenn sie Lust darauf haben. Als ich begriff, dass sich die Menschen wegen der Unterschiede bekämpfen, anstatt sie zu feiern und zu genießen, traf mich

das in meinem tiefsten Seelenkern. Dies war der Wendepunkt in meinem Leben, in dem ich mich der Wissenschaft zuwandte, aber leider bekämpfen sich die Menschen hier genauso und daher vergrub ich mich immer mehr in meine Bücher. Ich wollte mit all dem nichts zu tun haben und will es noch immer nicht."

Osama beschäftigte noch lange die Vision von Goldstein der gemeinsamen Gebete der drei Hauptreligionen und bemerkte, dass er für Jasim begann, eine Loyalität zu entwickeln, die über das Verhältnis von Arbeitgeber und Arbeitnehmer weit hinausreichte.

Ihre Begleiter waren nicht militärisch gekleidet, aber ihr Gebaren sprach Bände. Der Kommandant der Truppe gab an seine Leute die Befehle für den Camp-Aufbau, bestand aber darauf, selbst die beiden Männer zu begleiten. Diese fanden sich notgedrungen damit ab und so antwortete Osama mit einem schiefen Blick auf ihren Begleiter Abdul:
„Also los! Was wollen wir uns zuerst ansehen?" Osama freute sich wirklich, seine früheren Tätigkeitsgebiete wieder aufsuchen zu dürfen, da es schon eine Weile her war und würde die Tempel nun auch mit „neuen" Augen sehen.
„Ich habe ein wenig im Internet recherchiert und es gab vor einigen Jahren einige Hieroglyphen, die wie ein Panzer, ein Helikopter und ein U-Boot aussahen. Wissen Sie davon?"
„Ja, natürlich. Sie waren in 12 Meter Höhe und daher nur durch Zoomfotos wirklich deutlich zu sehen. Es gab viel Wirbel um sie. Die einen sagten, es wären Beweise für die Anwesenheit von Außerirdischen, die anderen für Zeitreisen und wieder andere sagten, man hätte Namenskartuschen übereinander eingeritzt, sodass diese ungewöhnlichen Formen zufällig entstanden. Aber diese Glyphen sind inzwischen mutwillig zerstört worden, und so kann keine dieser Theorien mehr bewiesen werden. Es gibt nur noch Fotos, die man so oder so auslegen kann."
„Die Zerstörung deutet für mich darauf hin, dass an dieser Sache tatsächlich mehr dran sein könnte, als sich so manch einer wünscht. Ich will sie jedenfalls sehen, auch wenn sie nicht mehr in der Form existieren, wie auf den Fotos, allerdings werden wir Leitern brauchen, um nahe herankommen zu können. Können Sie mich dorthin führen?"

„Natürlich, gehen wir."

Noch immer strahlten die Monumente eine zeitlose Gewaltigkeit aus, die Osama immer wieder in Staunen versetzte und so begann er seinen üblichen Vortrag über die Erbauungsepochen, die sich gerade hier über Jahrtausende hinzogen.

Währenddessen passierten die drei Männer die Sperren. Da momentan nur noch wenige Touristen die Tempel Ägyptens besuchten, waren auch keine Händler da, die sie belästigen konnten. Darüber war Osama froh, denn er hatte sich immer für seine Landsleute geschämt, wenn er seine Gruppen vor diesen beschützen musste. Er hatte den Touristen nicht sagen dürfen, dass die Waren allesamt aus China kamen und zu Minimalpreisen gekauft würden um dann mit mehreren 100% Aufschlag an die Touristen verschachert wurden. Selbst wenn diese handelten, wurden sie noch über's Ohr gehauen. So leer hatte Osama die Tempelbauten jedenfalls noch nie gesehen und die Stille war fast unheimlich. Sie waren in der Mittagshitze angekommen und so suchten sie jeden schattigen Platz auf ihrem Weg auf und Osama erzählte, wie früher seinen Gruppen, nun diesem einzelnen Mann alles, was er über Abydos wusste. Schließlich standen sie in dem Tempel unter jenem Deckenbereich, der einst die technisch anmutenden Hieroglyphen enthalten hatte. Jasim hatte seine Fotoausrüstung dabei und zoomte die 12 Meter heran. Aber es war tatsächlich nicht mehr viel zu sehen. Um diese Hieroglyphen zerstören zu können, hatte man die 12 Meter Höhe irgendwie überwinden müssen. Wie war das möglich, mit all dem präsenten Militär? Noch immer gab es die Aufseher, denn man wollte trotz der Unruhen im Land keinesfalls riskieren, die Tempelanlagen zerstören zu lassen, denn irgendwann würde der Touristenstrom schon wieder kommen. Als Jasim nachfragte, meinte Osama säuerlich, das sei einfach nur eine Frage des Preises. Man müsste nur eine gesamte Wachmannschaft entsprechend hoch schmieren, dann könnte man hier drinnen tun, was man wolle. Spätere Untersuchungen würden dann nie etwas an den Tag bringen. Dr. Goldstein hatte zwar die erforderliche Erlaubnis, diverse Tempelanlagen zu besuchen, doch hätten sie diese nicht dabei, würde

ein hohes Bakschisch ihnen den Eintritt dennoch gewähren und es würde nie jemand davon erfahren.
„Man mag diese technischen Hieroglyphen dementieren, so viel man will, angesichts unseres Fundes gewinnen sie an neuer Bedeutung, meinen Sie nicht?"
Osama bejahte das und wagte dann endlich die Frage zu stellen, die ihn bewegte, seit er gesehen hatte, was man da ausgegraben hatte:
„Wie haben Sie das Teil denn überhaupt genau gefunden?"
Dr. Goldstein sah ihn sinnend an und meinte dann:
„Die Firma meiner Familie hat mehrere Satelliten in der Umlaufbahn und hin und wieder darf ich deren Zeit für meine Forschungen nutzen. Luftbild-Archäologie hat schon manchen überraschenden Fund ermöglicht und so entdeckte ich merkwürdige Umrisse in Heliopolis, die ich näher untersuchen wollte und das kam dabei heraus."

Osama nickte. Etwas in der Art hatte er sich gedacht. Sein ursprünglicher Verdacht, dass es sich hier um Spionage oder Angelegenheiten eines Geheimdienstes handelte, verflüchtigte sich. Er fragte sich allerdings, was geschehen würde, wenn Geheimdienste Wind davon bekämen und fragte Dr. Goldstein das auch.
„Ehrlich gesagt hoffe ich sehr, dass es nicht so schnell dazu kommt - daher auch die strenge Geheimhaltung. Alle meine Männer werden mehr als überbezahlt, sodass sie nicht in die Versuchung der Bestechung kommen. Das Gleiche gilt für unsere Eskorten. Ihr Honorar ist so hoch, dass da schon jemand mit immensen Summen kommen müsste, um Sie zu kriegen. Außerdem müsste er überhaupt erst einmal einen Verdacht haben, um einen Bestechungsversuch zu starten. Ich lasse alle Konten der Beteiligten überwachen. Aber natürlich kann ich keine 100%ige Garantie abgeben. Momentan müsste das Geheimnis sicher sein. Es könnte jedoch der Zeitpunkt kommen, an dem wir Regierungen einschalten müssen, nämlich wenn sich mein Verdacht bewahrheitet. Es ist momentan nur ein Verdacht, noch keine Theorie, aber ich bin dabei, diese auszuarbeiten, wobei ich auf Ihre weitere Hilfe hoffe. Dazu muss ich jedoch noch mehr Forschung betreiben und das kostet Zeit. Ich hoffe, wir haben diese Zeit noch..."

In Jasims Tonfall schwang mehr mit als die Besorgnis um die Geheimhaltung, doch Osama wollte nicht noch mehr hören, daher hakte er nicht nach. Er musste erst einmal das verdauen, was er nun wusste. Sein Konto wurde wohl auch überwacht. Aber da niemand an ihn herangetreten war, war er auch (noch) nicht in Versuchung geführt worden. Ihm erschien die Maßnahme der Überwachung durchaus vernünftig. Was würde geschehen, wenn man ihm Millionen für sein Wissen bot? War es so viel überhaupt wert? Das Bild des Fundes tauchte in seinem Kopf auf und er wusste: Es war Milliarden wert.

Zum Glück waren viele der Säulen eingerüstet und ein Bakschisch ermöglichte ihnen, dass sie hoch bis unter die Decke klettern konnten. Aber auch die größere Nähe ermöglichte keine neuen Erkenntnisse. Die Glyphen waren unrettbar zerstört. Etwas enttäuscht kletterten sie wieder hinunter und diskutierten darüber, wer wohl ein Interesse haben könnte, diese Kuriosität zu zerstören, kamen aber zu keinem Ergebnis.

Die beiden Männer gingen schließlich zum Osireion und da nun keine Touristen mehr anwesend waren, scherte es auch niemanden, dass sie die Absperrung überwanden und die Holztreppe nach unten gingen. Von dort konnte man die Blume des Lebens am Besten sehen. Früher hatte Osama hier umherlaufen können, doch nun stand hier Grundwasser.
Osama zog nun einige Blätter aus der Tasche, die er als Überraschung für Jasim aus dem Internet ausgedruckt hatte. Auf der Seite http://-www.blume-des-lebens-werke.de/Galerie hatte er erstaunliche Kunstwerke auf der Grundlage dieser „Blume“ gefunden und weil sie ihn tief beeindruckten, hatte er sie ausgedruckt. Doch noch bevor er sie Jasim zeigen konnte, fragte ihn dieser: „Osama, wie tief ist das Wasser? Kann man da hindurchwaten?“
„Ja, es ist nur ca. 30 cm tief. Allerdings werden sie Ihre Hose hinterher nicht mehr gebrauchen können, weil das Wasser sie grün färben wird.“
„Die Hose ist mir egal, gehen wir.“ Jasim war nicht mehr zu halten und watete zu den dicken eckigen Säulen mit den Zeichnungen, Reliefs waren das nicht, das konnte er nun erkennen, da sie nahe genug heran waren. Und nun zeigte er Jasim die vergrößerten farbigen Seiten, der sichtlich beeindruckt war.

Jasim bestaunte dann auch ehrfürchtig das originale Kunstwerk, das wohl viele Jahrtausende darauf gewartet hatte, seine Botschaft zu vermitteln. Doch worin bestand sie? Es gab mehrere verschiedene Ausführungen der ursprünglichen Blume des Lebens, und so folgte Jasim seinem Impuls und seiner Sehnsucht, dieses Relief zu berühren. Er fuhr die Kante des äußeren Kreises entlang, dann die des Inneren und zog auch jede Linie, der neunzehn inneren Kreise und auch der Halbkreise nach. Wie gebannt, einem nur ihm bekannten Muster folgend, kam er schließlich bei dem zentralen, inneren Kreis an. Und in dem Moment, in dem er ihn nachgezogen hatte, durchfuhr es ihn wie ein Blitzschlag. Im wahrsten Sinne des Wortes wurde er von einer Energie getroffen, die so überraschend kam und so heftig war, dass er in sich zusammensackte und so schnell mit dem Gesicht im Wasser landete, dass Osama so erschrocken war, dass dieser, ohne nachzudenken, handelte. Er sprang sofort hinzu und bekam tatsächlich sofort ein Stück des Hemdes von Jasim zu fassen und zog ihn wieder nach oben, sodass dessen Nase über Wasser war. Doch als ihm plötzlich Maschinenpistolenkugeln um die Ohren schlugen, tauchte er sofort in das flache Wasser unter und zog Jasim mit sich. Dabei zog er sich und ihn bis zu einer der hinteren Steinsteelen und tauchte in deren Schutz und Deckung wieder auf. Jasim war ohnmächtig, aber er atmete. Das Schicksal hatte gewollt, dass in dem Moment des Angriffes die beiden Männer, denen der Angriff galt, unter Wasser gewesen waren und keine einzige Kugel sie getroffen hatte. Der Geleitschutz von Jasim und Osama war inzwischen nicht untätig gewesen, denn Abdul hatte Deckung und Schutz gesucht und hielt nun mit dem Gegenfeuer die Angreifer in Schach. Außerdem forderte er über Funk Verstärkung an. Doch das erwies sich gar nicht als nötig, da der Rest der Truppe nach dem Camp-Aufbau ohnehin ihrem Vorgesetzten gefolgt war, sodass nur wenige Minuten später die fünf Angreifer in die Zange genommen wurden und schließlich alle Fünf von etlichen Maschinenkugeln niedergestreckt dalagen. Keiner hatte sich auf Aufforderung ergeben. Durch ihren Tod hatten sie sich einem Verhör entzogen und das war wohl auch die Absicht gewesen. Aber was sollte dieser Angriff bedeuten? Während Osama das Gefecht in der Deckung der Steinsäulen und Jasim haltend, abwartete, rasten seine Gedanken. Galt

der Angriff ihm? Galt er Jasim? Galt er beiden? Galt er dem, was sie hier getan hatten? Sie hatten doch nur ein Steinrelief aus der Vorzeit besichtigt. Oder war hier mehr geschehen?
Osama wusste nicht, dass Jasim von einem Energiestrahl, ausgehend von der Blume des Lebens, getroffen worden war. In den ersten Minuten, in denen er den Körper seines Freundes auf höheres Gelände wuchtete, dachte er immer noch, dieser sei von einer der Kugeln getroffen worden. Doch er konnte kein Blut feststellen. Jasim blieb ohnmächtig. Er atmete, war am Leben, schien unverletzt, wachte aber einfach nicht auf. So blieb Osama nichts anderes übrig, als Jasim in das Camp zu schaffen und fragte sich, was er jetzt als nächstes tun sollte. Da er keine andere Idee hatte, blieb er neben Jasim am Bett sitzen und hielt dessen Hand und wartete darauf, dass der aus seinem merkwürdigen Koma wieder aufwachen würde. Doch in den nächsten Tagen tat sich nichts dergleichen.
Von den Bewachern Osamas und Jasims lebten nur noch der Kommandeur und ein Untergebener. Und so hatte dieses Gefecht neun Menschen das Leben gekostet, von dem keiner der Überlebenden wusste, warum es überhaupt stattgefunden hatte. Allerdings hatte Osama den Verdacht, dass irgendwer hatte verhindern wollen, dass Jasim das Symbol berührte. Was daran so wichtig sein sollte, dass man dafür tötete, wollte ihm jedoch einfach nicht in den Kopf. Dazu fehlten ihm ja auch noch einige Informationen, die er erst Monate später erhalten sollte.

19.

Miria und Pete lösten sich eine halbe Stunde lang nicht voneinander, doch schließlich kehrten sie wieder ein wenig in die Wirklichkeit zurück und schauten sich etwas verlegen an. Schließlich hielt es Miria nicht mehr aus:
„Tut mir leid, dass ich wegegelaufen bin, aber ich dachte du und Petra..."

„Ich weiß, ich war einfach zu verblüfft, sie zu sehen, und du und ich hatten uns noch nicht ausgesprochen. Ich wusste nicht, ob du das Gleiche für mich empfindest wie ich für dich, obwohl es so wirkte. Man täuscht sich ja auch manchmal. Ich hätte mich dir schon früher erklärt, aber irgendwie kam dauernd etwas dazwischen. Als ich dich eben sah, konnte ich einfach nicht anders. Ich habe nicht nachgedacht, sondern einfach nur gehandelt und das getan, was ich mir schon unzählige Male ausgemalt hatte und es war noch schöner, als ich es mir vorgestellt hatte."
Pete grinste von einem Ohr zum anderen. Wenn er nur halb so viele sexuelle Wellen erlebt hatte wie sie gerade, dann wusste sie, warum er so grinste. Sie grinste zurück. Da das Krankenzimmer nicht abschließbar war, hatten sie dem nicht nachgegeben, aber dafür würde bald noch Zeit sein, so hofften sie jedenfalls...
„Ich war mit so vielen Gefühlen konfrontiert, die ich erst sortieren und verarbeiten musste, dass ich nicht gleich gemerkt habe, was da in mir vorgeht, was dich betrifft. Trauer, wegen meiner Großmutter und Eltern, Isolation, da ich schon länger nicht mehr in einer Beziehung war, Wut über den Mord, Verlustgefühle wegen meines Geschäftes, Freude über die Erbschaft, eben Verwirrung wegen all der Ereignisse. Dann kam noch die Besorgnis wegen deiner Verletzung hinzu. Jedenfalls, als ich euch beide gesehen habe, hat es irgendwie einen Kurzschluss in meinem Gehirn gegeben. Ich konnte das richtig spüren, weil ich auf der ganzen Heimfahrt auch Kopfschmerzen hatte.
Wenn man euch beide sieht, merkt man, dass ihr euch vertraut seid, dass ihr euch gut kennt und mögt, so als ob ihr euch aufeinander verlasst. Eifersucht ist die Angst, jemanden zu verlieren, aber das fühlte ich nicht. Mir wurde mein stärker werdendes Gefühl zu dir bewusst und es war einfach ein Gefühl zu viel. Daher bin ich davon gelaufen. Ich dachte, ich komme daheim zur Ruhe. Zu Hause habe ich aber auch nur wieder Chaos vorgefunden. Mein Haus und meine Wohnung wurden durchwühlt und zumindest das Haus fast ebenfalls in Brand gesteckt."
„Was?" Pete war wirklich entsetzt, weil er davon noch gar nichts wusste und fasste insgeheim den Entschluss, Miria nirgendwo mehr alleine hinzulassen, bis diese ganze Angelegenheit vorbei sein würde. Auf was er

sich da wirklich einließ, ahnte er zu diesem Zeitpunkt nicht einmal, aber selbst wenn, er hätte es wieder getan...

„Ich werde mir die Polizeiberichte besorgen und sehen, wie weit man mit den Ermittlungen ist..."

„Pete, das ist mir im Moment nicht wichtig. Zu Hause ist dort, wo man sich wohl fühlt und das ist bei dir. Ist dir das recht?" Pete sah sie liebevoll an. Ja, es war ihm recht und er zeigte es ihr mit einem weiteren langen und intensiven Kuss. Wieder schwappten die sexuellen Wellen ebenfalls durch ihre Körper und trugen sie. Pete begann Miria zu streicheln, doch die wehrte lachend ab: „Also wenn hier jederzeit jemand hereinplatzen kann, möchte ich das wirklich nicht. Andere mögen einen solchen Kick vielleicht, aber ich habe da Hemmungen. Es kann sein, dass du hier ein wenig Geduld mit mir haben musst..."

„Oh, das bekommen wir schon hin, mein Herz. Sex ist sehr schön, aber nicht alles auf der Welt. Die Gefühle, die insgesamt eine gute Beziehung ausmachen, sind das Wichtige. Lass uns zu den Anderen gehen. Wir müssen alle Neuigkeiten austauschen."

Anton wartete draußen und an dem Strahlen der beiden wusste er sofort, woher der Wind wehte. Er kannte seine Enkelin noch nicht wieder sehr gut, aber er freute sich für die beiden und hoffte nur, dass das Ganze auch ein Happy-End haben würde. Vor dem Krankenhaus trafen sie auf Petra und Mario. Sie setzten sich zusammen in ein Café in der Nähe und genossen den aufkommenden Frühling. Miria berichtete von den Vorkommnissen ihrer Reise und alle waren erstaunt darüber, dass sie eine Schwester wiedergefunden hatte und dass Pater Pio sich als ihr Bruder herausgestellt hatte. Anton wusste, er würde dazu einiges sagen müssen, doch zunächst berichteten Pete und Mario von ihren nächtlichen Erlebnissen. Der Attentäter war tot und nichts ließ darauf schließen, wer er war oder warum er geschossen hatte. Er hatte keinerlei Ausweise bei sich, und im Gegensatz zu den neuesten amerikanischen Krimiserien wie Navy CIS dauerte es nicht nur Minuten, jemanden per Gesichtserkennung zu identifizieren. Hier gab es also nichts Neues. Kardinal Clemont hatte zwei Kugeln in die Brust abbekommen. Diese hatten die Lunge perforiert, das Herz jedoch verfehlt. Ein weiterer Kar-

dinal hatte eine Fleischwunde im Arm, ähnlich wie Pete, doch war der Knochen mehr verletzt worden, weshalb eine komplizierte Operation nötig war, die derzeit gerade durchgeführt wurde. Ob er den Arm je wieder voll bewegen konnte, stand noch nicht fest. Zwei Padres hatten ebenfalls Kugeln abbekommen, waren jedoch nur leicht verletzt, weil es sich um Streifschüsse handelte. Wenn der Schütze nicht von Pete und Mario ins Kreuzfeuer genommen worden wäre, wäre das alles viel schlimmer ausgegangen. Alle Beteiligten (mit Ausnahme des Schützen natürlich) hatten großes Glück gehabt. Mario war nun offiziell wieder im Dienst und von der Akten-Sortiererei befreit. Sein Vorgesetzter hatte erkennen müssen, dass der junge Mann nicht nur sehr fähig war, sondern auch über das Quäntchen Glück verfügte, das zu einem guten Polizisten oder gar Agenten gehörte. Auch Anton hatte das erkannt und Commandante Toledo gebeten, Mario auf Dauer ihnen zuzuteilen und dieser war einverstanden gewesen.
„Wo sind eigentlich Dr. Ganzinger und Frau Dr. Weiß abgeblieben?" Miria hatte ein schlechtes Gewissen, weil sie die beiden völlig vergessen hatte.
Darauf antwortete Mario: „Beide sind nach Deutschland zurück. Sie wurden zur Geheimhaltung verpflichtet und darum gebeten, sich bereit zu halten, für den Fall, dass wir sie noch einmal brauchen würden. Ganzinger wollte absolut nicht weg, aber seine Vorgesetzten haben da keinen Zweifel gelassen, wo sie ihn haben wollten."
„Mario, bitten setzten Sie sich mit ..."

„Oh, bitte," Anton unterbrach Miria: „Ich denke, dass wir noch eine ganze Weile zusammenarbeiten werden... ist es ok, wenn wir alle auf ‚Du' übergehen? Da ich der Ältere bin, nehme ich mir das Recht für diesen Vorschlag heraus."

Er sah sich in der Runde um und sah keine ablehnenden Gesichter und so wurde es beschlossen. Auch Mario protestierte nicht. Wenn das allerdings sein Vorgesetzter herausbekam, würde er sich wieder eine Standpauke anhören müssen. Distanz zu wahren, war einer der Regeln, die man ihm eingetrichtert hatte. Aber er mochte diese Leute und fühlte

sich ihnen zugehörig. Ein vertrauterer Umgang mit ihnen konnte nicht schaden, fand er. Miria nahm nun einen neuen Anlauf:
„Mario, bitte setze dich mit den Geschwistern in Verbindung und frage sie, ob sie für eine mehrmonatige Betreuung meiner Schwester und deren Freundin abkömmlich wären. Ich glaube, mit ihren Hypnosemethoden könnten sie den beiden helfen...“
Mario versprach, dies umgehend zu tun.
Dann war Petra an der Reihe, von sich zu erzählen und Miria hörte nun das erste Mal davon, dass diese gebürtige Zigeunerin war. Sie hatte bisher keinerlei Erfahrungen mit Menschen dieser ethnischen Gruppe gemacht, wusste aber sehr wohl um deren Ruf. Petra schien da gar nicht dazu zu passen. Mario hatte nicht viel zu erzählen, nur dass sein Vater bei Interpol gewesen war und auf seinen Reisen seine italienische Frau kennengelernt hatte. Er war in der Ausübung seines Berufes gestorben und hatte drei Kinder hinterlassen, von denen nur Mario in seine Fußstapfen getreten war. Sie hatten in Rom ihren Hauptwohnsitz gehabt und so hatte Mario hier auch seine Ausbildung erhalten und sich irgendwann für die Vatikanische Polizei entschieden.
Anton erzählte von sich, er sei Handelsreisender, ergänzte jedoch, dass die Eltern von Miria mit der Krankheit von Clara konfrontiert worden waren und sie schon früh in eine geschlossene Anstalt geben mussten, um die restliche Familie vor den Ausbrüchen zu schützen. Daher war es nicht verwunderlich, dass sich Miria nicht einmal an sie erinnert hatte. Warum er Pater Pio den Tod der Schwester eingeredet hatte, verriet er jedoch nicht, doch Miria dachte sich angesichts der Todesart ihrer Eltern, dass es wohl einfach zu aller Schutz gewesen war. Als sie Anton irgendwann darauf ansprach, bestätigte er ihr das. Sie blieben dabei, ihn mit Ingo anzusprechen. Mario und Petra erfuhren nicht, dass sie es mit einem ehemaligen Agenten unter einem Decknamen zu tun hatten.

*

Pater Pio war in der Zwischenzeit mit seinen Übersetzungen gut vorangekommen, genauso wie sein afrikanischer Freund. Beide hatten unter anderem Aramäisch studiert, jeder jedoch dann noch andere alte Sprachen. Sie verglichen ihre Übersetzungen und sie waren nahezu identisch. Dann holten sie die Übersetzungen von Schwester Marie-Rosalie hervor und stellten auch hier weitgehende Übereinstimmungen fest. Übersetzungen sind immer Interpretationen, da manche Bedeutungen von Wörtern sich oft nur aus dem Kontext der Sätze erschließen lassen. Ganz besonders schwer war dies bei Sprachen, die nicht mehr gesprochen wurden. Wenn man die Aussprache nicht kennt, können große Missverständnisse entstehen, weil die Betonung einem Wort sogar die gegenteilige Bedeutung geben kann. Im Falle des Aramäischen gab es sehr wohl noch eine kleine Population von Menschen, die diese Sprache kannten. Aber schon Altgriechisch oder Althochdeutsch waren von den heutigen Idiomen so weit entfernt, dass es bei Übersetzungen von verschiedenen Menschen oft große Unterschiede geben konnte.

Da aber die drei Übersetzungen gut zusammenpassten, konnten sie davon ausgehen, dass soweit alles stimmte. Nun galt es, nach und nach die Zeremonien durchzuführen, um beim Einzelnen festzustellen, was sie bewirkten. Je mehr Leute das machen würden, umso besser war es, aber das war nichts, was er den Nonnen des Konvents zumuten würde. Als Pio daher mit Miria telefonierte und hörte, dass sie Verstärkung in Form von Dr. Ganzinger und Dr. Weiß bekommen würden, setzten sie sich sofort mit diesen in Verbindung, um festzustellen, ob die beiden Psychologen damit einverstanden waren, den Kampf gegen ihre eigenen Schatten aufzunehmen. Denn das war es, was dieser Teil der Salomon Siegel versprach, wie Schwester Marie-Rosalie anhand ihrer Forschungen festgestellt hatte.
Die beiden Psychologen konnten sich nicht vorstellen, dass die Zeremonien aus der fernen Vergangenheit solch eine Wirkung haben konnten, aber da die Kirche ja Exorzismus betrieb - was ja auch nichts anderes war, als die Behandlung von besessenen Menschen mit Hilfe von Zeremonien, erklärten sie sich einverstanden mitzumachen, sobald sie eingetroffen waren. Der Tag der Überstellung von Clara und Sisa war für eine Woche später festgesetzt worden. Allerdings hatte Dr. Fellow noch nicht festgelegt, wie man Sisa dorthin bringen konnte, ohne sie ihrem Techniktrauma auszusetzen. Das fing schon bei einer einfachen Spritze

an, die ihr Todesängste einjagten. Also konnte man sie so nicht betäuben, zumal man ihr nicht verständlich machen konnte, was eine Betäubung war. Verband man ihr die Augen, würden sie die Geräusche ängstigen. Man könnte sie mit Psychopharmaka vollpumpen, aber wenn die Wirkung nachließ, würde sie sich dennoch an ihren Transport erinnern und die Ängste würden sie einholen. Ein Neutralisator wie in ‚Men in Black' wäre ganz nett, dachte sich Dr. Follow, als er nach einer Lösung suchte, die Sisa helfen konnte, nicht traumatisiert zu werden. Er entschied sich für ein Schlafmittel. Das Problem, dass man ihr nicht verständlich machen konnte, dass sie an einem anderen Ort aufwachen würde, bestand immer noch, denn der wenige Sprachunterricht, den ihr Clara bisher gegeben hatte, reichte dafür noch nicht aus. Aber der Einbruch in seine Patientenakten, bei denen genau die Akten von Clara und Sisa gehackt worden waren, ließ ihn alles beschleunigen. Er hatte Pater Pio und Miria davon noch nichts gesagt, wollte dies aber nun rasch nachholen.
Er hatte es nur durch Zufall entdeckt. Er war noch einmal ins Büro zurückgegangen, weil der sintflutartige Regen draußen ihn dazu zwang, seinen Schirm zu holen. Er nahm ihn vom Haken und streifte dabei flüchtig mit den Augen den Bildschirm eines Computers. Dieser war in Betrieb, obwohl er ihn Minuten zuvor ausgeschaltet hatte. Der Cursor bewegte sich gespenstisch wie von alleine und kopierte die Dateien der beiden Frauen. Danach fuhr der Computer von selbst wieder herunter. Wäre er nicht zufällig dagewesen, hätte niemand etwas von der Kopie bemerkt. Das hatte ihn dazu veranlasst, am nächsten Tag Pater Pio anzurufen und ihm zu sagen, dass die beiden Frauen noch am gleichen Tag zu ihm gebracht würden. Er vermied es jedoch am Telefon zu erwähnen, wo das war. Er fragte den Pater, ob alles bereit sei und dieser bejahte und sah keine Hindernisse. Sisa würde bei der Überführung schlafen. Dr. Follow vermerkte in der elektronischen Datei die Verlegung der Frauen in eine andere geschlossene Anstalt, weil dort angeblich mit neuen Medikamenten experimentiert würde. Bis jemand bemerken würde, dass das nicht stimmte, waren die beiden Frauen hoffentlich in Sicherheit. Dr. Follow konnte sich um nichts in der Welt vorstellen, was an den beiden Frauen mit sehr unterschiedlichen psychischen Problemen

für Außenstehende so interessant sein sollte, aber er wollte kein Risiko eingehen. Er schrieb außerdem einen Brief an den Pater, den er dem Fahrer des Fahrzeuges mitgab, in dem er den Grund für seine schnellen Maßnahmen nannte. Er warnte den Pater davor, dass die Frauen in Gefahr sein könnten, auch wenn er nicht wusste warum.

Pater Pio nahm seine Schwester, die meist immer noch geistesabwesend wirkte und Sisa in Empfang. Allerdings fingen die Anfälle wieder an, und auch die Gegenwart von Sisa konnten diese nicht bändigen. Und dazwischen war sie irgendwo... Pio blieb zunächst nichts anderes übrig, als den Betreuern der beiden Frauen die Medikation von Clara zu erläutern und diese darauf wieder einzustellen, was zwar für Ruhe sorgte, aber Clara keinen Schritt in Richtung Heilung weiterbrachte. Dafür gab es bei Sisa einen Durchbruch. Wie Pater Pio vermutete hatte, konnte Mok die Sprache identifizieren, in der diese sprach: Es war koptisch, aber extrem altertümlich und obwohl Sisa immer wieder das Lachen anfing, wenn sie den Akzent von Mok hörte, war er der erste Mensch, mit dem sie sich unterhalten konnte. Die Geschichte, die sie allerdings von ihrer Herkunft erzählte, war so unglaubwürdig, dass man sie allein schon deshalb sicher wieder eingesperrt hätte. Beide Padres konnten sie nicht glauben, ließen sich das Sisa gegenüber jedoch nicht anmerken. Sie war zunächst völlig verwirrt über ihre neue Umgebung gewesen, da jedoch Clara bei ihr war, ließen ihre Ängste schnell nach, zumal sie in dem Kloster mehr Freiheit hatte, als sie je in den letzten 11 Jahren gehabt hatte. In dem Trakt, den sie mit Clara, den beiden Padres und den drei Nonnen, die sie betreuten, bewohnten, gab es außer dem Strom für das Licht, keinerlei Technik, weil nie Geld genug vorhanden gewesen war, um dort Fernseh- oder gar Internetanschlüsse zu legen. An die Lichtschalter und Lampen hatte sich Sisa zwangsläufig in den Jahren schon gewöhnen müssen, aber zu behagen schienen sie ihr immer noch nicht, daher hatte man ihr Zimmer mit Kerzen ausgestattet. Auch an die Besuche von Dr. Ganzinger und Frau Weiß gewöhnte sie sich, die mit ihr Rückführungen machten. Zur Überraschung aller bestätigten alle Rückführungen ihre Geschichte, was Fragen aufwarf, die keiner der Beteiligten beantworten konnte, denn wie sollte man sich erklären, dass Sisa ihr Leben zu einer Zeit schilderte, die bereits 2.000 Jahre vorbei war? Irgendein Trauma musste dafür gesorgt haben, dass sie sich so weit in die Vergangenheit zurückwünschte, oder? Dieses Trauma musste so stark sein, dass sie sogar die dazugehörige Sprache beherrschte, oder war durch das Trauma ein früheres Leben so präsent geworden, dass es das gegenwärtige verdrängte? Das würde die Sprachkenntnisse erklären. Das war die plausibelste Theorie, die die Psychologen aufstellten und sie begannen Nachforschungen in dieser Richtung anzustellen. Was war Sisa passiert, dass alle Merkmale ihrer gegenwärtigen Identität völlig ausgelöscht waren? Es lag keinerlei Beweis für eine Schizophrenie vor. Es gab in Sisa nur eine einzige Persönlichkeit. Ein schreckliches Geschehen konnte Persönlichkeiten spalten, aber das war hier offenbar nicht geschehen. Es gab keinerlei belegte Fälle, in der eine Primärpersönlichkeit von einer Sekundären so sehr in den Hintergrund gedrängt wurde, dass es keine Spuren der Primärpersönlichkeit mehr gab. Sisa war ein einzigartiger „Fall". Eine andere Theorie der Psychologen, die allerdings ebenfalls stark an den Haaren herbeigezogen wirkte, war, dass durch irgendein Geschehnis der ursprüngliche Geist des Körpers hinauskatapultiert worden war und ein anderer ihn übernommen hatte. Doch das würde den Glauben voraussetzen, dass so etwas möglich war und das wiederum würde alles auf den Kopf stellen, was man von Geistern und okkulten Phänomenen wusste. Es war eine Sache, solche verrückten Geschichten im Fernsehen zu sehen und eine andere, so etwas beweisen zu müssen.

Sisa lernte nun das Deutsche recht schnell, da Mok ihr dabei half. Clara war in andere Reiche entschwunden und nur die Anfälle zeigten, dass da noch ein Geist in ihrem Körper wohnte. Da Sisa sich nun endlich verständlich machen konnte, konnte sie den Menschen, die versuchten das Rätsel um sie zu lösen, endlich erzählen, wie sie Clara hatte beruhigen können. Aber auch dies war so verrückt, dass es nur schwer zu glauben war, zumal ihre Methode nun nicht mehr funktionierte. Doch sie beharrte darauf, dass es wahr war und dass die Zeit drängte, da Clara nun in großer Gefahr schwebe. Außerdem beharrte sie darauf, dass sie nur hier aufgetaucht war, um Clara zu helfen. Es war nicht absichtlich geschehen, aber da sie nun einmal hier war und Clara getroffen und wie-

dererkannt habe, musste sie durch irgendeine Macht hierhergeschickt worden sein, um ihr zu helfen.
Die Psychologen hoben die Medikation auf, da sie sie nicht mehr brauchte. Von der Technikangst konnten sie sie allerdings nicht befreien.

Und dies ist Sisas Geschichte:
„Ich wurde in Kem geboren, in dem Jahr, in dem unser Dorf fast vollständig niederbrannte. Mein Dorf lag in der Nähe von Nag Hamadi. Es wurde nach dem Brand nicht wieder aufgebaut, warum weiß ich nicht. Meine Eltern begannen ihre Wanderung mit anderen Dorfbewohnern und sie gelangten bis nach Alexandria. Mein Vater fand dort Arbeit, weil dort Schriften aus anderen Ländern in unsere übersetzt werden sollten. Da er der Geschichtenerzähler des Dorfes war und darum auch andere Sprachen beherrschte, war er dort hochwillkommen. Dort wurde ich geboren, auch wenn ich noch in unserem alten Dorf gezeugt worden war.
In Alexandria gab es eine Gruppe von Menschen, die Schriften aus aller Welt sammelten und das Wissen darin studierten und so waren Menschen, die andere Sprachen beherrschten immer erwünscht. Obwohl mein Vater weder lesen noch schreiben konnte, fand er eine Anstellung bei dem Leiter Abbas Hamrun. Dessen Familie war reich und wollte durch das Wissen in den Schriften noch reicher werden, darum gaben sie immer wieder Gold zur Unterstützung. Die Hinweise meines Vaters über besondere Güter aus fernen Ländern verschafften seiner Familie tatsächlich mehr Möglichkeiten für ihren Handel und so floss das Gold weiterhin und Abbas konnte andere Menschen anstellen, die ihm bei seiner Arbeit halfen.
Als ich 12 Jahre alt war, wurde ich in den ‚Isis-Tempel des Anfangs' geschickt, deren Leiterin Melina war, die mich wie eine Tochter bei sich aufnahm. Ich sollte dort lernen und später dann meinem Vater darüber berichten, der es Abbas berichten sollte. Da ich aber im Tempel geschworen habe, mein Wissen nicht preiszugeben und es auch nicht tat, verstieß mich mein Vater und so blieb mir als einzige Heimat nur noch der Tempel.

Als ich vielleicht 29 Sommer zählte, erreichte mich die Nachricht, dass mein Vater verstorben war und so reiste ich nach Alexandria, um meiner Mutter beizustehen. Sie erzählte mir, dass Vater bei Abbas lesen und schreiben lernte und wegen seiner Sprachkenntnisse zu den außergewöhnlichsten Schriften Zugang hatte. Er brachte Mutter ebenfalls das Lesen und Schreiben bei und obwohl sie keine weiteren Sprachkenntnisse hatte, nahm Abbas sie als Schreiberin zu sich, doch der wollte von ihr etwas anderes als diese Art von Arbeit. Mutter ließ es sich gefallen, denn irgendwie musste sie ja für sich und meine anderen Geschwister sorgen, die noch nicht alle außer Haus waren. Sie verriet mir davon nichts, aber ich fand es heraus, als ich sie im Lagerhaus der Schriften besuchte und die Blicke sah, mit denen Abbas sie bedachte. In dieses Lagerhaus kamen Menschen, die die ganze Welt bereisten und manche brachten neue Schriften mit, andere wollten die vorhandenen Schriften studieren. Bei meinem letzten Besuch erzählte meine Mutter mir, dass eines Tages ein Schreiber aus Damaskus das Lagerhaus besuchte und Schriften aus Srinagar mitbrachte, die er für wertvoll genug hielt, um in die Sammlung aufgenommen zu werden. Als Gegengeschenk erhielt er eine Schriftrolle, mit der niemand sonst etwas anfangen konnte, weil Buchstaben aus verschiedenen Sprachen kreisförmig angeordnet waren, die keinerlei zusammenhängenden Sinn ergaben. Da man diesen Schreiber kannte und wusste, dass er Rätsel liebte, hatte man ihm eine Abschrift dieser Schriftrolle angefertigt und als Geschenk mitgegeben.

Nur einen Tag später brannte das gesamte Lagerhaus ab und alle darin gelagerten Schriften waren verloren. Abbas erholte sich von dem Schock nie mehr. Er hatte versucht den Brand zu löschen und Schriften zu retten und war bei dem Versuch schwer verletzt worden. Er hatte auch kein Interesse mehr an meiner Mutter und so verlor sie diese Arbeit. Sie sandte mir eine Botschaft und ich wollte sie mit Erlaubnis von Melina zu mir in den Tempel holen, doch auf der Reise dorthin starb sie in meinen Armen. Ich kehrte zum Isis-Tempel zurück und nahm meinen Platz als Vorbereiterin von Zeremonien wieder ein. Bei der Einweihung zweier unserer Schülerinnen in der großen Pyramide kletterte ich wie immer einen Tag zuvor nach oben auf die Spitze, um dort ein Feuer zu

entzünden, das bis zum Ende der Einweihung nicht verlöschen durfte. In dieser Zeit waren die Mer sakrosankt, niemand durfte in ihre Nähe, außer den Eingeweihten.
Als ich das Feuer nun entzünden wollte, sah ich ein Glühen aus der Spitze der Mer, die die Griechen Pyramide nennen, kommen. Ich entzündete mein Feuer und berichtete Melina davon, doch diese nahm das nicht richtig ernst, vermute ich heute. Ich habe lange darüber nachgedacht. Das Glühen hätte eine Warnung für sie sein müssen, aber sie wusste wohl um dessen Bedeutung nicht. Das Feuer in der Mitte der Mer hatte sich ausgeweitet. Da das Feuer in der großen Kammer jedoch so wie immer brannte, war von dort nichts Ungewöhnliches ersichtlich. Ich vermute heute, dass frühere Priesterinnen noch gewusst hätten, dass man bei einer Ausweitung des Feuers in der Mitte keine Einweihung hätte machen dürfen, denn das Tor war viel größer als sonst und somit konnte auch anderes hindurch kommen als üblich, wenn es geöffnet würde. Uns ist so viel Wissen verlorengegangen. Vielleicht konnte auch nur ich dieses besondere Feuer sehen? Da niemand geschickt wurde, um das zu überprüfen, bin ich hier auf Vermutungen angewiesen. Jedenfalls wurde Melina wohl nie davon unterrichtet, welche Anzeichen es gibt, wenn der Umgang mit der Mer gefährlich ist. Hatte ihre Vorgängerin das unterlassen, weil es viele Jahre keine solchen Anzeichen gab? Wozu etwas unterrichten, was keine Bedeutung mehr zu haben scheint?
Ich war jedenfalls bei der Prozession dabei, die die Einzuweihenden begleitete. Wir kamen in feierlicher Stimmung in der großen Kammer an und Melina führte die vorgeschriebenen Handlungen aus, um das Tor zu öffnen, das den Lichtstrahl einlassen sollte, der auf die Stirn der Einzuweihenden gerichtet sein sollte. Das Tor wird immer nur um einen Fingernagel breit geöffnet, denn der Strahl, der dann da hindurch kommt, ist sehr sehr hell und blendet alle Anwesenden, außer denen, die eingeweiht werden, weil sie sich durch ihre Ausbildung und mit den dazu gehörenden Übungen darauf vorbereitet haben. Sie treten dann für nur einen kurzen Augenblick in den Strahl, und zwar so, dass er eben auf die Stirnmitte gerichtet ist. Da nicht jeder gleichgroß ist, liegt Holz bereit, sodass sich jeder seinen Tritt zusammenstellen kann, damit die

richtige Höhe erreicht wird. Es gibt zwei Einweihungsarten und viele Grade. Die eine ist, im „Feuer in der Mitte“ zu baden, dafür müsste man jedoch viel höher steigen und braucht ein Gerüst, um dorthin zu kommen. Dieses Feuer brennt immer, aber nur wenn man die Ausbildung erfolgreich hinter sich gebracht hat, kann man dieses sehen. Dieses Feuer wird für die ersten vier Grade der Priesterschaft angewendet. Wenn man den fünften Grad und andere darüber hinaus erreichen will, wird das Tor geöffnet, das die dazu erforderliche Lichtart für kurze Zeit in die Kammer lässt. Nur in Verbindung mit dem Feuer in der Mitte lässt sich das überleben. Doch warum, weiß ich nicht. Ich kam nie so weit, weil diesmal etwas vorgefallen ist, was so weit ich weiß, nie davor geschah und vermutlich auch nicht danach. Eine Einweihung ist ja immer eine Öffnung, es wird etwas im Menschen geöffnet, was vorher verschlossen war. Damit er mit dem umgehen kann, was durch diese Öffnung mit ihm geschieht, muss er darauf vorbereitet werden. Niemand von uns war jedoch auf das vorbereitet, was dann geschah. Das Tor öffnete sich ja, aber weil es sich aus einem mir ungekannten Grunde viel weiter ausgedehnt hatte als sonst, öffnete es sich auch viel weiter als sonst. Ich vermute, die Öffnung reichte bis zu der Spitze der großen Mer, da ich das Glühen dort gesehen habe. Aber wie weit seitlich es sich ausdehnte, weiß ich nicht. Diesmal kam jedoch kein Licht durch die Öffnung, sondern Dunkelheit. Wie das möglich ist, weiß ich nicht. Dazu müsste ich mit den hohen Priestern sprechen. Das Öffnungslicht, das normalerweise für Erkenntnisse unter den hohen Graden der Priesterinnen und Priester sorgt, zeigte sich nicht. Statt dessen kam etwas hindurch, das ich nur als böse bezeichnen kann. Ich habe keinen anderen Begriff dafür und es zeigte sich durch einen Strahl, der zwar Licht enthielt, aber von Dunkelheit durchsetzt war und es zeigte sich durch das Verhalten der Anwesenden. Diejenigen, die nur die untersten Einweihungsgrade besaßen, gingen aufeinander los und verletzten einander, zum Teil schwer. Wahrscheinlich war es ein Glück, dass bei Zeremonien keine Waffen erlaubt sind, sonst hätte es noch mehr Tote gegeben. Es ging alles so schnell. Melina hatte trotz allem Geistesgegenwart behalten und rief den beiden einzuweihenden Frauen zu, dass sie diese Dunkelheit in sich aufnehmen müssten, weil nur dadurch größeres Unheil für alle lebenden Menschen vermieden werden könne. Durch ihre Ausbildung und die Kraft der Zeremonie waren sie als einzige offen und stark genug dafür. Beide taten, was man ihnen befahl. Eine wurde ohnmächtig und die andere starb dabei. Was aus der Überlebenden wurde, weiß ich nicht, aber die, die starb, hatte von da an diese Dunkelheit in sich und muss in jedem Leben versucht haben, diese zu kontrollieren. Diese eine ist Clara. Daran leidet sie heute noch und weil ich weiß, was geschehen ist, kann ich ihr durch das, was ich im Tempel gelernt habe, helfen, diese Dunkelheit, die ich als einen Dämon bezeichnen möchte, in Schach zu halten. Doch nach all dieser Zeit ist ihre Kraft fast völlig aufgebraucht und ich habe nie genug Kraft gesammelt, um mehr als nur zeitweilig helfen zu können. Was aus der anderen geworden ist, weiß ich nicht, aber sie kann als eine Quelle von Dunkelheit angesehen werden, wenn sie diese nicht mehr kontrollieren kann. Diese Gefahr war also damals für den Moment gebannt, aber das Tor war noch offen und wir mussten verhindern, dass noch mehr von dieser Dunkelheit hindurch kam, also musste es geschlossen werden. Ich weiß bis heute nicht, woher ich das Wissen dafür bezog, doch innerhalb kürzester Zeit begriff ich, dass sich das Tor schließen würde, wenn jemand in die andere Richtung hindurch ging und das tat ich.

Das nächste, was ich weiß, ist, dass ich in einem großen runden Gebäude bin, das in der Decke oben ein Loch hat. Als ich hinausgehe, bricht mein Geist zusammen, denn ich kann das, was ich sehe, nicht mehr begreifen. Es sind keine Pyramiden da, kein Nil, keine Wüste, nur hohe Gebäude, Wagen, die ohne Zugtiere fahren und vieles, das mein Verstand nicht verarbeiten kann. Von der nächsten Zeit weiß ich nicht mehr viel, nur, dass ich gewandert bin, auch über ein hohes Gebirge, bis ich dann eingesperrt werde und dort Clara begegne und sie wiedererkenne: Sie ist einem Dämon begegnet, der in der Welt schrecklich gewütet hätte, darum hat sie ihn in ihren Geist eingesperrt, damit er keinen Schaden anrichten kann. Sie hat damals nicht Clara geheißen, sondern Mala, aber sie ist das gleiche Wesen, denn der Dämon, der in ihr wohnt, ist derselbe wie damals.

Ihr Geist ist damit beschäftigt, diesen Dämon zu bändigen, darum scheint sie nur selten in dieser Welt zu sein. Wenn der Dämon einmal zu schwach ist, um gegen seine Gefangenschaft anzukämpfen, dann kann sie in unsere Wirklichkeit kommen, aber nur dann. Als ich sie erkannte, habe ich ihr jedes Mal Kraft gespendet, darum konnte der Dämon dann nicht mehr bis an die Oberfläche des Gefängnisses kommen und das, was ihr Anfälle nennt, konnte eine Weile aufhören. Ich habe, wie gesagt, nun keine Kraft mehr übrig, die ich spenden kann und darum hilft es nicht mehr. Das bedeutet aber, dass der Dämon wieder stärker wird und ich weiß nicht, wieviel Kraft Mala, oder Clara, wie ihr sie heute nennt, nach all der Zeit noch übrig hat, um ihn noch weiter im Zaum zu halten. Ich fürchte, ihr bleibt nicht mehr viel Zeit und da meine ich nicht nur die körperliche Hülle. Ihr Geist und ihr Wesen werden sich für immer verflüchtigen, wenn es der Dämon schafft, sie ganz aufzuzehren. Aber was auch immer mit Clara geschieht, ich muss wieder dorthin zurück, von wo ich gekommen bin. Ich gehöre nicht hierher, darum habe ich mich auch geweigert, diese Welt, die für mich nicht wirklich ist, als die Meine anzunehmen. Durch die Einweihung von Mala und Kanta ist etwas geschehen, was mich hierhergebracht hat, in diese Alptraumwelt. Ist der Dämon von hier gekommen? Ich weiß es nicht, aber ich glaube es eigentlich nicht. Wenn man das richtige Tor findet, könnte ich vielleicht zurückkehren. Ich glaube, dass Ihr Clara helfen könnt, aber ich muss die andere finden, damit dieser auch geholfen wird, allerdings weiß ich noch nicht wie. Darum muss ich zurück, bevor dieser Dämon die ganze Welt ins Unglück stürzt. Wenn dies geschieht, kann die Welt, die ihr heute kennt, nicht entstehen. Jemand muss ihn aufgehalten haben. Kennt ihr aus der Geschichte jemanden, der Dämonen bändigen kann?"

Mok und Pio waren Sisas Geschichte immer und immer wieder durchgegangen, aber es gab keine Widersprüche. Alles, ihre alte Kleidung, die Dr. Fellow mitgegeben hatte, ihre Ankunft – wahrscheinlich im Pantheon, die Polizeiberichte, die ihre Wanderung bestätigten, schien darauf hinzudeuten, dass sie selbst sie zumindest für wahr hielt, bzw. sie tatsächlich wahr sein konnte. Das aber würde bedeuten, dass es ein Transportsystem zwischen Orten, ja sogar zwischen den Zeiten geben müsste, was allem widersprach, was derzeit an physikalischen Erkenntnissen in der Öffentlichkeit bekannt war. Pater Pio las alles, was er hierzu finden konnte, doch viel war es nicht. Natürlich gab es Theorien über Multiversen, doch in einem waren sich die meisten Wissenschaftler einig: Wenn es diese gab, war das Energiedifferenzial einfach viel zu groß, um überwunden werden zu können, auch wenn es in SF-Stories so leicht aussah. Hier kamen sie momentan nicht weiter, daher konzentrierte er sich auf die Durchführung der Zeremonien bei sich, Mok und den beiden Psychiatern und darauf, eine Möglichkeit zu finden, das Wesen -wenn es dieses wirklich gab- aus Clara herauszubekommen und so zu entsorgen, dass es niemandem mehr schaden konnte.

*

Kardinal Clemont wälzte sich unruhig im Bett hin und her. Seit Tagen hatte er nicht richtig geschlafen, seine Verwundung war nur ein Teil des Problems. Die Wesenheiten, die er wahrgenommen hatte, und anscheinend nun so nah an ihn herantraten, dass er sie permanent fühlen konnte, ließen ihm keine Ruhe und er wusste genau warum. Er grübelte darüber nach, was er da tun könnte und es blieb nur eines: er musste einige Personen einweihen und ein Geständnis ablegen. Vielleicht würde er dann Ruhe finden.

Am nächsten Morgen bat er daher Pete, Petra und Miria, um 10 Uhr zu ihm zu kommen. Als die Drei sein Krankenzimmer betraten, fanden sie den Kardinal leichenblass und mit zitternden Händen vor. Die Drei blickten sich an und konnten sich nicht erklären, was hier vor sich ging.

Pete sprach ihn daher an: „Monsignore, ist alles in Ordnung mit Ihnen? Brauchen Sie Hilfe? Soll ich einen Arzt rufen? Sie sehen gar nicht gut aus.“ Dieser antwortete: „Nein, nein, Sie werden gleich wissen, warum ich zitternd vor Angst hier im Bett sitze. Bitte nehmen Sie Platz, denn es dauert ein wenig. Was ich Ihnen zu sagen habe, ist etwas, das ich noch in keiner Beichte irgendjemandem anvertraut habe, aber ich weiß, ich werde nur Ruhe finden, wenn ich nun sage, was ich schon seit Jahrzehnten mit mir herumschleppe.“

Er begann seine Erzählung: „Als junger Mann war ich sehr orientierungslos. Ich hatte durch einen Brand meines Elternhauses beide Eltern verloren und schwere Verbrennungen davon getragen. Ich lag wochenlang im Krankenhaus. Mit 17 Jahren rang ich um mein Leben und um meine Gesundung. Ich gewann den Kampf, aber ich war entstellt und musste einige Operationen über mich ergehen lassen. Zum Glück hatte mein Vater eine Versicherung abgeschlossen, die mir es erlaubte, mich ganz dem zu widmen und das alles auch zu finanzieren. Und so wurden mein Gesicht und auch die restlichen Körperstellen, mit Hilfe der Plastischen Chirurgie so wieder hergestellt, dass ich mir nicht wie ein Monster vorkam. Aber all das hatte innere Spuren hinterlassen. Das Monster im Außen verwandelte sich zwar wieder, aber das innere Monster - meine Wut darüber, dass meine Eltern mich verlassen hatten, meine Wut darüber, dass ich mein Zuhause verloren hatte, dass meine Identifikation über das Äußere verlorengegangen war, machten mich zu einem Menschenhasser. Ich war nämlich ein sehr gutaussehender, charmanter, junger Mann gewesen und mir waren die Frauen zu Füßen gelegen. Doch das war schlagartig vorbei. Ich hatte so viel verloren und das hatte ein inneres Monster aus mir gemacht. Und so suchte ich nach einer Möglichkeit, mit diesem Monster umzugehen. Ich probierte mich in Alkohol, im Rauchen und in Drogen aus, doch nichts davon befriedigte mich. Bei einem meiner Streifzüge, auf der Suche nach meinem wahren Ich, das sich nicht durch das Äußere identifizierte und auch nicht durch diese innere Wut, traf ich auf einen Mann, der nach jemanden suchte, der einen Job zu erledigen bereit war. Dieser Job sah so aus, dass ich auf der Landstraße, an einer bestimmten Stelle einen Wagen in Bedrängnis bringen sollte, um dem Fahrer ein wenig Angst einzujagen - mehr nicht. Den Insassen sollte, so wurde mir versichert, nichts passieren, sondern nur eine Lektion erteilt werden. Da mein Erbe langsam aufgebraucht war, nahm ich den Job an, denn für wenig Arbeit winkte mir hier eine große Summe.

Und so wartete ich an dem entsprechenden Tag das Fahrzeug ab und tat meine Arbeit. Ich überholte den Wagen, in dem ein Paar saß, aber auf gleicher Höhe zog ich mein Steuer rüber und der Fahrer konnte gerade noch ausweichen. Und das tat ich mehrmals. Ich sah, wie der Fahrer wütend zu mir rüber winkte und versuchte mich loszuwerden, doch ich ließ mich nicht abschütteln. Vor einer bestimmten Kurve, die man mir ganz genau genannte hatte, zwang ich den Fahrer des Wagens durch meine Manöver wieder auszuweichen. Er geriet auf eine Schotterpiste und ich schwöre euch: er knallte gegen ein unsichtbares Hindernis. Ich sah einen Lichtblitz und dann wurde sein Wagen so abrupt gestoppt, ohne dass er an einen Berghang, einen Baum, oder sonstiges Hindernis gestoßen wäre. Dadurch jedoch kam er völlig aus dem Tritt und der Wagen, mitsamt den Insassen, rutschte über eine Bergkannte und kullerte einen langen Steilhang hinunter. Völlig entsetzt machte ich eine Vollbremsung, denn so war das von meiner Seite her nicht vorgesehen gewesen, und wie ich der Meinung war auch nicht von meinem Auftraggeber. Ich brachte also mein Fahrzeug zum Stehen, und folgte dem Wagen in den Abgrund und riskierte dabei mein Leben, denn es war unglaublich steil. Ich zog, als ich das Auto endlich erreicht hatte, das ein ziemlicher Trümmerhaufen war, unter unglaublichen Mühen die beiden, den Mann und die Frau, aus dem Auto und rief um Hilfe, als ich sah, dass andere Fahrzeuge zum Stehen gekommen waren und zu uns herunter sahen. Diese holten Hilfe herbei und das Paar wurde ins Krankenhaus gebracht, doch beide verstarben dort. Ich folgte dem Krankenwagen ins Krankenhaus und es gelang mir, mit der Frau kurz alleine zu sein, bevor sie ihre letzten Atemzüge tat. Ich gestand ihr, dass ich an dem Ganzen beteiligt gewesen war, und sie sah mich aus so merkwürdigen Augen an, wie ich es noch nie, niemals wieder, niemals zuvor und niemals danach gesehen habe. Sie packte meine Hand und sagte mir 17-jährigen, jungen Mann: ‚Du musst es wiedergutmachen, dies und alles, was in all den anderen Leben durch dich geschehen ist. In diesem Leben, musst du alles wiedergutmachen.‘ Und dann schloss sie die Augen für immer. Ich hielt ihre Hand und zitterte am ganzen Leibe. Ich konnte die Hand nicht loslassen. Und so fanden die Krankenschwestern mich vor. Sie mussten mit Gewalt meine Finger aus ihrer Hand lösen und schickten mich fort. Der Polizei gegenüber hatte ich natürlich nicht angegeben, dass ich beteiligt gewesen war, sondern dass ich als Erster am Unfallort angekommen war. Und da ich ja, nachweislich, die Personen aus dem Auto gezogen hatte -andere Zeugen hatten das von oben schon beobachtet- glaubte man mir und nahm nur meine Aussage zu Protokoll und damit hatte es sich.

Aber dieser Vorfall war weichenstellend für mein weiteres Leben. Ich beschloss, alle Bildung nachzuholen, die ich brauchte, um in die Kirche eintreten zu können und begann dann, Theologie zu studieren. Und ich legte im gesamten Kirchendienst so einen Feuereifer an den Tag, dass es mich in meiner Karriere schnell voran rücken ließ, was mich bis nach Rom führte. Und hier bin ich nun, auf einem Posten, der Beratertätigkeiten für den Heiligen Stuhl beinhaltet, und das nun schon drei Päpste lang.
Diese Frau und dieser Mann begleiten mich anscheinend als Geister seit dieser Zeit, denn ich kann sie immer wieder spüren und im Augenblick des Anschlages auf mein Leben konnte ich sie sogar sehen. Das kollidiert zwar mit den offiziellen Lehren der Kirche über Reinkarnation, aber ich habe genug apokryphe Abhandlungen studiert, um zu wissen, dass dies nicht immer so war. Ohnehin wurde die Lehre der Reinkarnation erst im Konzil von Nicäa aus den offiziellen Stellungnahmen heraus genommen, obwohl sich in der Bibel noch so manche Stelle finden lässt, die davon zeugt. Seit dem Anschlag kann ich nicht mehr schlafen, weil ich weiß, dass ich diese Geschichte nun beichten muss, und zwar Ihnen Frau Toral, denn ich bin der Mörder Ihrer Eltern. Und es tut mir so unglaublich leid. Ich habe so viel bereut und ich habe versucht viel Gutes zu tun. Ich habe erst vor Kurzem herausgefunden, dass Ihr eigentlicher Name Trautwein ist. Das war an dem Tag des Anschlages. Ich habe über die Vatikanische Polizei Nachforschungen über jedes Mitglied Ihrer Gruppe anstellen lassen, weil wir dabei sind, unglaublich wichtige Dinge zu erforschen, die das Gefüge der gesamten katholischen Kirche, und damit auch der gesamten Welt, zum Beben bringen können. Und dadurch bin ich auf Ihren ursprünglichen Namen gestoßen, Frau Toral. Es tut mir so leid. Können Sie mir verzeihen?"

Miria saß tränenüberströmt auf ihrem Hocker. Zum einen wegen der Geschichte von Kardinal Clemont, der, wie sie sehr wohl erkannte, einige Teile ausgelassen hatte oder nur angedeutet hatte - nämlich das Leid, das er selbst erfahren hatte und ihn zu so einer Tat gebracht hatte und zum anderen, weil sie sah, wie sehr er dieses „Monster“ in sich in all den Jahren versucht hatte zu bekämpfen und gleichzeitig zu heilen. Sie

konnte diesen jahrzehntelangen Kampf deutlich vor Augen sehen. Er tat ihr so leid. So sehr, dass sie sich an sein Bett kniete, seine Hände ergriff und sagte: "Ich vergebe Ihnen. Ich vergebe Ihnen alles, nicht nur was den Tod meiner Mutter betrifft. Ich kenne zwar Ihre Rolle in der Geschichte, die ich da aufschreibe noch nicht, aber ich weiß, dass ich auch da Vergebung üben muss. Wir sind uns in mehreren Leben begegnet. Manche Begegnungen waren gut, aber manche auch nicht. Wir alle sind das Produkt all unserer Erfahrungen, ich genauso wie Sie auch. Ich bin bei meiner Großmutter aufgewachsen und sie war mir eine gute Freundin und eine mehr als passable Ersatzmutter. Ich kann Ihnen vergeben, weil ich ganz genau spüre, dass all das seinen Sinn hat, wenn ich auch noch nicht erkennen kann, welchen. Die Weichenstellung in Ihrem Leben hat viel Gutes bewirkt. Meine Eltern sind zwar gestorben, aber *Sie* haben Hunderten geholfen. Pete hat nämlich auch Nachforschungen über Sie angestellt, und so habe ich ein Dossier darüber gelesen, wie sehr Sie sich engagiert haben, Armen und Leidenden und vor allem Jugendlichen aus schwierigen Elternhäusern zu helfen. Ich weiß also mehr über Sie, als Sie vielleicht denken, sowohl was die Gegenwart als auch die tiefe Vergangenheit betrifft."
Clemont beugte sich zu Miria und er konnte nicht anders, er nahm sie in die Arme und sie schmiegte sich an ihn. Pete und Petra sahen sich an, und in stummer Übereinkunft verließen sie das Zimmer, und überließen die beiden Menschen ihren Gefühlen.

20.

Pete saß im Garten des Krankenhauses, noch völlig durcheinander von den Enthüllungen des Kardinals. Er und Petra hatten sich diskret zurückgezogen, um Miria und dem älteren Herrn Gelegenheit zu geben, unter vier Augen miteinander zu sprechen. Die Kameras im Zimmer seiner Eminenz waren ohnehin schon vor dem Gespräch auf seine Bitte hin abgeschaltet worden, sodass die beiden tatsächlich miteinander alleine waren.

Kurz nachdem sie das Gebäude verlassen hatten, erhielt Petra einen Anruf aus Ägypten auf ihrem Handy und zog sich zurück, um mit ihrem alten Freund Osama zu plaudern. Dass dies allerdings kein Geplauder unter Freunden wurde, sollte Pete erst viel später erfahren...
Unterdessen saß er auf einer Parkbank und da es langsam Frühling in Rom wurde, waren es angenehme und sonnige 18 Grad, die ihn da umfingen. Allerdings bemerkte Pete das nur als Randnotiz in seinen Gedanken. Da hatte doch tatsächlich der Täter, der an dem Tod von Mirias Eltern beteiligt gewesen war, ein Geständnis abgelegt, aber er war nicht durch kriminalistischen Spürsinn aufgestöbert und gefangen genommen worden, sondern hatte sich „von ganz alleine" gezeigt, oder? Pete wurde es ziemlich mulmig bei dem Gedanken, dass Mirias Eltern allem Anschein nach von „drüben" nachgeholfen hatten, damit die Wahrheit ans Licht kam. Er kannte Miria inzwischen gut genug, um nicht überrascht zu sein, dass sie dem alten Mann so leicht hatte vergeben können. Sie war ja in der Obhut ihrer Großmutter aufgewachsen und hatte es somit leichter gehabt als andere, die ihre Eltern verloren hatten und dennoch hinterließ so etwas Spuren. Sie tat sich mit Beziehungen offensichtlich ziemlich schwer. Sie war dabei ja auch noch von ihren Geschwistern getrennt worden, obwohl die sich nun inzwischen wieder eingefunden hatten. Sie hatte ja nicht einmal mehr gewusst, dass sie welche hatte...
Wie tief solche Erlebnisse gingen, hatte er selbst erfahren müssen, zum einen, was seine schwierige Kindheit betraf, aber auch seine Verwundung, die nicht nur im Körper stattgefunden hatte. Immer wieder dachte er darüber nach, warum ihm diese Schussverletzung so nahe ging und mehr innere Probleme verursachte, als er nach Außen hin zeigte. Die ganze Geschichte um Miria hatte ihm da eine unerwartete Verständnismöglichkeit gezeigt: Es war die aktuellste Verletzung in einer ganzen Reihe von Leben, in denen wohl ebenfalls viel passiert war. Irgendwann ist es einfach genug und es gibt keine Möglichkeit mehr, noch mehr zu verkraften. Es muss der Zeitpunkt kommen, an dem mit der Aufarbeitung begonnen wird. Davon hatte Petra immer wieder gesprochen und diese Zeit „Aufstieg" genannt. Pete hatte einfach nicht verstanden, was Petra damit gemeint hatte. Doch nun wurde es ihm klar und ihm wurde

auch bewusst, dass er ihr noch Abbitte leisten musste und zwar für seine Bewertungen ihrer Person und ihrer Ansichten, die schließlich dazu geführt hatten, dass sie sich jemanden zuwandte, von dem sie glaubte, dass er in diesem Punkt anders wäre. Schade für sie, dass das wohl ein Irrtum gewesen war. Aber auch er konnte nun nicht mehr zurück. Wäre Miria nicht in seinem Leben aufgetaucht, er hätte es sich vielleicht überlegt, mit Petra noch einmal von vorne zu beginnen – nämlich unter ganz anderen Voraussetzungen.

Als hätte sie gespürt, dass er über sie nachdachte (und vielleicht hatte sie das auch), stand Petra unvermittelt vor ihm.

„Ich muss nach Ägypten. Ein Freund von mir, Osama, den du ja auch schon kennengelernt hast, ist in Schwierigkeiten."

Ohne nachzudenken platzte es aus Peter heraus:

„Du fährst nicht alleine nach Ägypten, nicht in diesen Zeiten!"

Petra sah ihn missmutig an.

„Das hast du wohl kaum zu bestimmen und mitzureden auch nicht. Ich frage nicht um Erlaubnis, sondern ich informiere dich nur darüber. Ich nehme den nächsten Flug, basta!"

Petra drehte sich wütend um und stapfte davon und Pete schaute ihr traurig hinterher. Beide waren sie in ihre alten Verhaltensmuster zurückgefallen, das wurde ihm klar, als sie außer Sicht war. Er war viel zu patriarchisch. Er hatte Petra wieder einmal nicht zugetraut, für sich sorgen zu können. Wie konnte er bloß vermeiden, dass er die gleichen Fehler bei Miria machte? Wenn er sich nicht änderte, würde er auch sie verlieren. Das konnte er ganz deutlich spüren. Andererseits war Miria nicht Petra...

In diesen Gedankengängen versunken, fand ihn ein Angestellter des Krankenhauses vor. Pete betrachtete den Mann düster, denn er wollte gerade jetzt nicht gestört werden. Die Nabelschau war schon unangenehm genug, doch wenn er sich dem schon stellte, wollte er dabei wenigstens in Ruhe gelassen werden. Der Angestellte merkte sehr wohl, dass er ungelegen kam, doch er hatte seine Befehle...

„Signore Menninger, per favore ... Würden Sie bitte mitkommen? Auf Befehl von Monsignore Clemont möchten Sie bitte den Attentäter identifizieren."

„Identifizieren? Ich kenne den doch gar nicht."
„Es ist nur eine Formsache. Sie sollen bestätigen, dass der Mann in unserer Autopsie-Abteilung derjenige ist, der im Vatikan den Tod fand."
Pete seufzte, als Polizist wusste er sehr wohl, dass diese Prozedur notwendig war. Ob Mario wohl auch schon dagewesen war? Schließlich war er dabeigewesen...

Als er vor der Wand mit den Kühlfächern stand, öffnete der Angestellte das betreffende Fach und zog die Metallplatte mit dem Leichnam heraus. Pete betrachtete das Gesicht lange, ja es war der Attentäter, aber da war noch etwas... Was war es nur. Er konnte den Blick nicht von dem Gesicht abwenden und schließlich kam ihm die Erleuchtung. Rasch zog er das Laken auch vom linken Arm weg, drehte diesen und betrachtete die an der Unterarminnenseite angebrachte Tätowierung. Tatsächlich, da war sie...
Der Angestellte, der sich nicht vorgestellt hatte, blickte auf seine Unterlagen und meinte:
„Sie haben ihn also erkannt, nicht wahr? Es ist der gleiche Mann, der in Nüremberg auf sie geschossen hat, als sie den Brandanschlag verhindern wollten..."
Pete blickte auf und fragte: „Wer sind Sie, dass Sie davon wissen? Das mit der Tätowierung stand nur in dem Bericht an meinen Chef. Ich habe mit niemandem darüber gesprochen und er sicher auch nicht..."
Erwartungsvoll blickte er den Mann an, der sich in seiner Verlegenheit wandt. Ungeduldig werdend fuhr Pete diesen an:
"Wer sind Sie?" Der Mann zögerte noch einen Moment, doch dann begann er:
"Mein Name ist Andre Fabrucci. Ich arbeite für die italienische Regierung, und zwar in der Abteilung Bekämpfung des Terrorismus. Jede Regierung hat eine entsprechende Abteilung und Italien macht da keine Ausnahme. Ich sage Ihnen jetzt etwas, das der Geheimhaltung unterliegt, das heißt: Ihren Freunden und auch sonst niemandem dürfen Sie nichts davon mitteilen. Es sei denn, ich gebe Ihnen grünes Licht dafür, beziehungsweise einer meiner Kollegen.

Ich kenne den Bericht über den Brand in dem Antiquitätengeschäft von Frau Toral und Ihre Rolle dabei, weil Ihr Chef ein Mitarbeiter der deutschen Anti-Terrorismus Einheit ist. Und diese Einheiten arbeiten innerhalb der EU und zum Teil innerhalb der NATO zusammen. Er wurde auf den Posten als Leiter der Polizeiinspektion in Nüremberg gesetzt, gehört aber eigentlich zu einer aktiven Kampfeinheit. Diese stieß bei einem Einsatz auf eine besondere Spur und so wurde es nötig, ihn einzuschleusen, damit er die Polizeiberichte einsehen und auch tiefer graben kann. Wir stehen im Austausch von Erkenntnissen und daher kenne ich den Bericht, der Sie betrifft. Wir hatten läuten hören, dass innerhalb Italiens ein Anschlag geplant ist, aber wir haben eher auf ein Regierungsmitglied getippt. Natürlich kontrollieren wir auch regelmäßig die Möglichkeit eines Anschlages auf den Papst. Schließlich hat Italien das Oberhaupt einer weltweiten Kirche zu beschützen. Allerdings wussten wir nicht, keine einzige unserer Quellen hatte auch nur etwas in diese Richtung angedeutet, dass Kardinal Clemont und seine Mitarbeiter das Ziel sein könnten. Und von Ihnen würde ich nun gerne wissen, weshalb er Ziel eines Anschlags werden sollte und nicht der amtierende Papst?"
Pete blickte diesen Mann, den er erst wenige Minuten kannte und ihm Überraschendes über seinen Vorgesetzten mitgeteilt hat, mit ziemlichem Misstrauen an. Aber selbst, wenn er dieses Misstrauen nicht gehabt hätte, da er die Antwort auf diese Frage nicht kannte, konnte er sie auch nicht geben. Das sagte er auch. Und er fügte hinzu: "Ich glaube nicht, dass dieser Anschlag mit normalem Terrorismus zu tun hat. Ich kann es im Moment noch nicht begründen, aber ich habe das Gefühl, dass da ganz andere Interessengruppen dahinter stecken."
"Ich teile Ihre Einschätzung, aber gerade diese unbekannten Interessengruppen sind wichtig für uns. Sehen Sie, weltweit gibt es Anti-Terrorgruppen, aber die gehen nicht einfach nur militärisch gegen irgendwelche Zellen vor, sondern wir forschen nach, ob irgendwelche Gruppierungen ihre Interessen mit Gewalt durchsetzen wollen. Und so gehen wir den Kriminalfällen nach, die vielleicht einen Zusammenhang in diese Richtung aufzeigen. Und so können relativ harmlose Ereignisse an einem Ort mit nicht harmlosen Dingen an anderen Orten zu tun haben. Immer wieder stoßen wir auf eine Organisation, die sich FEE nennt.

Allerdings wissen wir nicht, wofür die Buchstaben stehen und welche Interessen diese Gruppe verfolgt. Haben Sie davon schon mal etwas gehört?"
Pete schüttelte den Kopf und antwortete wahrheitsgemäß: „Nein, was soll das sein?" Fabrucci antwortete: "Das ist genau das, was wir heraus finden wollen. Möglicherweise hat diese Gruppe etwas mit dem Anschlag zu tun. Der Kardinal hat mich gebeten, Sie wieder zu ihm zu schicken. Er erwartet Sie." Pete schüttelte innerlich, ob dieser neuen Eröffnungen, den Kopf und war kurz darauf wieder im Krankenzimmer von Clemont, genauso wie Miria und Petra. Aber auch Mario, mit dem er sich ja gut angefreundet hatte, war anwesend, was ihn doch etwas überraschte.
Der Kardinal freute sich, als Pete eintrat, wie man an seinem Lächeln sah. Doch gleich darauf wurde sein Gesicht wieder ernster. "Liebe Freunde, ich denke nach allem, was bisher so geschehen ist, kann ich Sie so nennen. Ich werde gleich einen Knopf drücken und dann laufen die Aufzeichnungen in diesem Raum wieder. Ich sage Ihnen das vorher, damit Sie wissen, dass keiner von uns voraussehen kann, wer diese Aufzeichnungen irgendwann einmal zu sehen bekommt. Seien Sie sich einfach dessen bewusst. Und benehmen Sie sich ganz unauffällig und unverfänglich, so als ob Sie nicht wüssten, dass wir überwacht werden. Ich drücke den Knopf jetzt."
„Sehr schön, dass Sie alle gekommen sind. Ich wollte Ihnen mitteilen, dass Petra morgen nach Ägypten fliegen wird und bevor Sie, Peter, etwas einwenden, natürlich wird sie nicht alleine fliegen. Mario wird sie begleiten. Er hat sich mehr als bewährt und gezeigt, dass er gute Instinkte aufweist, genau wie Sie auch. So ist er genau der Richtige für diesen Job. Petra soll ihrem Freund helfen und dann schnellstmöglich zurückkommen, weil ihre Fähigkeiten hier gebraucht werden. Ich wünsche Ihnen beiden eine gute Reise." Petra und Mario verließen das Krankenzimmer ob dieser Entlassung.

"Und Sie beide bitte ich, nach Deutschland zurückzukehren, nur für einige Zeit, denn der Anschlag hat mir gezeigt, dass wir wohl auf einer heißen Spur sind, beziehungsweise, dass dieser Vorfall genau unter-

sucht werden muss, bevor wir Entscheidungen darüber treffen können, wie es weiter geht. Sie können diese Zeit nutzen, um sich auszuruhen und Sie Miria, so hoffe ich, werden vielleicht weitere Informationen zu Papier bringen, die uns möglicherweise weiterhelfen. Sie brauchen dafür Zeit und Raum und Pete braucht Erholung, damit seine Wunde sich endlich schließen kann. Und das gilt für mich, der ich nun auch eine Schussverletzung vorweisen kann, ebenfalls. Ich danke Ihnen."
Eindeutig waren Miria und Pete nun ebenfalls entlassen und gingen mit nachdenklichen Gesichtern aus dem Raum. Sie berieten, wohin sie sich wenden sollten. Der Kardinal hatte deutlich gemacht, dass es wohl besser war, wenn er nicht wüsste, wohin sie gingen. Und so bat Miria Pete, sie zu ihrer Schwester und ihrem Bruder zu begleiten.
Die beiden gingen schweigend die Treppe hinunter. Pete war extrem aufgewühlt nach all den Eindrücken der letzten Stunden und war dennoch froh, dass sie Gelegenheit bekommen würden, allein miteinander zu sein und über all das zu sprechen und vielleicht auch für anderes...
Doch da kannte er Miria schlecht, denn sie wandte sich an ihn und fragt: „Denkst du an Petra?" Etwas hochgeschreckt riss er die Augen auf und stotterte: „Äh... Ja, auch..., aber... es geht noch mehr vor, von dem du noch nichts weißt." Miria sah ihn stirnrunzelnd an.
"Sind deine Gefühle für Petra wieder erwacht?" Erschrocken hielt Pete an, nahm sie bei den Schultern und küsste sie intensiv und leidenschaftlich, um ihr zu zeigen, dass das eindeutig nicht der Fall war. Ihm war klar, dass Miria sich seiner noch nicht sicher sein konnte. Zu kurz war ihre Zeit miteinander bisher gewesen. Petra würde immer eine Freundin bleiben, aber den freien Raum im Herzen von Pete nahm nun eindeutig und für immer Miria ein.
Als sie sich trennten, lächelte Miria wieder und fragte aber dennoch weiter: "Was geht dann in dir vor? Möchtest du es mit mir teilen?"
"Natürlich, aber lass uns auf der Fahrt nach Deutschland sprechen, ich muss nämlich noch etwas erledigen, bevor wir morgen fahren."
Stunden später treffen sich alle im Vatikan. Mitten in die hitzige Debatte darüber, wie die nächsten Schritte aussehen sollten und wie man die Empfehlungen des Kardinals umsetzen könne, platzt die Meldung eines Schweizer Gardisten, dass eine Frau unbedingt Petra Menninger spre-

chen möchte. Petra, erstaunt, wer darüber im Bilde sein könnte, wo sie im Moment ist, folgt der Aufforderung und dem Gardisten zu dem Südeingang des Vatikans. Dort steht zu ihrem Erstaunen ihre indische Freundin und Meisterin Mirameh. Diese umarmt sie freudestrahlend und meint dann jedoch schnell ernst werdend: „Petra, wie schön dich zu sehen! Schade, dass du und deine Freundin es nicht geschafft haben, bis zu mir zu kommen. Die äußeren Ereignisse, das weiß ich sehr wohl, haben euch davon abgehalten, dennoch solltet ihr mich dringend besuchen. Und schiebt diesen Besuch nicht zu lange hinaus, sonst könnte es zu spät sein. Ich habe hier etwas für dich, es ist ein Päckchen. Bitte öffne es nicht vor dem 11. August diesen Jahres 2013. Da ihr nicht zu mir gekommen seid, musste ich zu euch kommen. Im Deutschen habt ihr da ein Sprichwort: Wenn der Prophet nicht zum Berg kommt, muss eben der Berg zum Propheten kommen. Und hier bin ich nun um dich zu warnen. Ein großer Sturm braut sich zusammen. Auf den höheren Ebenen sind Mächte versammelt, die das enorme Potenzial dieser Zeit für sich nutzen wollen. Ich habe dich und auch alle anderen gelehrt, die zu mir kommen, dass die Zeit in Wellen abläuft. Es gibt große und kleine Zyklen, der Mayakalender zeigt das auf. Aber auch jeder Tag mit seinem hellen Tageslicht und der dunklen Nacht zeigt einen kleineren Rhythmus auf. Die Jahreszeiten sind Rhythmen und so gibt es immer größere Zyklen, je weiter du dich von der Erde entfernst. Trotzdem haben auch die großen Zyklen Einfluss auf diese Welt hier. Was das Besondere an dieser Zeit ist, Petra, und das habe ich dir und vielen anderen immer wieder gesagt, ist, dass die Wellen von unglaublich vielen großen Zyklen jetzt aufeinandertreffen und sich zu einer einzigen großen aufschaukeln. Das kommt schon öfter vor, aber was diese Zeit noch so besonders macht, ist, dass die persönlichen Seelenrhythmen, die Wellen einzelner Individuen, ebenfalls aufeinandertreffen, sich quasi wie überschlagen, aufschaukeln zu einer hohen Welle, sodass eine Monsterwelle an Veränderungen vor der Türe steht. Diese enorme, gewaltige Energie kann zu positiven Veränderungen führen und zu der Gesellschaft werden, die wir uns alle wünschen. Sie kann aber noch immer auch zu katastrophalen Ereignissen führen. Fukushima und Tschernobyl hätten nicht sein dürfen, waren so nie vorgesehen. Aber wenn solche Monsterwellen

sich gegenseitig beeinflussen und sich zu einer einzigen vereinigen, weiß niemand mehr, was wirklich geschehen wird, welche Ereignisse stattfinden werden. Die, die in die Zukunft sehen können, sind dann sozusagen blind. Die Verantwortung der Menschen ist jetzt, sich dessen bewusst zu werden und diese gewaltige, energetische Kraft für sich zu nutzen und auf dieser Welle zu surfen und sie zu steuern, und zwar in eine schöne Zukunft.
In die Ereignisse, die hier neue Rahmenbedingungen schaffen, bist du Petra verwickelt und all deine Freunde, neue wie alte. Ich würde euch gerne mehr darüber erzählen, aber im Moment ist dafür keine Zeit. Bitte kommt so schnell wie möglich zu mir ins Haus. Es war sehr schön, dich zu sehen und ich grüße dich mit Namaste.“ Petra in all der Verwirrung, ob diesen Schwall von Worten, den sie so von Mirameh nicht gewohnt ist, da sie mit Worten normalerweise sehr sparsam umgeht, stammelt nur ein „Namaste“ zurück und schon ist die erstaunliche, kleine, indische Frau verschwunden. Petra geht mit dem kostbaren Päckchen im Arm in die Versammlung zurück, aber beteiligt sich nicht mehr an der Diskussion, sondern ist mit dem Verdauen der Worte von Mirameh sehr beschäftigt und überlegt sich, wie sie den anderen das, was sie gerade erlebt hat, beibringen kann und wie sie die Dringlichkeit, die sie im Tonfall von Mirameh wahrgenommen hat, weitergeben kann.
Pete und Miria haben sich unterdessen vom Rest der Gruppe getrennt, weil Miria Pete unter vier Augen sprechen möchte. Als Petra zurückkehrt, hat sich die Gruppe aufgelöst und sie erhielt daher keine Gelegenheit, den anderen von ihrem Besuch zu erzählen. Wann sollte sie Mirameh besuchen? Sie musste dringend zu Osama und anscheinend war es genauso dringend, Mirameh aufzusuchen. Sie kehrte in ihr Hotel zurück und war schon drauf und dran, Mirameh sofort zu besuchen. Ihr wurde die Entscheidung abgenommen, denn eine Stunde später kam Mario mit den Tickets für ihren Flug und riet ihr zu packen und schon weitere zwei Stunden später saßen sie im Flieger.

*

Auch Pete und Miria waren unterwegs, denn als Miria Pete zur Seite gezogen hatte, hatte sie ihn gefragt:

"Pete, können wir sofort ins Auto steigen und losfahren? Ich kann dir nicht erklären warum, aber Kardinal Clemonts Bitte, uns zurück nach Deutschland zu begeben, hat etwas ausgelöst in mir ... ein dringendes Gefühl, dass wir dort sehr schnell hin müssen und dass wir dort dringend gebraucht werden. Ich würde am liebsten die Nacht über durchfahren, auch wenn ich dann morgen den ganzen Tag wie erschlagen bin."

Pete sah seine neue Freundin an. Durch Petra hatte er gelernt, der weiblichen Intuition zu folgen und es immer wieder stellte er fest, wenn er so über seine Arbeit nachdachte, dass er auch sehr viel mit Intuition arbeitete, also auch mit seinem eigenen weiblichen Anteil und immer mehr zu schätzen wusste, dass es diesen gab. Und so packten die beiden ihre Koffer, Miria in ihrem Zimmer im Hotel und Pete im Vatikan. Allerdings war er schon ein bisschen enttäuscht. Er hatte auf eine Nacht mit Miria gehofft und die Recherchen, die er hatte anstellen wollen, würden auch warten müssen. Er holte sie ab und sie machten sich auf die Reise.

Es war der 4.4.2012, an dem sie sich zurück nach Deutschland begaben. Miria wartete, bis sie aus der Großstadt Rom draußen waren, aber dann konnte sie es nicht mehr aushalten.

„Was geht vor in dir Pete? Du siehst sehr besorgt aus." Pete erzählte davon, dass Petra nach Ägypten musste, um einem Freund zu helfen, nämlich Osama Ramadan, und dass das in ihm den Beschützerinstinkt ausgelöst hatte, aber nicht als Gefährte von Petra oder zukünftiger Gefährte, sondern einfach aus Sorge um eine Freundin. Und obwohl Fabrucci um Geheimhaltung gebeten hatte – erzählte Pete von seiner Begegnung mit dem Beamten und was er über seinen Vorgesetzten erfahren hatte, was ihn einerseits überraschte, auf der anderen Seite aber auch nicht verwunderte. Er hat sich immer gefragt, wie es kam, dass ein relativ junger Mann, von oben bis unten durchtrainiert, als würde er ständig Sport machen, als sein Abteilungsleiter fungierte. Es hatte immer eine geheimnisvolle Aura um seinen neuen Boss gegeben und nun hatte sich das geklärt. Aber diese Klärung hatte nur noch mehr Geheimnisse aufgeworfen. Was war die FEE? Und so hatten sie reich-

lich Gesprächsstoff auf der Fahrt. Miria erwähnte nicht, dass sie an diesem Tag Geburtstag hatte. Sie hatte keine Gründe zu feiern und wollte Pete auch nicht in Verlegenheit wegen eines Geschenks bringen.
Als die Gespräche schließlich doch verstummten, weil beide müde waren, nahm Miria ihr Aufnahmegerät heraus, um die Geschichte von Jesus weiter zu diktieren, da genau diese Bilder nun in ihr hochstiegen. Sie hielt es als Beifahrerin für ihre Pflicht, auch wachzubleiben und aufzupassen, dass Pete nicht einschlief. Er bestand darauf, die ganze Strecke zu fahren, obwohl sie durchaus imstande gewesen wäre, ihn abzuwechseln. Aber aus irgendeinem Grund stellte er sich hier stur, obwohl er sicher immer noch ziemliche Schmerzen in Arm und Brust hatte. Und so zuckte sie die Achseln, akzeptierte es und nutzte die Zeit.

*

Kardinal Clemont empfing an diesem Tag einen weiteren Besucher, nämlich den Großvater von Miria, mit den Worten: „Hallo, alter Freund! In was für einen Schlamassel sind wir hier hinein geraten?“ Ingo hatte sich nach der Besprechung mit Peter, seiner Enkelin, Petra, Pater Ralph und Mario kurzerhand ins Taxi gesetzt und war ins Krankenhaus gefahren und so schaute er seinen Freund nun an, zuckte die Schultern und meinte: „Ich bin so schlau wie du. Ich habe all meine Kontakte genutzt, um herauszufinden, wer diesen Anschlag verübt hat und wer hinter meiner Enkelin her ist. Aber ehrlich gesagt, komme ich hiermit nicht weiter. Ich bin nicht mehr beim Geheimdienst. Die meisten jungen Schnösel dort haben zwar meinen Namen schon gehört, aber Respekt haben sie nicht gerade vor mir. Die meisten meiner Freunde sind tot oder untergetaucht. Es gäbe vielleicht noch zwei oder drei, die vielleicht mehr über die Sache wissen, weil es einfach ihr Hobby ist, Geheimnisse zu sammeln. Um diese Kontakte jedoch zu aktivieren, müsste ich nach Amerika gehen, denn diese Freunde sind sehr geübt darin, sich nicht finden zu lassen. Von mehreren Regierungen ist ein Kopfgeld auf sie ausgesetzt. Auch wenn der Kalte Krieg beendet ist, hängen uns unsere Taten aus dieser Zeit nach. Ich glaube, dass ich zwei von den Dreien vielleicht finden könnte, denn wir haben für die Möglichkeit, dass ein alter Fall akut wird, ein paar Dinge ausgemacht, mit deren Hilfe ich sie aufstöbern könnte, Hinweise, die nur ich verstehe. Wir alle müssen sehr vorsichtig sein, denn es kann immer jemand ja auch unter Zwang handeln. Es gibt genügend Methoden, Menschen zu Handlungen zu bringen, die sie gar nicht wollen. Ich will natürlich auch niemanden auf die Spur meiner Freunde bringen. Aber wie gesagt, dazu müsste ich nach Amerika." Clemont hatte ruhig zugehört, nickte dann und meinte: „Und genau darum möchte ich dich bitten. Mir ist natürlich nicht entgangen, dass du versucht hast, alles auszuschöpfen, was in deinen Möglichkeiten liegt, um Klarheit in das alles hier zu bringen und das ist, im Vergleich zu manch einem Normalbürger, ja schon sehr viel. Und auch meine Möglichkeiten sind inzwischen alle ausgereizt. Hier geht es um etwas, dessen Dimensionen wir nicht im Geringsten einschätzen können. Ich habe mit der Anti-Terroreinheit der italienischen Regierung gesprochen und auch sie bestätigt, dass sich hinter den bekannten Gruppierungen etwas zusammen braut, das im Moment als düstere Wolken am Horizont zu sehen ist. Wir müssen mehr darüber erfahren, um gewappnet zu sein. Und das ist genau der Grund, warum ich dich bitte, deine Freunde zu suchen. Dir werden alle finanziellen Mittel zur Verfügung gestellt, die du brauchst. Du kannst also auf große Ressourcen zurückgreifen, wenn es sein muss. Brauchst du einen Helikopter – musst du dich nur melden. Brauchst du eine größere Summe, um jemanden zu bestechen – bekommst du sie. Du kennst das Spiel ja." Ingo nickte. Zum Teil war er froh über diesen Auftrag, denn das deckte sich genau mit dem, was er schon die ganze Zeit über tun wollte. Aber auf der anderen Seite ließ er seine Enkelin nicht gerne alleine. Doch wie es aussah, hatte sie nun in Pete einen Beschützer, der mit seinem Leben für sie eintreten würde. Und Ingo hoffte nur, dass die beiden sich wirklich finden und auch zusammen bleiben würden. In seinen Augen passten sie gut zusammen. Aber er spürte, dass das letzte Wort hierüber noch nicht gesprochen war. Da gab es noch etwas Ungeklärtes zwischen den beiden, auch wenn sie es selbst noch nicht wahrnahmen, aber der Tag würde kommen und dann würde man sehen, ob die Beziehung das aushielt. Hier ging es um etwas, das sehr viel älter war, als sie alle zusammengenommen.

Allerdings vermochte er nicht zu sagen, woher er dieses Wissen hatte. Was er nicht sehen konnte, war, dass seine ehemalige Gattin mit ihm am Bett des Kardinals stand und zustimmend nickte, denn sie hatte ihm genau das gerade gesagt und sie war glücklich, dass er sie so gut hören konnte. Wäre Petra jetzt im Raum gewesen, hätte sie die beiden Männer darauf aufmerksam machen können, dass Miria und Ingo von einer Seite Unterstützung erhielten, die ihnen nicht wirklich bewusst war. Obwohl Miria schon dämmerte, dass ihre Großmutter sie hin und wieder auf etwas hinwies, wusste sie über das Ausmaß dieser inneren Führung noch in keiner Weise Bescheid. Ingo, der Jahrzehnte Erfahrung damit hatte, seiner Intuition und inneren Stimmen zu folgen, schwante mehr davon, auch wenn er diesen Bereich nie gewagt hatte, wirklich zu erforschen. Er wusste nur, dass er in den schwierigsten Situationen, denen er als Spion im Kalten Krieg ausgesetzt gewesen war, immer wieder von unerwarteter Seite Hilfe erhalten hatte. Er hatte immer gewusst, dass er irgendwie beschützt wird, aber von wem, das wusste er nicht. Zu diesem Schutz kam nun noch seine verstorbene Frau, die allerdings vor dem Problem stand, zwischen mehreren Personen hin und her springen zu müssen. Und ihr war klar, dass sie nun eine Entscheidung treffen musste.

In diesem Moment betrat eine andere geisterhafte Erscheinung das Krankenzimmer des Kardinals, Gerda bzw. Helena sah jemanden, von dem sie genau wusste, dass diese Person noch nicht gestorben war. Deren Konturen waren fester und noch von einer Lebendigkeit durchdrungen, die sie als Pulsieren wahrnahm. Diese Person konnte anscheinend nicht auf der gleichen Wellenlänge wie sie sich verständlich machen, aber mit Zeichen bedeutete sie ihr, dass sie bei Ingo bleiben sollte und sie sich um Miria kümmern würde. Diese Frau verbeugte sich mit dem indischen Namaste-Gruß und verschwand wieder. Aber wer das gewesen war, vermochte sie nicht zu sagen.

Währenddessen ging das Gespräch zwischen den beiden Männern weiter. Der Kardinal meinte zu Ingo: „Am besten reist du sofort ab. Wir haben dir schon ein Ticket nach San Francisco gebucht, weil ich weiß,

dass du dort mit deiner Suche anfangen wirst." Ingo nickte, lächelte und dankte dem Kardinal.
„Was geschieht mit Miria und Pete? Du hast sie nach Deutschland zurück geschickt. Aber wer bewacht sie nun?"
„Lass das meine Sorge sein. Wir passen gut auf sie auf. Miria ist der Schlüssel zu einer Sache, die das ganze Religionsverständnis verändern könnte und wir werden diesen Schlüssel nicht verloren gehen lassen und gut für ihn bzw. sie sorgen. Aber aus der Ferne, damit sie die Freiheit hat, völlig ihrer Intuition und inneren Führung zu vertrauen. Außerdem brauchen sie und Pete mal ein wenig Zeit für sich. Ich bin ja nicht blind, ich sehe, was da passiert. Und wenn sie fest zusammen finden, wird dieses Band bei dem helfen, was jetzt kommen wird. Das Band zwischen Mann und Frau hat eine außerordentliche Kraft. Aus Reue für meine Taten als junger Mann bin ich in den Kirchendienst eingetreten, wohlwissend, dass ich auf diese Stütze nicht bauen kann, aber Freundschaften sind ebenso hilfreich und kraftvoll. Lebe wohl.“ Der Kardinal drückte unauffällig auf den Knopf der Kamera, sodass die Aufzeichnung kurz unterbrochen wurde. Anton sah dies und nickte wissend. Der Kardinal fuhr fort:
„Und so bist du der Einzige, dem ich mich anvertraute und obwohl es um deinen Sohn ging, hast du mir verziehen und nun weiß auch Miria Bescheid. Sie und ich haben ebenfalls unseren Frieden miteinander gemacht und das erleichtert mich sehr. Als ich dich damals ausfindig machte und ich an dich herantrat, konnten wir nicht ahnen, dass all das viel größere Dimensionen hat, als uns klar war. Ich wünsche, dass du meine damaligen Auftraggeber findest. Wir müssen wissen, warum Mirias Eltern damals sterben mussten, denn das steht im Zusammenhang mit dem Tod deiner Frau.“ Wieder wurde der Knopf gedrückt und die Aufzeichnung lief wieder. „Und nun wird es Zeit zu gehen. Ciao Bruder."
Anton/Ingo begriff sofort und tat, als hätte er die letzten Sätze seines Freundes nicht gehört:
„Ciao, mein Freund, ich bin zurück, sobald ich etwas weiß." Anton verließ das Zimmer und der Kardinal machte sich eine geistige Notiz, um sich daran zu erinnern, dass ein Freund die Aufzeichnung so verändern sollte, dass man die Unterbrechung nicht mehr feststellen würde.

*

Inzwischen wurden Petra und Mario, der sie als Beschützer vom Vatikan begleiten sollte, zum Da-Vinci-Flughafen in Rom gebracht. Immer wieder huschte Petras Blick zu dem jungen Mann hinüber, um einschätzen zu können, wie sie mit einem Bewacher umgehen sollte. Sie hatte vorgehabt, allein Osama zu suchen und ihm bei seinem Problem, worin auch immer dieses bestehen mochte, zu helfen, aber sie sah ein, dass sie nun in die Tretmühle von Ereignissen eingetreten war, die sie nur zum Teil beeinflussen konnte. Pete vertraute diesem Mann neben ihr und hatte sich mit ihm angefreundet. Und er war jemand, der nicht leicht zu Männern Vertrauen fasste. Seine Kindheitserlebnisse mit dem Vater hingen ihm noch immer nach. Petra war bewusst, dass Pete hier noch einiges aufarbeiten musste und sie hatte mit Staunen festgestellt, dass Pete anfing, dies auch so zu sehen und es vor allem auch zu tun. Vielleicht war ihre Zeit mit ihm doch nicht ohne Spuren vorüber gegangen. Sie freute sich aufrichtig, dass Miria und Pete sich gefunden hatten und hoffte nur, dass dies von Dauer sein würde und nichts dazwischen funken würde. Aber wie sie nur zugut wusste, konnten karmische Angelegenheiten zu unerwarteten Wendungen führen.

Mario hatte ihr noch verraten, dass er nicht unter seinem eigentlichen Namen reiste und auch nicht als Vatikanischer Polizist. Er reiste unter dem Mädchennamen seiner Mutter, nämlich Mario Girotti, und sie beide würden sich zur Tarnung als Touristen-Paar ausgeben. Da sie nicht wussten, mit wem sie es im Hintergrund zu tun hatten, und welche Möglichkeiten diesen Leuten zur Verfügung standen, wollte der Kardinal kein Risiko eingehen. Außerdem hielt er es für das Beste, wenn im Moment nicht alle wichtigen Personen für eine zukünftige Expedition an einem Ort versammelt waren und glaubte, seine Dezentralisierungspolitik würde sich noch als nützlich erweisen. Und wie die Zeit zeigte, behielt er recht.

Miria hatte die Entscheidung getroffen, ihr anderes Auto abzuholen und da sie Pete als Fahrer dabei hatte, würden sie dann hintereinander herfahren. Außerdem wollte sie ihr Handy wieder, da darin doch einige Nummern waren, die sie nicht wieder hatte rekonstruieren können. Pete war dagegen gewesen. Er fand es nicht klug, denn die gleichen Gründe, warum sie das Auto und die Handys zurück gelassen hatten, galten noch immer - sogar stärker denn je, wenn man an den Anschlag dachte. Aber als er Mirias Entschlossenheit bemerkte, hielt er den Mund. Er wollte ihre zart aufkeimende Beziehung nicht gleich durch einen ersten Streit verdüstern. Später hätte er sich jedoch gewünscht, er hätte es riskiert.

21.

Mirias Großmutter sah der verschwindenden weiblichen Gestalt nach, während sie noch in Kardinal Clemonts Krankenzimmer weilte, doch in diesem Moment materialisierten sich aus einem Lichtstrahl zwei andere Personen und sie freute sich so sehr, diese zu sehen. Es war ihr Sohn mit seiner Frau. Beide nahmen Helena in die Arme. Wieder einmal war sie erstaunt, dass sie doch noch so etwas wie einen Körper hatte, obwohl sie tot war, und mit diesem Körper ihren Sohn und seine Frau, die ja ebenfalls verstorben waren, in den Arm nehmen konnte. Sie fühlte, wie sie zu Lebzeiten gefühlt hatte. Sie hatte sich an das Tot-Sein noch immer nicht gewöhnt.

Ihr Sohn wandte sich nach der Begrüßung dann auch an sie: „Mutter, wir werden die Begleitung von Miria übernehmen, da hast du die Frau gerade eben richtig verstanden. Aber in einem Punkt hast du dich geirrt: Sie wird Petra und Mario begleiten und nicht Pete und Miria, da wir das übernehmen. Wir sind gekommen, um dir zum einen das zu sagen und dir die Versicherung zu geben, dass Miria und Pete in guten Händen sind. Vater wird dich auf seiner Reise nach Amerika dringend brauchen und daher geh nun bitte mit ihm.“

Die beiden Lichtgestalten verschwanden wieder und Helena genauso, denn sie folgte Anton, der nun unter dem Namen Ingo lebte, sodass Kardinal Clemont nun tatsächlich einmal allein in seinem Zimmer war. Allerdings wünschte er sich, Petra wäre noch da, denn er hatte deutlich die Präsenz derjenigen, die er im Augenblick des Anschlages gesehen hatte, wieder im Raum gespürt. Allerdings wusste er nicht warum, denn diese Angelegenheit war ja nun geklärt und seltsamerweise hielt dieses

Gefühl der Präsenz auch nicht lange an. Er hatte keine Ahnung, was das zu bedeuten hatte, denn er hatte es so verstanden, dass sie nicht mehr zurück kehren würden, aber für einen kurzen Augenblick waren sie wohl doch noch einmal dagewesen. Er hatte nun alles in die Wege geleitet, was ihm an Ideen gekommen war und lehnte sich zurück. All das hatte ihn erschöpft. Seine Wunden schmerzten, doch er wollte sie nicht mit weiteren Schmerzmitteln betäuben. Für ihn war das eine letzte Sühne für die Sünden seiner Jugend.

*

Petra und Mario bestiegen ihren Flieger und jeder blätterte in den Zeitschriften, die sie sich am Flughafen Roms gekauft hatten, doch Petra konnte sich nicht recht darauf konzentrieren und als Mario seine Zeitung ebenfalls wegpackte, sah sie ihn an und fragte: "Mario Girotti, der Name kommt mir irgendwie bekannt vor. Es lässt mir einfach keine Ruhe. Kannst du mir da weiter helfen?" Mario lachte und meinte: „Ja, du hast den Namen vermutlich schon gehört. Hast du die Verfilmungen von Karl May eigentlich je gesehen?" Petra meinte: „Ja, die sind zwar ein bisschen alt, aber ich habe einige davon gesehen."
„Da kommt ein Schauspieler namens Mario Girotti vor. Allerdings hat er später einen anderen Namen und eine andere Haarfarbe angenommen. Er wurde blond und zu Terrence Hill." Petra patschte sich theatralisch auf die Stirn und lachte. „Natürlich, Terrence Hill. Hast Du irgendwas mit ihm zu tun? Verwandt oder so?" Mario lachte und meinte: „Nein, Girotti ist so ein Name wie in Deutschland Schmitt oder Müller und von daher gibt es keinen Verwandtschaftsgrad. Aber ich glaube, meine Mutter hat sich bei der Vergabe dieses Namens schon etwas dabei gedacht." Petra lachte wieder und meinte: „Ja, das glaube ich auch. So attraktiv wie er bist du allemal." „Oh danke, du bist aber auch nicht von schlechten Eltern!" Petra lachte und bedankte sich für das Kompliment.
„Wie alt bist du eigentlich, wenn ich fragen darf?" „Siebenundzwanzig." antwortete Mario. „Hm..., da bring ich ein paar Jährchen mehr mit." Darauf wusste Mario nichts mehr zu sagen und sie verfielen wieder in Schweigen.

Petra musste zugeben, dass Mario ihr schon die ganze Zeit gefallen hatte, aber sie hatte nicht ernstlich in Betracht gezogen, diesen Gedanken weiter zu verfolgen. Außerdem hatten die Ereignisse sie alle ziemlich auf Trab gehalten. Aber nun war sie mit dem jungen Mann alleine unterwegs und nichts lenkte sie im Moment ab. So prüfte sie ihre Gefühle und musste feststellen, dass ihr etwas an dem Mann neben ihr lag, wenn sie auch noch nicht genau wusste, ob es Freundschaft oder etwas anderes war. Wenn man Personen aus der eigenen karmischen Vergangenheit begegnete, sollte man immer genau prüfen, ob es da um alte Gefühle oder neue ging...

Mario hingegen war mit ganz anderen Dingen beschäftigt, obwohl er sich der schönen Frau an seiner Seite durchaus bewusst war: Man hatte ihm den Schutz genau dieser Frau anvertraut, deren Rolle bei der Suche nach den Salomon Siegeln noch nicht wirklich klar war. Wie er mitbekommen hatte, konnte sie Wesenheiten sehen, die andere nicht sehen können und sie war Petes Ex. Ein Mann, den er respektierte und auch bewunderte. Er war stolz darauf, ihn seinen Freund nennen zu dürfen und war sicher, dass ihnen allen noch einige Abenteuer bevorstünden.

Der Kardinal hatte ihm eingeschärft, darauf zu achten und zu drängen, dass das, was auch immer Osama von Petra erwartete, so schnell wie möglich erledigt werden müsse und sie beide dann zurückzukehren hätten. Kardinal Clemont hatte ihn einige Adressen in Ägypten auswendig lernen lassen und auch einige Telefonnummern, an die er sich notfalls wenden könnte, wenn irgendwelche Probleme auftreten würden. Osamas Frau würde sie beide in Empfang nehmen und zu ihrem Mann bringen. Wo der sich zur Zeit aufhielt, hatte er Petra am Telefon nicht verraten wollen. Vielleicht hatte er Angst, abgehört zu werden und so war die Vorsicht wohl auch berechtigt.

Mario fragte sich, was hinter dem Anschlag auf Kardinal Clemont steckte. Ihm wäre es lieber gewesen, wenn man ihn in die Ermittlungen mit einbezogen hätte und er sich auf diese Weise nützlich machen konnte. Reisebegleiter für eine abenteuerlustige Frau zu sein, auch wenn sie recht nett und attraktiv war, war nicht gerade das, wonach ihm der Sinn stand. Nach seiner Militärzeit war er zur Vatikanischen Polizei gegangen, weil er etwas bewirken wollte. Der Schutz des katholischen

Glaubens und des Klerus war für ihn zur wichtigen Lebensaufgabe geworden. Natürlich war er nicht blind und konnte die Problematiken, in denen diese Organisation stand, sehen, aber gerade deshalb mussten die Führer dieses Glaubens geschützt werden, denn zwei Milliarden Gläubige, die dem Lehrer Jesu Christi auf die eine oder andere Art folgten, beinhalteten doch eine gewaltige Verantwortung. Immerhin machte das fast ein Drittel der gesamten Weltbevölkerung aus. Marios Glauben war geprägt von dem seiner Eltern, die tief religiös waren, jedoch nicht auf eine andere ausgrenzende Weise. Sie vertraten den Standpunkt, dass jeder das glauben durfte, was er wollte. Alle verehrten den gleichen Gott, davon waren sie überzeugt und ihren Glauben und ihre Überzeugungen hatte Mario als Kind unbesehen übernommen und sie nach und nach als wirklich ganz und gar seine eigenen akzeptiert. Er betete viel, auch wenn er das nicht an die große Glocke hängte. Nun mit dem Islam konfrontiert zu werden, behagte ihm nicht so ganz, aber nicht, weil er deren Glauben ablehnte, sondern weil er die Ablehnung seines Glaubens fürchtete. Doch diese Gedankengänge führten zu nichts und so öffnete er schließlich die Mappe mit Unterlagen, die man ihm mitgegeben hatte, und musste überrascht feststellen, dass er einen weiteren Auftrag in Ägypten durchführen sollte. Bei der Ermittlung, woher der Wind des Anschlags wehte und ob dieser etwas mit den Salomon Siegeln oder mit den alten Glaubenskriegen zu tun hatte, überprüfte man alle Möglichkeiten. Und nachdem er ohnehin nach Ägypten reiste, sollte er sich mit den vatikanischen Kontaktleuten in Verbindung setzen, um herauszufinden, ob islamistische Extremisten hinter dem Anschlag an Kardinal Clemont stecken könnten. Man wollte hier keine Nachforschungen per Telefon oder Internet anstellen, denn heutzutage waren keine elektronischen Leitungen vor Hackern sicher. Untersuchungen vor Ort waren da angebrachter. Mario freute sich sehr über das Vertrauen, denn das zeigte, dass er doch nicht aus den Ermittlungen ausgeschlossen und nicht auf ein Abstellgleis geschoben wurde, wie es ihm ein wenig vorgekommen war, obwohl er ja bewiesenermaßen mehrmals gute Arbeit geleistet hatte. Dieser Zusatzauftrag war der Beweis dafür, dass man ihn für tüchtig hielt. Wie er das jedoch als Dauerbegleiter von

Petra koordinieren konnte, war ihm noch nicht klar, aber das würde sich schon zeigen.
Als Petra und Mario auf dem Flughafen von Kairo alle Formalitäten hinter sich hatten und auch ihr Gepäck wieder an sich genommen hatten, traten sie aus der Schiebetür hinaus und suchten nach hochgehaltenen Schildern mit ihren Namen. Und tatsächlich: Eine Frau hatte Petras Vor- und Nachnamen auf einem Schild stehen, das sie hochhob und direkt daneben stand ein Mann, der den Namen Mario Girotti aufgemalt hatte. Ob die beiden die lateinischen Buchstaben überhaupt lesen konnten?
Petra trat vor Osamas Frau und Mario vor den Mann. Der Ägypter und Osamas Frau Farah blickten sich etwas bedröppelt an und begannen dann eine hitzige Debatte auf Arabisch. Petra und Mario hörten den beiden ein wenig hilflos zu. Mario war des Arabischen nicht mächtig und Petra hielt es nicht für angezeigt zuzugeben, dass sie arabisch sprach. Beide Abholer wollten anscheinend beide Besucher mitnehmen, aber wohl in entgegen gesetzte Richtungen.
Schließlich hielt Mario es nicht mehr aus und warf ein heftiges „STOPP!" in die Debatte. „Spricht von Ihnen jemand Deutsch oder Englisch?" Der Mann antwortete: „Ich spreche Deutsch. Aber die Frau hier spricht kein Englisch oder Deutsch, sondern nur Arabisch. Sie soll Ihre Begleiterin abholen und zu ihrem Mann bringen, wie sie mir mitteilte, ohne mir allerdings zu verraten, wo das sein würde. Sie hat nicht damit gerechnet, dass Frau Menninger in Begleitung eines Mannes wäre. Der wiederum wurde mir avisiert. Sie müssen mich begleiten. Ich bin von der gleichen Behörde wie Sie, auch wenn ich nicht so aussehe und wirke, das ist allerdings auch Absicht. Wir haben also ein Dilemma und wissen nicht, was wir jetzt tun sollen. Das Beste wäre, wenn Sie sich trennen und wir Sie später wieder zusammen führen."
Mario antwortete: „Ich habe hier einen ganz klaren Auftrag, nämlich die Frau an meiner Seite überall hin zu begleiten. Wenn ich allerdings noch anderswo erwartet werde, bleibt uns nichts anderes übrig, als sie mitzunehmen und Frau Ramadan ebenfalls." „Ja, das war auch meine Idee aber Frau Ramadan hat Kinder, die sie von der Schule abholen muss.

Und hier in Kairo, ich weiß nicht, ob Sie schon mal hier gewesen sind, muss man sehr viel Zeit für die Wege einberechnen."
„Gut, dann holen wir eben erst die Kinder ab und fahren dann alle gemeinsam dorthin, wo Sie mich sprechen wollen. Und dann werden wir sehen, wie die weiteren Schritte sind. Ich weiß zwar nicht, wer hier den höheren Rang hat, aber das ist keine Bitte."
„Na gut, nennen Sie mich Ismael. Wir werden zunächst zum Fahrzeug der Frau gehen und Ihr Gepäck unterbringen. Dann werde ich Ihnen mit meinem Fahrzeug folgen, bis die Kinder eingeladen sind. Und dann folgen Sie bitte mir." Auf Arabisch erklärte er der Frau den Plan, die wieder mit einem Schwall von Worten antwortete, den Ismael resigniert über sich ergehen ließ. Aber da Mario hier eindeutig befohlen hatte und dem Verhalten von Ismael nach müsste dieser einen höheren Rang als er selbst haben, wurde dem nun Folge geleistet. Wie hoch angesehen Polizisten der Vatikanischen Polizei waren, war Mario nie so recht klar gewesen, da er selten außerhalb Roms agierte.

Durch das unbeschreibliche Chaos von Kairos Verkehr brauchten sie eine Stunde bis zur Schule der Kinder. Dort mussten sie ungefähr eine halbe Stunde warten, bis die Kinder, ein Junge und ein Mädchen, endlich kamen und im Auto Platz nahmen. Dann setzte sich Ismael an die Spitze und sie wühlten sich wieder durch den Verkehr. Verkehrsregeln schien es hier keine zu geben, auch Ampeln wurden einfach ignoriert. Es schien, als dienten sie lediglich als farbige Untermalung des Stadtcouleurs und nicht irgendwelchen Regelungen von Stop-and-Go. Währenddessen hatte Frau Ramadan mehrere Telefonate geführt und sich wohl dem Ganzen gefügt. Sie hatte allerdings nicht verraten, dass sie mit Osama gesprochen hatte, denn er hatte ihr nicht erlaubt, es preis zu geben.
Petra saß auf dem Rücksitz von Frau Ramadans Auto und wunderte sich, denn wenn sie in die anderen Fahrzeuge hineinblickte, konnte sie fast nie eine weibliche Fahrerin sehen. Farah schien hier eine Ausnahme zu sein. Schließlich klingelte ihr Handy und dran war natürlich Osama, der sich auf Arabisch an sie wandte:

„Petra, wie sieht´s aus, ich habe gehört, ihr seid mit meiner Frau nun unterwegs. Wer ist der Mann in deiner Begleitung? Ich hatte *dich* gebeten zu kommen und es ist offensichtlich nicht dein Ex-Mann. Was soll das alles?"
„Du hast Recht Osama, aber ich bin hier in eine Geschichte geraten, die es ratsam scheinen ließ, mich nicht alleine hierher reisen zu lassen. Das sind zum einen natürlich die Unruhen hier in deinem Land und als Frau allein unterwegs zu sein, ist momentan hier nicht so lustig. Das ist der eine Grund und der andere ist, dass ich durch meinen Ex-Mann und seine neue Freundin, die auch meine Freundin ist, in etwas hinein geraten bin, das ich noch nicht wirklich abschätzen kann. Es hat jedenfalls einen Anschlag im Vatikan gegeben und darum wollte man mich nicht alleine zu dir lassen. Sie wollen auch, dass ich so schnell wie möglich wieder zurückkomme, um an dem Projekt, an dem ich da beteiligt bin, weiter arbeiten zu können. Aber sag, wofür brauchst du meine Hilfe? Ich bin etwas erstaunt über deine Anfrage. Ich bin natürlich so schnell ich konnte hierhergekommen. Wo steckst du denn?"
„Das möchte ich übers Telefon nicht sagen. Meine Frau weiß Bescheid und wenn ihr unbedingt noch mit diesem Ismael mit müsst, dann beeilt euch aber, denn ich brauche wirklich dringend Hilfe, beziehungsweise ein Freund von mir."
„Nun, ich glaube, dass wir über Ismael noch so etwas wie eine Eskorte mitbekommen. Also rechne damit, dass hier mehr Personen auftauchen als Mario und ich, deine Frau und deine Kinder sind auch dabei. Warum willst du, dass alle drei ebenfalls zu dir kommen? Habe ich das überhaupt so richtig verstanden?"
„Ja, hast du. Im Moment sind sie bei mir am sichersten. Auch ich bin in eine Geschichte hinein geraten, von der ich noch nicht abschätzen kann, wo sie hinführt. Und was sie zu bedeuten hat, weiß ich schon gar nicht. Das ist ja einer der Gründe, warum ich wollte, dass du kommst. Habe ich dich also richtig verstanden, dass Mario von der Vatikanischen Polizei ist und dieser Ismael auch?" Petra antwortete: „Ich weiß nicht, ob Ismael von der Polizei ist, aber er ist zumindest ein Angestellter des Vatikans. So vermute ich zumindest. Und dass sich Mario vielleicht hier bei einer Außenstelle des Vatikans melden muss, erscheint mir logisch,

allerdings habe ich den Verdacht, es geht noch um ein bisschen mehr. Aber bisher hat Mario mich nicht eingeweiht, und vielleicht ist es auch besser, wenn ich da nicht mehr weiß. Er ist jedenfalls zu einem Gespräch mit einem Vorgesetzten geladen und da muss er dann auch hin. Danach werden wir gleich zu dir kommen. Wir sehen uns dann."
„Ja, tun wir. Mach´s gut. Bis später." Petra legte auf. Mario, der natürlich kein Wort verstanden hatte, blickte sie verwundert und zugleich fragend an. Doch Petra hatte beschlossen, nichts zu sagen und erst einmal abzuwarten.

Nach einer weiteren Stunde Verkehrsgewühl in Kairo kamen sie an einem baufälligen Haus in einer schmalen Gasse an. Ismael, der ihnen voraus gefahren war, bat alle auszusteigen. Osamas Frau nahm beide Kinder an die Hand und stapfte mit zusammen gekniffenen Lippen hinter Ismael, Petra und Mario her. Durch eine unauffällige Holztür betraten sie einen schmalen Gang, von dem mehrere Türen abzweigten. Ismael öffnete eine und bedeutete Frau Ramadan und ihren Kindern dort zu warten. Und auch Petra sollte ihr dabei Gesellschaft leisten, während er Mario mit sich nahm.
Ismael stellte Mario seinen Vorgesetzten vor und dieser informierte ihn von ihren Nachforschungen. Hinter dem Anschlag steckten eindeutig *keine* islamischen Bemühungen, der katholischen Kirche zu schaden. So lautete das Ergebnis. Diese konzentrierten ihre Aktivitäten derzeit sehr auf die USA. Mario erhielt ausführliche Dokumente mit der Bitte, sie seinen Vorgesetzten vorzulegen. Ismael sah Mario bei der Übergabe sehr seltsam an, legte demonstrativ einen weiteren Aktenordner auf den Stapel, den Mario schon in Händen hielt und ließ die Augen noch einmal zu der neuen Akte schweifen und Mario verstand, dass Ismael hier nicht offen sprechen könne, ihm jedoch etwas Zusätzliches mitgegeben hatte, von dem sein Vorgesetzter möglicherweise nichts wusste.
Danach führte Ismael Mario zu den Frauen und Kindern zurück und ihnen allen wurde nun mitgeteilt, dass sie nun gehen könnten. Da Petra und Mario in Begleitung von Einheimischen waren, bekamen sie keinen Personenschutz mit, obwohl das eigentlich Vorschrift war. Sie alle stiegen jedenfalls in das Auto von Frau Ramadan und diese fuhr mit

ihren Gästen in brütendem Schweigen los. Sie hatte nicht viel von dem leise auf Arabisch geführten Handy-Gespräch ihres Mannes mit Petra mitbekommen und das machte sie offenbar noch missmutiger.

Mario blickte immer wieder einmal nach hinten, um festzustellen, ob sie verfolgt würden. Dies ließ sich jedoch in dem Verkehrsgewühl von Kairo unmöglich feststellen. Doch er meinte, hin und wieder Ismaels Fahrzeug weit hinten zu sehen. Er sagte dazu jedoch nichts in Gegenwart der Frauen.

Sie verließen Kairo auf einer der Ausfallstraßen, doch da Petra noch nie hiergewesen war, konnte sie nicht feststellen, in welche Richtung sie sich bewegten. Mario registrierte das sehr wohl, doch auch er war nicht ortskundig und so waren sie ganz in der Hand der Frau, die sie ebenfalls nicht kannten. Lediglich Petras Vertrauen in Osama ließ Mario sich soweit beruhigen, dass er dieser die Zügel – zumindest momentan, in den Händen ließ. Frau Ramadan fuhr die ganze Nacht. Die Kinder schliefen und auch Petra nickte ein, doch Mario blieb wach auf dem Beifahrersitz neben Farah, schon deshalb, weil sie sich in einem Land befanden, in dem große Unruhe herrschte. Er würde dann schlafen, wenn dafür Zeit war. Als Polizist hatte er gelernt, seine Bedürfnisse hintenan zu stellen und sich um diese zu kümmern, wenn es dafür Raum gab.

Insgesamt waren sie vielleicht acht Stunden unterwegs und da weite Strecken entlang des Meeres führten, wusste Mario ungefähr, wo sie waren. Frau Ramadan hielt wieder einmal bei einer Sperre an, unterhielt sich mit dem dortigen Wachmann und dieser ließ schließlich alle passieren. Sie waren zu einer Hotelanlage gefahren und vor dem Hauptgebäude wartete Osama auch schon auf sie.

Er begrüßte seine Frau nur kurz mit einigen Worten, und nahm dann auch Petra und Mario in Empfang. Hier nahm er sich allerdings die Freiheit, Petra zu umarmen und Mario reichte er die Hand und meinte: „Ihr müsst müde sein. Ich habe zwei Zimmer für euch herrichten lassen. Schlaft euch erst einmal aus und um zwölf Uhr mittags treffen wir uns dann am Pool des Hotels. Dann werden wir alles besprechen.“

Petra und Mario, die wenig Schlaf abbekommen hatten, waren froh, erst einmal ausruhen zu können und fielen in ihre Betten. Doch schließlich waren sie pünktlich zur Stelle.

Osama bestellte auf Arabisch Getränke für alle und dann begann er, seine Abenteuer zu erzählen, bis zu dem Moment, als Jasim ins Wasser gefallen war und Osama ihn da wieder raus gezogen hatte, und Osama endete:
„Jasim liegt nun hier in einem Hotelzimmer, aber er hat sein Bewusstsein seit diesem Vorfall nicht wieder erlangt. Ich habe hin und her überlegt, wo wir vielleicht hin könnten und habe dann beschlossen, mich mitten in einem touristischen Hotel mit ihm zu verstecken. Die Militärs, die uns begleitet haben, sind noch in der Nähe, aber ins Hotel dürfen sie nicht. Sie mussten ohnehin ihren Vorgesetzten Bericht erstatten und wissen, dass wir hier einigermaßen sicher sind. Mein Problem ist jetzt, dass Jasim nun seit zwei Wochen ohne Bewusstsein ist. Er atmet nur einen Atemzug in mehreren Minuten, seine Körperausscheidungen sind praktisch null. Er ist so reduziert mit seinen Lebensfunktionen, dass ich nicht mehr weiß, was ich mit ihm tun soll. Ich wage es nicht, ihn in ein Krankenhaus zu bringen, wenn ich auch nicht erklären kann warum. Es ist kein normales Koma, denn das habe ich schon bei einem Verwandten erlebt. Es ist auch nicht das, was man Wachkoma nennt. Ich weiß nicht, in welchem Zustand er ist, aber er ist auf jeden Fall noch nicht tot. Sein Geist weilt irgendwo. Ich weiß nicht wo. Ich weiß nicht warum. Und ich dachte, du kannst vielleicht mit deiner Fähigkeit mehr feststellen als ich und ihn irgendwie zurückholen." Petra schluckte, da setzte aber Osama viel Vertrauen in sie. Sie hatte keine Ahnung, ob sie ihm wirklich helfen konnte, aber sie versprach ihm, es zu versuchen. Allerdings war das eine ziemliche Zumutung, doch das sagte sie nicht.
Und so gingen die Drei auf das Zimmer, in dem Jasim lag. Es war so, wie Osama gesagt hatte. Nur ganz selten hob und senkte sich die Brust von Jasim, doch er lebte eindeutig noch. Petra atmete mit ihrer Yogatechnik ein und aus und sah sich dann mit ihrem geistigen Auge um. Hier im Raum war seine Seele jedenfalls nicht. Konnte sie dort zurück

geblieben sein, wo Jasims Seele die Blume des Lebens berührt hatte? Aber etwas in ihr sagte ihr, dass es nicht so war.
Sie setzte sich in einen Sessel und versetzte sich in einen noch tieferen meditativen Zustand, so wie es ihr Mirameh, ihre Yogalehrerin, gezeigt hatte. Petra wusste schon lange, dass Mirameh eine indische Meisterin erster Güte war und dass sie wesentlich mehr als Yoga lehrte. Das Yoga war jedoch das Aushängeschild, um Menschen, die sich für ihre Lehre interessierten, herbeizuholen. Und so dehnte Petra nach der Lehre ihrer Meisterin ihren Geist aus. Erst über das Hotel in alle Richtungen gleichzeitig und weit darüber hinaus. Dabei rief sie immer wieder den vollständigen Namen von Jasim mit all den Titeln - er hatte ja mehrere Doktortitel, um eine ganz präzise Signatur auszusenden und auch zu finden.
Zwei Stunden streifte ihr Geist überall umher, um nach dem Licht von Jasim zu suchen und tatsächlich, da sah sie einen Lichtfunken, der sie anzog. Merkwürdigerweise konnte sie die Umrisse der Pyramiden von Gizeh sehen. Jasims Geist schien sich dort, warum auch immer, aufzuhalten. Sie sah das Licht, das dieses Wesen ausmachte und es umrundete die Pyramiden. Das Licht stieg an diesen hinauf und hinab, und kreiste dann wieder. Es schien irgendwelche Untersuchungen vorzunehmen. Vorsichtig näherte Petra sich diesem Licht und sprach es an: „Jasim? Ich bin Petra, eine Freundin Osamas. Er macht sich große Sorgen um Sie.“ „Warum denn? Ich bin hier. Ich habe wichtige Forschungen zu betreiben. Ich bin da auf etwas gestoßen und muss unbedingt feststellen, ob es der Wahrheit entspricht.“
Petra bemerkte, dass Jasim gar nicht bewusst war, dass er sich nicht in seinem Körper befand. Wie sollte sie ihm das beibringen? Vielleicht war der direkte Weg hier der Beste.
„Jasim, Sie sind nicht in Ihrem Körper. Sie haben die Blume des Lebens im Osireon berührt und seitdem sind Sie ohne Bewusstsein. Osama ist in großer Sorge, denn Ihr Körper scheint den Stoffwechsel immer weiter zu reduzieren und es ist absehbar, dass er irgendwann ganz aufhört zu funktionieren.“ Jasim schreckte hoch.
„Wie ist das möglich? Ich bin doch hier. Ich gehe dem nach, was die Blume des Lebens mir gezeigt hat. Und Sie behaupten, ich bin nicht in mei-

nem Körper? Fühle ich mich deshalb so losgelöst? „Hm..., wenn ich es mir recht überlege, weiß ich nicht, wann ich das letzte Mal gegessen oder gar geschlafen habe. Sie könnten also Recht haben. Sterben will ich noch nicht. Ich habe noch so viel zu tun. Ich bin auf etwas Ungeheuerliches gestoßen! Sehen Sie dieses Gebilde da?“ Petra sah einen Turm bestehend aus Lichtern, die spiralförmig angeordnet waren, es schienen Hunderte vielleicht Tausende zu sein.
„Was ist das?“ fragte sie Jasim.
„Das weiß ich noch nicht. Ich habe nur eine vage Ahnung davon, aber das ist der Code, der hinter der Blume des Lebens steckt.“ Petra betrachtete diesen Turm und verstand nichts. Darum konzentrierte sie sich wieder auf Jasim.
„Bitte kommen Sie mit mir. Ich führe Sie zu Ihrem Körper und wenn Sie sich mit diesem wieder vereint haben, können Sie Nachforschungen über die Bedeutung dieses Turmes anstellen.“ Jasim zögerte, vielleicht war ihm bewusst, dass er sich dann kaum noch erinnern würde – doch dann ging er mit Petra mit und diese raste in Gedanken, mit Jasim an der Hand, nach Soma Bay zurück in das Hotel, von dem sie noch nicht einmal den Namen wusste, da sie im Dunkeln angekommen waren und noch gar keine Zeit gehabt hatte festzustellen, wo genau sie sich befand.
Sie ließ Jasims Hand los, kam in ihrem Körper an, schlug dann die Augen auf und Jasim tat das Gleiche. Er richtete sich auf und schaute sich verwirrt um:
„Wo bin ich? Warum sind wir an diesem Ort? Wir müssten doch in Abydos sein." Osama eilte an das Bett seines Freundes und antwortete diesem:
„Du hast die Blume des Lebens berührt und dabei sind wir beschossen worden. Du bist ins Wasser gestürzt. Da mussten wir dich wieder herausfischen und seitdem bist du ohnmächtig gewesen."
„Ohnmächtig? Wann war das?"
„Genau vor fünfzehn Tagen. Ich habe dich von Abydos hierher bringen lassen, weil ich nicht wusste, was ich machen soll, denn du bist einfach nicht aufgewacht - egal, was ich auch getan habe. Ich hatte keine Ahnung, wie ich dich wieder aufwecken kann. Ich wusste, ein Krankenhaus

würde hier auch nicht helfen. Darum habe ich eine Freundin, die mit spirituellen Praktiken arbeitet, aus Deutschland holen lassen - und das hat funktioniert. Sie hat dich zurückgeholt. Da drüben sitzt sie. Das ist Petra Menninger."
Jasim schaute Petra lange an und meinte dann:
„Hm, ich habe das Gefühl, dass ich Sie kenne, aber ich weiß nicht woher."
Petra antwortete: „Ich habe Ihren Geist, oder wenn Ihnen das lieber ist, Ihre Seele, bei den Pyramiden in Gizeh gefunden und ihn anschließend hierher geholt."
„Bei den Pyramiden? Was wollte ich denn da?"
„Haben Sie gar keine Erinnerungen an unser Gespräch?"
„Unser Gespräch? Nein."
„Und an den Turm mit Lichtern, den Sie mir gezeigt haben?"
„Lichter? Ich habe keine Ahnung, wovon zum Teufel Sie da sprechen, junge Frau."
Jasim war sich wohl nicht bewusst, wie unhöflich er klang, aber so verwirrt, wie er war, war das vielleicht kein Wunder. Osama schaute etwas säuerlich und dessen Miene richtig deutend fügte Jasim an:
„Aber wenn ich Ihnen zu verdanken habe, dass ich wieder hier bin, dann danke ich Ihnen natürlich."
„Oh, gern geschehen.", antwortete Petra, aber sie war nicht sicher, ob sie das auch ehrlich meinte.
Was Petra nicht bemerkt hatte war, dass Mirameh sich im gleichen Raum befand. Sie hatte ihr die richtigen Ideen, wie sie vorgehen und in welche Richtung sie suchen sollte, „eingegeben". Mirameh stand neben dem Sessel, in dem Petra sich befand und registrierte, wie erschöpft deren Körper war. Eine Astral-Suche ist keine Kleinigkeit und erfordert viel Kraft. Petra musste dringend etwas essen. Und so sagte sie laut, in dem Bewusstsein, dass ein Teil von Petra sie sehr wohl wahrnahm und sie auch hören konnte:
„Du hast Hunger. Du musst essen. Dies ist wichtiger als alles andere in diesem Moment."
Und laut sagte Petra daher: "Ich weiß ja nicht, wie es Ihnen geht, meine Herren, aber ich muss jetzt etwas essen. Und ich könnte mir vorstellen,

dass Jasim nach den zwei Wochen auch einen Bärenhunger hat." Dieser lachte und meinte:
„Ich kann mir nicht vorstellen, dass ich fünfzehn Tage geschlafen habe, denn ich bin hundemüde und habe wirklich Hunger. Also lasst uns essen gehen."
Mario, der dem Ganzen stillschweigend zugeschaut hatte, wurde Jasim nun ebenfalls noch vorgestellt. Allerdings nur als Begleiter von Petra und nichts über seinen Hintergrund. Und so saßen die drei Männer mit den zwei Frauen - Osamas Frau hatte sich mit den zwei Kindern zu ihnen gesellt, an einem Tisch und unterhielten sich lebhaft, wobei Osama immer wieder für seine Frau übersetzte.
Später suchte Mario Petra in ihrem Zimmer auf und fragte sie:
„Wann können wir abreisen? Du hast deinen Auftrag erfüllt und ich den meinen."
„Welcher war das - außer mich zu begleiten?"
„Nun, ich habe ein paar Informationen in Ägypten abgeholt, aber sie haben nichts Neues herausgefunden. Wir könnten also beide wieder abreisen." Petra verzog komisch das Gesicht,
„Was, ich bin in Ägypten und darf die Pyramiden nicht sehen?" Sie machte einen Schmollmund.
„Ich bin in einem Land, das ich zwar früher schon besuchte, aber das mir nun noch mehr bedeutet. Ich weiß, dies ist keine Touristenreise und die Zeiten sind denkbar ungünstig, aber ich will doch wenigstens die Pyramiden sehen und in der großen Pyramide drinnen gewesen sein. Geht es dir nicht auch so?" Mario antwortete wahrheitsgemäß:
„Ja, schon. Lass mich darüber nachdenken. Genieß du den Pool oder das Meer und ich werde sehen, was sich machen lässt."

22.

Miria und Pete kamen am frühen Nachmittag in Stankt Sigismundo an. Inzwischen hatte die Schneeschmelze begonnen. Die Sonne schien warm, als sie aus dem Auto stiegen, das sie hinter dem älteren Auto von Miria geparkt hatten.

Es schien alles in Ordnung zu sein. Sie hätten sich sofort in die Autos setzen können, um weiterzufahren, doch Miria zögerte. Wenn sie jetzt weiterfuhren, dann würden sie mitten in der Nacht irgendwann ankommen und dann am nächsten Tag fix und fertig sein. Sie drehte sich zu Pete um und fragte:

„Was meinst du? Wollen wir heute nicht hier bleiben und lieber morgen tagsüber fahren? Ich habe keine Lust, mir die halbe Nacht um die Ohren zu schlagen, um dann am nächsten Tag immer nur müde zu sein. Außerdem müssen wir ja noch weiter bis nach Maria Bildhausen und das ist dann doch noch ganz schön weit. Und wenn wir dort um drei oder vier in der Früh ankommen, ist das auch nicht so sinnvoll. Da wir uns nicht angekündigt haben, werden wir auch nicht erwartet. Also können wir uns die Zeit doch so einteilen, wie wir wollen, oder?"

„Du willst hier bleiben und morgen früh erst starten?"

„Ja, das würde ich gerne." Petes Herz hüpfte bei dieser Vorstellung einen Moment lang auf und ab, aber er versuchte sich nichts anmerken zu lassen und meinte:

„Nun dann erkundigen wir uns mal, ob noch ein Zimmer frei ist." Und da sie nicht protestierte und von zwei Zimmern sprach, fing sein Herz an, ganz merkwürdige Gefühle zu produzieren. Es baute sich in ihm von dort eine Spannung in dem Solarplexus auf und noch tiefer. Aber er musste langsam vorgehen, um zu sehen, ob Miria an das Gleiche dabei dachte wie er. Momentan schien sie jedoch eher weit weg zu sein und nicht so sehr bei ihm und einem einzigen Hotelzimmer mit nur einem Bett. Auf den über fünfhundert Kilometern bis nach Sankt Sigismundo war hauptsächlich er gefahren und Miria hatte geschrieben. Und während er zur Rezeption ging, um zu schauen, wie es um ein Zimmer bestellt war, setzte sie sich in die Schankstube und holte ihren Laptop wieder hervor und schrieb weiter.

Als Pete zurückkam, gab er ihr die Auskunft: „Es sind noch mehrere Zimmer frei. Wir haben also freie Auswahl. Wie möchtest du es denn gerne?" Miria schaute flüchtig hoch und sagte: „Das überlass ich ganz dir. Such uns ein schönes Zimmer aus." Und Pete ging wieder zur Rezeption zurück, während die Spannung in seinem Körper zunahm.

Als er abermals zurückkehrte, fand er Miria wieder vertieft über den Laptop gebeugt. Sie lächelte kurz zur Begrüßung und schrieb dann weiter. Doch dann wurde ihr wohl bewusst, dass er dabei tatenlos herum saß und blickte ihn entschuldigend an.
„Lieber Pete, ich weiß, dass es im Moment nicht so einfach mit mir ist, aber ich muss das einfach schreiben. Ich bin gerade bei der Kindheit von Jesus und wie der Vater im Himmel mit ihm umgegangen ist. Für mich ist es sehr schwierig, darüber zu schreiben, wobei ich gar nicht ganz genau erklären kann warum. Vielleicht weil es nicht irgendeine Geschichte ist, die hier geschrieben ist, sondern DIE Geschichte. Lass mich vielleicht ungefähr noch zwei Stunden schreiben und dann, verspreche ich dir, machen wir einen Spaziergang und nutzen noch das letzte Sonnenlicht aus. „Ja?“ „Okay und ich werde in der Zwischenzeit unser Gepäck holen und ein paar Telefonate führen. Ich hab mir mein Handy zurückgeholt und da sind etliche Anrufe drauf. Man hat versucht mich zu erreichen, um mir zu sagen, dass mein Chef verunglückt ist.“
Miria schaute ihn nun doch ganz erschrocken und wach an.
„Was ist denn passiert?“ „Erst vor kurzem habe ich erfahren, dass mein Chef Ermittlungen in ziemlich gefährliche Richtungen angestellt hat, und nun höre ich, dass er in einer Massenkarambolage gestorben sein soll. Ich muss Näheres darüber erfahren. Konzentriere du dich auf deine Arbeit und ich werde versuchen hier ein paar Nachforschungen anzustellen. Mir wäre es allerdings lieb, wenn du in unserem Zimmer arbeitest, denn das werde ich auch.“
„Okay ich komme“, antwortete Miria und klappte den Laptop für den Moment zu.
Diese Information von Pete hatte Miria doch aus ihrem Schreibfluss heraus gebracht. Sie musste aufpassen, dass sie sich und diese ganze Geschichte nicht wichtiger nahm als die Menschen in ihrer Umgebung und vor allem als diesen neuen Mann ihn ihrem Leben, der sehr viel Verständnis aufbrachte. Aber auch seine Geduld könnte sich erschöpfen. Sie durfte nicht riskieren, dass sie sich in dieser alten Geschichte verlor und den Bezug zur Gegenwart nicht mehr herstellen konnte. Und nun erst wurde ihr bewusst, dass sie beide das ersten Mal, seit sie sich eingestanden hatten, dass sie sich mochten, alleine miteinander waren

und das auch noch in einem Hotel. Und nun konnte sie ein bisschen den angespannten Gesichtsausdruck von Pete verstehen, dem das schon früher als ihr aufgefallen war. Er hegte bestimmte Hoffnungen in eine bestimmte Richtung. Und Miria musste zugeben, dass der Gedanke, mit ihm die Nacht zu verbringen, auch für sie verlockend war. Aber würde sie sich ihm denn schon öffnen können?
Die Tatsache, dass Kevin, ihr Ex, anscheinend unter den Entführern gewesen war, hatte sie noch nicht wirklich näher beleuchtet und verarbeitet, sondern erst einmal in den Hintergrund ihrer Gedanken verdrängt, weil einfach so viel im Außen passierte. Der letzte Mann, dem sie sich sexuell anvertraut hatte, war später zu einem Entführer geworden, auch wenn sie sich nicht vorstellen konnte, wie da genau der Zusammenhang sein sollte. Konnte sie Pete vertrauen, oder würde auch er sich später als eine Art Monster entpuppen? Nach allem, was sie von Pete gesehen hatte und wie er sich gegeben hatte, konnte sie sich das allerdings nicht vorstellen. Kevin war immer ein wenig geheimnisvoll gewesen, denn sie hatte nur wenig von seiner Tätigkeit mitbekommen, da er viel auf Reisen gewesen war. Bei Pete wusste sie genau, was er tat und wie er es tat, denn sie hatte es am eigenen Leib erfahren. Die Basis hier war eine ganz andere und trotzdem spürte sie eine gewisse Furcht davor, mit ihm körperlich intim zu werden. Für den Moment, so beschloss sie, müsste sie es einfach auf sich zukommen lassen und vertiefte sich wieder in die Geschichte, die sie hier sich aufzuschreiben verpflichtet hatte.
Sie hatte Pete wirklich die Wahrheit gesagt. Es war nicht einfach, das, was sie in Bildern sah, in Worte umzusetzen - Worte, die auch den Bildern gerecht würden. So hatte sie die Vision, die der Himmlische Vater dem kleinen Jeshu zeigte, sehr deutlich wahrgenommen, aber Worte konnten nicht wirklich alles wiedergeben, was da zu sehen war. Und so musste sie zwangsläufig einiges weglassen, vor allem den Teil, den sie selber nicht verstand. Vielleicht würde sie es später verstehen, so wie der Vater Jeshu versprochen hatte, dass er, je größer er würde, desto mehr verstehen könne. Und so schrieb Miria stundenlang weiter, während Pete telefonierte. Die Inhalte bekam sie nicht mit, weil sie zu sehr vertieft war. Der Sonnenuntergangs-Spaziergang wurde von beiden völlig vergessen. Miria merkte nicht, dass sie über ihrem Laptop voll an-

gekleidet einschlief und somit die erste Gelegenheit verpasste, mit Pete zu schlafen. Doch dieser war ihr nicht böse. Er selbst war so müde von allem, dass er gar nicht sicher war, ob er überhaupt an diesem Abend noch hätte seinen Mann stehen können. Vorsichtig nahm er Miria den Laptop ab und da sie ohnehin auf dem Bett zum Schreiben gesessen hatte, legte er ihr nur vorsichtig die Decke über den Körper, zog sich selbst um und kuschelte sich neben sie. Er war sicher, das Erwachen würde noch kuscheliger werden.

*

Pete hob die rechte Hand, um die Haare, die Miria ein wenig wirr ins Gesicht hingen, nach hinten auf die Schultern zu bringen. Dabei streifte er ihr Gesicht. Sie lächelte im Schlaf. Er küsste sie zärtlich und vorsichtig auf die linke Wange und nun schlug sie die Augen auf und schmiegte ihr Gesicht an das seine. Sie begann seine Hand zu streicheln, während sie sich immer wieder flüchtig auf den Mund und an anderen Körperstellen küssten. Schließlich zog Pete sie näher zu sich heran und ihre Lippen vereinten sich zu einem leidenschaftlichen Kuss. Miria stellte wieder einmal beglückt fest, wie gut er küsste, wie angenehm es war, mit ihren Zungen gegenseitig miteinander zu spielen. Pete zog sie noch dichter zu sich heran und sie konnte seinen Unterleib spüren, und wie sehr sich da schon alles verfestigt hatte. Ein Kleidungsstück nach dem anderen fiel zu Boden, bis sie beide nackt auf dem Bett lagen und sich gegenseitig erkundeten. Die letzten Tage und die Spannung darin ließen nicht zu, dass sie sich beim ersten Mal viel Zeit nahmen. Zu sehr drängten das Blut und das Herz der Vereinigung entgegen und schließlich löste sich alles Denken im Fühlen und in der Entladung des Orgasmus auf. Danach lag Miria in den Armen von Pete und genoss es, wie die leidenschaftlichen Gefühle sich wieder abbauten, aber ein anderes Gefühl zurückließen - ein Gefühl von Vertrauen und eine Ahnung für die Zukunft. Und so schliefen sie beide wieder ein. Nachdem sie erwacht waren und jeweils in das glückliche Gesicht des anderen geschaut hatten, duschten sie gemeinsam und nahmen ein spätes Frühstück ein. Satt und in jeglicher Hinsicht zufrieden meinte Miria:

„Komm, lass uns spazierengehen, solange die Sonne noch so warm scheint." Für den Moment waren alle Sorgen vergessen und auch jeglicher Antrieb weiterzufahren, war erloschen. Sie wollten einfach nur ausruhen, einander genießen und sich gegenseitig nun besser kennenlernen. Sie blieben vier Tage, doch schließlich wollte und musste Pete sich bei seiner Dienststelle melden.
Miria hatte Pete absichtlich nicht gefragt, aber nun, da sie sich anschickten weiterzufahren, musste sie mehr wissen. „Was hast du über den Tod deines Chefs herausgefunden?"
„Nun, nach allem, was man bisher weiß, steckte er wirklich in dieser Massenkarambolage. Aber es gibt doch einige merkwürdige Umstände, die darauf schließen lassen, dass ein Fahrzeug seines womöglich von der Seite gerammt hat, sodass er quer zu stehen kam und dann erst die folgenden Fahrzeuge in ihn hinein gerammt sind." Miria schaute ihn entsetzt an.
„Kannst du dir vorstellen, dass man viele Menschen verletzt und tötet, nur um einen Einzigen zu erwischen?" Petes Mine wurde noch düsterer. „Es wäre nicht das erste Mal. Aber bei solchen Szenarien sind es meistens Flugzeugabstürze, die einer Person gelten und über zweihundert andere mitreißen. So etwas hat es schon oft genug gegeben."
Hand in Hand schlenderten sie durch den kleinen Ort Sigismundo und nahmen am Ortsausgang einen Wanderweg den Berg nach oben. Dieser Weg war schon von Schnee frei und so brauchten sie keine große Ausrüstung, um hier zu laufen. Auf dem Weg nach oben schwiegen sie, zum Teil weil sie den Atem für den Aufstieg brauchten, und zum Teil, weil jeder in seine eigenen Gedanken versunken war.
Oben angekommen, konnten sie in das herrliche Gebirgstal blicken, sahen die Skianlagen und die Sonne im Schnee glitzern. Die Ausstrahlung der Natur um sie herum verfehlte ihre Wirkung nicht. Petes düstere Mine hellte sich auf und ihm wurde wieder die Gegenwart der Frau bewusst, in die er sich inzwischen schon heftig verliebt hatte, und so drehte er sich zu ihr um und sie hob den Blick zu ihm. Und das konnte nur zu einem führen: zu einem dauerhaften, leidenschaftlichen Kuss, dem sie sich auch voller Freude hingaben. Die Spannung in Petes Körper, die er Stunden zuvor entladen hatte, stieg erneut auf. Und Miria erging es nicht

anders. Schließlich lösten sie sich wieder voneinander und im stillen Einvernehmen gingen sie wieder ins Tal zurück auf ihr Hotel zu. Sie ließen einander auch nicht los, während die erwartungsvolle Vorfreude sich in ihren Körpern immer stärker bemerkbar machte. Miria hatte keine Gedanken mehr an die Geschichte, die sie niederschrieb. Sie dachte nur noch an den Mann an ihrer Seite und wie sehr sie sich darauf freute, ihn immer mehr von einer anderen Seite kennenzulernen.
Wieder konnten sie nicht abreisen. Sie wussten beide, dass sie, wären sie erst einmal wieder unterwegs, vielleicht für Monate nicht mehr an Ruhe und eine solche Zweisamkeit zu denken war.

*

Tom rutschte unbehaglich auf seinem Stuhl hin und her. Er wusste nicht, warum ihn sein Chef Jürgen Schmittrhein zu sich bestellt hatte und in der Miene von Schmittrhein konnte man auch nichts von dem, was er von Tom wohl wollte, ablesen. Schmittrhein war ohnehin ein undurchsichtiger Bursche. Wenn man seine äußere Erscheinung sah, dann würde man ihn eher in ein Forschungslabor einordnen und nicht als Dienststellenleiter der Mordkommission. Der erste Eindruck, der durch Nickelbrille und schmächtige Figur hervorgerufen wurde, täuschte jedoch. Betrachtete man den Mann genauer, so sah man einen gut durchtrainierten Körper. Schmittrhein musste eine beträchtliche Zeit für Bodybuilding aufwenden, um so auszusehen. Nicht zum ersten Mal fragte sich Tom, was Schmittrhein wohl bewogen haben mochte, in den Polizeidienst einzutreten.
Er sah einen Mann Mitte dreißig, der eine steile Karriere hinter sich und wohl auch noch vor sich hatte. Man mochte über ihn sagen, was man wollte, aber er hatte Köpfchen, und seit er vor knapp einem Jahr die Dienststelle übernommen hatte, klappte die Zusammenarbeit zwischen den einzelnen Abteilungen der Dienststelle sehr viel besser und auch zwischen den Behörden, mit denen die Polizei zusammenarbeiten musste, hatte sich ein angenehmes Arbeitsklima breitgemacht. Schmittrhein verstand es, Menschen zur Kooperation zu bewegen und Konkurrenzdenken auszuschalten. Er führte seine Leute nach dem Motto: Wer gute Arbeit leistete, hatte Lob und Anerkennung verdient und wer

nicht so gut arbeitete, wurde nach den Gründen untersucht, um dem Betreffenden zu helfen. Und wenn jemand auf seinem Posten unglücklich war, versuchte Schmittrhein immer herauszufinden, wo derjenige besser aufgehoben wäre. Alles in allem war sein Führungsstil recht ungewöhnlich, aber der Erfolg gab ihm recht.
Da Tom und Pete gute Arbeit bei der Aufklärung von Morden leisteten, wurden sie nur selten vor Schmittrhein zitiert, und so war Tom ziemlich irritiert, zu seinem obersten Chef gerufen worden zu sein. Schmittrhein hatte gerade noch telefoniert, nach dem Auflegen eine Pause eingelegt und einen Aktenordner hergenommen, den er nun aufgeschlagen hatte. Schmittrhein redete alle seine Untergebenen mit Vornamen an, obwohl er beim „Sie" blieb. Niemand hätte gewagt, ihn mit „Jürgen" anzusprechen. Alle nannten ihn nur „Chef". Und so hob er nun den Blick und sah Tom nachdenklich in die Augen, bevor er loslegte:
„Tom, nachdem Ihr Kollege Peter Menninger nun für eine Weile außer Dienst ist und auf seinem eigenen Weg unterwegs, müssen Sie ohne Partner arbeiten. Wie kommen Sie denn im Moment so zurecht?" Tom runzelte die Stirn und antwortete wahrheitsgemäß:
„Erstaunlicherweise ist es momentan relativ ruhig und ich habe nur drei Fälle zu bearbeiten, von denen zwei kurz vor der Aufklärung stehen, aber die Akte „Toral" wird immer undurchsichtiger und dicker. Meine Recherchen in Rom haben nicht allzuviel zutage gefördert. Die Johanniter können wir wohl als Organisation, die mit den Morden an Frau Torals Großmutter und deren Eltern zu tun haben, ausschließen. Und trotzdem scheint das Ganze keine Sache von Einzeltätern zu sein, sondern etwas, das sehr nach einer Organisation aussieht, die ganz bestimmte Pläne und Ziele verfolgt und wohl schon über Generationen besteht. Ich kann nicht wirklich ein Motiv finden und das erschwert die Sache sehr. Und mir gehen auch langsam die Hinweise aus. Ich weiß nicht mehr, in welche Richtung ich noch suchen soll. Chef, das Ganze ist wirklich sehr merkwürdig. Ich habe versucht an die Akte des Autounfalls von Frau Torals Eltern heranzukommen, aber sie scheint verschwunden zu sein. Ich dachte mir, da das Ganze schon eine Weile her ist und die Forensik doch große Fortschritte gemacht hat, dass man vielleicht da den Faden wiederaufnehmen könnte, um Licht in das Ganze zu bringen, denn der

Autounfall scheint doch irgendwie mit dem Mord an Frau Reuß zusammenzuhängen. Ich vermute mal, dass Pete ebenfalls in diese Richtung schon geforscht hat, aber ich habe noch keine Gelegenheit gehabt, mich mit ihm in dieser Richtung auszutauschen. Aber nachdem ich nichts gefunden habe, erging es ihm vermutlich genauso." Tom stockte, denn er hatte nicht wirklich mehr zu berichten. Nachdem er nichts weiter sagte, blätterte Jürgen Schmittrhein in der Akte, die vor ihm lag und schaute wieder Tom mit einem etwas merkwürdigen Gesichtsausdruck an.
„Nun, Tom, ich habe natürlich die Bemühungen von Pete auf der Suche nach dieser Akte und Ihre eigenen mitbekommen und habe daher ein paar eigene Recherchen angestellt. Doch auch ich stieß erst einmal auf eine gähnende Leere. Anscheinend wurde diese Akte nie elektronisch erfasst. Ich habe deshalb etwas tiefer gegraben und bin auf eine Mauer des Schweigens gestoßen. Daher habe ich einige Gefallen eingefordert, und habe die Akte tatsächlich auftreiben können. Der Grund, warum sie nicht elektronisch erfasst wurde, beziehungsweise in einer Sonderabteilung abgelegt wurde, sind einige rätselhafte Umstände des Autounfalls, die man sich damals einfach nicht erklären konnte. Aber letztlich steht nichts darin, was uns im Fall „Reuß" in irgendeiner Weise weiterhelfen kann.
Jedenfalls schien es auf den ersten Blick so, aber dann kam ich auf den Gedanken nachzuforschen, ob es weitere Unfälle mit ähnlichen mysteriösen Umständen gegeben hatte. Das, was man sich nicht erklären konnte, waren Verschmelzungen an der Front des Wagens vom Ehepaar Trautwein. Sie wissen sicher, dass Frau Reuß einen anderen Namen angenommen hat, was die Suche nach der Akte natürlich auch nicht gerade leichter machte. Diese Schmelzspuren ließen sich nicht wirklich mit dem Sturz in zwanzig Meter Tiefe und dem darauf folgenden Brand des Fahrzeuges erklären. Die Temperaturen, die nötig sind, solche Spuren zu hinterlassen, liegen weit höher als die, die ein brennendes Auto verursacht.
Da man ansonsten keine Manipulationen oder Spuren fand, die daraufhin deuteten, dass an dem Autounfall mehr dran war, als es schien, hat man das Ganze nicht weiter beachtet, aber eben unter einer Rubrik abgelegt, die man heute wohl X-Akten nennen würde."

Schmittrhein unterbrach seinen Vortrag, als er den erstaunten Blick von Tom bemerkte. Er lachte wissend und meinte:
„Glauben Sie mir, ich habe bei dieser Bezeichnung genauso geschaut wie Sie. So etwas wie ‚X-Akten' gibt es doch gar nicht. Das ist doch nur eine Fernsehserie. So habe ich auf jeden Fall bis vor Kurzem gedacht. Obwohl es nicht sehr häufig vorkommt, gibt es doch hin und wieder Kriminalfälle, die Phänomene beinhalten, die sich eben nicht so ohne weiteres erklären lassen. Das ist äußerst selten der Fall, aber manchmal eben doch. Früher gab es mehr unerklärliche Vorfälle aber nur, weil die Wissenschaft damals noch nicht soweit war wie heute. Einiges ließ sich nun aufklären. Deshalb gibt es nicht besonders viele X-Akten, jedenfalls nicht in Deutschland, aber die paar, auf die ich gestoßen bin, können einen fast glauben machen, dass physikalische Gesetzmäßigkeiten nicht immer und zu jeder Zeit eine gleichwertige Gültigkeit haben. Mehr darf ich Ihnen darüber leider nicht sagen, aber die Akte, die ich hier vorliegen habe, fand sich in diesem Stapel der X-Akten und ich habe sie herausgepickt, weil es gewisse Ähnlichkeiten mit dem Fall ‚Trautwein' gibt. Es handelt sich hierbei ebenfalls um einen Autounfall mit Verschmelzungen am Fahrzeug, die man heute eher mit einem Laser in Verbindung bringen würde als mit irgendetwas anderem.

Das Faszinierende an dieser Akte hier ist, dass sie bereits fünfzig Jahre alt ist. Und zu dieser Zeit gab es nirgendwo einen Laser. Diese Erfindung hatte man noch nicht gemacht, was das Ganze aus heutiger Sicht noch mysteriöser erscheinen lässt. Ein paar der Teile, die diese Verschmelzungen aufweisen, hat man tatsächlich aufgehoben und ich fand sie ganz tief in einer Asservatenkammer in München versteckt und verstaubt. Ich habe die Teile, die noch aus dem Fall ‚Trautwein' vorlagen, mit diesem hier vergleichen lassen und die Art der Verschmelzungen sind zu hundert Prozent identisch. Und das wirft einen ganz neuen Blick auf diesen sehr alten Fall, auf den der Trautweins und auf den Mord von Frau Reuß. Und so möchte ich Ihnen raten, hier anzusetzen. Das Problem ist der ältere Fall, denn alle direkten Beteiligten sind verstorben und so gibt es nur noch Nachkommen, mit denen Sie reden können. Ich weiß nicht, ob das ein vielversprechender Ansatz ist, aber wie Sie schon

sagten, es gibt keine anderen Hinweise und Spuren mehr, denen wir noch nachgehen können. Nun sind die Personen, um die es hier geht, allerdings nicht mehr in Deutschland zu finden. Aus Gründen, die ich nicht kenne, wanderte die Familie nach Amerika aus.
Nun ist unsere Behörde nicht gerade Interpol und wir haben kaum Budget übrig für solche weite Reisen. Nach ein wenig Hin- und Herjonglieren habe ich es jedoch möglich gemacht, Ihnen einen Flug nach San Francisco zu ermöglichen. Sie haben dort drei Wochen Zeit, bevor Sie zurückfliegen müssen. Von diesen drei Wochen müssen Sie jedoch zwei Wochen Ihres Urlaubs nehmen. Anders konnte ich es nicht bewerkstelligen, und zwar deshalb, weil ich keine Begründung vorlegen wollte, warum ich Sie nach Amerika schicke. Wenn ich meinem Vorgesetzten genau erklären würde, worum es dabei ginge, würde er vielleicht die entsprechende Kohle lockermachen. Aber ehrlich gesagt, möchte ich das zu diesem Zeitpunkt unserer Nachforschungen nicht. Wenn es die Art Organisation, um die es uns hier geht, tatsächlich gibt, so ist uns nicht bekannt, wie weit und tief deren Verbindungen reichen. Meinen Vorgesetzten muss ich jedoch auch Rechenschaft ablegen und so sind Sie offiziell im Urlaub und inoffiziell wegen ein paar Recherchen in meinem Auftrag, aber nicht wegen Mordfällen unterwegs. Sie sollen ‚nur' ein paar Verbindungen überprüfen.
Wenn ich mir die beiden Akten so anschaue und mit einbeziehe, was Frau Toral inzwischen so alles passiert ist, möchte ich eine gewisse Vorsicht walten lassen und die Organisation, die Sie hinter all dem vermuten, nicht unnötig aufschrecken, falls es sie gibt. Vielleicht bin ich ja paranoid, aber ich habe den Eindruck, dass ein wenig Paranoia in diesem Fall nicht schadet. Darum möchte ich Ihnen vorschlagen, Ihre Familie mitzunehmen und das Ganze als Teilurlaub anzusehen. Verstehen Sie?"
Jürgen Schmittrhein sah Tom dabei so eindringlich an, dass dem noch unbehaglicher wurde als zu Beginn des Gespräches. Sein erstes Unbehagen wurde eher dadurch ausgelöst, dass er Angst gehabt hatte, irgendetwas falsch gemacht zu haben und nun einen Rüffel einstecken zu müssen. Aber nun wünschte er fast, es ginge nur um so etwas Einfaches. Denn das, was Schmittrhein hier andeutete, klang doch sehr

nach Verschwörungstheorien und bestätigten nur seine eigenen Gedankengänge in diese Richtung, obwohl er von diesem ganzen Schrott, der da im Internet und in Büchern im Umlauf war, überhaupt nichts hielt. „Hier ist Ihr Ticket! Sie fliegen in einer Woche." Ziemlich verdattert nahm Tom das Ticket mit der linken Hand entgegen und mit der Rechten die Akte. Mit einem „Seien Sie vorsichtig und blicken Sie öfter einmal nach hinten" wurde er entlassen.
Tom ging in sein Büro zurück, das er normalerweise mit Pete teilte, und starrte einmal mehr auf den leeren Stuhl, bevor er sich auf seinen eigenen setzte. Die Akte wagte er zunächst nicht aufzuschlagen, weil er sich krampfhaft überlegte, wie er seiner Frau beibringen sollte, dass sie alles stehen und liegen lassen und mit ihrem autistischen Sohn nächste Woche bis nach Amerika fliegen sollte. Jede Veränderung im Tagesverlauf seines Sohnes brachte diesen gehörig durcheinander. Es war ohnehin schon nicht einfach für ihn und seine Frau, dieses besondere Kind groß zu ziehen und er wollte seiner geliebten Andrea nicht noch mehr aufbürden, als sie ohnehin schon schultern musste. Sie hatte ihre persönliche Karriere aufgegeben, um ganz für ihr Kind sorgen zu können. Lukas, der nun neun Jahre alt war, wuchs alleine auf. Immer wieder hatten Tom und seine Frau überlegt, ob das klug war und hatten nun, nach so langer Zeit, doch endlich beschlossen, das Wagnis erneut einzugehen um ein weiteres Kind zu bekommen. Die Umstände, wie sie zu einem autistischen Kind gekommen waren, waren nie völlig geklärt worden. Einen genetischen Defekt hatte man ausschließen können, sodass nicht die Gefahr bestand, dass ihnen ein zweiter derartiger Schicksalsschlag ins Haus stünde und doch hatten sie Angst davor, denn Angst lässt sich nur selten mit Logik bezwingen.
Da es schon fünfzehn Uhr war, beschloss er, heute ausnahmsweise einmal früher Schluss zu machen, und so fuhr er mit der ungeöffneten Akte in seinem Aktenkoffer nach Hause und überraschte seine Frau mit seiner frühen Ankunft und einem riesen Strauß Blumen.
Doch auch sie hatte eine Überraschung für ihn parat:
"Tom, was machst du denn hier schon? Das ist ja toll. Und so ein großer Strauß Blumen. Hast du etwa ein schlechtes Gewissen? Eine Freundin hast du nicht, das weiß ich. Aber vielleicht kann ich mir denken, was los

ist. Sieh mal, Lukas hat den ganzen Tag seinen Koffer gepackt, als würde er eine Reise vorhaben. Immer wieder habe ich die Sachen ausgepackt und wieder in den Schrank gelegt. Aber nach dem fünften Versuch habe ich ihn einfach gelassen."
Tom war wieder einmal völlig verblüfft über seinen Sohn und Vorgänge, die immer wieder einmal durch ihn ausgelöst wurden. Lukas gehörte leider zu den Kindern, die sich nicht gern berühren ließen. In den ersten drei Jahren war das überhaupt kein Problem gewesen. Aber von einem Tag auf den anderen war Lukas in seiner eigenen Welt versunken und für seine Eltern fast nicht mehr erreichbar gewesen. Niemand konnte sich erklären, wie das geschehen war, denn es war eben nicht von Geburt an so gewesen, was das Ganze sehr mysteriös machte. Tom und Andrea hatten sich angewöhnt, Lukas im Geiste zu berühren, sich vorzustellen, ihn in den Arm zu nehmen. Und etwas davon schien bei Lukas auch anzukommen, denn immer dann lächelte er. Und so begrüßte Tom ihn, genau auf diese Weise, und sagte zu ihm:
"Lieber Lukas, ich weiß nicht, woher du weißt, dass wir eine Reise antreten werden, aber ich möchte dir sagen, du hast völlig recht, wir werden verreisen, und zwar sehr weit weg, aber erst in einer Woche. Es wird noch sieben Nächte dauern, bis wir alle drei nach San Francisco gehen."
Diese Worte waren an Lukas gerichtet, aber genauso gut an Andrea, die erstaunt die Augen aufgerissen hatte. Lukas nahm seinen Malblock und begann, Ziffern aufzuzeichnen und immer, wenn er in diesem Zustand war, so wussten seine Eltern aus Erfahrung, würde er sich Stunden lang mit sich selbst beschäftigen und hätte keinen Blick mehr für sie. Und so gingen Andrea und Tom in ihr Wohnzimmer und setzten sich. Tom nahm Andreas Hand und sagte im entschuldigenden Ton:
"Tut mir leid, dass ich dich jetzt so damit überfahren musste. Ich wollte dir das Ganze eigentlich schonend beibringen. Ich muss dienstlich nach San Francisco, aber es soll nicht dienstlich aussehen und darum soll ich euch beide mitnehmen. Was hältst du davon?" Andrea schluckte einen Moment, aber dann wurde ihr klar, dass ein Traum für sie wahr wurde, denn sie hatte immer schon einmal nach Amerika reisen wollen, aber die Ankunft von Lukas und seine besonderen Lebensumstände hatten das

bisher verhindert. Daher küsste sie ihren Mann leidenschaftlich und gebrauchten keine Worte mehr, denn sie landeten in ihrem Schlafzimmer.
Zwei Stunden später kam ihr Sohn herein und legte seinen Block auf das Bett seiner Eltern. Die DIN-A3 Seite war vollgekritzelt mit immer der gleichen Zahlenfolge. Tom wusste aus Erfahrung, dass solche Zahlenfolgen immer wichtig waren, aber leider fand er nicht immer heraus, warum. Er hob das Blatt hoch und war nicht überrascht, auf allen anderen Blättern, ebenfalls immer die gleiche Zahlenfolge zu sehen.
Am nächsten Morgen fand Tom eines der Blätter, heraus getrennt auf dem Boden liegend, im Flur vor und der gepackte Koffer von Lukas stand daneben. Lukas sprach auch nicht mehr, obwohl er es mit drei Jahren flüssig gekonnt hatte. Hier war von einem Tag auf dem anderen die Sprache versiegt. Er verstand jedes Wort, aber machte von sich aus keine Anstalten, mit Worten zu kommunizieren. Zum Glück gehorchte der Junge seiner Mutter bedingungslos und tat alles, was sie ihm sagte. Aber wenn Lukas eine für ihn wichtige Botschaft mitteilen wollte, dann arrangierte er immer Gegenstände in der Hoffnung, dass seine Eltern seine Botschaft verstehen würden. Da das nicht der Fall war, vertiefte sich Tom zunächst in die Akte „Wheeler“.

*

Nur acht Tage später befanden sich alle drei im Dreisterne Hotel Beresford am Union Square. Nachdem Tom und seine Familie ausgeschlafen hatten, rief er die Nummer von John Wheeler an, die in dessen Akte genannt wurde, doch da meldete sich ein anderer.
„Matthew Wheeler“
„Entschuldigung, Sir, ich möchte mit John Wheeler sprechen.“
„Mit meinem Vater? Der ist schon einige Jahre tot. Wer sind Sie, dass Sie das nicht wissen? Ein naher Freund können Sie nicht sein.“
Tom schluckte einen Moment wegen des unfreundlichen Tonfalls und versuchte dennoch ruhig zu bleiben:
„Ich bin auch kein Freund. Ich bin jemand, der den Autozwischenfall in Deutschland mit Ihrem Großvater vor 50 Jahren untersucht."
„Was, jetzt nach der langen Zeit kommen Sie daher?“

„Ja, entschuldigen Sie, dass es etwas gedauert hat, aber ich hätte da noch einige Fragen. Ich bin extra aus Deutschland angereist, um mit Ihnen darüber zu sprechen, bzw. eigentlich mit Ihrem Vater.“

„Extra aus Deutschland? Entschuldigen Sie mein rüdes Benehmen, aber mein Vater hatte einen gewissen Bekanntheitsgrad und es tauchten immer wieder Spinner auf, die ihm irgendwelche verrückten Ideen vortragen wollten, und da mussten wir uns einen etwas rauhen Ton angewöhnen, um die abzuschrecken, die uns nur unsere Zeit stehlen wollen.“
Tom lachte erleichtert und meinte:
„Ja, ich bin Polizist, ich weiß, was Sie meinen. Dürfte ich vorbei kommen? Allerdings habe ich meine Frau und meinen Sohn dabei, und hier in der Fremde möchte ich sie nicht gleich am ersten Tag alleine lassen.“
„Sie sind hier in San Francisco?“
„Ja, sind wir.“
„Gut, Sie können in einer Stunde vorbei kommen, wenn Sie das wollen“
„Vielen Dank, Mister Wheeler. Wir werden pünktlich sein. Bis gleich.“
„See you.“
Tom rief nach einem Taxi und die Drei machten sich auf den Weg durch das Verkehrsgewühl. Da er nicht genau wissen konnte, wie lange sie brauchen würden, wollte er lieber rechtzeitig los. Tom wunderte sich, denn in Filmen sah man wenig vom Smog, aber gut war die Luft nicht gerade. Dass die Menschen das auf Dauer aushielten? Die Krankheitsrate musste enorm sein, was Atemwegserkrankungen betrifft, aber zum Glück würden sie nicht lange bleiben. Sie hatten neun Tage veranschlagt, und die wollte er, wenn er schon mal hier war, auch nutzen.

Wheeler wohnte außerhalb der City von San Francisco in einem wunderschönen Holzhaus, das durch seinen Stil sehr an den Trend vor 150 Jahren in dieser Stadt erinnerte. Wheeler erwartete sie bereits. Er war ein stattlicher Mann von ungefähr 30 Jahren und wirkte auf den ersten Blick wie ein Marine, doch das war er nicht. Er bat seine überraschenden Gäste herein. Seine Frau Nancy hatte schon Tee und kleine Gebäckstückchen vorbereitet, doch sie zog sich dann mit einem entschuldigenden Lächeln zurück, da sie Komponistin war und an ihrem derzeitigen Stück weiter arbeiten wollte.

Matthew bat die drei Besucher in sein Wohnzimmer und hatte sein Augenmerk aber nicht auf die Erwachsenen, sondern auf den Sohn gerichtet. Offensichtlich hatte er Erfahrungen mit autistischen Kindern, denn er holte einen „Zauberwürfel“ und drückte ihn dem Jungen in die Hand. Dieser nahm ihn ohne Regung, aber beschäftigte sich eindringlich damit und versuchte die sechs Flächen hinzubekommen. Währenddessen setzten die Erwachsenen sich und Matthew fragte Tom: „Was wollen Sie wissen, Mister Edison? Momentmal Thomas Edison, wie der berühmte Erfinder?“

Tom lachte und meinte: „Ja, genau wie der. Was sich meine Mutter dabei gedacht hat, weiß ich nicht. Ob sie sich einen genialen Erfinder gewünscht hat? Ich bin jedoch nur Polizist geworden und glauben Sie mir: Ich habe alle Witze zu meinem Namen schon gehört.“

Auch Wheeler lachte und damit war das Eis endgültig gebrochen. Tom kam daher gleich zur Sache:

„Ja, sehen Sie, ich habe hier einen Polizeibericht vorliegen, in dem steht, dass Ihr Großvater einen Unfall hatte und seine Aussagen wirkten etwas … Nun, wie soll ich es sagen, ähm…“

Matthew winkte ab:

„Ich weiß, was Sie sagen wollen. Er hat mir die Geschichte erzählt. Er ist gegen eine unsichtbare Wand geknallt, und hat dadurch Kopfverletzungen erlitten und sein Auto war hinterher Schrott. Er hat mir und meinem Vater die Geschichte immer wieder erzählt. Er wusste ja selbst, wie sie klang. Aber er beteuerte nur immer wieder, dass er genau das erlebt hatte und dass sein Auto ja schließlich der Beweis war, weil es vorne nicht nur zusammengeschoben war, sondern viele Teile wie glasartig zusammengeschweißt waren. Diese ganze Geschichte hat ihn so mitgenommen, dass er damals darauf bestand, das entsprechende Teil ausgehändigt zu bekommen und hat es mit hierher nach Amerika genommen. Sehen Sie, er war auf dem Weg, ein angesehener Physiker zu werden, mit 30 Jahren, noch relativ jung, aber schon voller Ideen und die Aufbruchsstimmung in Deutschland schien ihm alle Türen und Tore zu öffnen. Aber da er seine Geschichte immer wieder wiederholte, und

niemand ihm wirklich glaubte, hat er seine Stellung verloren. Daraufhin nahm er seine Frau und ist ausgewandert, wo er diese Geschichte allerdings nur im Familienkreis erzählt hat und nie wieder in Kollegenkreisen. Hier hat er sich eine neue Karriere aufgebaut. Er hat mit dazu beigetragen, die NASA zu gründen, wo mein Vater dann gearbeitet hat. Dieser hat am Apollo-Programm teilgenommen, hat es mitentwickelt und war letztlich glücklich und zufrieden. Allerdings starb er zu jung, auch an einem Autounfall."
Tom nickte und meinte: „Ich verstehe. Hat Ihr Großvater denn noch irgendwelche Einzelheiten erwähnt, die möglicherweise hier im Bericht nicht stehen?"
„Nun, mit der Zeit erinnerte er sich daran, dass er kurz vor dem Zusammenstoß, oder was es auch immer gewesen ist, einen Lichtblitz gesehen hat. Er war selber ganz erstaunt, dass er dieses Detail in den ersten Jahren gar nicht mehr erinnerte und war sich zunächst gar nicht sicher, ob er sich das einbildete, doch er unterzog sich einer Hypnose und die bestätigte das. Vielleicht hat der Aufprall auch eine Art von Amnesie verursacht, die sich auf ein paar Details beschränkte. Wer weiß, ich bin kein Arzt, ich kann das nicht beurteilen."
Tom stutzte:
„Moment mal, haben Sie gerade gesagt: er hat das Autowrack mit hier nach Amerika genommen?"
„Nein, nicht das Autowrack. Nur das vordere Teil, das so zusammengeschweißt war. Er hat es vom restlichen Auto abtrennen lassen und mitgenommen, weil er immer die Hoffnung gehegt hat, dass man das Ganze irgendwann näher untersuchen kann. Er hat immer geglaubt, dass es eine einleuchtende Erklärung geben muss. Deswegen hat er sich auch so sehr mit der Physik identifiziert. Er hat immer versucht, diese Erklärung zu finden. Das hat er aber nicht und soweit ich weiß, wurde das Teil auch nie von irgendwelchen Labors untersucht."
Tom wurde ganz aufgeregt.
„Haben Sie es etwa noch?"
„Ja, es ist in der Garage. Ich wusste nicht, was ich damit machen sollte nach seinem Tod, aber aus Respekt vor ihm und weil ich wusste, dass er sich gewünscht hat, dass es irgendeine Erklärung gibt und die viel-

leicht in diesem Teil steckt, habe ich es eingeschweißt und gut verpackt, damit keine Veränderungen auftreten und bewahre es, wie gesagt, in der Garage auf. Aber warum fragen Sie nach all der Zeit danach?" „Sehen Sie, mein Partner und ich, wir sind in der Mordkommission, aber im Zusammenhang mit einem Mordfall ist auch ein Unfall, der einem Ehepaar widerfahren ist, aufgetaucht und deren Auto weist ähnliche Verschmelzungsspuren auf wie die, die in dem Polizeibericht hier erwähnt werden. Und wir haben uns erhofft, irgendwelche Hinweise darauf zu bekommen, was es damit auf sich hat."
„Nun, da kann ich Ihnen wohl kaum weiterhelfen, aber wenn Sie mir versprechen, mir mitzuteilen, was Sie heraus finden, wäre ich bereit, Ihnen dieses Teil des Fahrzeuges mitzugeben." Tom war ganz erstaunt.
„Sind Sie sicher? Sie kennen mich doch überhaupt nicht."
„Ja, ich bin sicher. Großvater sagte immer: Eines Tages wird jemand auftauchen und danach fragen. Und er instruierte mich, nach ganz bestimmten Kriterien Ausschau zu halten, und wenn ich der Meinung wäre, es wäre richtig, dann sollte ich das Teil herausrücken. Und in Ihrem Fall weiß ich ganz genau, das Sie der Richtige sind. Ich weiß nicht, woher Vater wusste, aber er sagte: Derjenige, der kommen würde, hätte seine Familie dabei und sein Kind wäre etwas Besonderes. Und ich sehe hier Ihren Sohn, sehen Sie, er hat den Würfel schon lange beiseite gelegt und es gelöst."

Tom blickte zu seinem Sohn und sah diesen auf dem Boden kauernd und auf und ab wippen, aber nicht unzufrieden. Sein Geist weilte in irgendwelchen Fernen, wie so oft. Verwundert fragte er:
„Sie meinen, Ihr Vater wusste, dass ich komme?"
„Nun, vielleicht nicht Sie direkt, aber er muss etwas gesehen haben. Vielleicht war dieser Unfall daran schuld, denn seine Fähigkeiten, in die Geheimnisse der Physik einzudringen, waren außerordentlich. Er hatte eine Gabe, vielleicht kann man es auch Intuition nennen, hinter die Dinge zu blicken. Die hatte er auch meinem Vater vererbt. Und wenn ich Ihnen das so erzähle, habe ich das Gefühl, dass vielleicht dieser Unfall diese Gabe erst hervorgerufen hat, denn vorher, soweit ich weiß, war er einfach in allem mittelmäßig. Ich kannte ihn natürlich noch nicht zu

diesem Zeitpunkt, denn da war ich noch nicht einmal geboren, aber meine Großmutter erzählte davon, dass sich seine Persönlichkeit verändert hätte, aber nicht zum Nachteil. Er wurde leidenschaftlicher, wollte den Dingen auf den Grund gehen, hat auch sie viel besser behandelt. Mir ist schleierhaft, wie ein Unfall so etwas bewirken kann, aber das ist das, was meine Großmutter erzählte. Er hatte aber nicht die Gabe der Prophetie, soweit ich weiß. Es war nur diese eine einzige Aussage, dass jemand kommen würde, wie gesagt, der ein besonderes Kind bei sich hätte und er müsste das Autoteil bekommen. Wussten Sie, dass hier in Amerika jedes zehnte Kind autistische Züge aufweist?"
Toms Augen wurden ganz groß und seine Frau fasste nach seiner Hand.
„Jedes zehnte Kind? Das ist ja unglaublich. Wie ist das möglich? Gibt es Untersuchungen darüber?"
„Nun, es gibt einen Zusammenhang zu der Quecksilberbelastung der Mütter oder auch der Väter."
„Quecksilber?" Tom wandte sich an seine Frau.
„Schatz, hast du noch Amalgam-Füllungen im Mund?" Sie schüttelte den Kopf.

„Schon Jahre nicht mehr, aber früher hatte ich sie. Ist das der Grund? Oh, mein Gott, bin ich daran schuld?" Tom nahm seine Frau in die Arme und sagte:
„Nein, wenn, dann ist es das System, das erlaubt, die Menschen zu vergiften, obwohl die Wirkungen bekannt sind." Matthew blickte die beiden an und meinte:
„Wissen Sie, ich glaube manchmal, was diese Geschichte betrifft, ereilt das amerikanische Volk sein Karma. Wissen Sie, was das ist?" Tom zuckte die Schultern und meinte:
„Nun, so eine Art Schicksal? Beziehungsweise... hm... ähm... Nein, ganz genau weiß ich es nicht."
„Nun, wenn man Böses tut, dann holt einen das irgendwann einmal wieder ein. So könnte man Karma bezeichnen. Und schauen Sie, die Amerikaner leben den amerikanischen Traum. Aber was bedeutet er? Vom Tellerwäscher zum Millionär? Ja sicher, aber immer auf Kosten von

anderen. Gleichgültig, wie man da hinkommt, Hauptsache man schafft diesen Weg. Ob das die Umwelt oder die Mitmenschen kaputtmacht, ist dabei egal. Und wir Amerikaner gehen mit unserer Umwelt und mit vielen anderen Dingen nicht gerade pfleglich um. Wir sind, wie kein anderes Volk, hinter dem Geld her. Aber was hat es uns gebracht? Jeder Zweite ist übergewichtig und, wie gesagt, jedes zehnte Kind hat mit Autismus zu kämpfen." Tom schüttelte verständnislos den Kopf.
„Ich verstehe den Zusammenhang nicht."
„Sehen Sie, Quecksilber unterscheidet sich, von der Atommasse her, nur geringfügig von Gold, und wenn man einen Buchstaben in dem Wort Geld austauscht, nämlich ein ‚o' gegen ein ‚e', dann kommt Gold dabei heraus. Die Amerikaner sind hinter Gold her, wenn man so will. Gold kommt immer mit Quecksilber zusammen vor und dann hat man natürlich auch einen Weg finden wollen, wie man das Quecksilber in Gold umwandelt, beziehungsweise so verhökert, dass man auch daran noch verdient. Gold und Quecksilber sind also von der Entstehung, den Ablagerungen, von der Atommasse und der Verwertung nahe beieinander. Ursache und Wirkung liegen oft nicht so nah beieinander, aber wir alle müssen uns mit dem auseinander setzten, was wir irgendwo in Gang gesetzt haben. Und das gilt für die Amerikaner genauso wie für jedes andere Volk und auch jeden Einzelnen. Ich sehe den Autismus als Strafe für böse Taten an, könnte man sagen. Aber das ist einfach nur meine private Meinung und ich weiß nicht, ob das wissenschaftlich haltbar ist. Aber ich habe vielleicht etwas für Sie."
Wheeler stand auf, trat an seinen Sekretär, schrieb eine Adresse auf und reichte Tom dann den Zettel.
„Hier, dieser Arzt macht große Fortschritte bei autistischen Kindern, indem er das Quecksilber aus deren Körper leitet, und zwar sowohl aus dem physischen Körper als auch aus dem sogenannten Energiekörper. Diesen könnte man als karmischen Körper ansehen. Wenn man also das Karma bereinigt, dann ändert sich etwas. Sie sollten die Zeit Ihres Aufenthaltes nutzen und mit Ihrem Sohn dorthin gehen." Tom war fassungslos. Sollte es doch eine Möglichkeit geben, seinem Sohn zu helfen?

Matthew, der den Gemütszustand von Tom und seiner Frau sehr deutlich sehen konnte, meinte forsch:
„Kommen Sie, lassen Sie uns in die Garage gehen und das Teil in Ihr Auto packen." „O... Okay, ich helfe Ihnen."

Andrea blieb zurück und blickte auf ihren Sohn. Sie hatte die Hoffnung nie aufgegeben, dass es eine Möglichkeit gab, ihn irgendwie zu erreichen oder eine Veränderung herbeizuführen, aber immer wieder hatte sie das Gefühl gehabt, sie müsste den Weg, den ihr Sohn gewählt hatte, respektieren, auch wenn es für sie und Tom schmerzlich war, nicht einen ganz normalen Umgang mit ihm haben zu können. Sie hatte viel in spiritueller Literatur gelesen und wusste, dass sich jeder Mensch sein Schicksal selbst aussucht und dass man das respektieren muss. Das heißt nicht, dass man das Mitgefühl abstellen oder gar nicht erst ausüben soll, sondern es geht um den Respekt der Seele gegenüber, den Erfahrungen, die sie gewählt hat zu machen. Aber da der Autismus ihres Sohnes nicht von Anfang an dagewesen war, hatte sie immer wieder die Überlegung gehabt, dass die Seele diesen Weg zwar gewählt hat, also irgendwann der Zeitpunkt gekommen war, den Schalter umzulegen. Konnte da besagter Schalter vielleicht nicht auch wieder in die andere Richtung gekippt werden? Sollten sie einen Behandlungsversuch wagen? War der Zeitpunkt gekommen, jetzt etwas Neues zu unternehmen? In den ersten Jahren waren sie und Tom von einem Arzt zum anderen gelaufen, bis sie eben verstanden hatte, dass die Situation erst mal so bleiben musste, wie sie ist und hatte das auch Tom gesagt. Der hatte sehr mit sich zu kämpfen gehabt, aber schließlich ebenfalls die Wünsche der Seele seines Sohnes respektiert. Es hatte jedoch lange gedauert. Und nun sollte sich eine neue Chance auftun. Diese Reise nach Amerika schien wie von außen gesteuert zu sein. Ihr Sohn hatte ja die Koffer gepackt. Er hatte gewusst, dass sie abreisen, noch bevor sie selber wussten, dass sie reisen würden. War das der Hinweis, dass die Seele nun die Erlaubnis gab, etwas zu verändern? Und in dem Moment, als sie das dachte, blickte ihr Sohn sie an. Dies war einer der wenigen Augenblicke, in denen der Augenkontakt hergestellt wurde und sie sich wirklich anblickten. Es war nur ein kurzer Moment, dann schaute er wie-

der weg, aber das war für sie die Bestätigung, sie würden den Versuch wagen.
Wheeler und seine Frau standen im Eingang der Tür und verabschiedeten Tom und seine Familie, aber Wheeler hatte noch eine Überraschung für Tom parat.
„In den letzten zehn Jahren hat mein Vater nicht mehr für die NASA gearbeitet. Er wurde von einer Organisation rekrutiert, von der ich nur die Abkürzung FEE kenne und nur unter dem Siegel der Verschwiegenheit sagte mir mein Vater, was diese bedeutet: 'Free Earth Evolution'. Diese Organisation muss unglaubliche Geldmittel und Verbindungen in alle Welt und in alle Organisationen, die man sich nur vorstellen kann, haben. Nach dem, was mein Vater andeutete... er musste ein Geheimhaltungsabkommen unterzeichnen... daher hat er nicht viel gesagt, aber allein das, was er andeutete, hat mir eine ziemliche Angst vor dieser Gesellschaft eingejagt. Obwohl der Name zeigen soll, dass sie für die Freiheit der Menschen kämpfen, bin ich mir nicht so sicher, ob das wirklich der Fall ist. Sie sind Polizist, ich hoffe, dass Sie mit diesem Hinweis etwas anfangen können. Und ich bitte Sie sehr, wenn Sie etwas erfahren, was meinen Vater betrifft und diese Gesellschaft, dann sagen Sie es mir. Er hatte sich in den letzten zehn Jahren sehr von seiner Familie zurückgezogen und arbeitete verbissen an einem Projekt, das ihn so gefangennahm, dass er kaum noch hier bei uns war, weder geistig noch körperlich. Es muss wirklich von ungeheurer Wichtigkeit gewesen sein, was er da getan hat, denn so kannte ich ihn überhaupt nicht. Er wirkte in diesen letzten Jahren sehr bedrückt, so als würde er eine große Last mit sich herum schleppen und versuchen eine Lösung zu finden, die diese Last betrifft. Das sind alles nur subjektive Einschätzungen von meiner Mutter und mir, ob diese den Tatsachen entsprechen, weiß ich eben nicht.
Auf dem Sterbebett hat er mir noch gesagt, dass die FEE möglicherweise eines Tages auf mich zukommen würde, um mich zu rekrutieren. Da ich aber nur ein kleiner Wissenschaftler in einem kleinen Laboratorium bin, halte ich das eher für unwahrscheinlich. Ich bin zwar ebenfalls Physiker, aber nicht an bahnbrechenden Forschungen beteiligt, daher kann ich mir kaum vorstellen, dass irgendeine besondere

Organisation ein besonderes Interesse an mir haben könnte. Bis jetzt war das jedenfalls nicht der Fall.
Und noch etwas, Tom. Die Koordinaten, die Ihr Sohn vorhin aufgezeichnet und mir auf den Schreibtisch gelegt hat, habe ich überprüft: Es sind die Koordinaten des Instituts des Arztes, dessen Adresse ich Ihnen aufgeschrieben habe. Ihr Sohn möchte dort hin. Er weiß ganz genau, dass er dort hin muss. Ich weiß nicht, ob es darum geht, ihm Heilung zu verschaffen, eine Veränderung in seinem Zustand zu bewirken. Das ist möglich, aber schrauben Sie Ihre Hoffnungen nicht zu hoch. Es könnte auch ganz andere Gründe haben, dass Sie dort hin müssen. Ich wünsche Ihnen, Ihrer Frau und Ihrem Sohn alles Gute auf Ihrem Weg. Leben Sie wohl und … bitte, kommen Sie nicht wieder. In Ihrem eigenen Interesse, kommen Sie nicht wieder! Kontaktieren Sie mich per Telefon oder E-Mail, wenn Sie etwas herausgefunden haben, aber kommen Sie nicht wieder."
Tom stieg mit seiner Familie sehr verwirrt in den Mietwagen, startete den Motor des Automatikgetriebes, warf noch einen letzten Blick auf Wheeler und dessen Frau, und hatte das sehr merkwürdige Gefühl, dass trotz der sehr eindringlichen Warnung er diesen Mann irgendwo irgendwann wiedersehen würde.
Im Hotel angekommen, checkten sie aus und mussten, da sie für mehrere Tage gebucht hatten, und diese nun nicht in Anspruch nahmen, noch einen Teil der Kosten tragen, aber Tom war das in diesem Moment völlig egal. Er wollte nur noch zu den Koordinaten, die sein Sohn aufgeschrieben hatte, zu dem Ort, wo es vielleicht Hilfe für ihn gab. Und so machten sie sich auf den Weg.

*

Tom saß im Flugzeug, denn er und seine Familie waren wieder unterwegs zurück nach Deutschland. Die Tage in der Klinik waren extrem aufwühlend gewesen und seine Frau hatte einen emotionalen Zusammenbruch erlebt, denn die Hoffnung, die nun geschürt wurde, machte sie beide fix und fertig. Und so schlief sie im Flugzeug, trotz Flugangst, und auch sein Sohn hatte sich in sich selbst zurückgezogen und irgendwann waren die Augen zugefallen. Tom konnte jedoch keinen

Schlaf finden. Sie waren nur noch eine Stunde vom Nüremberger Flughafen entfernt und noch immer strömten die verschiedensten Gedankengänge durch sein Bewusstsein.
Professor Kempel hatte ihm den Zusammenhang zwischen Quecksilberbelastung und autistischen Kindern aufgezeigt, aber er hatte eine unerwartete spirituelle Komponente mit herein gebracht. Er war der gleichen Meinung wie Mathew Wheeler, dass die Geldgier der Amerikaner karmisch auf dieses Volk zurück schlug.

Und so hatte der Professor Untersuchungen angestellt, ob es einen Zusammenhang gab zwischen den Familien, in denen autistische Kinder geboren wurden und dieser Gier nach Gold. Er hatte die Theorie aufgestellt, dass in den Familien, in denen extrem nach Geld gestrebt würde, die Häufigkeit an autistischen Kindern größer sein müsste als in anderen Familien. Doch zu seiner Überraschung musste er diese Theorie wieder fallenlassen, als er feststellte, dass seine Untersuchungen genau das Gegenteil aufzeigten. Die autistischen Kinder wurden in Familien geboren, deren Mitglieder eigentlich relativ normale Leben führten, ohne dem Geld hinterher zu jagen. Sie versuchten einfach ihr Auskommen zu finden, sich und ihre Familien durchzubringen, aber gingen nicht über Leichen auf diesem Weg, nahmen auch nicht ihre Ellenbogen zu Hilfe, behandelten ihre Mitmenschen im Durchschnitt sehr viel besser als andere Familien. Und so war er zu dem Schluss gekommen, dass diese Familien der amerikanischen Gesellschaft etwas aufzeigen wollten. Er glaubte, dass eine bewusste Intelligenz dahinter steckte und diese einen Plan erarbeitet hatte, wie man den Menschen etwas vor Augen führt, nämlich ziemlich drastisch, weil sanfte Methoden nur selten zum Aufwecken und Hingucken führten.
So hatte Professor Kempel mit der Ausleitung von Quecksilber und Veränderung des Bewusstseins der Familienmitglieder eine zusammenfassende Therapie entwickelt, um den autistischen Kindern dabei zu helfen, die Botschaft, die sie vermittelt hatten, wieder loszulassen. Das sollte dazu führen, dass sie ein normales Leben führen könnten. Griff er damit in den Plan der Intelligenz im Hintergrund ein? Die Botschaft konnte ja nur dann losgelassen werden, wenn sie begriffen worden wäre. In der

Gesellschaft sah es allerdings nicht so aus. Dann hatten aber einige dieser Kinder außer der generellen Botschaft auch noch jeweils Spezialaufträge, so die Erkenntnisse des Professors. Und hier lag die Chance für Lukas, denn wenn dieser seinen Auftrag erledigt hatte, könnte eine Veränderung eintreten. Wie der Plan für seinen Sohn aussah, das konnten weder Tom noch der Professor wissen, niemand konnte das. Aber Tom musste immer wieder an den Blick denken, den Lukas ihm vor sechs Jahren in dem Augenblick zugeworfen hatte, als er sich in seine innere Welt zurückzog.
Es war nämlich in Gegenwart von Tom geschehen, dass sein Sohn von einem Augenblick auf den anderen seinen Zeichenstift beiseite legte, ihn mit einer Tiefgründigkeit ansah, die einen Abschiedsgedanken und Abschiedsgefühl enthielten. Das war Tom allerdings erst hinterher bewusst geworden. Irgendetwas hatte das Kind sich zurückziehen lassen. War es möglich, dass man dies wieder umkehren konnte? Gehörte Lukas zu dem Personenkreis, deren Botschaft angekommen war? Niemand konnte das beantworten. Und so hatten sie eine ganze Liste von den Maßnahmen mitgenommen, die sie nun treffen würden, um herauszufinden, wie das für den Jungen aussah. Tom war immer noch in diesen Gedankengängen verstrickt, als die Maschine landete, die Drei ihr Gepäck holten und dem Ausgang des Flughafens zustrebten. Doch gleich hinter der Absperrung der Gepäckausgabe und dem Zollbereich wartete jemand auf sie. Es hob nämlich jemand ein Schild mit Toms Namen, daher ging dieser auf den Mann zu.
"Herr Edison? Für den Fall eines ganz bestimmten Ereignisses sollte ich hier auf Sie warten und Ihnen diesen Umschlag übergeben, was ich hiermit tue."
Tom ob dieser Eröffnung noch ganz verdattert, nahm den Umschlag entgegen, als der Mann sich schon abwenden wollte, doch geistesgegenwärtig wie Tom als Polizist auch sein musste, hielt er diesen noch fest.
"Welches Ereignis denn? Worum geht es hier?"
Der Mann schaute einen Augenblick sehr traurig, überlegte, ob er wohl antworten sollte, und fällte dann eine Entscheidung.

"Ihr Chef ist vor zwei Tagen in einer Massenkarambolage tödlich verunglückt. Für den Fall, dass ihm etwas zustoßen würde, sollte ich Ihnen diesen Umschlag geben, was ich hiermit getan habe. Auf Wiedersehen." Der Mann löste sich aus dem Griff von Tom und verschwand in der Menge.
Später wünschte sich Tom mehr als einmal, er wäre ihm hinterher gegangen, aber er konnte seine Frau und seinen Sohn schlecht einfach stehen lassen und seinem detektivischen Gespür folgen. Er steckte den Umschlag in seinen Aktenkoffer und erst dann kam ihm zu Bewusstsein, was der Mann gesagt hatte. Sein Vorgesetzter, sein Chef, der Mann, dem er neben Pete am allermeisten vertraute, war tot. Nach all dem, was Tom in der letzten Zeit erlebt hatte, wusste er: Das konnte unmöglich ein Zufall sein. Aber eine Massenkarambolage für den Tod eines Einzelnen zu inszenieren, war doch etwas starker Tobak. Man konnte dabei ja gar nicht sicher sein, ob es den „Richtigen“ traf. Vermutlich sah er Gespenster, wo keine waren. Vielleicht war es doch nur ein Zufall. Noch völlig unter dem Eindruck dieser Nachricht brachte Tom seine Frau und seinen Sohn nach Hause. An den Umschlag dachte er dabei gar nicht mehr.

23.

Pater Pio riss den Umschlag auf, der an ihn adressiert war und obwohl er die Handschrift von Miria noch gar nicht kannte, wusste er, dass das Päckchen von ihr kam. Ein Brief fiel zu Boden, den er hastig wieder aufhob und las:

„Geliebter Bruder, anbei sende ich dir die Aufzeichnungen über das Leben von Jesus Christus. Ich bitte dich darum, diese als Erster zu lesen, weil sie deinen Glauben und deine Kirche betreffen und noch nichts mit den Salomon Siegeln zu tun haben. Ich mag die Kirchenmänner, die ich kennengelernt habe, aber ob ich ihnen vollständig trauen kann, weiß ich nicht. Und obwohl ich dich noch nicht sehr gut

kenne, traue ich dir mehr als ihnen. Das, was ich da schreibe, wirft ein unbekanntes Licht auf den Gesalbten und ich kann schlecht beurteilen, wie die Kirche damit umgehen wird. Bitte teile mir deinen Eindruck bei nächster Gelegenheit mit. Zu erreichen bin ich derzeit nur über meinem Handy, da ich unterwegs bin und noch nicht genau weiß, wohin es mich demnächst verschlägt.

Deine Schwester Miria."

Pater Pio begann zu lesen und kam bis zu der Stelle, an der Jesus sich von den Pyramiden abwendet. Hier musste er sich unterbrechen, weil sein ganzer Körper zu vibrieren anfing und er sich das nicht erklären konnte. Er rief seinen Freund, Pater Mokele, erklärte ihm die Situation und fragte ihn, ob er wisse, was mit ihm los sei. Dieser sah ihn eindringlich an und meinte dann:

„Du weißt, ich habe mich eingehend mit der Antike beschäftigt und natürlich gehören dazu auch Bauwerke wie die Pyramiden. Hast du schon einmal von der Bosnischen Pyramide gehört?"

Erstaunt verneinte Pater Pio. In Europa sollte es eine Pyramide geben? Davon hätte er doch hören müssen. Währenddessen war er immer noch überall am Vibrieren. Es war zwar nicht unangenehm, aber einfach völlig ungewohnt. Mok fuhr fort:

„Ein Sam Osmanagich will eine Pyramide entdeckt haben, die 29.000 Jahre alt ist. Er hat die Spitze des Berges, der nur zufällig wie eine Pyramide aussehen könnte, mit Elektronik ausmessen lassen und dabei wurde festgestellt, dass sie zum einen ideal nach den Himmelsrichtungen ausgerichtet ist, ein Kennzeichen von künstlichen Bauten und dass in einem Radius von 4,5 Metern auf ihrer Spitze eine Art Energiestrahl in den Himmel abgegeben wird, der nach oben hin, also in Richtung Weltall, immer stärker wird. Das ist physikalisch derzeit nicht erklärbar, soweit ich weiß. Dies hat nichts mit Esoterik zu tun, sondern mit Wissenschaft. Wenn wir davon ausgehen, dass es bei anderen Pyramiden vielleicht auch solch einen Energiestrahl gibt, dann saß Jesus genau darinnen, und wer davon liest, bekommt diese Energie ebenfalls ab, weil er mit ihm dort ist und das könnte deine Vibrationen erklären. Das ist aber nun esoterisch, denn wer sich mit den antiken Bauwerken befasst, kommt zwangsläufig auf die spirituellen Strömungen antiker Zeiten, aber auch die der Moderne. Du und ich, wir wissen, dass viele Menschen nicht mehr mit dem, was der Katholizismus zu bieten hat, zufrieden sind und nach neuen Wegen für ihren Glauben suchen und daher viel spirituelles Unkraut in die Höhe schießt. Die Wissenschaft ist auch eine Art Religion, aber auch sie kann nicht alle Bedürfnisse der Menschen abdecken.

Es gibt drei ‚Mächte', die uns heute die Welt erklären wollen. Der einen Macht gehören wir an, nämlich der Religion. In den letzten 500 Jahren sind ihr immer mehr die Felle weggeschwommen, weil der Mensch sich weiterentwickelt und religiöse Erklärungen also solche, die auf Glauben beruhen, nicht mehr reichten. Die Menschheit hat also der Wissenschaft das Zepter dafür übergeben, ohne jedoch die Religion ganz aufzugeben. Wenn die Wissenschaft scheitert, muss es ja immer noch etwas geben, das dann wieder einspringen kann. Die Wissenschaft hat also angefangen zu forschen, aber alles Übernatürliche dabei ausgeklammert, weil das ja in den Bereich der Kirche (ich spreche hier hauptsächlich von der Christlichen) gehört. Sie haben alles in immer mehr und mehr Einzelteile zerlegt, sogar das Atom, was ja ‚unteilbar' bedeutet, hat noch Einzelteile. Und nach ‚unten', in die Tiefe, scheint es keine Grenzen zu geben. Damit hat sich die Wissenschaft jedoch schon in den Bereich des Unsichtbaren begeben, wo sie eigentlich nicht hinwollte. Naja, jedenfalls steckt sie in der Klemme, denn das ganze Universum und auch einzelne Menschen als Teil einer Maschinerie zu sehen, die wie ein Uhrwerk funktioniert, hat uns zwar weit gebracht, aber wie die Welt wirklich funktioniert, wissen wir immer noch nicht wirklich, weil wir mehr als die Summe der Einzelteile sind. Wir wissen zwar viel, was da mechanisch geschieht, aber wie das Menschheitskollektiv und der Einzelne darin funktionieren, hat dies nicht im Ansatz erklärt, denn die Quantenphysik hat gezeigt, dass es unberechenbare Teile gibt, die sich auch unerwartet und der gängigen Lehre widersprechend verhalten, nämlich

die Quarks. Sie tauchen einfach auf und keiner weiß, woher sie kommen und nach welchen Gesetzen sie auftauchen und was ihr Auftauchen bewirkt und sie verschwinden auch wieder im Nirgendwo. Nun bewegt sich die Quantenphysik in den tiefsten Tiefen der Wirklichkeit und die herkömmliche Physik ist der Meinung, dass sie deshalb keinen großen Einfluss auf uns haben kann. Das muss sie wohl auch behaupten, denn Newton´sche Physik und Quantenphysik lassen sich bisher nicht vereinen.
Die Newton´sche Physik lässt den Geist in der Materie völlig außer acht, ja leugnet ihn sogar vehement und greift sogar Menschen an, die Geist und Materie als Eins betrachten, denn dabei bewegt sie sich wieder im Bereich der Religion, der ja ausgeklammert wurde.
Was den Menschen am meisten interessiert, ist das menschliche Miteinander und dies auf chemische Reaktionen zu reduzieren, hat nicht die erhofften Erklärungen gebracht, ist nur ein Teil von allem. Also Wissenschaft hat zwar viel Wissen geschaffen, aber nicht das, was die Menschen eigentlich wissen wollen und dazu gehört natürlich auch ihr Bezug zu Gott. Und daher hat in den letzten fünf Jahrzehnten sich eine neue Bewegung gebildet, die Esoterik. Für die interessieren sich inzwischen Millionen von Menschen, und wenn diese Kristalle, Engelkarten, esoterische Bücher usw. kaufen, dann ist das keine Minderheit mehr, nicht einmal eine ‚Subkultur', wie diese Menschen beschimpft werden. Die Art der Berichterstattung in den Medien über sie stellt sie alle als dumm, ungebildet, als Wirklichkeitsflüchtlinge und in den Aberglauben Zurückgefallene dar. Da macht man es sich zu einfach, obwohl es für einige sicher stimmt. Bei der Wissenschaft wird die eigene Erfahrung, das Fühlen, das Berühren usw. ausgeklammert. Da könnte man Wissenschaftler auch als Wirklichkeitsflüchtlinge bezeichnen...

Der Wissenschaft muss man die Ausgrenzung der geistigen Bereiche vorwerfen und der Esoterik das Gegenteil, weil sie aus der Physik Begriffe wie ‚Quanten', ‚Energie', ‚Elektromagnetismus' usw. klaut und für sich in einem ganz anderen Zusammenhang verwendet. Die Religion ist eine Art Waffenstillstand mit der Wissenschaft eingegangen nach dem Motto ‚Leben und leben lassen' und benutzt dabei z.B. fleißig Han-

dys, nutzt sie also für sich, grenzt die Esoterik dabei aber genauso aus wie die Wissenschaft, obwohl wir einige Channelmedien tatsächlich offiziell anerkannt haben, was nur Wenigen bekannt ist. Ignoranz und Intoleranz gibt es also auf allen drei ‚Seiten'. Meine Einteilung ist natürlich nur ganz grob, stimmt aber im Großen und Ganzen. Und genau gesagt, ist es nicht meine Einteilung, sondern die von Eckhard Kruse, der in einem Buch nämlich ‚Der Geist in der Materie' Esoterik und Wissenschaft gegenüberstellt. Ich musste wirklich oft lachen, als ich das gelesen habe, denn ich habe mich da schon wiedererkannt, aber gleichzeitig hat er mich motiviert, mich im, wie er es nennt, Wissenschaftsland und auch im Esoterikland umzusehen, aber nicht, um die Menschen dort zu verurteilen, sondern um sie besser zu verstehen und in mir eine Balance zu finden zwischen dem, was man einfach glauben muss, weil man es nicht überprüfen kann, dem, was ich selbst erlebe und dem Bild, das die Wissenschaft von unserer Wirklichkeit hat.
Das, was du da gerade erlebst, könnte man in den Bereich der Esoterik einstufen, denn es ist ein rein subjektives Empfinden. Aber ich kann dieses Vibrieren deines Körpers sehen und damit wird es schon objektiver und beruht nicht auf deiner Einbildung. Du warst eindeutig einer Energie ausgesetzt, die etwas in dir bewirkt hat. Was das ist, kann ich auch nicht sagen, aber vielleicht bekommen wir das noch heraus. Darf ich denn lesen, was das bewirkt hat?"

Pater Pio nickte. Das Vibrieren wurde nun langsam schwächer und er hätte zu gerne gewusst, was da mit ihm geschehen war, aber dafür musste er sich wohl mehr mit der Esoterik auseinandersetzen, was er bisher zumindest offiziell tunlichst vermieden hatte, denn er bewegte sich mit seinen neuen Ideen über die Behandlung von besetzten Menschen ohnehin schon auf einem schmalen Grat, wie seine Vorgesetzten ihn immer wieder wissen ließen. Auf der anderen Seite war gerade dieser Fachbereich der Kirche der Überschneidungsbereich mit energetischer Arbeit, die ja in der Esoterik ebenfalls durchgeführt wurde. Er musste sich in diesen Grenzbereichen beider Gebiete aufhalten, um gute Arbeit zu tun, versuchte jedoch die Wissenschaft miteinzubeziehen

und so bewegte er sich wohl in dem Überschneidungsbereich dieser drei „Mächte“, wie sie Mok gerade genannt hatte.
Wie erklärte die Wissenschaft, woher Wissen kam? Wenn jemand eine Geschichte schrieb, so wie Miria, dann kam sie, deren Meinung nach, aus der Fantasie. Doch was war „Fantasie“? War es das Land, das alle drei Mächte betraten, um Informationen zu beziehen? War es der Quantenraum, in dem alles, was es je gegeben hatte und geben würde, bereits potenziell vorhanden war? Ihm rauchte der Kopf und dennoch wollte er unbedingt weiterlesen und so reichte er Mokele die Blätter, die er bereits durch hatte, dankte diesem und versenkte sich in den weiteren Verlauf der Jesusgeschichte, als Mokele bereits die ersten Zeilen lesend, sein Zimmer verließ.

*

Als Jeshu in Qumran ankommt, wird er nicht gerade willkommen geheißen. Zwar nimmt die Gemeinschaft auch solche auf, die von außen kommen, doch diese müssen viele Eide und Schwüre ablegen und leben nach strengen Ritualen und nur wer bereit ist, sich dem allen zu unterwerfen, darf bleiben. Sie nennen sich die Söhne des Lichtes und sehen sich auch so. Einiges gefällt Jeshu gut, denn sie halten viel auf Reinlichkeit und so verströmen sie, im Gegensatz zu den meisten Leuten, denen Jeshu auf seinen Wanderungen begegnet, einen angenehmen Geruch. Doch jede Minute ist reglementiert. Sie heiligen den Shabbat so sehr, dass sie noch nicht einmal ihre Notdurft an diesem Tag verrichten dürfen und damit diese an diesem Tag auch nicht notwendig ist, fasten sie zwei Tage davor. Und obwohl sie Kranke heilen, weil sie dafür erforderliches Wissen aus ihren Schriften beziehen, halten sie Kranke für unrein und benehmen sich ihnen gegenüber auch so, indem sie niemandem am Shabbat helfen, auch keinem, der in Not ist, egal ob Mensch oder Tier. Außerdem lehren sie, dass man seine Feinde hassen müsse und dazu zählen natürlich besonders die Römer, die ja ihr Land besetzt haben.
Jeshu sieht sich das alles an und weiß sehr schnell, dass er hier nicht bleiben wird und fragt sich, warum der Vater ihn hierhergeschickt hat. Ein anderer Junge seines Alters, der keine Eltern und auch keine ande-

ren Angehörigen mehr hat, ist hier ebenfalls gelandet, weil er nicht weiß, wo er sonst hin soll. Sein Name ist Johannes. Jeshu freundet sich mit ihm an und versucht diesen zu überreden, mit ihm zu kommen, doch Johannes saugt die Ansichten der Essener auf wie ein Verdurstender, obwohl er auch nicht alles teilt. Er sagt zu Jeshu, dass er noch bleiben muss, obwohl er weiß, dass er auch nicht dieser Gemeinschaft beitreten wird. Traurig, dass Johannes ihn nicht begleitet, ist er mit 14 Jahren wieder unterwegs, und zwar in Richtung Alexandria, denn was er bei den Essenern erkannt hat ist, dass er heilen möchte. Er sieht Kranke nicht als unrein an, obwohl das von einem gewissen Standpunkt aus so gesehen werden kann, denn Krankheiten sind ja Stauungen, wie ihn der Vater lehrt und es gibt Gründe für ihr Vorhandensein und auch keiner der Essener ist davor gefeit. Wenn jedoch einer von ihnen krank wird, muss er gegen irgendwelche Vorschriften verstoßen haben, darum wird er nicht behandelt und sogar aus der Gemeinschaft ausgeschlossen, um die „Reinen“ nicht mit seiner „Unreinheit“ anzustecken. Das enge Denken der Essener hält Jeshu schließlich nicht mehr und als er den Vater fragt, wohin sein Weg ihn nun führe, ist die Antwort:

„Geh nach Alexandria, lerne neue Sprachen und deren Schriften und lerne die Vergangenheit der Menschen aus ihrer Sicht kennen. Dort wirst du auch Wissen finden, das zu Heilung führt. Gehe zum Museion, dort wirst du jemanden treffen, der bereit ist, dich zu unterrichten.“

Drei Jahre bleibt Jeshu dort. Da Menschen mit Sprachkenntnissen dort immer willkommen sind, wird er als Übersetzer tätig, denn er beherrscht natürlich seine Heimatmundart, das Aramäische, dann das Griechische und auch Latein und nun kommen noch Koptisch und Sumerisch hinzu. Das ermöglicht ihm, die menschliche Geschichte aus der Sicht alter Völker kennenzulernen. Mit 17 liest er einen Text, der ihn so sehr erschüttert, dass er tagelang nicht fähig ist, neben den Alltagsgeschäften seine Studien weiter zu betreiben. Der Vater lässt ihm Zeit mit dem Gelesenen fertig zu werden und seine eigenen Überlegungen anzustellen. Er wartet, bis Jeshu sich an ihn wendet, was schließlich auch geschieht:

„Vater, wenn das stimmt, was ich da gelesen habe, wie ist es dazu gekommen?“

„Ich habe dir schon erklärt, dass jeder Mensch und jede Kultur Höhepunkte und Tiefpunkte erlebt und obwohl die hellenistische Schule vieles Denken aus einer höher stehenden sehr alten Kultur wieder aufgegriffen, bzw. genauer gesagt wieder erinnert hat, ist dies doch nur der Abklatsch von dem, was die Menschen schon einmal, sogar mehrmals erreicht hatten. Ihre ethische Einstellung, also ihr sittliches Verständnis, bestimmen den Stand der Kultur und der war schon mehrmals viel höher als jetzt. Doch immer, wenn die Grundlage nicht mehr die Liebe ist, sind die Menschen auf einem Weg, der zur Selbstzerstörung führt. Bei einem einzelnen Volk mag das noch verschmerzbar sein, wenn es jedoch eine weltweite Kultur betrifft, dann betrifft das die ganze Menschheit. Es gab schon mehrere „Menschheiten" vor dieser und jede hat sich letztlich selbst zerstört und wenn dem nicht eine andere Richtung gegeben wird, geschieht das in Kürze wieder. Die Menschen müssen also umkehren und einen anderen Weg einschlagen. Die Geschichte, die du da gelesen hast, lehrt, was kommen wird, wenn sich nichts ändert, denn es geschieht immer wieder. Irgendwann muss jedoch auch einmal der Zeitpunkt kommen, an dem die Geschichte dauerhaft anders verläuft. Ca. alle 2.000 Jahre ist die Möglichkeit für einen Umkehrpunkt gegeben und an dem lebst du jetzt und darum hast du diesen Zeitpunkt deines Kommens auch gewählt und wählst immer wieder Zeitknotenpunkte, an denen grundsätzliche Änderungen möglich sind.

Deine Aufgabe wird sein, die Menschen an das zu erinnern, was sie schon einmal wussten, nämlich dass die Liebe zur Natur, zu allem, und damit auch zu allen Menschen, eine grundsätzliche Einstellung sein muss, um die eigene Bestimmung zu erfüllen und auch das zu erreichen, was für die Menschheit an sich vorgesehen ist. Der Weg darf nicht wieder unterbrochen werden. Das ist nun schon zu oft geschehen. Es wurde zugelassen, weil die Menschen daran lernen konnten, doch in einem weiteren Untergang liegt nun kein Erfolg mehr, darum kann und muss er verhindert werden. Wenn du eines Tages im persischen Kulturkreis unterwegs bist, wirst du vom ‚jüngsten Gericht' hören, das ist die Erinnerung daran, dass die Menschheit schon mehrmals untergegangen ist und die Gefahr besteht, dass so etwas wieder geschehen kann.

Wenn der Untergang jedoch diesmal nicht eintritt, heißt das, dass deine Mission erfolgreich war und du so schnell nicht wiederkommen musst. Und nun wird es Zeit, dich auf den Weg zum Dach der Welt zu machen. Morgen geht es los. Du wirst mehrere Zwischenziele auf diesem Weg haben und das erste ist Babel. Wie du den sumerischen Schriften entnehmen kannst, kann man KĀ-DINGIR-RA, von deinem Volk als Babel bezeichnet, mit ‚Tor Gottes' übersetzen. Dort liegen Wurzeln des hebräischen Volkes, da es dorthin verschleppt wurde, aber dort gibt es noch mehr für dich. Wie du weißt, sollen deine Wanderungen dich mit den Kräften ausstatten, die du benötigen wirst, wenn du für die Menschen wirkst. Außerdem dienen drei Haltepunkte der Vorbereitung deines Wiedererscheinens nach dem Tode. Die erste war die Weihe in der Pyramide, die zweite war die Einweihung, die du auf der Spitze der Pyramide erhalten hast und die Dritte ist der Aufenthalt in der Höhle auf dem Dach der Welt. Alle drei Aufenthalte haben mit der Möglichkeit von Unsterblichkeit zu tun, wenn auch nicht in dem Sinne, wie die Menschen das verstehen."

*

Als Jeshu Monate später in der Wüste unterwegs ist, geht ihm das Wasser aus und auch das Brot. Tagelang geht er weiter im Gespräch mit dem Vater, aber auch dürstend und hungernd. Er hat noch nicht gelernt, die Bedürfnisse seines Körpers zurückzustellen oder auf andere Weise zu erfüllen. Daher erhält er eine spezielle Unterweisung. Der Vater bittet ihn nämlich:
„Nenne mir alle Quellen der Kraft, die du kennst."
Jeshu denkt nicht lange nach und meint dann:
„Nun, Wasser natürlich, denn wenn ich keines bekomme, werde ich verdursten. Dann ist Essen sehr wichtig, denn wenn ich nicht esse, werde ich verhungern. Doch ich vermute, es gibt noch andere Quellen."
Der Vater antwortet:
„Richtig. Die Flüssigkeiten in deinem Körper haben als Grundlage Wasser und dann ist noch etwas darin, das sie vom Wasser unterscheidet. Aber um diese Grundlage zu erhalten, musst du regelmäßig Wasser zuführen, aber nur deshalb, weil du in jedem Moment deines Lebens Wasser verlierst. Es muss daher ständig ersetzt werden. Das gleiche gilt

für den Körper, selbst wenn du dich nicht anstrengst, wird er ständig weniger, also muss für das, was verloren geht, Ersatz kommen. Darum musst du essen. Wenn du dich bewegst und anstrengst, erhöht sich das, was verbraucht wird und damit auch das, was wieder zugeführt werden muss. Wie du richtig vermutest, gibt es jedoch noch andere Quellen der Kraft. Da ist z.B. die Natur um dich herum. In allen Lebewesen steckt Lebendigkeit, dazu zähle ich auch die Steine auf deinem Weg, aber natürlich auch die Pflanzen und Tiere. Von der Kraft der letzten beiden erhältst du, wenn du sie verzehrst. Und nun erinnere dich an das Bild, das ich dir gab, als du sechs Jahre zähltest. Das, was ständig in die Menschen hinein und wieder hinausfließt und ich als eine Art Flüssigkeit bezeichnet habe, ist die Kraft, die alles zusammenhält. Von dort kommt also auch ständig etwas, was den Menschen am Leben erhält. Wenn man nun weiß, wie man diese Kraft stärker in sich hineinziehen kann als sie normalerweise ohnehin zu dir fließt, dann bekommt man auch mehr davon. Wie das geht, werde ich dich heute noch lehren und du wirst feststellen, dass dein Hunger und dein Durst nachlassen und du viel weitere Strecken als vorher zurücklegen kannst und das, ohne essen und trinken zu müssen.

Nun gibt es nicht nur die Umgebung, die du siehst, es gibt auch andere Bereiche des Daseins, aus denen man Kraft in sich hineinziehen kann und auch das werde ich dich lehren. Eine Kraft ist das, wovon du momentan glaubst, dass es dir Kraft raubt: Die Sonne. Sie spendet Licht und Wärme, aber von ihr kommt sehr viel mehr als das. Sie ist eine Vermittlerin dieser Kraft aus den anderen Bereichen, die ich gerade erwähnte. Von dem, was ständig aus allen Richtungen ohnehin in dich hineinfließt, gibt es gestaute Bereiche in jedem Menschen. Wenn du dir einen Bach vorstellst und du dem Lauf des Wassers ein Hindernis in den Weg legst, so wird es sich hinter diesem Hindernis stauen. Was sich da staut, äußert sich in starken, ja überschäumenden Gefühlen, angenehmen wie unangenehmen, nämlich dann, wenn der Stau behoben wird.

Diese Kraft kann man nutzen, ohne sie in diese Gefühle zu legen. Wenn Menschen krank werden, dann ist das ein Anzeichen solcher gestauter Bereiche, wenn du also jemanden heilen willst, dann ist eine Möglichkeit, von so einem gestauten Bereich das Hindernis fortzunehmen.

Dafür ist jedoch ein Kraftaufwand nötig. Wenn man das mit vielen Menschen macht, braucht man entsprechend mehr Kraft als sonst. Da du sowohl als Lehrer als auch als Heiler auftreten sollst, dienen die Jahre davor der Kraftaufladung in jeder Hinsicht, also aller Arten an Kraft. Das habe ich dir schon gesagt und ich sage es dir immer wieder. Ich habe jedoch noch nicht alle Quellen und Arten der Kraft genannt. Weißt du, welche noch fehlen?“

Jeshu dachte einen Moment nach und meinte dann:

„Du hast erwähnt, dass ich als Lehrer auftreten soll, dafür muss ich jedoch etwas wissen, was andere nicht wissen, also etwas lehren können. Ich war bei Meister Efraim und Rabbi Mosha in der Lehre und weiß das, was sie mich gelehrt haben... Oh, und du unterrichtest mich, also weiß ich dadurch Dinge, die die anderen Menschen nicht wissen... Das ist auch eine Form von Kraft, nicht wahr: Wissen? Wenn ich weiß, wo ich Wasser finde, wenn ich weiß, wie ich Kraft in mich hineinziehe, wenn ich weiß, wie ich Hindernisse im Menschen beseitige, dann ist das Kraft.“

„Sehr wohl, mein Sohn. Du hast nun eine sehr wichtige Erkenntnis genannt und auch eine, die dir gar nicht bewusst ist: Du beziehst auch von Meistern Kraft, Kraft des Wissens natürlich, aber Meister geben noch mehr als Wissen: Das, was ständig aus den Menschen ein- und ausfließt, das, was ich als eine Art Flüssigkeit bezeichnet habe, geht von Meistern nicht in normaler Geschwindigkeit aus, sondern schneller und stärker. Sie geben dem etwas mit, was Nicht-Meister nicht mitgeben können. Da auch ich ein Meister bin, *der* Meister, gebe ich dir davon natürlich ebenfalls und obwohl du deine Schwierigkeiten mit Meister Mosha hattest, hast du auch viel von ihm erhalten, mehr als du dir bewusst bist. Er hatte z.B. große Überzeugungskraft und die Art, wie er seine Zuhörer in seinen Bann schlug, wirst du später ebenfalls anwenden, ohne darüber nachzudenken. Nenne mir also bitte noch einmal die Quellen der Kraft, damit ich sehe, ob dir nun genügend davon bewusst sind.“

„Die Quellen der Kraft sind:

1. Wasser,

2. Essen,
3. die Kraft in der Natur um mich herum,
4. Wissen,
5. andere Bereiche der Wirklichkeit, wenn ich auch noch nicht verstehe, was du damit meinst,
6. gestaute Kraft, die man wieder in Bewegung setzt, also Gefühl
7. alle Meister einschließlich des Himmlischen Vaters.

Nun kennst du die sieben Quellen der Kraft und nun lehre ich dich, wie man sich derer bedient, die man nicht sehen kann."

In den nächsten Tagen bleibt Jeshu daher immer wieder stehen, um die Übungen durchzuführen, die ihn gelehrt werden. Darüber vergisst er ganz, dass er Hunger und Durst hat, doch am fünften Tag findet er am Wegesrand einen ledernen Beutel. In diesem Beutel findet er eine Wasserflasche und mehrere Fladen Brot. Verwundert fragt er den Vater:
„Wo kommt das her? Wie ist das möglich? Hast du mir das geschenkt?"
Da lacht der Vater und sagt:
„Ja und Nein. Nein, ich habe es nicht aus meinem Schrank geholt und dir zu Füßen gelegt. Und ja, ich habe dafür gesorgt, dass ein Riemen sich an einem Kamel lockert, sodass er sich durch die Schritte des Kamels nach und nach löst und der Beutel zu Boden fällt und der Karawanenführer und seine Treiber den Verlust erst bemerkt haben, als sie schon weit fort waren. Da du und ich eins sind, warst in gewisser Weise du es, der dies getan hat."

Nach weiteren fünf Tagen der Wanderung trifft Jeshu eine Karawane. Es ist die Karawane von der ihm der Vater sagte, dass sie sich vor ihm bewege und den Beutel verloren hätte. Sie wurden aufgehalten, weil eine Kamelstute ihr Fohlen gebar und dieses ein paar Tage Zeit braucht um das Laufen auf langer Strecke mithalten zu können. Als Jeshu auf diese Leute trifft, ist ihm jedoch noch nicht bewusst, dass es die gleichen sind, die ihn mit genügend Speise und Trank versorgt haben, als er sie dringend brauchte.

Er trifft also auf die Karawane und fragt, ob er sich ihnen anschließen dürfte. Er hätte jedoch nichts, was er ihnen geben könne außer seiner Schnitzkunst und die Musik. Er spielt dem Karawanenführer auf seiner Flöte verschiedene Melodien vor und singt einige Lieder, die er unterwegs auf seiner langen Wanderung gelernt hat. Der Karawanenführer ist tief bewegt von den Gefühlen, die die Musik in ihm auslöst. Und so sagt er:
„Gerne darfst du dich uns anschließen. Wir geben dir von unserer Speise und unserem Trank und den Schutz unserer Gruppe." Doch dann fällt sein Blick auf den Beutel, den Jeshu auf dem Rücken trägt und er wird zornig:
„Wo hast du diesen Beutel her? Wir vermissen in schon fünf Tage lang. Bist du ein Dieb?" Jeshu erzählt wahrheitsgemäß, wie er ihn gefunden hat und dann fragt er den Führer:
„Warst du auch erzürnt, als du den Beutel verloren hast?" Der Führer schaut etwas betreten und gibt zu:
„Ja, natürlich, hier in der Wüste kann so ein Beutel den Unterschied zwischen Leben und Tod ausmachen."
„So ist es, denn für mich galt genau dieser Unterschied. Ihr habt mich mit Speise und Trank versorgt, als ich sie brauchte und ich versorge euch nun mit einer anderen Wohltat. Der Ausgleich findet gerade statt, findest du nicht?" Der Karawanenführer schaut nicht überzeugt. Und so spricht Jeshu weiter:
„Siehe, wir alle sind in das Gewebe des Seins eingewoben. Jeder Baum, jeder Grashalm, jedes Sandkorn, jedes Tier, jeder Mensch, alles ist eins. Und wenn man eine Ecke dieses Gewandes bewegt, dann setzt sich diese Bewegung fort und wirkt an einem anderen Ende des Gewandes. Ohne es zu wollen, habt ihr mich mit Speise und Trank versorgt. Und ohne dass ich wusste, das ihr es wart, die sie verloren habt, werde ich nun Ausgleich schaffen und habe schon damit begonnen. Doch indem du über den Verlust geschimpft hast, hast du ebenfalls an dem Gewand gezogen. Und wenn man irgendwo zieht, kommt auch etwas näher. Verstehst du, was ich damit sagen will?" Der Karawanenführer denkt eine Weile nach und blickt dann auf und meint:

„Du meinst also, dass ich, weil ich geschimpft habe, etwas erleben werde, was irgendwie dazu passt, dass vielleicht jemand anderer mit mir schimpft oder etwas in der Art?“
„Du wusstest nicht, dass du für das, was du verloren hast, auch etwas erhalten wirst, weil du es nicht sehen konntest, daher hast du geschimpft und für das Schimpfen wird auch etwas geschehen. Du wirst dich meiner Worte erinnern.“
Der Karawanenführer lächelt und sagt:
„Hm, das erklärt mir so einiges in meinem Leben. Ich glaube, ich habe sehr viel Ungleichgewicht gestreut. Aber das will ich nun nicht mehr. Ich bin bereit, für alles Ungleichgewicht, das ich verursachte, das Gleichgewicht wieder herzustellen und in Zukunft keines mehr zu veranlassen, so gut es mir möglich ist. Du hast mir Weisheit gegeben und dafür danke ich dir. Das ist den Beutel auf jeden Fall wert.“

In schöner Eintracht wandert die Karawane, gemeinsam mit Jeshu, für etwa zehn Tage in gleicher Richtung. Dann kommen sie an eine Kreuzung der Königstraße und der Karawanenführer will sich nach links wenden. Jeshu spürt aber, er muss seinen Weg nach rechts gehen. Und so trennen sie sich. Jeshu hat dem Führer Achmed gezeigt, wie man eine wirklich gut klingende Flöte schnitzt, wie man darauf spielt und dieser hat gelernt und geübt und beherrscht nun auch einige der Lieder, die auch Jeshu vortrug. Von nun an wird er seine Karawane mit Musik begleiten und letztere in ferne Länder tragen.
Und Jeshu hat wieder einmal sehen dürfen, dass der Vater ihn mit allem versorgt, was er braucht, was in seinen Wanderjahren und auch für die Zeit, in der er zu den Menschen sprechen wird, wichtig ist. Noch ist es nicht soweit, denn er weiß, er muss noch vieles lernen.
Eines Tages fragte Jeshu den Vater:
„Warum kannst du mir nicht einfach alles mitteilen, was ich wissen muss und ich gebe dann das weiter, was die Menschen brauchen?“ Wieder lacht der Vater und es ist ein dröhnendes Lachen, das im Kopf von Jeshu erschallt:
„Weil die Erfahrung der beste Lehrmeister ist. Das habe ich dir schon vor Jahren gesagt. Ich kann dir von vielem erzählen, aber wenn du es

nicht selbst erlebt hast, fehlen die Gefühle, die solche Erlebnisse auslösen. Wenn du bestimmte Dinge selbst erlebt hast und davon anderen erzählst, werden sie wissen, dass deine Worte auf eigener Erfahrung beruhen und nicht weltfremde Ideen sind, die man nicht umsetzen kann. Wenn du selbst alle Arten von Gefühlen erlebt hast, kannst du diese in anderen wecken und auch verstehen, was in anderen vorgeht. Du hast das überwältigende Gefühl der Dankbarkeit erlebt, als du Speise und Trank zum rechten Zeitpunkt gefunden hast. Und dies hast du wiederholt Achmed berichtet. Dieses Gefühl der Dankbarkeit hatte er ebenfalls in sich, als ihr euch getrennt habt. Das Wort DANKE ist das heiligste und auch das kürzeste Gebet. Es ist ein Gefühl, dass dich durch alle Erfahrungen, die du noch machen wirst, tragen wird. Dankbarkeit ist eine der innigsten Verbindungen, die du zu mir, dem Vater, herstellen kannst. Wir beide sind sowieso aufs Innigste miteinander verbunden, aber hier, als Mensch, musst du diese Verbundenheit erst wieder vollständig erinnern. Dies ist eine der Lehren, die du den Menschen beibringen wirst: Wenn du dankbar bist, bist du in Verbundenheit mit allen höchsten Wesen und natürlich auch mit *dem* allerhöchsten Wesen, das in jedem Einzelnen innewohnt, denn du bist Teil des Gewebes und dadurch auch das ganze Gewebe.
Du hast Glück gefühlt, als du auf dem Dach der Pyramiden standest und eine andere Art des Glücks wirst du nun bald erfahren.“

Jeshu ist nun in dem Gebiet unterwegs, das man später Persien nennen wird. Immer häufiger trifft er auf Dörfer, in denen die Frauen verschleiert sind. Man kann von ihren Körperkonturen nur wenig erahnen und auch vor dem Gesicht wehen zarte Schleier, sodass nur die Augen sichtbar sind. Der Karawanenführer Achmed hatte zum Abschied aus Dankbarkeit für die Musik, die er nun selbst spielt, Jeshu einen Beutel voll römischer Münzen zum Geschenk gemacht. Aus diesem bedient er sich nun und kauft einige Holzstücke und fängt an zu schnitzen. Die Kamelmutter in ihrer Liebe und Fürsorge für ihr Junges aus Achmeds Karawane ist sein Motiv. Es besteht aus einem einzigen Stück Holz. Der liebevolle Blick der Mutter zu dem Jungen, das säugt, wird sichtbar gemacht. Schließlich betrachtet er seine Arbeit, die er völlig selbstverges-

sen fertiggestellt hatte. Kein Durst hatte ihn geplagt, kein Hungergefühl an ihm genagt. Er sitzt auf dem mittigen Platz des Dorfes, völlig versunken in seine Arbeit. Er hat gar nicht bemerkt, dass sich nach und nach eine Menge um ihn versammelt und ihm bei seinem Werke zusieht. Als er es nun betrachtet, wird er mit einem Mal gewahr, dass er nicht alleine ist. Ungefähr ein Dutzend Menschen haben sich um ihn herum gesetzt und bewundern ehrfürchtig die filigrane Arbeit und sehen ihm in aller Stille zu, Kinder, Frauen und Männer. Handwerkliche Arbeit gibt es alle Tage und überall, aber in der Art, wie der Meister sie durchführt, ist etwas, das die Menschen beschäftigt, es berührt sie. Er führt sie nicht aus, weil er muss, sondern weil er sie liebt und den Unterschied sehen und spüren die Menschen des Dorfes.
Nun erhebt sich einer in einem kostbareren Gewand und fragt:
„Was möchtest du für diese wunderschöne Arbeit haben?" Jeshu blickt zu ihm auf und antwortet:
„Wenn du mir einen Platz zum Schlafen für diese Nacht anbietest, soll es dein sein." Der Mann, der sich als Jussuf vorstellt, willigt ein. Und so führt er Jeshu aus der Menge zu seinem Haus, das ein wenig größer als die anderen ist. Eine Frau aus der Menge hat die beiden begleitet.
Als die drei das Haus betreten, legt die Frau das Übergewand und auch den Schleier vor dem Gesicht ab. Jeshu erblickt ein wunderschönes Antlitz von etwa 30 Jahren. Jussuf stellte sie als seine Gemahlin vor und Jeshu wagt zu fragen:
„Warum trägst du Schleier um deinen Körper und dein Gesicht?" Die Frau lächelt und blickt ihren Mann wissend an. Dieser antwortete ebenfalls lächelnd:
„Du siehst die Schönheit meines Weibes. Diese Schönheit soll allein mir gehören. Das hat sie mir versprochen und so zeigt sie sie im Außen nicht. Das ist ein Grund. Wenn nun ein Fremder in unser Dorf käme, und diese wunderschöne Gestalt und ihr Antlitz sehen würde, könnte er sie mir entführen. Auch gegen ihren Willen. Und so ist es besser, dass man davon nichts sieht. Außerdem brennt die Sonne hier sehr heiß. Und wenn sie verschleiert geht, bleibt ihre Schönheit viel länger für sich selbst und für mich erhalten." Jeshu verbeugte sich und an beide gewandt sagte er:

„Ich weiß das Geschenk zu würdigen, dass du mich an dieser Schönheit Teil haben lässt. Und wenn ich durch dieses Land wandere, werde ich diese Sitte und diesen Brauch zu ehren wissen.“ Jussuf erwiderte: „Dass du ein Mann von Ehre bist, sieht man an deiner Kunst. Ich traue dir auch keine Unehrenhaftigkeit zu. Bitte sei mein Gast. Ehre mein Haus mit deiner Anwesenheit. Dieses Kunstwerk von unserem neuen Freund, geliebte Frau, soll für dich sein, denn deine Schönheit im Außen ist so wie deine Schönheit im Inneren.“ Die Frau errötet und nimmt das Geschenk lächelnd und dankbar entgegen und verschwindet dann, um ein Mahl für die Familie und ihren Gast zuzubereiten.
Das Paar hat vier Kinder und die beiden Mädchen sind genauso schön wie ihre Mutter. Und auch die Jungen vereinen die Merkmale beider Eltern auf das Vortrefflichste. Und so verbringt Jeshu einen angenehmen Abend mit diesen Menschen, für die er auch einige Musikstücke zum Besten gibt.
Der Abschied fällt ihnen am nächsten Morgen schwer, doch Jeshu verspricht, falls er den gleichen Weg zurück nehmen wird, unbedingt wieder bei Jussuf und seiner Familie vorbei zu sehen. Jussuf hat noch ein kleines Anliegen. Er fragt Jeshu, ob er eine Botschaft für seinen Bruder, der fünf Tagesreisen weiter entfernt lebt, mit auf den Weg nehmen würde. Dieser Gedanke sei ihm heute Nacht gekommen. Er versichert mehrmals, dass es nicht seine Absicht gewesen sei, Jeshu damit zu belästigen. Aber da der Gedanke im Traum immer wieder auftauchte, hatte er es gewagt, ihn auszusprechen. Und Jeshu nimmt die Botschaft gerne entgegen und verstaut sie in seinem Reisegepäck. Er erkundigt sich noch nach dem Namen des Bruders, der Lage von dessen Haus und dem Namen der Ortschaft und verspricht die Botschaft getreulich zu überbringen. Und so machte er sich wieder auf seinen Weg zum Tor Gottes, das ihn schließlich zum Dach der Welt führen soll.

Jeshu hat die Botschaft einige Tage später überbracht und als Dankeschön den Abend und die Nacht bei dem Bruder verbringen dürfen. Dieser hat noch keine Gemahlin, doch in der Botschaft des Bruders steht, dieser habe eine geeignete für ihn gefunden. Dies freut den Bruder Jussufs sehr und zum Dank gibt er Jeshu so viel an Wasser und

Speisen mit, wie dieser nur tragen kann. Dennoch ist dies alles irgendwann aufgebraucht und wieder irrt Jeshu nun seit Tagen durch die Wüste, ohne auch nur einen Tropfen Wasser gefunden zu haben. Mit Hilfe der Anweisungen des Vaters kann er alle Bedürfnisse seines Körpers stark verringern und lernt immer besser, sie nicht zu beachten. Doch ein menschlicher Körper hat auch seine Grenzen und so fragt er den Vater zum wiederholten Mal:

„Ist dies der richtige Weg? Ist es noch weit?“ Der Vater antwortet:

„Dies ist der richtige Weg und es ist nicht mehr weit. Bald kannst du dich an frischem Wasser laben. Ich führe dich an einen ganz bestimmten Ort. Und wenn du von dort wieder weggehst, wirst du wissen, warum ich dich dort hingeführt habe. Dies ist auch eine Übung in Vertrauen, denn wenn du mir nicht vollständig vertraust, wirst du die Dinge nicht tun können, die man von dir verlangen wird! Nur noch etwa eine halbe Tagesreise.“

Und Jeshu geht weiter. Seine Füße schmerzen, seine Zunge klebt am Gaumen, aber sein Körper, gefüllt mit des Vaters Geist, ist kräftiger, als er sich selbst zugetraut hat. Und so biegt er nun um einen letzten Felsen herum und glaubt kaum, was er da sieht: Ein grüner Fleck glimmert in dem ewigen Hellbraun der Berge. Er blinzelt, doch das Grün bleibt erhalten. Und so steuert er darauf zu, da er glaubt einen Weg auszumachen.

Der schmale Pfad scheint nicht oft benutzt zu werden. Aber er deutet darauf hin, dass dort Menschen sein könnten. Hier und da sieht man getrockneten Kameldung oder Ziegen- und Schafskot. Und je näher Jeshu diesem kommt, desto deutlicher hört er auch die Laute all dieser Tiere. Die Oase ist nicht groß. Aber es muss Wasser dort geben, denn sie ist gesäumt von Dattelpalmen, Schatten spendenden Laubbäumen und die verschiedensten Büsche in blühender Pracht sind zu sehen. Jeshu erreicht den Rand dieses Grüns bleibt jedoch dort stehen. Er wartet. Die Tiere, die er vorher gehört hat, sind zu sehen, doch keine Menschen. Und so setzt er sich nieder und wartet weiter.

Eine Stunde sitzt er so da, ohne sich zu rühren und mit geschlossenen Augen. Schließlich halten ein paar Bewohner es nicht mehr aus und so ertönt eine neugierige Frauenstimme:

„Warum trinkst du nicht, Fremder?" Jeshu öffnet die Augen und fünf verhüllte Gestalten haben sich vor ihm aufgereiht. Und so antwortet er:
„Dieser Ort wird offensichtlich behütet. Ich wollte die Hüter des Wassers um Erlaubnis bitten, bevor ich mich daran gütlich tue."
„Du bist ein seltsamer Fremder" antwortet die gleiche Stimme. Es ist die größte der fünf Frauengestalten. Die vier kleineren kichern hinter ihren Schleiern, müssen noch sehr jung sein.
„Mein Vater, der der Herr über diese Oase ist, wird jeden Augenblick zurückkommen. Aber ich bin sicher, er erlaubt dir dich zu erfrischen. Wir bekommen nur selten Besuch. Und wenn sich jemand hierher verirrt, trinkt er gierig das Wasser, ohne um Erlaubnis zu fragen. Dieser Ort ist sehr abseits von den Karawanenwegen. Und so wollen wir es auch haben."
Jeshu erhebt sich langsam, um die fünf Mädchen, die alle offenbar noch recht jung sind, nicht zu erschrecken und fragt:
„Möchtet ihr mir den Weg weisen?" Und die Älteste, die vielleicht vierzehn Jahre zählen mag, hebt in einer anmutigen Geste die Hand und spricht:
„Folge mir."
Sie biegen um eine weitere Felsenecke und dort sieht Jeshu etwas, was man in diesem Land nur selten sieht: Nämlich nicht einfach eine Quelle, aus der Wasser sprudelt, sondern einen ganzen See. Er wendet sich an die fünf Gestalten und meint: „Ich würde mich gerne vollends waschen. Würdet ihr so freundlich sein und mich dafür alleine lassen?" Die vier Kleineren kichern wieder und springen davon. Die Älteste meint etwas würdiger:
„Natürlich. Wenn du dich erfrischt hast, bist du an unserem Herd willkommen. Ich werde das Mahl bereiten, denn Vater wird jeden Augenblick ebenfalls kommen."
Jeshu dankt ihr, wartet bis sie sich entfernt hat, entkleidet sich und watet in den See, taucht unter und erfrischt sich in dem kühlen Nass. Mit großen Zügen trinkt er von dem köstlichen Leben spendenden Aque, wie es in der Sprache der hiesigen Menschen heißt. Er sinnt über die wenigen Worte des ältesten Mädchens nach, und es scheint ihm, als ob sie nur hoffe, dass der Vater gleich kommt. Sie schien sich gar nicht so sicher

zu sein. Ob sie wohl Angst hatte? Wie lange sie wohl schon alleine waren?
In den Landen, die Jeshu nun schon durchquert hat, gibt es überall nur wenig Wasser und umso kostbarer ist es. Er schwimmt lange in dem See herum. Und erfreut sich daran, dass er in einem der wenigen Flüsse, die er auf seiner Wanderung erblickt hat, jemanden fand, der ihm das Schwimmen beigebracht hat, denn als Wüstenbewohner können das nur die Wenigsten. Er wäscht auch seine Kleidung und legt sie nass wieder an, da er keine zum Wechseln bei sich trägt. Alles ist schon aufgebraucht. Die nassen Gewänder am Leib sind sehr angenehm, kühlen sie ihn doch noch eine Weile, und trocknen in der Wüstenluft dann jedoch schnell.

Schließlich fangen die Kamele, die hier frei umherlaufen und keine Anstalten machen, davon zu laufen, wie verrückt das Blöken an und sie scheinen Antwort zu bekommen, die von dem Weg herabtönt, den Jeshu selbst herunter gekommen ist. Und eine kleine Karawane von vier Kamelen, geführt von einem grauhaarigen, gütig aussehenden Mann von zirka 60 Jahren, kommt näher. Dieser sieht Jeshu fragend an. Jeshu verbeugt sich in der vorgeschriebenen Art und Weise des hier lebenden Volkes und erzählt davon, dass er vor kurzem hier angekommen sei, und die Erlaubnis erhalten habe, sich zu erfrischen. Der Fremde antwortet:
„Mein Name ist Abbis. Die fünf Mädchen, die du getroffen hast, sind meine Töchter, fünf von acht Blumen meines Lebens. Ich danke dir, dass Du Dich ihnen nicht unziemlich genähert hast. Und so sei willkommen unter meinem Dach. Ich war auf dem Markt und habe unsere Waren getauscht gegen das, was wir nicht selbst herstellen können."
Abbis führt Jeshu an das andere Ende der Oase, wo ein großes Zelt mit mehreren kleinen Nebenzelten aufgestellt ist. In jedem liegen Teppiche und Jeshu erhält einen eigenen Raum, in dem er sich sofort wohl fühlt, auch wenn er nur wenige Gegenstände enthält. Abbis meint zu ihm:
„Ruhe nun, Fremder. Ich lasse dich rufen, wenn das Mahl für uns alle bereitet ist." Jeshu ist berührt und dankbar für die Gastfreundschaft, denn er wurde auch schon oft einfach verjagt. An einer Seite seines

Raumes sind Felle ausgebreitet. Und nachdem er eine Weile darauf geruht hat, wird er von der gleichen Stimme, die ihn schon anfangs begrüßt hat, zum Mahl gerufen. Er betritt den Hauptraum und Abbis und seine fünf Töchter, die nun alle keine Schleier vor dem Gesicht mehr tragen, schauen ihm erwartungsvoll entgegen. Alle fünf junge Frauen sind eine wahre Wohltat für das Auge, aber gefangen nehmen ihn die Augen der ältesten Tochter. Abbis bemerkt das sehr wohl, sagt aber nichts dazu, sondern begrüßt Jeshu:
„Sei nochmals willkommen unter meinem Dach. Dies sind meine Töchter. Rebekka, die nun Älteste, da drei ihrer Geschwister bei ihren Männern im nächsten Ort leben. Und ihre vier jüngeren Schwestern sind Fatima, Mella, Leila und Misa."
Jede der Angesprochenen neigt würdevoll den Kopf als Begrüßungsgeste, sodass Jeshu weiß, welcher Name zu welchem Mädchen gehört. Aber sofort nach der Vorstellung ruht sein Blick wieder auf dem Antlitz von Rebekka. Diese bemerkt das wohl, errötet und schlägt den Blick nieder. So ist er nun gezwungen, seine Aufmerksamkeit auf seinen Gastgeber zu richten. Dieser bietet ihm von den Speisen, die auf einem Teppich bereitet sind, an. Es sind Obst, Datteln, Feigen, der Saft von frischen Früchten, Kamelkäse, Ziegenkäse, Schafskäse, Fladenbrot und einen Eintopf, in dem allerlei Gemüse schwimmt, wie Jeshu jedoch auffällt, ist kein Fleisch darinnen.
Zunächst verzehren sie schweigend ihr Mahl, wie es die Sitte gebietet. Doch dann bittet der Gastgeber Jeshu, von sich zu erzählen. Dieser berichtet von seinen Wanderungen, die ihn zum Dach der Welt führen sollen. Er erzählt Geschichten, die ihm unterwegs begegnet sind und schließlich kommt er an einem für ihn wichtigen Punkt zu sprechen:
„Mein Herr, wie kann ich dir vergelten, dass ich hier Ruhe und ein Mahl vorfinde? Ich kann Figuren schnitzen. Ich kenne viele Geschichten und Lieder. Und ich kenne mich gut mit Tieren aus." Abbis antwortet:
„Du bist mein Gast. Du musst meine Gastfreundschaft nicht vergelten."
Doch Rebekka legt ihre Hand auf den Arm ihres Vaters und blickt ihn an. Und ohne, dass sie etwas sagen muss, versteht der Vater den Wink.
„Ah, vielleicht könntest du mir mit einer Kamelstute helfen? Sie ist trächtig und die Geburt steht kurz bevor. Aber etwas stimmt nicht. Ich habe

viel Erfahrungen mit meinen Tieren, aber das ist mir noch nicht untergekommen." Jeshu nickt und meint: „Wollen wir das Tageslicht ausnutzen und gleich zu ihr gehen?" Abbis springt erleichtert auf und führt ihn zu dem Tier.

Jeshu untersucht die Stute und vermutet, dass das Junge darin querliegt, aber irgendetwas anderes stimmt ebenfalls nicht, sonst hätte der erfahrene Abbis nicht solche Sorge. Jeshu wendet sich an den Himmlischen Vater und fragt ihn um Rat und dieser sagt ihm, dass die Nabelschnur um den Kopf des Jungen gewickelt ist und es sterben wird, wenn man es einfach dreht. Er gibt ihm Anweisungen, nämlich seine Arme gut zu waschen und dann in die Stute hinein zu greifen, um festzustellen, wo genau die Nabelschnur ist. Dann muss er mit einem kleinen Messer hinein und diese vorsichtig durchtrennen, ohne Mutter und das Kind zu verletzten, das Junge drehen und daran ziehen, damit es sofort geboren werden kann, denn es wird ja von der Nabelschnur nicht mehr versorgt.

Abbis schaut ziemlich verblüfft zu, wie Jeshu all dies tut. Und kurz darauf liegt das Junge frisch geboren und gesund vor den Füßen der Mutter und versucht wackelig auf die Beine zu kommen. Abbis betrachtet Jeshu staunend und schüttelt den Kopf. Solches zu tun, wäre ihm nie in den Sinn gekommen. Und er fragt Jeshu:

„Bist du ein Medicus?" Jeshu lacht und sagt:

„Nein, nicht in dem Sinne wie du das verstehst, aber ich habe viel über die Heilkunst in Alexandria gelesen und ich hatte außerdem Hilfe vom Himmlischen Vater."

Jeshu säubert sich erneut und nun bittet Abbis ihn zum Tee. Als sie alle wieder im Zelt sitzen, ist der Abend schon weit fortgeschritten und so verabschiedet Jeshu sich bald, um sich nieder zu legen. Am nächsten Morgen weckt ihn geschäftiges Treiben. Tiere werden gemolken, die Milch zu Käse verarbeitet, die Tiere getränkt. Rebekka, die Älteste, klettert waghalsig mit hochgebundenen Röcken eine Dattelpalme hinauf, pflückt die reifen Datteln und wirft sie ihren Geschwistern hinunter. Jeshu geht indes zu der Kamelstute und ihrem Jungen und schaut, ob es ihnen wohl ergeht. Beide begrüßen ihn freudig und drängen sich an ihn und er krault sie erfreut.

Jeshu sieht Abbis im Schatten sitzen und seinen Mädchen Anweisungen zurufen. Es ist Zeit, das Morgenmahl einzunehmen. Und so versammeln sich alle an den Platz, der dafür schon vorbereitet ist und Schatten bietet, denn auch morgens ist es schon heiß. Jeshu wendet sich an Abbis und fragt:
„Warum lebst du hier alleine, Herr? Diese Oase ist weit weg von belebten Orten und Handelswegen. Verzeih, wenn meine Frage neugierig ist." Abbis lächelt und meint:
„Ich kann deine Neugier ganz gut verstehen. Es ist ein guter Platz zum Leben – aber er reicht nur für eine Familie. Du kennst viele Geschichten, so erzähle ich dir nun meine.
Meine Mutter war eine der Frauen des vorletzten Schahs. Nun haben es einige des Geschlechts so an sich, dass sie männliche Nachkommen, die ihnen ihren Thron streitig machen könnten, beseitigen lassen. So wusste meine Mutter, dass ihr Gemahl seinen Bruder bereits geblendet und ins Exil geschickt hatte. Und einen eigenen Sohn von einer der anderen Frauen hatte er kurz nach der Geburt erwürgen lassen.

Als meine Mutter nun schwanger mit mir war und darüber nachdachte, was geschehen würde, wenn ich ein Junge würde, beschloss sie zu handeln. Als ihre Zeit nah war, ließ sie von ihrer treuesten Dienerin im ganzen Ort nach einer Familie suchen, bei der gerade ein Kind bei der Geburt gestorben war. Sie bezahlte die Familie dafür fürstlich, den Leichnam des Kindes mitnehmen zu dürfen und als ich geboren war, ließ sie dem Schah ausrichten, dass das Kind bei der Geburt gestorben war. Mich gab sie der Dienerin mit und ich wurde zu meinem Großvater gebracht. Der Schah warf nur einen flüchtigen Blick auf den Leichnam und kam nicht auf den Gedanken, dass er hier vielleicht betrogen wurde. Meine Mutter machte Trauer geltend und verkündete dem Schah, ihren Vater besuchen zu wollen. Dieser ließ sie gewähren, denn er hatte mal wieder ein Land erobert und die Prinzessin des betreffenden Landes als weitere Gemahlin genommen, um den Anschein eines legalen Machtanspruchs in diesem Land zu erwecken. So war er beschäftigt und froh, meine Mutter für eine Weile los zu sein.

Die Frau, die ihr Kind verloren hatte, wurde als Amme für mich eingestellt, solange bis meine Mutter sich selbst um mich kümmern konnte. Und so weilte sie einige Wochen bei ihrem Vater und ich war bei ihr. Doch die neue Prinzessin wollte keine Nebenbuhlerinnen und so erkundigte sie sich ganz genau nach den Verhältnissen, wie der Schah zu welcher der Frauen stand. Eine Dienerin, die sie mit Gold bestach, erzählte ihr von dem Schwindel. Daraufhin schickte der Schah Häscher los. Doch wir wurden von treuen Untertanen gewarnt und meine Mutter floh mit mir in die Wüste. Ihr blieb nichts anderes übrig, als von den üblichen Wegen abzuweichen, denn dort hätte man uns sehr schnell erwischt. Zu diesem Zeitpunkt war ich eineinhalb Jahre alt. Der Schah selber hatte nicht nachgeforscht, warum seine Gemahlin nicht zu ihm zurückkehrte. Es interessierte ihn nicht, denn er war zu sehr mit der neuen Frau beschäftigt, die nun ebenfalls von ihm schwanger war. Diese wollte ihr Kind als einzigen Erben sehen. Sie wusste nichts von der Neigung ihres Gemahls, mögliche Widersacher ausschalten zu lassen.
Todesmatt kam meine Mutter bis da oben an die Ecke. Das Grün der Oase sah sie nicht. Aber ich konnte zu diesem Zeitpunkt schon laufen und sie hatte mich den größten Teil der Strecke getragen. Ich roch das Wasser und lief dorthin und trank. Und obwohl ich noch klein war, so erzählte sie mir später, brachte ich ihr ebenfalls von dem rettenden Nass. Und so konnte sie sich erholen und hierherkommen. So haben wir diesen Ort gefunden und sie ist mit mir hiergeblieben. Darum hat sie mich Abbis, Wasserträger, genannt.
Wir lebten hier viele Jahre glücklich, denn diesen Ort kennt niemand. Vor ihrem Tod erzählte mir meine Mutter von meiner Abstammung und sie gab mir den Siegelring des Schahs. Falls ich vorhätte, meinen mir zustehenden Platz einzunehmen, so könnte ich beweisen, wer ich sei.
Nach ihrem Tod trauerte ich lange und überlegte, was ich mit meinem Leben anfangen sollte. Sollte ich wirklich vor den Thron des Schahs treten und die Nachfolge fordern? Wollte ich ein Reich regieren? Wollte ich in die höfischen Intrigen und politischen Spiele verwickelt werden? Und je mehr ich darüber nachdachte, desto deutlicher wurde in mir die Antwort: Nein, das wünschte ich nicht. Ich wollte einfach nur ein fried-

liches Leben. Und so nahm ich eine Frau aus dem Nachbarort und führte sie hierher und wir bekamen acht Töchter. Doch wünschte ich mir auch einen Sohn, doch meine kluge Frau meinte:
„Jede deiner Töchter wird dir einen Sohn zuführen. Sind acht Söhne denn nicht genug?“ Da lachte ich und ließ alle Gedanken an Söhne wieder los. Sie hatte ja vollkommen recht. Ich hatte mir auch deshalb einen Sohn gewünscht, weil er ja Anspruch auf den Thron erheben könnte, wenn er dies wollte, obwohl jede meiner Töchter ebenfalls hier Berücksichtigung finden müsste. Meine drei älteren Töchter sind nun schon verheiratet. Doch bevor ich ihnen einen Mann gesucht habe, habe ich sie mit ihrer Geschichte vertraut gemacht und sie gefragt, welches Leben sie sich wünschen. Keine von ihnen wollte etwas mit dem grausamen Herrscher, der ihr Großvater ist, zu tun haben. Aber du verstehst vielleicht, warum ich für meine Töchter deshalb nur sehr würdige Männer als Gemahle aussuche.“
Jeshu nickte und lächelt. Er versteht die Anspielung von Abbis und erwidert:
„Im Moment habe ich nicht vor, mich niederzulassen, denn ich muss das Dach der Welt finden. Dort soll sich eine Höhle befinden mit einer Eisskulptur. Dorthin muss ich, wenn ich auch nicht erklären kann warum. Und ich weiß nicht, wie lange diese Suche dauern wird. Wahrscheinlich noch Jahre.“
Jeshu bleibt einige Wochen in dieser Oase und erholt sich von den Anstrengungen der bisherigen Reise. Je mehr Zeit er mit Rebekka verbringt, desto klarer wird ihm, dass er hierher zurückkehren möchte, um mit ihr zusammen zu sein. Darum wendet er sich eines Tages an Abbis und zieht die Kette, die er um den Hals trägt hervor. An diesem befindet sich der Ring, den seine Mutter ihm mit gegeben hat.
Während die beiden Männer Tee trinken, reichte Jeshu wortlos den Ring an Abbis und dieser betrachtet ihn erstaunt und meint dann:
„Das sieht aus wie... Ich habe davon gehört. Ist das... ist das der Ring des Salomon?“ Jeshu nickt.
„Und ... ist er dir zu Willen?“ Abbis schaut Jeshu gespannt an und wieder nickt Jeshu.

„Aber dann bist du ... ein Nachkomme von ihm und damit von König David, dem rechtmäßigen Herrscher über Judäa und von Moses, ja?“ Und erneut nickt Jeshu wortlos, erstickt von den Gefühlen, die in ihm aufkommen, als er dies das erste Mal jemanden offenbart. Schließlich rafft er sich auf zu sagen:
„Ich kann dir im Moment meine ganze Geschichte noch nicht erzählen, aber der Ring gehört rechtmäßig mir, so wie dir der deine ... kannst du erkennen, dass ich ein würdiger Gemahl für Rebekka wäre?“ Abbis nickt und erhebt sich feierlich mit den Worten:
„Ich gelobe hiermit, dass Rebekka nicht verheiratet wird, bevor ihre vier anderen Schwestern ihren Gemahl gefunden haben. Solange wird sie auf dich warten.“
Jeshu stehen die Tränen in den Augen, denn er weiß: Dies ist der Tag des Abschieds. Die Männer reichten sich die Hände zur Besiegelung ihrer Abmachung. Dann sucht Jeshu Rebekka auf und eröffnete ihr, dass er gehen müsse und auch, was er mit ihrem Vater ausgemacht hat. Rebekka lächelt glücklich. Sie ist keine Frau vieler Worte. Und als Jeshu fragt: „Gewährst du mir einen ersten Kuss, zur Besiegelung unser Verlobung?“, fliegt sie ihm in die Arme. Sie lösen sich lange nicht voneinander, doch dann lässt er sie los und bricht auf. Es ist alles gesagt und getan.
Am Abend vor dem Abschied von Abbis und seinen fünf Töchtern hatte Jeshu diesem noch mitgeteilt, dass er in vielen Leben in kriegerische Handlungen verwickelt gewesen sei und dass er sich dieses ruhige Leben durchaus einmal gönnen dürfe. Seine Entscheidung, keinen Thron zu beanspruchen, diene der Heilung der alten Wunden und sei für seine weiteren Leben von entscheidender Bedeutung. Allerdings hatte er nur die Vergangenheit betrachtet und nicht daran gedacht, auch in die unmittelbare Zukunft von Abbis zu sehen. Als er zehn Tagesmärsche von der Oase in Richtung Osten unterwegs ist, hört er ein Rufen hinter sich: Es ist Fatima, die 13-jährige Tochter von Abbis, aufgeregt winkend auf einem Kamel. Sie musste die Nächte durchgeritten sein, um ihn zu erreichen. Sie fällt von ihrem Reittier, vor Erleichterung genauso wie vor Erschöpfung. Erschrocken fängt Jeshu sie auf und fragt:

„Was ist geschehen?“
„Vater war auf dem Markt, als er nach der üblichen Zeit nicht zurückkam, folgte Rebekka ihm und erkundigte sich im Dorf nach seinem Verbleib. Man zeigte ihr seine Leiche. Irgendein Fremder hatte ihm ein Messer ins Herz gestoßen. Dieser trug wertvolle Gewänder und muss von weither kommen. Niemand kannte ihn und er ist sofort auf und davon. Obwohl mein Vater sehr angesehen war, ist dem Fremden keiner gefolgt und so wissen wir nicht, warum die Tat geschah und wer sie ausübte. Rebekka hat mich ausgeschickt, dich zu suchen, um dich zu bitten umzukehren, weil wir doch nun ganz alleine sind.“ Das Mädchen bricht nun in Tränen aus. Sie hatte die Trauer zurückgehalten, um ihren Auftrag ausführen zu können, doch ihre Jugend zeigt sich nun doch. Sie hatte eine große Leistung vollbracht, um ihn zu finden und der Mann, der sie einmal erhielt, konnte sich glücklich schätzen. In diesem Moment wurde ihm bewusst, dass er eine Verpflichtung mit Rebekka eingegangen war und dass diese nun auch die vier anderen Mädchen einschloss und es an ihm liegen würde, einen Gemahl für Fatima zu finden, mit dem sie glücklich werden könne und der ihrer würdig war.

Er gibt ihr zu essen und zu trinken, hebt sie auf ihr Reittier, besteigt es selbst, und lenkt es zur Oase zurück. Und so kommt es, dass er seine Wanderung wieder einmal unterbricht und Rebekka ehelicht. Vier Jahre kann er sich glücklich schätzen, sie gefunden zu haben. Sie leben und arbeiten friedlich in der Oase. Er findet gute Männer für ihre Schwestern und nun ist Rebekka guter Hoffnung und der Tag der Niederkunft steht bevor. In diesen Jahren war die Unterrichtung des Himmlischen Vaters weitergegangen, indem Jeshu sich alle Schriften, denen er habhaft werden konnte, einverleibte und der Vater diese kommentierte. Er studiert den Zeitgeist der Vergangenheit und Gegenwart, der darin zum Ausdruck kommt und wird so mit der griechischen Kultur, die diese Zeit prägt, noch mehr vertraut, aber auch mit der Geschichte des Römischen Imperiums und dem Land der Perser, in dem er nun lebt. Er spricht inzwischen sechs Sprachen in Wort und Schrift.

Am Tag der Niederkunft ruft Rebekka ihn zu sich, nachdem Jeshu ihr bei der Geburt geholfen hat, wie er es im Dorf vorher gelernt hatte. Doch er weiß, etwas stimmt nicht und er kann oder vielmehr darf nicht helfen. Rebekka sieht ihn dennoch lächelnd, ja sogar strahlend an:

„Mein Gemahl, ich kann nicht länger bei dir bleiben. Dieses Kind wird das Einzige sein, das ich dir schenke. Ich wusste, dass unsere gemeinsame Zeit nur kurz sein würde, aber ich hieß den Anfang davon, die Dauer und das Ende willkommen und habe jeden Augenblick davon mehr ausgekostet, als ich dir je schildern kann. Wenn ich gegangen bin, dann bringe unser Kind zu Fatima, die gerade selbst Mutter wurde und es daher stillen kann. Setze deine Wanderung fort und wenn du zurückkommst, wird der Junge groß genug sein, um dich zu begleiten. Sein Name soll Jakobus lauten. Dies bedeutet, wie du weißt, ‚Er möge schützen' oder auch ‚der der folgt', denn Gott soll über ihn wachen, während du fort bist und du wirst über ihn wachen, wenn du wieder bei ihm bist und er wird der Erste sein, der dir folgt und eines Tages wird er in einer wichtigen Nacht über dich wachen, daher ist dies der passende Name für ihn. Ich habe dich vom ersten Augenblick an geliebt und werde dich auch noch mit meinem letzten Atemzug lieben. Ich zögerte die erste Empfängnis hinaus, damit ich etwas länger bei dir bleiben kann, doch irgendwann kommt für jeden die Stunde, in der sich nichts mehr aufschieben lässt. Auch dir wird es so ergehen. Ich weiß das und du weißt das auch. Lebe wohl, mein Geliebter." Rebekka seufzt und tut ihren letzten Atemzug.

Jeshu laufen die Tränen über das Gesicht. Die Mitte seiner Brust zieht sich schmerzhaft zusammen. Er zürnt dem Vater und will nicht mehr mit ihm sprechen. Er bestattet seine Frau in allen Ehren, nimmt das Kind und bringt es zu Fatima. Er zürnt auch dem Jungen, weil dieser ihm seine geliebte Frau genommen hat, dennoch gibt er ihn nicht leichten Herzens an dessen Tante ab und verspricht zurückzukommen. Sie und ihr Gatte versprechen ihrerseits, gut auf ihren Neffen aufzupassen und ziehen ihn als den Spielkameraden ihrer Tochter auf.

Jeshu läuft nach Osten und spricht wochenlang nicht mit dem Vater, dennoch hält er immer wieder an, um Kraft aufzunehmen, so wie er es bei seinen bisherigen Wanderungen gelernt hat. Der Herr hat ihn nicht

auf den Verlust vorbereitet und Jeshu hätte ihm wohl auch nicht geglaubt. Doch schließlich hält Jeshu selbst das Schweigen in seinem Kopf und den Schmerz in seinem Herzen nicht mehr aus und schreit den Vater wütend an:
„Warum hast du mir Rebekka genommen?"
„Glaubst du, so etwas würde ich tun, um dir absichtlich Schmerzen zuzufügen?"
„Nun, du hast gesagt, ich solle die Erfahrungen von Menschen machen und dies passt doch dazu, oder?"
„Das stimmt zwar, aber welche Erfahrungen du in diesem Leben machen willst, legst du selbst fest, nicht ich. Du hast dies geplant, bevor du hierher kamst. Du hast in meinem Reich einen ähnlichen Verlust erlitten. Da du deine Gefährtin dort jedoch sehr viel länger kanntest, war dieser Verlust auch sehr viel schlimmer. Er hat eine riesige Wunde in dich gerissen und das, was du jetzt fühlst, ist ‚nur' ein Echo davon. Wenn du richtig damit umgehst, dann wirst du jedoch die neue Wunde und die viel größere alte darunter *beide* heilen können und das ist genau der Grund, warum dies nun geschehen ist."
Etwas versöhnlicher und ruhiger fragt er: „Und wie genau soll das gehen?"
„Stelle dir die beiden Wunden in deinem Herzen vor. Was siehst du?"
„Sie sehen wie Löcher aus, wobei die Neue ein Teil der Alten ist und diese noch vergrößert hat. Wie soll das zur Heilung beitragen?"
„Es stimmt, dass jede neue Wunde alte, ähnliche vergrößert, wenn man nichts dagegen unternimmt. Das gilt für Wunden im Herzen und überall sonst auch. Also muss man sie schließen. Das, was du als Loch wahrnimmst, ist ein Mangel an Liebe. Dieser zeigt sich als dunkles Loch und wird sich im Verhalten zeigen. Wenn du in diese Dunkelheit jedoch Licht einlässt, dann kann sie sich verwandeln. Du bist hier in der Wüste, die Sonne scheint und die Sonne spendet Licht. Lege dich nieder und stelle dir vor, dass dieses Sonnenlicht in dieses Loch hineinfließt. Mache dies so lange, bis du das Gefühl hast, dass es fürs Mal genug ist."
Jeshu gehorcht widerwillig, doch er weiß auch, dass er so nicht weitermachen kann und will, und tut daher, was ihm gesagt wird, obwohl er stark bezweifelt, dass dies irgendetwas an seiner Trauer ändern wird. Zu

seiner Überraschung fühlt er sich nach einer Weile tatsächlich etwas besser. Von nun an nimmt er sich jeden Tag am Sonnenauf- und untergang Zeit, um sich mit Licht zu füllen. Es dauert zwar eine Weile, aber er findet dadurch nach und nach sein Gleichgewicht wieder. Außerdem beginnt er, das Geschenk des Sohnes, den Rebekka ihm schenkte, zu würdigen und weiß, wie lange es auch dauern mag, dass er alles daran setzen wird, ihn zu sich zu holen und so viel Zeit mit ihm verbringen wird, wie ihm möglich ist, da auch seine Zeit auf Erden begrenzt ist. Erst jetzt beginnt er, langsam die Antwort, die der Vater ihm auf eine seiner vielen Fraugen gegeben hat, zu verstehen. Auf seinen Wanderungen fragte er diesen nämlich eines Tages, was denn diese Flüssigkeit, die durch alles fließt und von der der Vater immer spricht, denn eigentlich sei, und die Antwort lautete: „Zeit".

Damals hatte Jeshu das nicht verstanden, obwohl der Vater ihm versucht hatte zu erläutern, dass ein Stein z.B. viel Zeit in sich hätte, und ein Mensch weit weniger. Wenn ein Mensch jedoch einen Stein in die Hand nehmen und für längere Zeit halten würde, dann könne etwas von der Zeit zu ihm herüber fließen. Das würde an der Lebensdauer des Steines nicht viel ändern, aber an der Kraft des Menschen sehr wohl. Der Vater hatte ihm erklärt, dass jeder Mensch nur mit einer ganz bestimmten Menge an Zeit auf diese Welt komme und wenn diese abgelaufen sei, würde das Leben enden. Rebekkas Zeitenende war gekommen, so wie Jeshus auch kommen würde. Es gibt einige Möglichkeiten, hieran etwas zu verändern, aber nur, wenn es der persönliche Plan eines Menschen auch erlaube, so wurde Jeshu erklärt. Die Kraft, die er, Jeshu, im Laufe der Jahre aufzunehmen habe, sei solche Zeit, die über seine persönliche Zeit hinaus reichen würde. Er würde sie jedoch nicht für sich benutzen, sondern dazu brauchen, um sie denen zu spenden, deren Zeit eigentlich abgelaufen sei.

Erst jetzt beginnt Jeshu, langsam zu verstehen, was der Vater damit gemeint hat. An Rebekkas Lebenszeit hatte er nichts ändern dürfen und er konnte, nun nachträglich, ihre gemeinsame Zeit noch mehr wertschätzen, als er es ohnehin getan hatte und er würde für andere etwas tun können und auch dürfen. Diese besondere Wanderung durch die Wüste heilte die alte und die neue Wunde in Jeshus Herz und diese Heilung bewirkte, dass er schließlich sogar heiler dastand als vor seiner neuen und sogar vor seiner alten Verletzung, denn Heilung mobilisiert alle Kräfte, sodass einem mehr Kraft als vorher zur Verfügung steht. Außerdem nimmt er jeden Tag weitere Sonnenkraft, also Licht, in sich auf, auch lange noch, nachdem er schon geheilt ist, weil er weiß, dass er jedes bisschen noch brauchen würde.

In Babel besucht er die dortige jüdische Gemeinde und alle Orte, die dort als heilig verehrt werden. Auch hier nimmt er über die Atemübungen Kraft auf und wandert schließlich weiter. Er braucht Jahre, um bis zum Himalaja zu kommen, doch schließlich erreicht er eine Region, die man später Nordindien nennen wird. Dort, in einer Höhe von 3.900 Metern, findet er eine Öffnung in einem Berg, die Amanat Höhle, die eine tausende Jahre alte Kultstätte des Hinduismus ist. In dieser Höhle soll Shiva seiner Frau Parvati die Geheimnisse der Unsterblichkeit enthüllt haben und der Schöpfung des Universums. Im Innern der Höhle befindet sich ein Eis-Lingam, der als kultisches Objekt verehrt wird. Er soll eine körperliche Erscheinung von Shivas Schöpfungskraft sein. Auch hier macht er die Atemübungen, die ihm der Vater gezeigt hat und auch einige körperliche Bewegungen sind Teil des Schlüssels für das, was er hier abholt. Auf dem Rückweg fließt ihm Wissen zu, von dem er nicht weiß, woher es wirklich kommt. Dieses wendet er da an, wo sich ihm die Gelegenheit bietet und übt sich dabei in der Anwendung seiner Fähigkeiten.
Er macht wieder in Babel Halt und dann auch in der Oase, in der er mit Rebekka gelebt hat. Sie ist noch immer unbewohnt. Schließlich holt er seinen Sohn ab, der inzwischen sechs Jahre zählt. Er nimmt ihn mit nach Damaskus, wo sie für drei Jahre bleiben. Jeshu nimmt eine Arbeit als Schreiber an, weil er die dortigen Schriften studieren möchte. Als diese Arbeit erfordert, eine dringende Botschaft nach Rom zu bringen, bietet er an, dies zu übernehmen, da der Vater ihm schon vor Jahren mitgeteilt hat, dass er ins Zentrum der Macht muss, um dort bestimmte Dinge zu erledigen. Vater und Sohn segeln über das Mittelmeer und unterbrechen ihre Reise, um bestimmte Orte auf hellenistischem Boden

aufzusuchen. Er unterrichtet dabei Jakobus, so wie er selbst noch immer vom Herrn unterrichtet wird. Die beiden verbindet ein inniges Band der Liebe.
Schließlich reisen sie weiter und gelangen nach Rom, wo inzwischen Tiberius Kaiser wurde. Jeshu bringt Jakobus für eine Weile in der jüdischen Gemeinde in Rom unter und besucht einige Personen, unter anderem auch die Freunde von Maria-Magdalena, wo es zu dem Treffen der beiden kommt. Er ist davon genauso durcheinander wie die Frau, denn Maria-Magdalena ruft die Erinnerungen an die Gefährtin wach, von deren Verlust ihm der Vater erzählt hatte. Damals in der Wüste hatte er die unendliche Trauer um sie auch fühlen können, aber er hatte bis zu diesem Tag in Rom keine Erinnerung an sie und alles, was mit ihr und damit mit seinem Leben als Schöpfersohn verbunden ist. Doch nun erinnert er sich und das holt die Trauer noch einmal mit aller Macht in sein Bewusstsein und er weiß nicht recht, ob er dafür dankbar sein soll oder nicht, denn es tut unsäglich weh. Durch das Treffen mit einigen Senatoren hatte er diese überzeugt, dass er den Kaiser treffen sollte, doch nun weiß er nicht, ob er in der Lage ist, dies auch zu tun, weil er so aufgewühlt ist wie an dem Tag, als er Rebekka verlor. Doch bis zu diesem Treffen sind es noch fünf Tage hin und so geht er über den Platz, an dem nur zwei Jahrhunderte später das Pantheon stehen wird und weil er so in Gedanken und Gefühlen versunken ist, bemerkt er nicht gleich die Gestalt, die da blutend am Boden liegt.
Maria-Magdalena erinnerte ihn so sehr an Mara, seine Gefährtin und gleichzeitig verstand er das nicht, denn sie war es nicht und so fragt er den Vater, wie das möglich sei und dieser erklärt ihm:

„In deinen ersten sechs Selbsthingaben auf anderen Welten begleitete dich immer ein Führungsengel, der dir in entscheidenden Momenten Wichtiges mitteilte. Dieser Engel heißt Lana. In diesem Leben ist Lana nicht bei dir, weil ihr etwas widerfahren ist, mit dessen Verarbeitung sie noch nicht fertig ist. Du weißt, dass Mara getäuscht und in einen Abgrund der Auflösung gestoßen wurde, doch noch während des Fallens war der Engel Lana auf dem Weg, eine Botschaft zu überbringen und wurde Zeuge der Vorgänge und obwohl sie dir, dem Schöpfersohn, in

großer Liebe zugetan war, ohne jedoch je für diese Liebe etwas einzufordern, kam sie nicht auf den Gedanken, Mara einfach ihrem Schicksal zu überlassen, denn dann wäre der Platz an deiner Seite leer und könnte von ihr eingenommen werden. Kein solcher Gedanke oder auch nur die Ahnung eines solchen ist und war ihr zu eigen. Sie sah Mara in Not und versuchte sie selbstlos aufzufangen und folgte ihr in den Abgrund. Maras Seele war da jedoch schon auseinandergebrochen und Lana war es nicht möglich, alles aufzufangen und so musste sie eine Entscheidung treffen und raste daher auf die Kernseele von Mara zu, um diese zu retten. Den Rest musste sie sich selbst überlassen. Lana hatte nur eine einzige Möglichkeit für diese Rettung. Sie musste ihre eigene Seele öffnen, um den Kern von Mara einzulassen, denn nur so wäre es möglich, sie weich abzufangen, sodass sie möglichst wenig Schaden nähme. Der Schaden, durch das Auseinanderbrechen war ohnehin schon groß genug und würde Äonen der Ausheilung und Aufenthalte in Havona, vielleicht sogar auf der Paradiesinsel, erforderlich machen. Doch nichts davon war Lana in diesem Moment bewusst. Sie wusste nur, sie war die Einzige, die etwas unternehmen konnte und tat das, was einzig möglich war.
Ein Teil der Hilfe für die Heilung des neuen Wesens, das nun geschaffen worden war, ist das Leben als Maria-Magdalena. Lana gibt es nicht mehr und kann diesmal daher auch nicht als dein Führungsengel auftreten, obwohl du Maria-Magdalena wieder begegnen wirst, und sie dir dann auch Führung gibt an den wenigen Stellen, wo du diese brauchen wirst. Auch Mara existiert nicht mehr und kann nicht mehr zu dir zurückkommen. Doch wirst du dennoch in meinem Reich nicht alleine bleiben.“

Die überraschenden Eröffnungen des Herrn beschäftigten Jeshu so sehr, dass er über die am Boden liegende Gestalt fiel und im Fallen versuchte, sich abzufangen, dabei aber die Hände in einer Blutlache abstützte und deshalb ausglitt und unsanft aufschlug. Der Schmerz des Aufpralls brachte ihn so weit in die Gegenwart, dass er verstand, dass hier ein Verletzter in seinem Blut lag und das Leben langsam aus diesem wich. Aus der Brust ragte ein Messer. Ohne groß nachzudenken, zog Jeshu das Messer heraus und legte die Hände auf die blutende

Öffnung. Er bot all seine Kraft auf, sodass sich die Wunde schnell schloss und der Mann am Boden plötzlich einen tiefen Atemzug nahm. Erst da wurde Jeshu bewusst, dass der Mann schon tot gewesen sein musste, als er über ihn stolperte. Mit Schrecken erinnerte er sich, dass der Vater ihn gelehrt hatte, dass jeder Meister in einem Leben nur drei Todeserweckungen vornehmen dürfe, sonst würden kosmische Gesetze verletzt, was dann geahndet werden müsse. Doch dann beruhigte er sich wieder. Er hatte getan, was er tun musste und obwohl er es sich nicht erklären konnte, hatte er ein unendlich tiefes Gefühl von *Richtigkeit*. Warum immer das auch geschehen war, es hatte sein müssen. Jeshu spürte deutlich, dass eine Last von seinen Schultern genommen wurde, die er bis dahin gar nicht bemerkt hatte, gleichzeitig fühlt er sich um Jahre älter. Er fragte den Vater danach, was hier gerade geschehen sei und dieser erklärte ihm:
„Dieser Mann hat großes Unrecht getan und jemand hat sich dafür gerächt. Auch du hast in den normalen Leben, die du hier verbracht hast und die keine Selbsthingaben waren, Schaden verursacht und einen davon hast du gerade wieder gut gemacht. Obwohl dieses Leben jetzt nicht dem Ausgleich solcher Schäden dienen sollte, dafür sind andere gedacht, war dies eine Prüfung. Geprüft werden sollte, ob du schon genügend Liebe in dir trägst, dass du, wenn sich eine solche Möglichkeit bietet, an die Heilarbeit gehst, auch wenn sie dich vielleicht 10 Jahre dienes geplanten Lebens kosten würde. Du hast diese Prüfung bestanden. Wenn deine Tätigkeiten hier in Rom beendet sind, wirst du in diene Heimat zurückkehren und Johannes, den Täufer, aufsuchen. Nach dieser Begegnung wird dein öffentliches Wirken beginnen."
Jeshu brachte den bewusstlosen Mann zu einem bekannten Medicus und überließ ihn in dessen Obhut. Dann suchte er die Herberge auf, in der er Jakobus unter der Aufsicht vertrauenswürdiger Menschen gelassen hatte. Dort warf er sich nach seinen Waschungen und einem Blick auf seinen schlafenden Sohn auf das Lager und versank in das Reich der Träume und Erinnerungen.

Bis hierhin war Miria mit ihren Aufzeichnungen gekommen und hatte sie ihrem Bruder gesandt.

*

Pater Pio und Pater Mokele gingen im Hof von Maria Bildhausen spazieren. Sie diskutieren darüber, inwieweit die Zeremonien aus den Salomon Siegeln sie verändern. Pater Pio meint dazu:

„Weißt du, Mok, ich habe den Zorn auf meine Eltern, weil sie mich so früh verlassen haben, immer unterdrückt. Er war mir bewusst, aber ich habe dem keinen Raum gegeben. Jetzt sehe ich ein, dass solche unterdrückten Gefühle Menschen krank machen. Im Hintergrund meines Seins rumorte da immer etwas, was mich wohl auch Energie kostete. Ich bin auch wütend auf meinen Großvater, der mich zwar großgezogen und gut betreut hat, aber mir als Erwachsenen aus dem Weg zu gehen scheint. Erst durch Miria habe ich erfahren, dass er zeitgleich mit mir in Rom war, mich aber nicht aufsuchte. Ich verstehe das nicht. Aber er muss wohl Gründe dafür haben. Dennoch macht es mich wütend und wenn ich diesen gemeinsamen Zorn wirklich hochkommen lasse, dann erschrecke ich vor mir selber, denn ich habe mir eingebildet, weil ich ja Pater bin, ein guter Mensch zu sein. Aber diese Wut in mir könnte morden. Dazu lasse ich es nicht kommen, aber die Kraft dazu wäre da und das beschämt mich wirklich."

„Es ist gut, dass du dich dem jetzt stellst. In mir arbeitet auch so einiges, unter anderem die Scham. Du kennst meinen Hintergrund. Ich kämpfe gegen den Aberglauben in meinem Land, vor allem bekämpfe ich den Voodoo Kult. Ich empfinde meine Leute als rückständig, weil sie noch an so einen Unsinn glauben, dem habe ich mich verschrieben und deshalb habe ich versucht, so viel wie möglich über die Geschichte zu lernen. Und obwohl ich viel gelesen habe, habe ich erst jetzt erkannt, aber ich kann dir nicht einmal sagen, woher ich dieses Wissen beziehe, dass Voodoo eigentlich eine Heilmethode ist, die allerdings für das Gegenteil angewendet wurde. Die Erfinder haben wohl erkannt, dass wir alle miteinander verbunden sind und über diese Verbindungen kann man Zugriff auf jemanden haben. Die Nadeln in den Puppen waren ursprünglich eine Art Fern-Akupunkturmethode und auch dafür, größere Stellen im Körper zu behandeln, was mit kleinen Nadeln nicht geht. Nadeln in einer Puppe nehmen mehr Raum ein, als Nadeln am Menschen und so muss ich meinen Leuten auf der einen Seite Abbitte leisten und auf der anderen Seite wünschte ich mir dennoch, dass es keinen Voodoo Kult mehr gibt, bzw. sich dieser wieder auf seine Herkunft besinnt."

*

Tom hatte sich keine Pause gegönnt und war sofort wieder zum Dienst erschienen, um mehr darüber herauszubekommen, was mit seinem Chef geschehen war, doch der Polizeibericht war eindeutig: Eine Massenkarambolage, in die Schmittrhein zufällig hineingeraten war. Es gab keine Auffälligkeiten in der Rekonstruktion des Ablaufes, die darauf hindeuten würden, dass man es auf Schmittrhein abgesehen hätte. Also war das nur ein Zufall. Es lagen jedoch noch nicht alle Aussagen und Berichte vor, da 112 Personen beteiligt gewesen waren und so musste er hier erst einmal abwarten.
Am Abend desselben Tages fand er endlich die Ruhe, um den Umschlag zu öffnen. Darin war eine SD-Karte. Er steckte sie in sein Laptop und fand mehrere Dateien. Eine war eine Video-Aufzeichnung, die Schmittrhein von sich gemacht hatte und sie war an Tom gerichtet und so blickte Tom in das Gesicht seines Chefs, obwohl dieser seit Tagen tot war:
„Hallo Tom!" Wenn Sie dies finden, dann spricht wohl eine Stimme aus dem Grab zu Ihnen. Ich erlaube mir daher eine vertraulichere Anrede, die ich mir, als ich noch lebte, nicht erlauben durfte. Tom, ich schätze dich sehr und möchte dich auf ein paar Dinge aufmerksam machen und hoffe so, auf diese Weise dazu beizutragen, eine ganze Reihe undurchsichtiger Ereignisse aufzuklären. Wie immer ich auch zu Tode gekommen sein mag, glaube es nicht. Ich bin da einer Sache auf der Spur, oder vielmehr einer Organisation, die Mittel haben, von deren Dimensionen wir noch nicht einmal träumen. Zumindest als Arbeitshypothese gehe also davon aus, dass ich ermordet wurde. Ich denke, ich bin einigen Leuten etwas zu nahe gekommen, doch fangen wir an einer anderen Stelle an.
Auf der SD-Karte wirst du einige Diagramme finden, die du ohne Erläuterung nicht verstehen wirst. Ich gehe das Risiko ein, diese Erläuterung auf der gleichen Karte mitzugeben, weil ich dem Boten beding-

ungslos vertraue, denn er ist mein Bruder. Solltest du ihn also jemals wiedertreffen, dann weißt du, dass du ihm ebenfalls vertrauen kannst, gleichgültig welche Rolle er in diesem Moment spielen mag. Er ist undercover unterwegs und das seit Jahren. Er muss unbedingt glaubwürdig dafür sein, du kannst ihm dennoch trauen. Er riskiert viel, um dir den Umschlag auszuhändigen, denn er muss dafür kurz aus seiner Deckung auftauchen. Doch wenn du ihn triffst, wird er dir dazu mehr erklären können.

Ich bin nicht nur der Chef der Mordkommission in Nüremberg, sondern ich habe noch einen zweiten Job, denn ich bin ebenfalls ein Agent des BND. Doch darüber hinaus habe ich noch einen weiteren Job, der noch über den Geheimdienst hinausgeht. Ich wurde vor einigen Jahren von einer Organisation angeworben, die sich dem Dienst daran verschrieben hat, das Böse an seiner Wurzel zu bekämpfen, um die Welt zu dem zu machen, was es ursprünglich gewesen ist und was es wieder sein kann: Ein Paradies der besonderen Art. Hierüber darf ich dir nichts Näheres mitteilen, doch im Rahmen dieser drei Jobs habe ich Einsichten erhalten, die darauf hindeuten, dass es eine Kraft gibt, die mit dieser Welt irgendetwas vorhat, das für mich noch nicht ersichtlich wurde. Eben das sollte ich ja herausfinden und ich war wohl zu nahe an der Wahrheit, um am Leben gelassen zu werden. Was ich alles herausgefunden habe, habe ich in mehrere Teile unterteilt und verschiedenen Boten übergeben. Wer dieses Puzzle letztlich zusammensetzen kann, weiß ich allerdings nicht. Ich kenne, wie gesagt, auch noch nicht das ganze Bild, aber ich gehe davon aus, dass die Puzzleteile, die mir offenbart wurden, zu dem kommen, der so viel vom Rest herausfindet, dass diese Person vielleicht das Ganze sehen kann, falls das überhaupt möglich ist.

Auf Grund meiner Position stehen mir also Möglichkeiten zur Verfügung, auf die nur wenige zurückgreifen können. Unter anderem gelang es mir, ein mathematisches Genie, nämlich Eugéne Perlemann, dazu zu überreden einige Berechnungen anzustellen. Dieser Mann, der einen Preis von einer Million US-Dollar abgelehnt hat, weil er ein Jahrhunderträtsel gelöst hat, arbeitet offiziell nicht mehr und lebt in ärmlichen Verhältnissen. Doch habe ich ihn aufgesucht und ihm ein Problem geschildert, dass ihn so sehr reizte, dass er sich daran setzte - und das ohne Computer, von deren Einsatz er nicht allzu viel hält. Ich persönlich halte ihn für eine Reinkarnation von Ramanujan, dem meiner Ansicht nach größten Mathegenie der Welt. Dessen Arbeiten werden das Reisen durch Raum und Zeit ermöglichen, davon bin ich überzeugt. Auch wenn Perlemann nur einiges in dieser Richtung veröffentlicht, erlaubte er mir Einblick in seine Arbeit, die mir meine Ansicht über ihn bestätigte. Jedenfalls gab ich dem Russen als Ausgangsdaten alle Mitglieder der Familie Reuß, bzw. Trautwein und ihren Kontakt zu der unbekannten Kraft, mit der wir es meiner Meinung nach zu tun hatten. Hinzu kamen all jene, von denen ich der Meinung bin, dass sie ebenfalls Kontakt hatten. Die meisten fallen dieser Kraft zum Opfer, jedoch nicht immer. Ich gab also Ereignis- und Zeitparameter sowie Personendaten und bat den Mathematiker, nach Mustern zu suchen, die diesen Kontakten zugrunde lagen, und auch darum zu errechnen, ob sich diese Muster in der Zukunft fortsetzen würden und wenn ja in welcher Form. Die Physiker der Newton´schen Einstellung glauben, dass sie nur alle Parameter kennen müssen, um den genauen Verlauf von Ereignissen vorhersagen zu können. Nur sind es einfach zu viele Daten, als dass ein Mensch diese kennen könnte. Was sie jedoch nicht beachten, sind die Quarks, doch das zu erklären würde hier nun zu weit führen. Jedenfalls gibt es einige Ereignisse, die laut Perlemann mit hoher Wahrscheinlichkeit sehr bald eintreffen können:

1. Noch in diesem Monat ein Anschlag im Vatikan, wenn wir auch nicht verifizieren konnten, wer genau das Opfer sein könnte, weil uns dazu die Daten fehlten.

2. Ein Anschlag auf Professor Dr. Goldstein, der in Ägypten Ausgrabungen durchführt.

3. Ein Anschlag auf Miria Torals Leben, weil sie dieser Kraft, von der wir hier sprechen, etwas entgegensetzt, was niemand sonst hat, was das allerdings genau ist, wissen wir noch nicht.

Deine Aufgabe, Tom, wird sein, alle Beteiligten zu warnen, weil ich wohl nicht mehr dazu gekommen bin. Und nun zu dir persönlich, Tom. Ich weiß, du hast mit einem Sohn, der unter dem Asperger Syndrom leidet, kein leichtes Leben, aber du und deine Frau meistern das hervorragend. Der Junge gehört zu den wenigen, die eine besondere Zahlenbegabung haben. Diese hat er in dieses Leben mitgebracht, doch auch du und deine Frau haben einen Anteil daran. Das heißt, dass in euch ein Teil dieser Begabung, oder vielleicht etwas Vergleichbares, als eine besondere Fähigkeit angelegt ist und diese gilt es zu schärfen, sie zu schulen und dann zu nutzen. Auf dieser SD-Karte sind dreidimensionale Diagramme von Perlemann, umgesetzt in Computerdateien und diese solltest du studieren. Lasse sie in dein Unterbewusstsein einsickern und darin arbeiten. Ich bin sicher, dass du Erkenntnisse daraus ziehen kannst, auch wenn du selbst in diesem Moment nicht daran glauben magst.

Doch das Wichtigste ist jetzt: Warne Frau Toral, den Vatikan und Dr. Goldstein. Für den Moment ist das alles. Je nach Verlauf der Ereignisse ist es möglich, dass ein weiterer Umschlag von mir dich erreichen wird.

Als der Mathematiker alle Ergebnisse seiner Berechnungen vorliegen hatte, warnte er mich, dass auch mein Leben in Gefahr sein könnte und dass ich Vorkehrungen treffen sollte. Diese Botschaft ist Teil davon. Ich zähle auf dich, Tom Edison. Und noch etwas: Verhalte dich unberechenbar. Das ist der beste Tipp, den ich dir geben kann. Verhalte dich so, dass auch kein Mathegenie darauf kommen kann, was du im nächsten Moment tun wirst.“

Damit war die Botschaft beendet und Tom saß verblüfft vor dem Laptop. Seine Frau schlief schon. Ihr hing die Zeitumstellung ihrer Reise noch nach, doch Tom war nicht die Spur müde. Er hängte sich sofort ans Telefon, um Pete zu sprechen, doch als er ihn endlich erreichte, musste er erfahren, dass der Anschlag im Vatikan bereits stattgefunden hatte. Pete nahm Toms Warnung wegen Mirias Leben sehr ernst und das war auch der Grund, warum er sie aus Rom wegschaffen wollte und nicht zu deren Auto wollte. Tom verbrachte Stunden damit, herauszufinden, wer Professor Dr. Goldstein war und wo dieser sich aufhalten könnte. Er fand nicht heraus, wo dieser sich aufhielt, doch sprach er mit einem seiner Brüder und warnte ihn davor, dass seinem Bruder etwas zustoßen könne und er möge diesem doch davon erzählen. Doch Jasim Goldstein schien das nicht sehr ernst zu nehmen. Er teilte Tom mit, dass sie alle immer wieder Drohungen erhielten, weil sie zum einen Juden waren und zum anderen auch noch reich, doch er wolle prüfen, ob aktuell etwas auszumachen war. Erst Wochen später sollte Tom erfahren, dass der Anschlag auf Jasim Goldstein fast geglückt wäre, wenn Osama Ramadan nicht so umsichtig gehandelt hätte.

*

Inzwischen waren Pete und Miria doch von San Sigismondo aufgebrochen, nachdem sie auf Bitten Mirias die dortige Kirche besucht hatten. Sie bestaunten die Deckenfresken und machten sich dann auf den Weg. Pete fuhr Mirias altes Auto und sie selbst ihr Neues. Doch weit kamen sie nicht, denn die Prophezeiung oder vielmehr Berechnung des Mathematikers sollte sich erfüllen…

(Fortsetzung folgt mit Band 3, Die Salomon Siegel -Der Sohn Gottes-)

Perlen der Weisheit, Kapitel 2 der Salomon Siegel:

Auszug aus der Sammlung von Weisheiten aus der ganzen Welt

Aus der Vergangenheit:

- Du sollst deinen Vater und auch deine Mutter ehren, denn sie sind Zeugnis vom Himmlischen Vater und der Himmlischen Mutter. Vater und Mutter übergeben dir das, was sie und ihre Vorfahren gelernt haben und übergeben dir damit die gelernten Möglichkeiten und so einen Erfahrungsschatz, auf den du zurückgreifen kannst, wenn dir Neues begegnet. Begegnest du jedoch einer Erfahrung, die noch nie gemacht wurde, entwickelst nicht nur du dich weiter, sondern alle.
- Das Streben nach Gold sollte dem Streben nach Wissen und Erkenntnis (vor allem über dich selbst) untergeordnet sein, dann wird wie von selbst für dich gesorgt und du brauchst nicht mehr nach Gold zu streben, da man dich für dein Wissen bezahlen wird. Die Menge an Gold, die dir gehört, als Maßstab für „Erfolg" zu nehmen, würde bedeuten „Erfolg" mit Glück und Zufriedenheit gleichzusetzen. Sieh dir erfolgreiche Menschen an. Sind sie glücklich? Einige sicher, aber dann liegt das nicht an ihrem Vermögen, sondern an zusätzlichen Lebensumständen.

Aus dem Oben:

- Alles, was wir sehen, ist gemacht worden, denn wir können es ja sehen, fühlen, riechen, berühren, hören. Da es gemacht worden ist, weist es eine Form auf. Es bildet ein Muster. Manche von diesen Mustern sind sichtbar, andere nicht. Aber alle Muster sind ineinander verwoben und bilden so das Gefüge des Gemachten. Da alles miteinander verwoben ist, wirkt sich alles auf alles aus. Du kannst das am Beispiel des Spinnennetzes sehen. Wenn sich eine Fliege darin verfängt, so erbebt das ganze Netz und die Spinne weiß dadurch, dass es Beute gemacht hat. Das Gefüge des Alles ist so ein Netz, und wenn es darin Bewegung gibt, so können das alle spüren. Da es so viele Menschen gibt und diese so vieles tun, werden diese Bewegungen verdrängt, damit wir unser Leben leben können. Stoppen wir jedoch unsere eigenen Bewegungen, soweit das möglich ist, und kommen wir also zur Ruhe, so können wir diese

Bewegungen wieder spüren und manches von dem sehen und hören, was an anderen Orten geschieht.
Manchmal gibt es jedoch Ereignisse, die das Netz so sehr erschüttern, dass wir diese Erschütterung sogar spüren, obwohl wir beschäftigt sind.

- Die Wahrheiten sind alle da, ob wir sie finden oder nicht. Außerdem wird wahr, was wir für wahr halten, und wie wir mit Wahrheiten umgehen, zeigt den Stand einer Kultur. Dürfen auch gegensätzliche Wahrheiten nebeneinander stehen oder wird eine davon bekämpft? Es gibt Wahrheiten, die für alle und alles gelten und solche, die nur für wenige, vielleicht nur für ein Wesen, gelten. Wenn wir Wahrheiten bekämpfen, woher wollen wir wissen, dass es nicht solche sind, die für alle gelten, ob wir es nun schon erkennen können oder nicht? Und selbst, wenn es nicht so ist, dürfen nicht alle nach ihren Wahrheiten leben? Was ist, wenn die Wahrheit des einen einem anderen schadet? Gibt es eine Grenze und wo liegt die? Alles wird immer aus dem Sichtwinkel des Betrachters gesehen, daher gibt es keine Unabhängigkeit von diesem.

Aus dem Inneren:

- Es gibt nur ein Gebet von wirklicher Bedeutung und es besteht nur aus einem einzigen Wort: „Danke“. Wenn du in der Lage bist, jeden Tag für das, was du hast und bist, und auch für das, was du nicht hast und nicht bist, zu danken, wirst du mehr erhalten und sein, als du dir erträumen kannst.
- Das Licht im Menschen wurde von Gott geschaffen - der Schatten vom Menschen. Daher können Menschen den Schatten auch wieder auflösen und das Licht erneut erstrahlen lassen.
- Hinter kleinen Dingen und Ereignissen sind immer große versteckt. Wenn man diese erkennt und versteht, kann man mit den kleinen Dingen und Ereignissen besser umgehen und dies wirkt sich wiederum auf die großen aus. Diese kleine Welt namens Erde spiegelt die großen Ereignisse im gesamten Universum wieder. Was hier verändert wird, verändert alles.

Aus dem Westen:

- Zeit ist eine Form von Kraft (in einem modernen Wort: Energie). Diese Kraft lässt sich kraft unseres Bewusstseins beschleunigen, verlangsamen, vermehren oder auch verringern und in etwas anderes verwandeln, da keine Kraft je verloren geht. Wer das erkannt hat, dem wird wahre Macht zuteil.
  Da Zeit eine Kraftform ist, kann sie an einem Ort verloren gehen, um an einem anderen Ort wieder aufzutauchen.

Aus dem Osten:

- Dem Gesetz des Karmas, also das von Ursache und Wirkung, kann niemand, gleichgültig auf welcher Existenzebene, entkommen. Mit jedem Augenblick deiner Existenz setzt du Ursachen, deren Wirkungen dich schnell oder langsam wieder einholen, was neue Ursachen und Wirkungen erzeugt. Dies ist der Kreislauf des Lebens, dem niemand entkommen kann, es sei denn, er gibt seine Bewusstheitsexistenz vollständig auf.
- Es gibt Wesen, die man sehen kann und solche, die man nicht sehen kann. Beide Wesensarten haben Bewusstsein und einen Willen. Mit Willen kann man andere unterwerfen, aber nur so lange, bis der eigene Wille stärker ist als der, dem man sich unterworfen hat. Die nicht sichtbaren Wesen sind nicht stärker als du, oder zumindest nur so lange, wie du es zulässt. Zum Willen gehört Kraft. Hast du keine Kraft, hast du auch keine Macht. Je mehr Kraft du hast, desto stärker dein Wille. Unterwirfst du deinen Willen dem göttlichen Wollen und nicht dem deinen, wirst du Wunder vollbringen.

Aus dem Norden:

- Kälte lässt die Bewegung erstarren. Wärme ist Bewegung. Der Mensch ist in ständiger Bewegung. Davon zeugt schon allein der Odem des Lebens. Wenn du nicht mehr atmest, hören auch alle anderen Bewegungen im Körper auf. Auch alles andere hat Bewegung. Sie mag zu langsam sein, als dass du sie sehen kannst, oder gar zu schnell, aber sie ist vorhanden. Da sich alles ständig bewegt, ergeben sich immer wieder neue Begegnungen und daher bleibt nichts gleich, auch wenn es manchmal so scheint, weil dich jede Begegnung verändert. Alles hinterlässt Spuren in dir, so wie du Abdrücke im Schnee.

Aus dem Süden:

- Paradiese gehen verloren, weil die Wesen darin den paradiesischen Gesetzen nicht gehorchen. Sie wollen es nicht. Sie können es nicht. Es widerspricht auf Dauer ihrer Natur, nur Engel zu sein, weil sie sich weiterentwickeln wollen.
- Nichts kann diese Welt noch erschüttern, denn alles erschüttert schon die Welt.
- Nichts geht je verloren, doch alles kann und wird sich wandeln, sodass es in anderer Form wieder auftaucht. Du kannst daher nichts und niemandem entkommen, so sehr du es auch versuchst und am allerwenigsten kannst du dir selbst entkommen, da du dir in jedem Augenblick selbst begegnest, aber in keinem Augenblick bist du derselbe wie zuvor oder danach. Darin liegt das Geheimnis der Heilung von Körper, Geist und Seele, denn man muss nur wissen, was verändert werden muss, um Heilung herbeizuführen. Jemand, der einen anderen heilt, durch welche Mittel auch immer, der verändert diese Person für immer. Nichts und niemand bleibt also, wie er war, gleichgültig ob krank oder gesund, ob jung oder alt.

- Einfügung von Maria-Magdalena aus dem Leben von Jeshua

"Ich bin das Licht der Welt, wer mir nachfolgt, der wird nicht wandeln in der Finsternis, sondern wird das Licht des Lebens haben" *(Joh. 8,12)*.

In Vorbereitung:

Freuen Sie sich mit uns auf die Fortsetzung

„Die Salomon Siegel“
Band 3
Der Sohn Gottes

die mindestens ebenso spannend zu werden verspricht wie der hier vorliegende Band 1+ 2

In Band I der Salomon Siegel wurde die Geschichte von Maria-Magdalena erzählt, in Band II die der Jugend von Jesus (griechisch), genannt Jeshu (aramäisch). In Band III wird nun von ihrer gemeinsamen Zeit, der Zeit, in der Jesus als Prediger auftrat, berichtet. Außerdem wird das Schicksal von Susan, die nach Avalon reist, beleuchtet, die später dann auf Jesus und Maria-Magdalena trifft.
Natürlich wird auch die Geschichte von Miria und Pete, die in der Gegenwart spielt, fortgesetzt, die auf die Spur einer geheimnisvollen Organisation stoßen, die Mitglieder in jeder wichtigen Gemeinschaft zu haben scheint und mit einer Macht ausgestattet ist, die die der katholischen Kirche weit in den Schatten stellt und weit in die Vergangenheit reicht.
In Band III wird aufgedeckt, dass Jesus nicht durch einen blutrünstigen Mob, der seinen Tod forderte, starb, sondern einem Mordkomplott zum Opfer fiel, von dem er sehr wohl wusste. Er unternahm jedoch nichts dagegen, weil ihm sehr bewusst war, dass er durch seinen Tod noch mehr erreichen würde als durch sein Weiterleben. Seine Herkunft, gepaart mit seinen außergewöhnlichen Fähigkeiten und Einsichten, machten ihn zu einer Bedrohung, die ausgeschaltet wurde. Doch die Drahtzieher hatten nicht mit der Wirkung eines Märtyrertodes gerechnet und kämpfen noch heute mit den Folgen, die gegen ihre Pläne stehen. Die Folgen sind die Verbreitung der Liebe.